HEYNE BÜCHER

SCIENCE FICTION

Herausgegeben
von Wolfgang Jeschke

Ein Verzeichnis aller STAR TREK-Romane
finden Sie am Schluß des Bandes.

SUSAN WRIGHT

STAR TREK®
THE NEXT GENERATION™

DER MÖRDER DES SLI

Roman

Star Trek®
The Next Generation™
Band 38

Deutsche Erstausgabe

WILHELM HEYNE VERLAG
MÜNCHEN

HEYNE SCIENCE FICTION & FANTASY
Band 06/5438

Titel der Originalausgabe
SINS OF COMMISSION
Übersetzung aus dem Amerikanischen von
Uwe Anton

Umwelthinweis:
Dieses Buch wurde auf
chlor- und säurefreiem Papier gedruckt.

Redaktion: Rainer Michael Rahn

Printed in Germany 1997
Umschlagbild: Pocket Books/Simon & Schuster, New York
Umschlaggestaltung: Atelier Ingrid Schütz, München
Technische Betreuung: M. Spinola
Satz: Schaber Satz- und Datentechnik, Wels
Druck und Bindung: Ebner Ulm

ISBN 3-453-11924-X

1

»Programm beginnen«, befahl Captain Picard. Ein aufgeregtes, aber trotzdem gedämpftes Murmeln wurde laut, als habe die Erwartung eine eigene Form angenommen.

Das Geräusch hüllte ihn ein, fegte ihn in den gewaltigen Raum hinaus, während er mit den Blicken den silbernen Kronleuchtern folgte, die sich, mit dem Glanz Hunderter schlanker gelber Kerzen leuchtend, langsam der Decke näherten.

Picard trat vor und hob leicht die Hände, als wolle er das alles umarmen. Die geschwungene Holzbühne befand sich vor ihm, wurde jedoch zum größten Teil von langen Vorhängen aus zerknittertem, purpurrotem Samt verborgen. Überall um ihn herum, vor, hinter und über ihm lagen die Ränge der Logen tief in den Schatten, in der besten Theatertradition verhangen mit schimmerndem Gold und Rot. Doch es gab auch architektonische Elemente, die eher an die Zeit der Wiederbelebung des Theaters im dreiundzwanzigsten Jahrhundert erinnerten als an die kastenförmige hölzerne Bühne, die die Vorlage für dieses Gebilde dargestellt hatte.

Das war eine Verbesserung – jemand griff eine Idee auf und interpretierte sie neu, indem er Innovationen benutzte, die seitdem entwickelt worden waren, ob es sich nun um stärkere Materialien oder eine neue Methode handelte, eine Geschichte zu präsentieren. Die Schwierigkeit bestand darin, die Unverfälschtheit des Originals zu erhalten und die Wirkung mit den neuen

Möglichkeiten zu verstärken. Picards Meinung zufolge war Barclay genau das mit diesem Stück, *Cyrano de Bergerac*, gelungen. Selbst die Bekleidung der Schauspieler entsprach nicht ganz der des siebzehnten Jahrhunderts, sondern war eine Mischung aus synthetischen Fasern, die allerdings im klassischen Stil gehalten und mit schwach leuchtenden Schmuckstücken verziert waren. Ketten aus funkelndem Gold und Perlen durchzogen das Haar der Frauen oder hingen um ihre Hälse, während die Männer bestickte Scheiden umgeschnallt und oftmals die Hand trügerisch zwanglos auf den filigranen Degengriff gelegt hatten.

Das Programm lief – Picard sah auf einer Seite den Dieb und Christian. Er hätte die Szene aus einer Loge oder vom Kopf der Treppe beobachten können, hatte sich jedoch entschlossen, sich unter das Volk zu mischen, das sich auf dem nackten Boden des Theaters aufhielt. Dieser Boden wurde ›Grube‹ genannt und verfügte im Gegensatz zu den ihn umgebenden Rängen nicht über Sitzplätze.

Picard suchte die Ränge schnell mit Blicken ab und fand das holographische Bild Dr. Beverly Crushers, die ein blaßgrünes Gewand trug, das wie Eis schimmerte, wenn sie sich bewegte. Ihr leuchtendrotes Haar war auf einer Seite hoch- und zurückgesteckt; eine Kaskade langer Locken fiel herab und streifte eine nackte Schulter, als sie den Kopf drehte, um mit du Guiche zu sprechen. Im Gegensatz zu den anderen Frauen trug sie keine Juwelen, sondern kleine weiße Blumen in ihrem Haar. Barclay hatte nicht nur das Bühnenbild, sondern auch ihr Kostüm entworfen.

Picard atmete tief ein, verschränkte die Hände auf dem Rücken, lächelte und stand einen Augenblick lang ganz entspannt da. Barclay war zu mehr als nur einem Genie geworden, als sein Gehirn von der fremden Sonde manipuliert worden war, der sie bei der Argus-Phalanx begegnet waren. Picard hielt es für einen

Glücksfall, daß Barclay gerade an einer Produktion von Cyrano de Bergerac mitarbeitete, als der Kontakt hergestellt worden war. Der Captain stimmte mit den meisten Kritikern überein, daß das Wesentliche von Rostands französischen Versen in der Übersetzung verlorengegangen war. Doch Barclay hatte das Stück in einer Nacht neu übersetzt – einschließlich aller Bühnenanweisungen. Als Beverly seine Version gelesen hatte, hatte sie darauf bestanden, sie unbedingt aufzuführen.

Dies hier war eine Aufzeichnung jener Aufführung. Fähnrich Barclay und Dr. Crusher waren die beiden einzigen Schauspieler inmitten von computergenerierten Simulationen gewesen.

Während Picard sich zu den Leuten in der Grube gesellte, nahm das Stück seinen Verlauf. Der von Barclay dargestellte Cyrano rief von oben seine Herausforderung, und mehrere Stimmen um ihn herum antworteten: »Oh, ist es Cyrano?« – »Psst! Das Stück! Das Stück!«

Picard lauschte weniger den Worten als Barclays selbstsicherem, gemessenem Tonfall. Und er sah nicht Barclay, sondern Cyrano de Bergerac.

Plötzlich sprang Cyrano von den Rängen oben herab und landete mit einer schwungvollen Bewegung, als wolle er ausdrücken, daß solch eine Tat ihm nicht schwerfiel. Ein junger Bursche, der hinter Beverly saß, sprang auf und stolzierte großspurig die Treppe hinab, um Cyrano entgegenzutreten. Dabei rümpfte er die Nase, als würde er etwas riechen, das ihm nicht gefiel. »Mein Herr!« forderte er ihn dann heraus. »Ich muß sagen, Eure … Nase ist ziemlich groß.«

»Ziemlich.« Cyrano runzelte schwach die Stirn. »Ist das alles?«

»Alles?«

Picard trat näher, während Cyrano ernst seine Handschuhe auszog. »Mein lieber Junge, Ihr verschleudert eine Möglichkeit! Welch bess'ren Ort gäb es, Euren

Witz und Stil zu beweisen, als hier inmitten der erwartungsvollen Menge?« Er zuckte mit den Achseln und wandte sich an seine neben ihm stehenden Freunde. »Nun ja, der Möglichkeiten gibt es viele ... Seinen Abscheu – so er ihn vermitteln will – hätte der junge Mann hier mit einem Schnauben ausdrücken können: ›'s ist durchaus ein Pech, mit so einer Nase geboren zu sein, aber an Eurer Stelle würd ich sie nicht mehr haben!‹«

Gelächter über die Zweideutigkeit erklang um sie herum. Cyrano hob die Hand, um den Lärm zum Verstummen zu bringen. »Aber vielleicht ist er nicht so kühn? Eine furchtsamere Seele würde verschlagen andeuten: ›Braucht Ihr ein breiteres Glas für Euren Wein, mein Herr?‹ Aber andererseits könnte man die Monstrosität einfach beschreiben, als sei sie abgesondert von dem Menschen ... ›Schaut!‹« rief Cyrano mit spöttischem Entsetzen und zeigte mit einem Finger auf den anderen, der versuchte, seine große, aufgerichtete Nase zu verbergen. »›Das ist ein mißgebildeter ...‹«

Picards Kommunikator summte.

Er berührte ihn, wobei er das Programm weiterlaufen ließ. »Hier Picard.«

»Captain«, erklang die mit einem leichten Akzent behaftete Stimme seiner Schiffscounselor. »Darf ich mich auf dem Holodeck zu Ihnen gesellen?«

»Natürlich, Counselor.«

Picard drehte sich zur Rückseite des Theaters um und bekam noch mit, wie die große Tür materialisierte. Lächelnd trat Deanna Troi ein. Selbst in entspanntem Zustand hielt sie sich völlig gerade, und jede lange Locke fiel makellos.

»Ah! *Cyrano de Bergerac.*« Ihr Lächeln wurde breiter. »Schon wieder? Ich dachte, Sie hätten sich dieses Stück erst vor ein paar Wochen angesehen.«

Picard runzelte die Stirn, doch die Counselor kannte

ihn offensichtlich gut genug, um die berufliche Schärfe ihrer Frage zu bagatellisieren.

»Barclays Interpretation ist eine bemerkenswerte Leistung«, sagte Picard, um sein Interesse zu erklären. »Dieses Stück gilt traditionell eher als Raffinement denn als Kunst – eher als Gaukelei denn als Dichtung. Aber Barclay hat es tatsächlich geschafft«, sagte er, blickte wieder zu dem Theater hoch, und sein Gesicht wurde erneut von den Flammen der Kerzen und den winzigen Lichtblitzen erhellt, die auf den Kronleuchtern tanzten, »uns zu zeigen, daß unsere eigenen Beschränkungen uns formen, wobei Cyrano die Verkörperung des Oberflächlichen ist – ein Mann, der so sehr mit seinem Aussehen beschäftigt ist, daß er einer Frau nicht sagt, daß er sie liebt, und so sehr mit der Unabhängigkeit, daß er sich Feinde macht, um zu beweisen, daß er niemandes Lakai ist. Das glättet die Verirrung, bis sie einen Ton anschlägt, der so rein wie Kirchenglocken klingt.«

Troi verschränkte die Hände hinter dem Rücken und sah sich in dem Holodeck-Theater um. Cyrano beendete seinen Monolog, hob und senkte nun die Stimme, um seinen nächsten großen Auftritt vorzubereiten.

»Ich weiß noch, als ich Barclays Version zum erstenmal sah, kam sie mir atemberaubend vor.« Sie schaute wieder zu Picard. »Es tut mir leid, daß ich Sie unterbrochen habe, Captain, aber ich dachte, Sie wären mittlerweile fertig.«

Picard nickte kurz. »Ja, das ist richtig. Computer, beende ...«

»Das ist Ihr zweiter Durchgang heute?« unterbrach sie ihn, wobei ihre Augen nachdenklich funkelten.

Direkt vor ihnen begann Cyrano die »Ballade vom Duell zwischen Monsieur de Bergerac und einem Idioten im Theater de Bourgogne«. Während er die erste Strophe sang, warf er seinen Mantel zurück und zog seine Waffe.

Picard hob eine Hand. »Das ist die Szene, die ich sehen wollte.«

Die Klingen der Degen berührten sich mit einem leichten Scheppern und zogen dann verschlungene silberne Bögen durch die Luft, während die beiden Männer fochten.

Troi deutete auf Barclay. »Er ist sehr gut«, sagte sie.

»Ja, die Choreographie ist ausgezeichnet. Aber diese Szene ist so eindrucksvoll, weil er sich auf das Vortragen des Gedichts und nicht auf das eigentliche Duell konzentriert. Damit verrät er eine noch beeindruckendere Beherrschung der Klinge.«

»Ich glaube, ich verstehe.« Sie nickte, als hätte sie soeben ein Puzzle zusammengesetzt. »Für Sie verkörpert Cyrano de Bergerac das französische Temperament mit all seiner Kultiviertheit und seinen Errungenschaften.«

»Und seinem Elan«, sagte Picard eher zu sich selbst als zu Troi.

»Ja, der perfekte Franzose, nicht wahr? Energisch, großspurig und lebhaft, und trotzdem zärtlich, falls es erforderlich ist. Ein Experte darin, sowohl mit Waffen als auch mit Worten zu kämpfen. Und das finden Sie faszinierend, weil Ihre Vorfahren …«

»Programm beenden«, sagte Picard.

Das Theater löste sich auf, und zurück blieb ein großer schwarzer Raum, der von einem leuchtenden gelben Netzwerk durchzogen wurde. Die Verwandlung war verblüffend – so echt war Barclays Theater de Bourgogne geworden.

Troi seufzte enttäuscht. »Das hat mir wirklich gefallen.«

»Ja, sicher«, sagte Picard mit einem leisen Lächeln. Er war froh, daß er sich als Captain das Recht herausnehmen konnte, Diskussionen zu beenden, wenn ihm danach war. »Sie wollten mich sprechen, Counselor?«

Troi wurde sofort wieder professionell. »Ja, Sir.

Wenn es Ihnen recht ist, würde ich Ihnen jetzt gern Bericht erstatten.«

Er nickte. »Natürlich. Wir werden Lessenar erst in einer Stunde erreichen.«

»Ich werde während unseres routinemäßig anberaumten Termins versuchen, mit Worf zu sprechen«, fügte sie hinzu, als sie zur Tür gingen. »Er ist in letzter Zeit ständig beschäftigt.«

Picard betrachtete sie genauer. »Gibt es mit unserem Sicherheitsoffizier ein Problem, Counselor?«

Die Tür des Holodecks öffnete sich mit einem widerhallenden Scheppern. Draußen gingen zwei Besatzungsmitglieder in grauen Overalls vorbei.

Troi lächelte und nickte ihnen zu. Doch ihr Lächeln verblich, als sie wieder zum Captain aufschloß und neben ihm den Weg zum nächsten Turbolift einschlug.

Schließlich schaute sie wieder hoch. »Ich bin mir nicht sicher«, sagte sie. »Er ist ein wenig wie unser Freund Cyrano. Tapfer, selbstsicher, stolz ...«

Picard nickte. »Das gibt aber noch keinen Anlaß zur Besorgnis.«

Troi wartete, bis die Tür sich hinter ihnen geschlossen und Picard als Ziel die Brücke genannt hatte.

»Nein«, sagte sie, und Ungeduld kroch in ihre Stimme. »Es sind die anderen Eigenschaften – zum Beispiel, daß er so starrköpfig und zwanghaft ist –, die Probleme verursachen.«

Picard nickte nachdenklich und dachte an Worfs letzten Sicherheitsbericht. Er war wesentlich länger als üblich gewesen und hatte eine Reihe ziemlich unbedeutender Zwischenfälle aufgeführt, die Worfs Auffassung belegen sollten, daß die Sicherheitsmaßnahmen an Bord der *Enterprise* zu lasch waren. Doch als Picard den Bericht gelesen hatte, hatte er ihn nicht als völligen Unsinn abgetan; vielmehr war er der Meinung gewesen, daß Worfs Intuition ihm etwas verriet, das die Fakten nicht vermitteln konnten.

Picard verbrachte den Rest der Fahrt mit dem Turbolift schweigend; er zog es vor, die Angelegenheit unter vier Augen zu besprechen. Allerdings gestand er sich ein, daß alles, was die Sicherheit des Schiffes betraf, eine genaue Untersuchung rechtfertigte. Er richtete sich zu seiner vollen Größe auf; seine Stunde der Entspannung war vorüber. Nun hieß es wieder, der Captain eines Raumschiffs der Galaxy-Klasse und für über eintausend Mannschaftsmitglieder und ihre Familien verantwortlich zu sein.

2

»Machen Sie sich wegen eines besonderen Vorfalls Sorgen?« fragte der Captain sie.

Deanna nahm die Tasse mit heißem Tee entgegen und schlug die Beine unter. Das Sofa im Bereitschaftsraum war überraschend bequem.

»Nein«, sagte sie bedächtig und nippte an ihrem Tee. »Aber in letzter Zeit scheinen sich viele kleine Dinge zu summieren.«

»Kleine Dinge?« Der Captain nahm ihr gegenüber Platz; auch er hielt eine Teetasse in der Hand.

»Ja. Ich habe mir Worfs letzten Sicherheitsbericht angesehen.« Sie fragte sich, wie viele Abteilungschefs wußten, daß sie deren Berichte – zusätzlich zu den regelmäßigen Sitzungen und ihren empathischen Talenten als Betazoidin – benutzte, um ihren jeweiligen Gefühlszustand einzuschätzen. Die Tätigkeit als Counselor beruhte nicht nur auf ihren empathischen Empfindungen – sie brauchte auch gewisse Hintergrundkenntnisse. Ohne es zu merken, setzte sie sich etwas aufrechter; damit drückte sie nicht zuletzt aus, daß sie überzeugt war, Worf richtig eingeschätzt zu haben.

Picard räusperte sich und überraschte sie, indem er ihr beipflichtete. »Worfs Bericht kam mir in der Tat seltsam vor.«

Deanna warf ihm einen schnellen Blick zu. Sie hätte wissen müssen, daß dem Captain solch eine Bemerkung nicht einfach so herausrutschte.

»Dann wissen Sie ja, was ich meine«, sagte sie. »In

letzter Zeit hat er die Sicherheitswächter hart rangenommen, viel härter als nötig, wie ich glaube. Die Leute brauchen eine positive Bestätigung, aber das scheint Worf vergessen zu haben.«

»Wissen Sie, wo die Ursache dafür liegen könnte?«

Deanna seufzte. »Ich gestehe es nicht gern ein, aber ich glaube, seit Alexander in sein Leben getreten ist, zweifelt Worf an sich selbst. Als er aufwuchs, hielt er sich für einen reinen Klingonen – wissen Sie noch, wie er war, als er an Bord kam? Er stritt ständig ab, daß es auch nur die Spur eines menschlichen Einflusses in seinem Verhalten gab. Doch nun hat er Gelegenheit gehabt, selbst zu erkennen, wie sehr er sich von anderen Klingonen unterscheidet, und sein Sohn ist den menschlichen Werten sogar noch stärker zugetan.«

Der Captain runzelte nachdenklich die Stirn. »Ich dachte, Worf hätte seine einzigartige Erziehung akzeptiert.«

»Das ist ein andauernder Prozeß. Wenn neue Ereignisse unsere Vorstellung davon herausfordern, wer und was wir sind, können sie neue Fragen aufwerfen. Oder«, fuhr sie achselzuckend fort, »Worf erwartet von der Tatsache, daß Alexander so plötzlich in sein Leben getreten ist, vielleicht irgendeine Gegenreaktion. Sie wissen ja, Worf hat sich seine lebenslange Verpflichtung nicht ausgesucht, sie wurde ihm zugetragen.« Sie zog leicht den Kopf ein und wünschte sich, sie verstünde Worf besser. Aber sie versuchte, den Drang zu dämpfen, als ihr klar wurde, daß nur ihr übertriebenes Gefühl von professioneller Perfektion ihr zu schaffen machte. »Ich kann es nicht genau sagen, bis er mit mir gesprochen hat. Seine aggressiven Reaktionen verzerren manchmal die empathischen Signale, die ich von ihm empfange.«

Ein Anflug von Neugier schlich sich in die Stimme des Captains. »Was ist mit Alexander?«

»Er vertraut mir, also kann ich problemlos empfinden, wie er fühlt.« Sie schüttelte den Kopf. »Und Alexander ist verwirrt. Einerseits tut Worf alles, was er kann, um ihn zu ermutigen, ein kleiner Krieger zu sein. Aber er läßt nicht zu, daß Alexander etwa seine Autorität herausfordert. In dieser Hinsicht läuft nichts. Worf ist der Ansicht, daß sein Wort Gesetz sein sollte, und spricht ständig von Disziplin und Selbstbeherrschung. Alexander sieht, daß die anderen Kinder ermutigt werden, einfach Spaß zu haben.«

»Sie glauben wirklich, daß sein Sohn die Ursache all dieser Probleme ist?«

»Worf sieht, wie Alexander aufwächst und sich zwischen zwei völlig verschiedenen Kulturen entscheiden muß. Dieses Dilemma könnte auch Worf sehr bedrücken.«

Die Tasse des Captains stieß leise gegen die Untertasse, als er sein Gewicht verlagerte. Er erinnerte Deanna damit daran, wie sehr ihm alles mißfiel, das einem Eindringen in die Privatsphäre seiner Crew gleichkam.

»Ich würde Sie nicht damit behelligen, Captain, wäre ich nicht der Ansicht, daß Worfs Leistung als Chef der Sicherheitsabteilung davon beeinträchtigt wird.«

»Ja, ich werde daran denken, daß er vielleicht angespannter als sonst ist. Aber ich sehe darin keine echte Gefahr für die Sicherheit der *Enterprise*.«

»Zu diesem Zeitpunkt mache ich mir größere Sorgen um seine Sicherheitswächter als um ihn.« Deanna lächelte ihm zu. »Und um Alexander.«

»Ja, in seinem letzten Bericht hat er Dutzende von Verweisen ausgesprochen. Die Moral in der Sicherheitsabteilung ist bestimmt sehr schlecht.« Picard stellte die Tasse ab, griff nach seinem Minicomputer und trug etwas ein. »Ich werde mit Worf sprechen und ihn bitten, einige der noch anhängigen kleineren Verfahren einzustellen. Haben Sie noch weitere Vorschläge?«

»Ich werde versuchen, weiterhin auf informeller Ebene mit ihm zu sprechen. Sie wissen, daß Worf Alexanders Termine bei mir abgesagt hat. Es gelang uns kaum, einen einleitenden Kommunikationsprozeß zwischen ihnen in Gang zu bringen. Viel mehr ist dabei nicht herausgekommen, fürchte ich.« Sie verzog kopfschüttelnd das Gesicht und versuchte erneut, den Selbsttadel aus ihrer Stimme zu halten. »Wenn Alexanders launenhaftes Verhalten sich nicht ändert, werden die Lehrer eventuell irgendwann den Antrag stellen, daß er und Worf die Therapie wieder aufnehmen. Aber die Therapie wird nicht produktiv sein, wenn Worf nicht aktiv kooperiert, und wenn dieser Antrag in seiner Personalakte auftaucht, wird er die Mitarbeit noch stärker blockieren.«

»Also halten wir die Sache vorerst inoffiziell. Nun gut. Und wenn das bedeutet, daß er seinen Stab eine Weile härter an die Kandare nimmt... nun ja, dann könnte es sich auf lange Sicht als vorteilhaft erweisen.«

Deanna warf einen Blick auf ihren Minicomputer. »Der Rest meines wöchentlichen Berichts ist reine Routine. Ich habe ihn auf Ihr Terminal überspielt, damit Sie ihn später lesen können. Aber eine Angelegenheit müssen wir noch besprechen... es geht um Medo-Techniker Tarses.«

Der Captain nickte leicht. »Unser Halbromulaner, der während des Standgerichts von Admiral Satie aufflog. Seine Bewährungszeit ist vor kurzem abgelaufen, nicht wahr?«

»Eigentlich endet sie in einem Vierteljahr.« Deanna wußte, daß der Captain ein besonderes Interesse an Simon Tarses hatte, seit Admiral Satie sie beide des Verrats beschuldigt hatte und Simons Lüge bezüglich seiner vulkanischen Abstammung herausgekommen war. »Ja, Ihre Empfehlung, ihm Bewährung zu geben, statt ihn aus Starfleet zu entlassen, hat ihm geholfen, sich damit abzufinden. Doch nachdem die Bewährungszeit nun vorbei ist, hat er den Antrag auf Versetzung von der *Enterprise* gestellt.«

Picard schaute auf und runzelte die Stirn. »Wohin möchte er denn?«

»Das spielt wohl keine Rolle. Wichtig für ihn scheint nur zu sein, von diesem Schiff wegzukommen.« Deanna wog ihre Worte sorgfältig ab. Empathisches Wissen war so vage, daß es sich manchmal nur schwer vermitteln ließ, wenn man nicht allzu sehr in die Einzelheiten gehen wollte. »Ich glaube, er versucht, vor etwas in sich selbst davonzulaufen.«

»Sie möchten, daß ich sein Versetzungsgesuch ablehne?«

»Ja, Sir. Das gäbe mir Gelegenheit, noch ein Vierteljahr mit ihm zu arbeiten.«

Der Captain erhob sich und ging nachdenklich zu dem großen Fenster neben seinem Schreibtisch. Er schaute einen Augenblick lang hinaus. »Deuten Sie auch bestimmt nicht zu viel in sein Gesuch hinein, Counselor?«

»Tarses kommt sich noch immer isoliert vor und hat den Eindruck, daß man ihm nicht traut. Ließen wir ihn jetzt gehen, würden sich damit seine schlimmsten Befürchtungen bestätigen. Er hat ein paar Freundschaften aufgebaut – unter anderem mit Guinan.« Deanna sah, daß Picard den Kopf neigte, und hielt kurz inne. »Und ich glaube, zu diesem Zeitpunkt benötigt er eine gewisse Kontinuität, damit er sich mit den wirklich relevanten Themen befassen kann.«

Der Captain sah ihr wieder in die Augen. »Na schön, einverstanden. Ich werde das Versetzungsgesuch ablehnen, aber« – er hob eine Hand – »Sie teilen ihm den Grund dafür mit.«

Sie ging zum Nahrungsautomaten, stellte ihre Tasse ab und beobachtete geistesabwesend, wie sie verschwand. »Ich werde ihn sofort aufsuchen.«

»Danke für Ihren Bericht, Counselor.«

Deanna nickte, während sie den Bereitschaftsraum verließ und auf die Brücke trat.

Augenblicklich nahm sie deutlich die verstärkte Erwartungshaltung wahr. Dieses Gefühl trat jedesmal beim Beginn einer Mission auf, und für das Lessenar-Projekt hatte Picard die Befehlsgewalt an Commander Riker übergeben. Riker saß steif und kerzengerade im Stuhl des Captains – er nahm seine Pflicht ernst. Er studierte gerade die taktische Konsole in der Armlehne.

Deanna warf einen Blick auf den Bildschirm, aber sie waren noch nicht in Sichtweite des Planeten. Das erklärte, warum sie Wills Anspannung so deutlich fühlte. Die Untätigkeit machte ihm zu schaffen.

Als sie an ihm vorbei zum erhöhten Teil der Brücke ging, schaute Riker auf. Keiner von ihnen lächelte, doch ihre Blicke trafen sich, und sie sahen sich kurz an.

Als Deanna oben angelangt war, blieb sie stehen. Worf befand sich noch hinter seiner Station und bedachte sie lediglich mit einem knappen Nicken zur Begrüßung, dann schaute er wieder auf seine taktische Schalttafel hinab.

»Ist Ihre Schicht noch nicht vorbei, Worf?« fragte sie leise, um die Stille nicht unnötig zu stören.

Worfs polternde Stimme kam ihr tiefer als sonst vor. »Wir erreichen Lessenar in zweiunddreißig Minuten.«

»Aber Sie haben Ihre Schicht bereits beendet, Worf. Ich bin überzeugt, so heikel ist diese Mission doch gar nicht.« Als sie das Interesse der anderen Offiziere bemerkte, trat sie näher an ihn heran. »Warum lassen Sie Fähnrich de Groodt nicht übernehmen?«

Worfs Kiefer bewegte sich, als knirschte er mit den Zähnen. »Ich werde weiterhin Dienst tun.«

Deanna zögerte, aber sie mußte es einfach sagen: »Sie haben andere Verpflichtungen, Worf.«

»Ich bin im Dienst, Counselor!« Worf sah sie nicht an, und seine Lippen bewegten sich kaum.

Deanna versuchte, die in ihr aufwallende Verärgerung zu beherrschen, während Worf sich wieder seinen Anzeigen widmete und sie ignorierte. Um sich zu beruhigen, atmete sie tief ein; dann trat sie kopfschüttelnd in den Turbolift. Sie drehte sich um und schaute wieder zu der geschäftigen Brückencrew hinüber, bis die Türen sich vor ihr schlossen. Sie konnte nur hoffen, daß ihr Gespräch mit Sanitäter Tarses etwas erfolgreicher verlief.

»Herein.«

Die silberfarbene Tür glitt zur Seite und enthüllte Tarses in seinen asketischen, in Blau und Grau gehaltenen Räumen. Sein Quartier befand sich auf Deck 13, an der Unterseite des Diskussegments, so daß der Hauptraum lediglich über zwei Fenster verfügte. Sie verliefen schräg vom Boden hoch, in genau entgegengesetzter Richtung wie die in Deannas Quartier. Deanna gefiel es, zur Abwechslung mal in den Sternenhimmel zu schauen, wenngleich manch anderen Leuten dabei unbehaglich zumute war, als fielen sie in den Weltraum. Abgesehen von den Sternen gab es in Tarses' Quartier nicht viel zu sehen. Auf dem Tisch stand eine große Glaskugel, auf der Fensterbank eine ähnliche Glasvase. Sie rief sich in Erinnerung zurück, daß Tarses praktisch Bewährung hatte, seit er Starfleet beigetreten war, und keine Gelegenheit gehabt hatte, wie die anderen Besatzungsmitglieder Landurlaub anzutreten und Souvenirs zu kaufen. Aber die kahle, unpersönliche Atmosphäre seiner Räume störte sie.

Als er sie sah, beugte Tarses sich in seinem tiefen, bequemen Sessel vor. In der einen Hand hielt er eine kleine vulkanische Harfe, in der anderen ein kleines Plektrum. »Counselor Troi, ich dachte mir schon, daß Sie es sind.«

»Bleiben Sie sitzen«, sagte sie lächelnd. »Ich würde mir gern eins Ihrer Lieder anhören.«

Tarses wandte den Blick ab. Zwischen seinen Brauen erschien eine tiefe Linie. »Schon in Ordnung. Das müssen Sie nicht.«

»Es wäre mir eine Ehre.« Deanna nahm auf dem Sofa Platz und rieb die Handflächen über das rauhe Noppengewebe.

Seine Schultern bewegten sich unbehaglich unter seiner blauen Uniformjacke, und er nahm das dreieckige Plektrum von der einen Hand in die andere. Dabei sah er sie nicht an. »Sie wollen doch nur nett zu mir sein.«

»Dann tun Sie mir den Gefallen.« Deanna beugte sich vor und stützte die Ellbogen auf die Knie. Wenn es sein mußte, würde sie die ganze Nacht dort sitzen.

Tarses beugte sich mit verkniffenen Lippen über die Harfe. Ein Akkord und ein paar Noten leiteten eine stockende Melodie ein, die so unregelmäßig und überspannt wie eine Sonneneruption war.

Deanna beobachtete Tarses genau. Er war ein gutaussehender junger Mann mit dunklem Haar und leicht spitzen Ohren und saß wie schützend über die Harfe gebeugt. Er beherrscht das Instrument noch nicht vollkommen, dachte Deanna, interessiert sich aber leidenschaftlich für Musik.

Als das Lied unsicher verklang, hob Tarses den Kopf. »Ich bin noch kein Meister meines Faches.«

»Das war sehr schön. Die Harmonien werden von der vulkanischen Metrik beeinflußt, nicht wahr?«

»Ja.« Er sah blinzelnd zu ihr hoch und wechselte das Plektrum nervös von einer Hand in die andere. »Sie werden mich zwingen, Sie zu fragen, nicht wahr?«

Deanna atmete tief ein und versuchte, ihn nicht sehen zu lassen, daß sie sich wappnete. Sie mochte ihn, und er nahm alles so schwer. »Ja.«

Er biß sich auf die Lippe und zwang sich, ihr in die Augen zu sehen. »Hat der Captain mein Gesuch um Versetzung genehmigt?«

»Nein. Es tut mir leid. Das hat er nicht.«

Seine Augen wurden größer, und die Wellen der verzweifelten Verletzung, die er zu beherrschen versuchte, waren fast mehr, als sie ertragen konnte. Manchmal war es schwierig, hinter den unmittelbaren Schmerz zu schauen und das Gute zu erkennen, das letztlich daraus erwachsen würde, und sie mußte schlucken, bevor sie sagen konnte: »Ich habe ihn gebeten, es nicht zu genehmigen.«

»S-Sie?« Er beugte sich vor. »Warum? Sie wissen doch, daß ich die Versetzung wünsche. Sie wissen, wie wichtig sie für mich ist.«

»Als Sie um die Versetzung gebeten haben, habe ich Ihnen gesagt, ich hielte dies für keine gute Idee.«

»*Sie* halten es für keine gute Idee!« Tarses erhob sich von seinem Sessel; er war außer sich. Er stellte die Harfe auf den Tisch, rieb mit der Hand über den Kopf und ließ die Finger dann einen Augenblick lang auf seinen spitzen Ohren liegen. Sein Haar war länger als üblich und bedeckte gerade nur die Spitzen. »Was ist mit mir? Ich brauche einen neuen Anfang, und hier bekomme ich ihn nicht.«

»Simon, die Anhörung ist schon lange Vergangenheit. Niemand wirft Ihnen irgend etwas vor.« Deanna breitete die Arme in einer Geste aus, die die gesamte *Enterprise* zu umfassen schien. »Und Ihre Bewährung ist beendet. Sie haben Ihren neuen Anfang auf dem besten Schiff von Starfleet.«

Tarses schüttelte schnell den Kopf und faltete die Hände. »Es war ein zu großes Durcheinander. Auf einem anderen Schiff könnte ich neue Leute kennenlernen, und sie würden nichts davon wissen.«

Deanna erhob sich und ging langsam vor ihm auf und ab. »Jeder auf Ihrem neuen Schiff wird wissen, daß Sie zum Teil Romulaner sind, Simon.«

»D-Das ist es n-nicht! Sie … sie haben mir vorgeworfen, ein Spion zu sein.« Er wollte sich abwenden.

»Und ... all diese Anhörungen. Dann durfte ich mein Quartier nicht verlassen und bekam Bewährung. Alle haben es gewußt.«

»Das haben Sie von Anfang an gesagt.« Deanna verschränkte die Arme. »Aber ich weiß, daß Sie nicht so dumm sind. Bei diesen Anhörungen wurden Sie zum Opfer gemacht, genau wie Captain Picard. Keiner von Ihnen trägt die Schuld an der Instabilität der Admirälin. Sie bekamen eine Bewährungsstrafe, weil Sie bei Ihrer Bewerbung gelogen haben. Sollen das die Leute nicht wissen?«

Tarses fuhr mit der Zunge über seine Lippe, als wolle er etwas sagen, hielt dann aber inne.

Sie schüttelte ihr Haar. »Sie glauben doch nicht etwa, Sie könnten den Leuten weiterhin erzählen, Sie hätten einen vulkanischen Großvater, oder?«

Tarses schaute abrupt auf. »Warum nicht? Ich ... habe erst mit sechzehn Jahren erfahren, daß ich romulanisches Blut habe. Ich habe die vulkanische Kultur mit dem Bewußtsein studiert, daß sie die meine ist. Ich bin eher Vulkanier als Romulaner!«

Schweigen hing zwischen ihnen, während Deanna versuchte, den Schmerz in sich aufzunehmen, den diese Verleugnung enthielt.

Dann neigte sie langsam den Kopf. »Sie müssen mit sich ins reine kommen, Simon, aber Sie werden Ihre romulanische Abstammung nicht verleugnen können. Zumindest wird sie jetzt in Ihrer Personalakte aufgeführt, und diese Tatsache wird immer über Sie bekannt sein.«

Tarses schlug die Hände zusammen, als wolle er etwas festhalten. »Danach wollte ich Sie auch fragen, Counselor. Kann ich verlangen, daß ... diese Information der Allgemeinheit nicht zugänglich gemacht wird? Ich bin der Ansicht, daß jemand, der Vorurteile hat, dies nicht unbedingt erfahren muß.«

»Tarses, Ihr Großvater war Romulaner. Das müssen

Sie nicht verbergen. Die Föderation fördert keine Vorurteile, und das gilt ganz besonders für Starfleet.«

Er atmete tief aus. »Sie haben gut reden! Aber Sie müßten doch wissen, was die Leute von den Romulanern halten. Niemand vertraut ihnen, und ich will nicht, daß jemand weiß, daß ich ... na ja, daß ich irgend etwas mit ihnen zu tun habe. Denn das habe ich auch nicht!«

»Ihr Vater war Halbromulaner.«

Tarses drehte sich abrupt um und schritt auf und ab. Als er wieder vor sie trat, hatte er den Kopf gesenkt und drückte einen Finger auf die Nasenwurzel. Seine Bemühung, die Stimme ruhig zu halten, war offensichtlich. »Sie werden nicht zulassen, daß ich diese Information geheimhalte, nicht wahr?«

»Tarses, ich glaube, wenn Sie das täten, würden Sie nur eine noch größere Geheimniskrämerei in die Welt setzen.«

Der junge Mann ließ sich in seinen Sessel fallen. Er runzelte die Stirn und zerzauste mit nervösen Händen sein Haar. »Das war es dann wohl.«

Deanna verschränkte die Hände hinter dem Rücken. Das war ein entscheidender Augenblick. »Was werden Sie jetzt tun?«

Er schaute zur Decke und hob eine Hand, so daß die Fläche nach oben deutete. »Jetzt? Was kann ich denn schon tun? Ich muß weiterhin damit leben, daß jeder mich anstarrt und sich daran erinnert, was passiert ist. Ich ... ich komme ja mit allen zusammen ... als Medo-Techniker läßt sich das nicht vermeiden. Und alle wissen, daß man mich angeklagt hat.«

»Fallen Sie nicht wieder darin zurück, Tarses. Sie müssen sich nicht nur mit den Anhörungen befassen. Haben Sie die Dateien gelesen, die ich Ihnen überspielt habe?«

»Ich weiß über die Romulaner Bescheid. Sie haben eine gemeinsame Wurzel mit den Vulkaniern, sind ihnen aber in jeder Hinsicht – moralisch, philosophisch und wissenschaftlich – unterlegen. Nicht nur unterlegen, sondern zu fanatischen Tyrannen entartet.«

»Jetzt hören Sie aber auf. Irgend etwas an der romulanischen Kultur muß Sie doch interessieren.«

»Ach ja? Zum Beispiel, wie meine Mutter ...« Er hielt inne, rang um die Herrschaft über seine Stimme. »Ich ... ich wünschte, sie hätte es mir nie gesagt. Aber sie mußte es, als sie herausfand, daß es mir ernst war, Starfleet beizutreten.«

Deanna biß die Zähne zusammen und widerstand ihrem Drang, ihm zu sagen, was sie von einer Mutter hielt, die die Abstammung ihres Sohnes so viele Jahre lang vor ihm verborgen hatte und ihn dann drängte, seine Bewerbungsunterlagen zu fälschen, statt ihm dabei zu helfen zu akzeptieren, wer er war. »Haben Sie in letzter Zeit mit ihr gesprochen?«

»Was? Ja, klar. Sie hält meine Versetzung ebenfalls für eine gute Idee.«

»Davon bin ich überzeugt«, sagte Deanna trocken. Tarses' Mutter trug einen Großteil der Schuld an dieser starken Verleugnung seiner Abstammung.

»Sie wird wahrscheinlich enttäuscht sein.« Tarses fuhr geistesabwesend mit der Hand über die Harfe. »Sie ist der Ansicht, daß ich deshalb nicht befördert werde. Ich versuche ihr zu erklären, daß die Assistenten der Medo-Techniker nicht gerade häufig befördert werden, aber sie ist an das Gewerkschaftssystem bei den Fabrikanten der Mondbasis gewöhnt.«

»Haben Sie sich bei ihr noch einmal nach Ihrem Vater erkundigt?«

Seine Hände ballten sich zu Fäusten. »D-Das kann ich nicht, Counselor.« Er sah sie an, als sie etwas sagen wollte, und fuhr schnell fort: »Ich habe es versucht, wirklich, aber es macht sie schon wütend, wenn ich nur eine Andeutung über ihn fallenlasse. Ich kann es einfach nicht. Sie ist so alt, und sie hat so hart gearbeitet, um mir alles zu geben, was ich habe. Sie setzt solche Hoffnungen in mich. Ich kann sie einfach nicht dermaßen verletzen.«

»Aber Sie wissen doch gar nicht, was wirklich passiert ist.«

»Ich weiß genug.«

Deanna erwiderte seinen Blick. In seinen Augen lag ein furchtbar trauriger, elender Ausdruck.

»Wenn das ...«, begann sie, doch plötzlich spürte sie etwas sehr Seltsames. Wie der Geruch einer Blume, die sie unter ihre Nase hob, die langsame Ausbreitung eines süßen Parfums, zog das Kribbeln einer Ahnung über ihre empathischen Sinne. Es war ganz zart, aber trotzdem melodiöser und sorgfältiger gestimmt als alles, was sie je erlebt hatte. Sie drehte langsam den Kopf und hielt den Atem an, während sie versuchte, mit ihren Sinnen nach außen zu greifen, über die Grenzen der *Enterprise* hinaus.

»Counselor?« fragte Tarses besorgt. »Stimmt etwas nicht?«

»Ich weiß es nicht«, sagte sie geistesabwesend, nicht sicher, was genau sie spürte. Aber es rief nach ihr. Sie berührte ihren Kommunikator. »Captain Picard, hier spricht Counselor Troi. Ist alles in Ordnung?«

3

Commander Riker hatte unwillkürlich mitgehört, als Deanna sich an der taktischen Station ein Wortgefecht mit Worf lieferte. Ihm gelang es sogar, einen kurzen Blick auf Deannas Gesicht zu werfen, als die Türen des Turbolifts sich vor ihr schlossen. Sie versuchte, ausdruckslos zu wirken, hielt das Kinn hoch, doch ihre Mundwinkel waren verkniffen, und sie zerrte mit den Fingern am Bein ihres engsitzenden kastanienbraunen Overalls.

Riker unterdrückte ein Lächeln, als er sich wieder dem Bildschirm zuwandte. Er wußte wahrscheinlich als einziger, wie wütend Deanna im Augenblick war. Und noch komischer wurde die Sache dadurch – er hatte es noch nicht über sich bringen können, es ihr zu sagen –, daß Worf sich mit Troi auf genau dieselbe Art und Weise zankte wie damals mit K'Ehleyr. Riker hatte an Bord der *Pagh* genug Klingonen mit Frauen streiten sehen, die sie respektierten, um das Werben eines Klingonen zu erkennen. Das war ihre Weise, die Stärke ihrer potentiellen Gefährtinnen zu testen.

Als er sich vorstellte, was Deanna dazu sagen würde, wurde sein Lächeln breiter. Er fühlte sich ein wenig schuldig, weil er es ihr nicht sagte, doch sie würde es früher oder später schon allein herausfinden. Oder Worf würde es merken, und dann würde er sich bei ihren kleinen Zusammenstößen zurückhalten, und diese würden nicht mehr so interessant sein – für ihn auch nicht.

Ganz unwillkürlich dachte er an Deannas Mutter,

Lwaxana, und den Ausdruck auf ihrem Gesicht, falls sie jemals herausfinden sollte, daß ›Mr. Wuff‹ einen unterschwelligen Paarungstanz um ihre Tochter aufführte, die Erbin der heiligen Ringe, Hüterin des Fünften Kelchs von Riix …

Riker gelang es nicht ganz, ein Lachen zu ersticken. Er legte schnell eine Hand auf den Mund und tat so, als wolle er seinen Bart glattstreichen, während er zu den anderen Brückenoffizieren hinüberschaute. Niemand hatte es bemerkt. Allerdings wäre es nicht das erste Mal gewesen, daß die Crew ihn ertappte, wie er leise in sich hinein lachte.

Aber diese Sache war nicht zum Lachen. Deanna erledigte ihre Arbeit, genau wie er es tun sollte. Und das hatten sie gemeinsam – keiner von ihnen würde sich von persönlichen Wünschen von der Pflichterfüllung abbringen lassen.

Riker schaute erneut auf die Konsole in der Armlehne. Er leitete die derzeitige Mission, die Reinigung der Atmosphäre von Lessenar. Die vorbereitenden Untersuchungen der lessenarischen Wissenschaftler waren für eine Analyse unzureichend, und daher lagen den Wissenschaftlern der *Enterprise* kaum Daten vor, auf denen sie bei der Durchführung der Mission aufbauen konnten. Doch Lieutenant Chryso, Leiterin der Abteilung Atmosphärische Studien, hatte bereits ihr Team darauf angesetzt.

Riker warf einen verstohlenen Blick auf Chryso, die an einer der Stationen auf dem Achterdeck stand und die Sensorberichte ihrer Abteilung koordinierte. Er hörte ihre tiefe, gelassene Stimme, und als er sich umdrehte, beendete sie gerade die Programmierung ihrer Schalttafel mit ein paar letzten Berührungen ihrer grazilen Hände. Ihre glatte Haut schimmerte dunkelbraun, und ihre schwarzen, mandelförmigen Augen leuchteten, als sie aufschaute. Sie nickte leicht, um ihm zu bedeuten, daß alles unter Kontrolle war.

Riker schaute wieder geradeaus. Er wußte, sie waren imstande, den Job zu erledigen, sobald sie den Planeten erreicht hatten. Die Lessenarier waren eine humanoide Spezies; er rechnete mit einem gewissen Maß an Frustrationen, wenn sie sich mit anderen Humanoiden abgeben mußten. Vielleicht weil Humanoide einander so ähnlich waren, kam es dazu, daß beide Spezies, ohne es zu merken, unwillkürlich gewisse Vorbehalte hatten, bis sie schließlich gegen eine Backsteinmauer der Verständnislosigkeit rannten. Dann mußten sie wieder zu der Stelle zurückkehren, an der ihre Vorstellungen voneinander abwichen, und alles klarstellen, bevor sie die gemeinsame Mission fortsetzen konnten. Hatte man sich erst ein paar Mal in diesen Fußangeln verheddert, konnte es alle Betroffenen wirklich zur Verzweiflung bringen.

Darüber hinaus handelte es sich um den ersten ausführlichen Kontakt zwischen der Föderation und Lessenar, so daß ihre Mission nicht nur eine wissenschaftliche Untersuchung, sondern auch einen diplomatischen Austausch beinhaltete. Riker war sehr zufrieden, daß Picard ihn mit der Koordination der zahlreichen Aspekte beauftragt hatte. Er wußte die Herausforderung zu schätzen.

Er warf einen Blick auf den Navigationsoffizier. »Status, Fähnrich Ro.«

Als sie auf ihre Anzeigen schaute, schimmerte das Licht auf ihrem dunklen, glänzenden Haar. »Wir werden das Sonnensystem in drei Minuten erreichen, Sir.«

Riker benutzte die Tastatur der Konsole in der Armlehne und gab ihre geschätzte Ankunftszeit direkt in Picards Computer ein. Da der Captain auf der Brücke nicht gebraucht wurde, wollte Riker ihn in seinem Bereitschaftsraum nicht mit einer verbalen Meldung stören.

»Wir sind in Scannerreichweite, Sir!« erklärte Worf hinter ihm.

Als die Brückencrew die Scannerberichte erhielt, ging es an den einzelnen Stationen schon geschäftiger zu. Riker hörte die angespannten, schnellen Bewegungen, mit denen Lieutenant Chryso Daten eingab und die Informationen verarbeitete.

Nach einer kurzen Pause schaute Data zu Riker hinüber. Seine Augen leuchteten in einem helleren Gelb als seine blaßgoldene Haut. »Die Daten weisen darauf hin, daß es in diesem System eine ungewöhnlich hohe Sonnenaktivität gibt, Sir. Ich empfehle, mehr Energie in die Schilde zu lenken.«

»Tun Sie das.«

»Aye, Sir!« meldete Worf augenblicklich. »Generatorenergie auf vierundfünfzig Prozent erhöht. Alle Deflektorgeneratoren in voller Bereitschaft.«

Riker warf einen Blick auf Worf. Es klang ganz so, als wäre er auf diesen Satz vorbereitet gewesen.

»Auf den Schirm«, befahl Riker.

Der Sternenhimmel schien einen Satz zu machen, als die Sensoren sich auf den Planeten konzentrierten. Genau in diesem Augenblick öffnete sich zischend die Tür des Bereitschaftsraums, und Captain Picard kam heraus.

»Vergrößern.« Riker erhob sich aus Achtung vor dem Captain, tat ein paar Schritte und baute sich hinter der Navigation und dem Operationszentrum auf.

Der Planet, der grünblaue Meere und die üblichen braunen Kontinente aufwies, füllte den Bildschirm fast vollständig aus. Sie näherten sich auf der nördlichen Achse, doch die winzige, funkelnde Eiskappe schien völlig bedeutungslos zu sein. Und wo die Erde zum Beispiel in bauschige weiße Wolken gehüllt gewesen wäre, wurde die Oberfläche Lessenars fast vollständig von dichten vertikalen Streifen aus einem milchigen Grün eingehüllt. Die leuchtenden Streifen tauchten quer unter der *Enterprise* auf und waren ineinander eingebettet, bildeten einen engen Kreis über der Eiskappe und dehnten sich spiralförmig in immer größeren Kreisen fast über die gesamte nördliche Hemisphäre aus. An einigen Stellen waren die grünen Mauern so hoch, daß die Dichte der Atmosphäre buchstäblich sichtbar war.

»Großartig«, murmelte der Captain.

»Was ist das?« fragte Riker.

»Einen Augenblick, Sir.« Data gab unglaublich flink Daten ein. »Anscheinend rufen die Solaremissionen den Zustrom von Elektronen in die Atmosphäre hervor. Das Phänomen konzentriert sich auf die magnetischen Pole, wo die Elektronen mit den Schadstoffen reagieren, die die Luftverschmutzung verursachen.«

»Was für Schadstoffe?«

»Bei der primären chemischen Reaktion«, antwortete Lieutenant Chryso geistesabwesend von ihrer Station aus, »handelt es sich um eine Ionisation.«

»Die Sonnenelektronen reagieren mit Ozon«, fügte Data hilfreich hinzu, als Riker die Augen zusammenkniff, »wobei sie Strahlung freisetzen, die wir als Farbe sehen …«

»Danke, Data. Ich weiß, was Ionisation ist.« Riker schaute zu den strahlenden grünen Bändern empor. Ihre Kanten griffen weit ins All hinaus und verursachten eine wellenförmige Verzerrung im Umriß des Planeten. »Wie groß sind diese Dinger?«

Data studierte seine Konsole und berührte hier und da eine Schaltfläche. »Die untere Kante befindet sich auf einer Höhe von einhundert Kilometern. Die obere Region ist wesentlich weniger deutlich definiert und erstreckt sich in eine Höhe von bis zu eintausend Kilometern über der Oberfläche.«

Riker dachte darüber nach. »Bringen Sie uns in den hohen polaren Orbit, Fähnrich.«

»Aye, Sir«, bestätigte Fähnrich Ro.

»Sir«, rief Worf von hinten, »soll ich Kontakt mit dem Planetaren Rat aufnehmen?«

»Noch nicht, Mr. Worf. Ich möchte zuerst etwas mehr über ihre Lage herausfinden.« Riker stützte sich an der Lehne von Ros Stuhl ab. »Chryso, welche Auswirkungen hat dieses Phänomen auf den Planeten?«

Sie schaute nicht von ihrem Instrumentenbrett auf. »Zu diesem Zeitpunkt unbekannt, Sir. Ich stelle eine deutliche Konzentration feiner Feststoffe in der Atmosphäre fest, zum Beispiel Kohlenstoffpartikel, Fluoride und Sulfate wie auch Stickstoff. Diese scheinen mit den Sonnenpartikeln zu reagieren und tödliche sekundäre Schadstoffe zu produzieren.«

Als sie den Planeten umkreisten, bemerkten sie eine zweite Anordnung welliger, irisierender Bänder, die die südliche Hemisphäre umgaben und hoch ins All hinaufstiegen. Riker schüttelte den Kopf, während die Bänder sich kräuselten und bewegten, manchmal miteinander verschmolzen und atemberaubend dichte grüne Wolkenballungen schufen.

»Stellen diese Bedingungen eine Gefahr für ein Außenteam dar?« fragte Captain Picard hinter ihnen.

Chryso wollte antworten, doch der Anblick, der sich ihnen auf dem Bildschirm bot, hielt sie davon ab. Sie riß die Augen auf, als sie die grünen Bänder sah. Es dauerte einen Augenblick, bis sie sich wieder gesammelt hatte. »Möglicherweise, Sir. Biofilter wären ratsam.«

Riker nickte bereits und überlegte, aus welchen Offizieren er das Außenteam zusammenstellen würde.

Data neigte den Kopf über seine Anzeigen. »Sir, ich empfehle, die Transporter nicht zu benutzen. Die chemischen Interaktionen und der Ionenzustrom werden Auswirkungen auf die Integrität des Materietransfers haben.«

»Keine Transporter.« Riker überdachte schnell sein geplantes Vorgehen und hielt die Änderungen fest, die sich durch diese Komplikation ergaben. »Öffnen Sie einen Kanal und verbinden Sie mich mit dem Planetaren Rat, Lieutenant Worf.«

»Kanal geöffnet, Sir.«

»Mitglieder des Planetaren Rats von Lessenar, hier spricht Commander William T. Riker vom Föderationsraumschiff *Enterprise.*« Riker wählte seinen Tonfall mit Bedacht. Die erste Kontaktaufnahme konnte besonders verzwickt sein.

»Sie antworten, Sir«, erklärte Worf.

»Auf den Schirm.«

Der Planet mit seinen leuchtendgrünen Bändern verschwand; kurz darauf zeigte der Monitor das von atmosphärischen Störungen überlagerte Bild eines Humanoiden, der anscheinend auf einem Stuhl mit hoher, geschwungener Lehne saß. Aus dem Stegreif ließ sich nicht feststellen, warum das Bild so schlecht war.

»Commander Riker, ich bin Wiccy Ron Micc, Sprecher des Planetaren Rats. Willkommen auf Lessenar!«

»Danke, Ratssprecher.« Riker lächelte und versuchte, die Störungen zu ignorieren. »Anscheinend haben wir leichte Schwierigkeiten mit der Verbindung. Bitte gedulden Sie sich einen Augenblick.« Über die Schulter hinweg fragte er: »Bekommen wir kein klareres Bild, Worf?«

Worf konzentrierte sich auf seine Konsole und schaute kaum auf, während er mit tiefer Stimme polterte: »Ich versuche, die Verbindung neu zu justieren.«

Riker wandte sich wieder dem Ratssprecher zu. Angesichts der funkelnden Störungen konnte er nicht viel von dem Mann ausmachen. Er setzte das Gespräch trotzdem fort. »Ratssprecher Wiccy, die *Enterprise* steht zu Ihren Diensten. Sie haben bezüglich der atmosphärischen Bedingungen auf Ihrem Planeten Hilfe von der Föderation erbeten.«

»Ja, und wir freuen uns darauf, Sie begrüßen zu können, Commander Riker. Wir haben für Sie und Ihre Offiziere einen Empfang vorbereitet.«

Riker hob eine Hand; er war sich jedoch nicht sicher, ob der Ratssprecher ihn sehen konnte. »Wir danken für Ihr großzügiges Angebot, sind zur Zeit jedoch nicht imstande, den Transport durch Ihre Atmosphäre zu vollziehen.«

»Wie bedauerlich!« Der Mann wirkte verzweifelt. Aufgrund auflodernder Störungen, die auch das Bild völlig überlagerten, konnte Riker seine nächsten Worte nicht verstehen.

»Was ist los, Worf?«

Der Klingone schien sich rechtfertigen zu wollen. »Die Strahlungswellen beeinträchtigen die Subraum- und Funkfrequenzen.«

Data betrachtete seine Konsole mit einem Gesichtsausdruck, das einem Stirnrunzeln sehr nah kam. »Sir, die Fluktuationen stehen in direktem Zusammenhang mit der Sonnenaktivität. Die Kommunikationseffizienz hat um vierunddreißig Prozent nachgelassen.«

Riker atmete langsam aus. »Ratssprecher Wiccy, wenn Sie die Datenübertragung mit dem Leiter meiner Sicherheitsabteilung, Commander Worf, koordinieren könnten, würden wir gern mit unserer wissenschaftlichen Ermittlung beginnen.«

Ein Zischen ertönte, dann: »... gern. Mein Kommu ... wird Sie ... Wir wissen zu schätzen ... freuen uns ... Austausch.«

Riker fuhr sich mit der Hand über Kinn und Mund und strich dann seinen Bart glatt. Fähnrich Ro schaute mit leisem Lächeln zu ihm hinauf und beobachtete seine Reaktion.

»Danke, Ratssprecher Wiccy«, sagte Riker und beendete das Gespräch dann schnell. »Ich freue mich darauf, später mit Ihnen sprechen zu können. Riker Ende.« Er drehte sich um und zog seine Uniform glatt. »Data, versuchen Sie, von ihnen in Erfahrung zu bringen, was Sie können. Wenn sie es oft genug senden, müßte der Computer es zusammensetzen können.«

»Aye, Sir.« Data schickte sich an, die Matrixübersetzung in den Computer der *Enterprise* einzugeben.

Riker kehrte zu seinem üblichen Sitz rechts vom Sessel des Captains zurück, nahm Platz und betrachtete einen Augenblick lang seine Armlehnenkonsole, ohne sie wirklich zu sehen. Diese formelle Höflichkeit ging ihm auf die Nerven. Die Störungen trugen nicht dazu bei, seine Laune zu verbessern.

»Zumindest bleibt mir vorerst ein ›Empfang‹ erspart«, sagte er schließlich leise zum Captain.

Picard erwiderte sein Lächeln. »Besser Sie als ich, Nummer Eins.«

»Haben Sie mir deshalb die Leitung dieser Mission übergeben?« Riker streckte sich und spürte, daß die Anspannung sich bereits löste. »Nun ja, ich werde bald mit einem Shuttle hinabfliegen müssen, um persönlich mit Ratssprecher Wiccy zu reden. Und Lieutenant Chryso hat bereits erklärt, daß Tests an Ort und Stelle unerläßlich sind.«

»Einverstanden. Mal sehen, was wir bis dahin über diese ungewöhnlichen Bedingungen herausfinden können.«

Riker schaute zur Funktionsstation hinüber. »Mr. Data, haben Sie ...«

»Sir!« unterbrach Worf. »Die Fernsensoren haben ein Schiff erfaßt, daß in dieses System einfliegt.«

»Identifizieren!« befahl Riker und schaute zu Captain Picard hinüber.

Worf arbeitete bereits daran. »Sie identifizieren sich selbst als die ...«

Worf schien einen Augenblick lang zu zögern, und Data warf reibungslos ein: »Die *Prospector*, Sir. Passagier-Starliner B2004, registriert unter Peristroika Inc., Moskau, Erde.«

»Ein Starliner?« fragte Riker und lächelte leise. »Den würde ich mir gern mal ansehen.«

Der zylindrische Schiffskörper mit einer einzigen

Antriebsgondel an der Unterseite verdeutlichte sofort, daß es sich um ein älteres Schiff handelte. Die Bereiche um die Außenschotten hatten deutliche Patina angesetzt, und vorn waren mehrere breite Nähte sichtbar; dort waren beträchtliche Reparaturarbeiten an der Hülle durchgeführt worden. Doch das Schiff wies ein Übermaß an Bullaugen und eine glatte Schwerfälligkeit auf, die sich völlig von der Effizienz des Starfleet-Designs zu unterscheiden schien.

Plötzlich erklang Trois Stimme über den Kommunikator. »Captain Picard, hier spricht Counselor Troi. Ist alles in Ordnung?«

Picard wechselte einen Blick mit Riker. »Hier ist alles unter Kontrolle, Counselor. Stimmt etwas nicht?«

Es folgte ein offensichtliches Zögern. »Ich bin mir nicht sicher. Ich nehme eine ungewöhnliche Ausstrahlung wahr.«

»Sir«, meldete Worf, bevor Picard antworten konnte, »wir werden gerufen.«

»Counselor, kommen Sie zu uns auf die Brücke«, sagte Picard. Dann erhob er sich und nickte zur taktischen Station hinüber. »Danke, Lieutenant Worf. Auf den Schirm.«

Riker beugte sich vor, als ein robuster, älterer Mann auf dem Bildschirm erschien. Er hielt sich in einem winzigen Raum auf; eine dunkle Wand erhob sich direkt hinter ihm, und über ihm eine ebensolche Decke. Der Mann hatte schulterlanges graues Haar und einen struppigen Bart, der bis auf seinen breiten, gewölbten Brustkorb fiel. Als er seine Augen zusammenkniff und sie musterte, bildeten sich Falten darum. Störungen liefen in Form feiner Linien über den oberen und unteren Rand des Bildschirms, doch die Interferenzen waren nicht so schlimm wie bei Rikers Gespräch mit Ratssprecher Wiccy.

Picard trat näher. »Ich grüße die *Prospector*«, sagte er. »Ich bin Jean-Luc ...«

Der Mann unterbrach ihn mitten im Satz, drehte sich um und rief über die Schulter zurück: »Marca! Unternimm was gegen die Störungen, ja?« Dann schaute er wieder voll in das Aufnahmegerät, und seine blauen Augen hatten einen überraschend intensiven Ausdruck. »Diese verdammten Interferenzen können einen glatt in den Wahnsinn treiben, was?«

4

Picard ließ sich nichts anmerken. Wenn man sich mit Außerirdischen befaßte, lernte man, sehr viel Geduld zu haben. »Offensichtlich sind diese Störungen eine Spezialität dieses Sonnensystems.«

»Ach ja? Wenn ich darüber nachdenke, muß ich sagen, daß sie mir bislang noch nie aufgefallen sind.« Der Mann lächelte, und seine Wangen rundeten sich über seinem weißen Bart. »Ich bin Capt'n Jacob Walch. Das hier ist die *Prospector*.«

Picard verlagerte sein Gewicht auf den anderen Fuß und verschränkte die Arme vor der Brust. »Man hat mich nicht darüber informiert, daß Lessenar ein planmäßiger Anlaufpunkt für Urlaubsreisen ist.«

»Aber sicher!« Walch riß einen fleischigen Arm hoch. »Sehen Sie sich den mumifizierten Planeten an, von seiner eigenen Atmosphäre umwickelt. Ich schicke Ihnen unsere Broschüre. Im Augenblick bietet sich uns noch ein schwaches Bild. Die Bänder wechseln ihre Farbe, werden auf der Unterseite manchmal richtig rot. Und warten Sie nur, bis das Feuerwerk anfängt! So ein farbenfrohes Spektakel haben Sie noch nicht gesehen.«

Picard blinzelte kurz. »Sie kommen lediglich hierher, um sich dieses Phänomen anzusehen, und nicht, um Passagiere aufzunehmen?«

»Das ist nur eine der vielen Sehenswürdigkeiten, die wir in diesem Sektor anfliegen. Am nächsten Morgen geht's weiter, nach unserer Schiffszeit natürlich.« Walch beugte sich vor. Plötzlich wirkte er verschwörerisch, und um seine Augenwinkel bildeten sich Fältchen. »Wenn Sie mich fragen... kommt mir wie die reinste Verschwendung vor, nicht ein paar Kunden zusammenzutrommeln, wenn wir sowieso schon hier sind. Aber mein Geschäftspartner ist dagegen. Dieser Planet gehört nicht der Föderation an, und deshalb wären die Passagiere, die wir hier an Bord nehmen, durch die Versicherung nicht gedeckt.«

»Ja, aber ...«

»Sie haben sich genau die richtige Umlaufbahn ausgesucht. Haben Sie was dagegen, wenn wir uns einfach hinter Sie hängen? Die Tourii – wissen Sie, das sind meine Touristen«, sagte er, als wäre die Erklärung nicht völlig überflüssig. »Sie werden begeistert sein, die *Enterprise* von Starfleet zu sehen! Das Flaggschiff der Föderation!«

»Ja, aber ...«, setzte Picard ein zweites Mal an.

»Also abgemacht! Setz sie dahinter, Paddy.« Mit einem Wurstfinger zeigte Walch auf jemanden. »Achte darauf, daß man aus den vorderen Bullaugen das Schiff und gleichzeitig den Planeten sehen kann.«

Picard hob eine Hand. »Captain Walch, würden Sie mir bitte zuhören.« Er wartete, bis er die Aufmerksamkeit des Mannes hatte. »Die *Enterprise* führt Untersuchungen der Atmosphäre dieses ...«

»He, paßt auf!« rief Walch seiner Crew zu. »Setzt sie ein Stück zurück. Klebt den Jungs nicht zu sehr an der Pelle.«

Data schaute auf sein Instrumentenbrett. »Die *Prospector* hat eine Position in einer Entfernung von 11 402 Kilometern eingenommen, Kurs 120 Komma 35.«

»Schön. Sehr schön.« Picard versuchte, ein Lächeln zustande zu bringen.

»Wenn Sie irgend etwas brauchen, lassen Sie es mich einfach wissen.« Walch blinzelte kurz. »Hab hier die beste Einrichtung in der ganzen Galaxis. Essen, Wein, Luxusunterkünfte. He, vielleicht wollen Sie sich unser

Showprogramm mal ansehen – wir haben noch jede Menge Platz. Mußten wegen der Sli zwei ganze Decks leerräumen.« Die Bezeichnung klang wie ein Schnauben.

»Wie bitte?« fragte Picard mit starrem Gesichtsausdruck.

»Sli. Sie wissen schon – große Quallendinger. Ich hab' fünf Stück von ihnen an Bord. Sie geben emotive Konzerte«, sagte Walch stolz.

Picard schaute Riker an. »Könnte die Counselor die Sli wahrgenommen haben?«

Riker zuckte mit den Achseln und wollte antworten, als Walch sich erneut umdrehte und wieder seinen dicken Finger hob. »He, ich hab' 'ne Idee! Kommen Sie doch zum Abendessen. Ich lade Sie ein! Wie wär's, Jean-Luc?«

Picard schüttelte bereits den Kopf. »Nein, wirklich nicht. Danke, aber das ist wirklich nicht notwendig.«

»Ach was, das macht überhaupt keine Mühe. Wir werfen einfach ein paar Kühe mehr auf den Grill. Bringen Sie Ihre Leute mit«, sagte er und schaute von einem Mitglied der Brückencrew zum nächsten. »Sie sind alle eingeladen! Wir machen uns einen schönen...« Walch hielt inne und spähte eindringlich am Captain vorbei.

Picard warf einen Blick über die Schulter und sah, daß Worf strammstand und zur oberen Kante des Bildschirms schaute.

»Das gibt's doch nicht! Ich dreh' durch! Wenn das nicht Worf ist!« Walch schlug sich auf die Schenkel und grinste den Sicherheitsoffizier an. »Ich hab' gewußt, daß Sie auf der *Enterprise* sind. Wo war ich nur mit meinen Gedanken? Wie geht's Ihnen, mein Sohn?«

Picard trat zur taktischen Station zurück. »Sie und Captain Walch kennen sich, Mr. Worf?«

»*Kennen!*« wiederholte Walch hinter ihm und heulte buchstäblich vor Gelächter auf. »Ich kenne diesen Jungen, seit er groß genug war, um sich zu prügeln. Aber jetzt sollte sich besser keiner mehr mit ihm anlegen – nein, Sir!«

Worf schien auf die Zähne zu beißen, nickte aber. »Aye, Sir.«

»Nun gut.« Picard drehte sich um, setzte sich und stellte die Angelegenheit in Worfs Ermessen.

In diesem Augenblick betrat Deanna Troi die Brücke. Sie betrachtete den grauhaarigen Mann auf dem Bildschirm und warf einen kurzen Blick auf Picard, der ganz entspannt dastand. Sie mußte gespürt haben, daß auf der Brücke alles in Ordnung war, denn sie nahm schweigend neben Picard Platz.

Mittlerweile hatte Jacob Walch sich vorgebeugt und sein strahlendstes Lächeln aufgesetzt. »Kommen Sie mit herüber, Worf! Bringen Sie Alex mit … ich hab' den Jungen ja seit Ewigkeiten nicht mehr gesehen. Muß jetzt fast schon so groß wie sein Pa sein, was?«

»Wenn Sie mich entschuldigen würden, Sir.« Worf klang sehr beherrscht. »Ich kann jetzt nicht mit Ihnen sprechen. Doch ich werde mich bei Ihnen melden, sobald ich dienstfrei habe.«

»Sicher, Worf, sicher. Klingeln Sie an, wenn Sie mit der Arbeit fertig sind. Ich bin hier.« Er fuhr sich mit einer Hand durch den Bart, ohne den Blick von Worf zu nehmen.

»Sir?« fragte Worf den Captain.

»Das wär's«, erwiderte Picard.

»*Enterprise* Ende«, erklärte Worf schnell und verhinderte einen weiteren Kommentar Walchs, indem er abschaltete. Der Bildschirm zeigte wieder die Ansicht des Planeten.

In der nun folgenden Stille warf Picard einen Blick auf Commander Riker und stellte keineswegs überrascht fest, daß dieser sich verzweifelt bemühte, nicht allzu offen zu grinsen. Counselor Troi hingegen schien absichtlich still zu bleiben.

»›Mein Sohn‹?« sagte Riker leise, als er merkte, daß Picard ihn ansah. Doch er sprach absichtlich gerade so laut, daß Worf ihn verstehen mußte.

Worf drehte sich scharf zu ihm um und kniff die Augen zusammen. »Walch ist ein alter Freund meiner Pflegeeltern.«

Picard schlug die Beine übereinander. »Es scheint sich um einen sehr angenehmen Menschen zu handeln. Meinen Sie nicht auch, Nummer Eins?«

»Er kam mir überaus bezaubernd vor«, stimmte Riker mit Pokerface zu.

Kurz darauf betrat Worf sein Quartier; unter dem Arm trug er ein langes, schmales Paket. Das Licht war gedämpft; lediglich ein violettes Schimmern erhellte die Wand, an der der Replikator stand. Auf dem Eßtisch standen die Überreste einer Mahlzeit; einige hellgrüne Häufchen waren übrig geblieben.

Worf entschloß sich, die Tatsache zu ignorieren, daß sein Sohn den Teller nicht leergegessen hatte. »Alexander, komm her und räum den Tisch ab.«

Sein Sohn tauchte auf der Schwelle seines Zimmers auf; sein Mund bildete einen überraschten Kreis. »Du bist zu Hause.«

»Ja.« Worf runzelte die Stirn, so verwundbar kam ihm sein Sohn vor. »Mach den Mund zu, Alexander!«

Alexander tat wie geheißen, doch nun wirkte er völlig verwirrt. Er schlurfte mit nackten Füßen über den Teppich und zerrte am Oberteil des blauen Schlafanzugs, den er trug.

Worf seufzte. »Räum den Tisch ab, Alexander.« Er ging auf sein Zimmer und hörte, daß Alexander den Teller und seine Farbtuben und Modelle aus dem Hauptraum brachte.

Als Alexander zurückkam, packte Worf gerade das Paket aus. Der Junge wartete an der Tür und grub die Zehen in den Teppich, ohne etwas zu sagen.

»Komm her, Alexander.« Worf hielt ihm eine rote und schwarze Scheide hin. »Das habe ich dir mitgebracht. Es ist die Nachbildung eines *Miskazi* der Samurai aus der Kamakura-Periode. Wenn du ein Krieger bist, wirst du das lange Schwert bekommen.« Er zog ein kurzes Schwert hervor, das immerhin noch fast einen Meter lang war und eine am Ende leicht gebogene Klinge hatte.

Alexander wich zurück, als Worf das Schwert mit einem leisen Zischen herauszog.

»Willst du es dir nicht ansehen, Alexander?« Worf hielt sie ihm hin. »Hier.«

Sein Sohn nahm das kurze Schwert unbeholfen entgegen, doch sein Gesicht hellte sich auf. »Das ist für mich?«

»Ja.« Worf beobachtete seinen Sohn stolz. »Die Klinge ist stumpf. Du darfst also bei den Holodeck-Simulationen mit diesem Schwert üben.«

Alexander legte beide Hände um den Griff und führte ein paar zittrige Hiebe. »Statt dem Kampf Mann gegen Mann?«

»Nein.« Als Worf diese vertraute Abneigung seines Sohnes erneut zur Kenntnis nehmen mußte, biß er die Zähne zusammen. »Der Kampf Mann gegen Mann ist für einen Krieger lebenswichtig. Das weißt du doch, Alexander.«

Der Junge untersuchte den leicht schraffierten Griff der Waffe. »Das sieht aber toll aus.«

»Das ist Teil deiner menschlichen Abstammung, Alexander. Die Samurai-Krieger waren eine edle Kaste. Sie haben einen komplizierten Duellkult begründet...«

»Mir gefällt der Knauf mit den spiralförmigen Teilen.« Er hielt das Schwert hoch, um ihn seinem Vater zu zeigen.

»Alexander!« Worf kämpfte um seine Beherrschung. »Du mußt die Kunst des Schweigens üben.«

»Warum?«

Worfs Augen leuchteten auf. »Warum mußt du ständig meine Anweisungen in Frage stellen?«

Alexander dachte kurz darüber nach. »Die Lehrerin hat gesagt, wir sollen Fragen stellen.«

»Manchmal mußt du auch zuhören, um zu lernen. Schweigen ist die Wiege der Weisheit.« Er kniff die Augen zusammen und dachte an andere Kämpfe. »Es kann auch eine sehr mächtige Waffe sein.«

Alexander seufzte und verdrehte die Augen, als wollte er sagen: *Noch eine Waffe?* Aber er nahm seine neue Klinge und schob sie zurück in die Scheide. »Gute Nacht, Vater. Danke für das Schwert.«

5

Die Alphaschicht würde in ein paar Stunden beginnen, doch im Augenblick hatte Commander Data das Kommando über die Brücke. Er saß wie üblich hinter der Funktionsstation, da dieses Kontrollpult ihm einen besseren Zugriff auf die Computerbibliothek und die Sensorkontrollen als die Konsole in der Armlehne des Sessels des Captains gewährte.

Nachdem Captain Walch erklärt hatte, die Intensität des Phänomens würde schwanken, hatte Data festgestellt, daß die Lage sich seit der Ankunft der *Enterprise* tatsächlich ständig veränderte. Die Sonnenaktivität hatte um dreiundsiebzig Prozent zugenommen. Die visuellen Untersuchungen hatten ergeben, daß die stufigen grünen Vorhänge nun von Bögen und Strahlen sich bewegenden silbernen Lichts durchzogen wurden und die gesamte Atmosphäre mit Spektralsplittern aus reiner Farbe durchsetzt war.

Darüber hinaus stellten die Sonden der Klasse IV, mit denen Lieutenant Chryso die Atmosphäre untersuchte, eine Vielzahl von Bestandteilen fest, die zur Luftverschmutzung beitrugen. Sie reagierten sowohl miteinander als auch mit dem ungewöhnlichen Zustrom von Sonnenpartikeln.

Ausgehend von Lieutenant Chrysos einleitender Analyse und der weiteren Arbeit der Abteilung Atmosphärische Studien, gelangte Data zur Schlußfolgerung, daß ein Großteil der Umweltschadstoffe von den Bewohnern des Planeten erzeugt worden war.

Das Ausmaß ihrer Verantwortung war höher, als die lessenarischen Wissenschaftler gemeldet hatten, doch Data stellte fest, daß die Diskrepanz auch aufgrund der primitiven Geräte entstanden sein konnte, mit der sie ihre Forschungen betrieben hatten.

Doch diese Entdeckung führte zu einer Reihe faszinierender Fragen. Es war klar, daß die Umweltschadstoffe große Teile der Flora, Fauna und sogar der Bevölkerung des Planeten zerstörten. Dutzende großer Gebiete hatten um sofortige Hilfe in Form von Nahrung und Wasser gebeten. Commander Riker hatte bereits den Hauptshuttlehangar benachrichtigt und überwachte das Verladen der Hilfsgüter. Der Start war für neun Uhr vorgesehen.

Obwohl Data an mehreren wissenschaftlichen Analysen beteiligt war, scannte er mit der nur ihm möglichen Geschwindigkeit Aufzeichnungen zahlreicher Radio- und Fernsehkanäle, die die *Enterprise* empfangen hatte. Das Rauschen stellte eine beträchtliche Störung dar, doch er konnte zumindest feststellen, daß die Ankunft der *Enterprise* Anlaß zu großer Aufregung und einem gewissen Optimismus gab. Offensichtlich hatten die Bewohner des Planeten nur wenig Erfolg damit gehabt, die Menge der Schadstoffe zu begrenzen, die sie erzeugten – obwohl sie das aktiv schon seit mehr als sechs Generationen versuchten.

Zufällig fand Data bei seinen Untersuchungen heraus, daß die Aussicht von der nächtlichen Planetenoberfläche genauso spektakulär wie die aus dem All war. Die Lessenarier nahmen den Anblick als gegeben hin und gestanden höchstens ein, wie extrem dieser Zustand mittlerweile geworden war.

Data schaute wieder zum Hauptbildschirm. Er bot einen Anblick, den jede Spezies als spektakulär empfunden hätte. Wie die Vorschriften es bei einem Formationsflug mit anderen Schiffen vorsahen, zeigte der

Bildschirm nicht nur den Planeten, sondern auch den Passagier-Starlinier *Prospector*. Gelegentlich bemerkte Data, daß Angehörige der Brückencrew wie hypnotisiert von dem Anblick Lessenars waren – bis auf den Navigationsoffizier, Fähnrich Navarre. Sie schaute nicht auf den Bildschirm – »weil mir immer schlecht wird, wenn ich nach hinten sehe«. Data hatte gehört, daß andere Mitglieder der Brückenbesatzung sich ähnlich geäußert hatten, und fragte sich nun, ob Worf deshalb nicht auf die hinteren Seitensensoren umgeschaltet hatte. Aber andererseits hatte Worf die Brücke kurz nach der Ankunft der *Prospector* verlassen, womit Data diese Aufgabe zufiel …

Die nach hinten gerichteten Scanner meldeten einen scharfen Anstieg der Energiewerte.

»Alarmstufe Gelb!« verkündete Data in dem Augenblick, in dem Fähnrich de Groodt rief: »Sir, an Bord der *Prospector* hat es eine Explosion gegeben!«

»Schilde hoch.« Data setzte alle offensiven und defensiven Maßnahmen zur Abwehr eines möglichen Angriffs um. Seine sensorische Verarbeitungsgeschwindigkeit erhöhte sich automatisch; er nutzte diesen Umstand und schaute alle vier Sekunden zum Hauptbildschirm hoch – optische Sinneseindrücke lieferten normalerweise wichtige Informationen.

Aus der Unterseite der *Prospector* wurden in einem schmalen Strom funkelnde Fragmente gesprengt. Unmittelbar darauf erfolgte eine noch größere Explosion. Die *Prospector* wurde aus ihrer Umlaufbahn gerissen, während der Partikelfluß sich in die Länge zog und dann schnell ausdünnte, da die Trümmer verdampften.

»Hier Captain Picard. Status, Mr. Data.«

»Sir«, antwortete Data, während seine Hände sich noch immer schnell über das Instrumentenpult bewegten, »auf der *Prospector* hat es an einer Stelle, die als Frachtraum bezeichnet wird, eine Explosion von achttausend Megawatt gegeben. Zur Zeit befinden sich keine anderen Schiffe im System.«

»Verstanden, Mr. Data. Ich komme sofort.«

»Sir«, unterbrach de Groodt, »wir werden von der *Prospector* gerufen.«

Die letzten Spuren der Explosion verschwanden, und die *Prospector* hatte sich deutlich auf eine Seite geneigt.

»Auf den Schirm«, befahl Data.

Das von Rauschen durchzogene Bild Captain Walchs erschien. Er hatte die Stirn gerunzelt, und man konnte Schreie im Hintergrund hören.

»Es ist ganz plötzlich passiert!« sagte Walch ohne Vorwarnung. »Zwei unserer primären Hüllenverstrebungen sind in tausend Stücke gesprengt worden. Leitet die Schwerkraftkontrolle durch die Leitungen 43 und 44 um!« rief er plötzlich. »Und tut was gegen den Feldzusammenbruch, Jungs! Und zwar sofort!«

Data wurde klar, daß Walch einem seiner Mannschaftsmitglieder Befehle erteilte.

»Sir«, sagte Fähnrich Navarre, »die *Prospector* wird langsamer.«

»Halten Sie die Distanz, Fähnrich. Brauchen Sie Hilfe, Captain Walch?«

»Das können Sie laut sagen, Junge.« Er schaute nicht mal von seinen Daten hoch. »Können Sie uns irgendwie die Masseträgheit verschaffen, die wir brauchen?« Ohne auf Antwort zu warten, drehte er sich um und erteilte weitere Befehle. »Evakuieren Sie Decks A und B, nur um auf Nummer Sicher zu gehen. Und nehmen Sie diese Generatoren sofort wieder in Betrieb! Wo ist Picard überhaupt?«

Mittlerweile führte Data eine Reihe von Computersimulationen durch, in denen er die Masseträgheits-Absorbersysteme der *Enterprise* so rekonfigurierte, daß sie auch die *Prospector* abdeckten. »Ich bin Commander Data, zur Zeit der befehlshabende Offizier vom

Dienst«, informierte er Walch. »Captain Picard wurde über Ihre Lage unterrichtet.«

»Sir, der Starliner hat vier Rettungskapseln ausgeschleust«, informierte Fähnrich de Groodt ihn. »Ich habe die Positionen der Subraum-Funkfeuer.«

»Setzen Sie die Überwachung fort«, sagte Data ruhig. Dann, an Captain Walch gewandt: »Die *Enterprise* kann das Strukturfestigkeitsfeld nicht kompensieren, ohne einen Traktorstrahl einzusetzen.«

»Ich weiß nicht, ob die *Prospector* das durchsteht. Und wir haben andere Probleme.« Walch arbeitete noch immer an seinem Kontrollpult. »Die Nabelschnur wurde durchtrennt, und wir verlieren unsere Gravitationsstabilität. Wir können vielleicht noch dreißig, vierzig Minuten durchhalten.« Angesichts der Daten, die er lesen mußte, schüttelte er mit offensichtlicher Frustration den Kopf. »Ich werde die Evakuierung befehlen müssen.«

Data betätigte den Transporter-Alarm. »Transporterchef, alle Transporter in Bereitschaft für eine mögliche Evakuierung der *Prospector*.«

Augenblicklich erklang ein scharfes »Aye, Sir!«.

Data bemerkte, daß die Lebenszeichen an Bord der *Prospector* von den Wellenfluktuationen im Strukturfestigkeitsfeld verzerrt wurden. »Captain, wieviel Mann haben Sie an Bord, inklusive der Passagiere?«

»Zur Zeit vierundsechzig Mannschaftsmitglieder und dreihundertacht Passagiere«, erwiderte Walch geistesabwesend. »Ach ja, und diese Sli in dem anderen Frachtraum.«

Die Turbolifttüren öffneten sich zischend, und sowohl Captain Picard als auch Commander Riker betraten die Brücke.

»Elf weitere Rettungskapseln wurden ausgestoßen, Sir!« meldete de Groodt.

»Überwachen Sie das Schiff weiterhin.« Data drehte sich zum Bildschirm um. »Captain Walch, bitte warten

Sie einen Augenblick.« Dann wandte er sich an den Captain. Er erkannte sofort die leichten Anzeichen von Besorgnis auf Picards Gesicht. »Ich übergebe das Kommando, Sir.«

»Status, Mr. Data.«

»Das Strukturfestigkeitsfeld an Bord der *Prospector* wurde beschädigt. Das Schiff ist zum Stillstand gekommen. Versagen der Gravitationsstabilität schätzungsweise in siebenunddreißig Komma acht Minuten. Die gesamte Besatzung der *Prospector* kann innerhalb von achtundzwanzig Komma null zwei Minuten transportiert werden.«

»Weitere drei Rettungskapseln ausgestoßen, Sir«, warf de Groodt ein.

»Siebenundzwanzig Komma zwei fünf Minuten«, korrigierte Data sich.

Picard blieb neben Data stehen. »Irgendein Anzeichen dafür, wie das geschehen konnte, Mr. Data?«

»Mit einer Wahrscheinlichkeit von einundachtzig Prozent ist die Explosion an Bord der *Prospector* erfolgt, Sir. Es gibt weder Anzeichen von anderen Schiffen in diesem Sonnensystem, noch haben die Fernsensoren sich nähernde Flugkörper registriert.«

Riker kniff die Augen zusammen. »Was ist mit dem Planeten als Abschußort?«

»Unwahrscheinlich, Sir. Der Ort der Explosion könnte nur aus einer orbitalen Flugbahn getroffen werden. Unsere Sensoren hätten solch einen Versuch erfaßt.«

Picard nickte einmal scharf und traf seine Entscheidung. »Captain Walch, wir können Ihre Besatzung und die Passagiere direkt auf die *Enterprise* beamen.«

Das erregte Walchs Aufmerksamkeit. Er schaute kurz auf den Bildschirm, und in seine Erleichterung mischte sich das verständliche Zögern eines Captains, der sich gezwungen sah, sein Schiff aufzugeben. Seine joviale Maske war verschwunden, und darunter kam ein Mann zum Vorschein, der nun den Blick des Captains mit großer Würde und Fassung erwiderte. »Danke«, sagte er einfach.

»Sir«, sagte Data zu Picard. »Ich empfehle, daß die Besatzung der *Prospector* sich zu den gekennzeichneten Evakuierungspunkten begibt. Die Fluktuationen des Strukturfestigkeitsfeldes des Schiffes sowie die des Planeten könnten die Zielerfassung der Transporter stören.«

Picard schaute sein Gegenstück auf der *Prospector* an, doch Walch hatte bereits eine Hand gehoben, um zu verhindern, daß Picard etwas sagte. »Verstanden, Captain Picard.« Er betätigte einen Schalter und aktivierte die Kom-Anlage seines Schiffes. »Hier spricht Captain Walch. Alle Passagiere begeben sich bitte zu den Ihnen jeweils zugewiesenen Notfallsektoren. Dort werden Sie an Bord der *Enterprise* gebeamt. Ich wiederhole, alle Passagiere begeben sich zu den ihnen zugewiesenen Notfallsektoren.«

»Weitere vier Rettungskapseln wurden ausgestoßen, Sir«, meldete de Groodt leise.

»Verfolgen Sie ihre Flugbahn, Fähnrich. Wir nehmen sie auf, sobald die Transporte beendet sind.« Picard schien einen Augenblick lang zu zögern, als müsse er etwas Unangenehmes sagen. »Captain Walch, wenn Sie uns Zugriff auf Ihren Computer ermöglichen, finden wir vielleicht eine Möglichkeit, Ihre Lebenserhaltung zu reparieren.«

Walch beugte sich augenblicklich vor und gab einen Befehl ein. »Das verstehe ich einfach nicht. Der Schaden in dieser Sektion des Schiffes ... das hätte einfach nicht passieren dürfen. Selbst wenn man es reparieren könnte, läßt sich bei dem Strukturfestigkeitsfeld nichts mehr machen. Aber Sie können es gern mal versuchen.«

»Ich habe Zugriff auf die Computerkontrolle der *Prospector*«, informierte de Groodt den Captain.

»Bestätigt«, sagte Picard.

Walch nickte dem Captain ein letztes Mal zu. »Ich werde diesen Leuten jetzt Feuer unter dem Hintern machen. Wir sehen uns dann an Bord der *Enterprise.* Walch Ende.«

Picard nahm in seinem Sessel Platz und zog seine Uniform zurecht. »Senken Sie die Schilde, Mr. Data. Beginnen Sie mit der Notevakuierung der *Prospector.*«

»Aye, Sir.«

Data war die nächste Stunde beschäftigt. Um den ununterbrochenen Einsatz der Transporter zu gewährleisten, ohne die derzeit laufenden Operationen ihrer Mission zu stören, leitete er Energie von den sekundären Systemen um. Des weiteren informierte er die Krankenstation, daß mit der Einlieferung von Verletzten zu rechnen war, und ließ eine Reihe von Besatzungsmitgliedern antreten, die die Passagiere und Besatzungsmitglieder der *Prospector* zu derzeit nicht belegten Quartieren auf den Decks 9 und 11 bringen sollten. Jeweils sechs Personen alle anderthalb Minuten konnte jeder der sechs Transporter der *Enterprise* befördern, und die Unterbringung war kein Problem. Um die Aktivität in den Gängen so gering wie möglich zu halten, behielt Data die Alarmstufe Gelb bei, und der Captain schickte Commander Riker hinab, damit er die Verteilung der Evakuierten persönlich überwachte.

Die Evakuierung mit Hilfe der Transporter lief nicht so glatt, wie Data erwartet hatte. Er benutzte einen offenen Kanal, um die Transporte zu koordinieren, und war von den Reaktionen der Touristen überrascht. Trotz der Gefahr bestanden viele von ihnen darauf, ihr Gepäck mitzunehmen. Die Besatzung der *Prospector* war eine gewaltige Hilfe; man leitete die Passagiere ziemlich schnell weiter und behandelte sie dabei mit einer Mischung aus Respekt und etwas, das Data nur als Verhätscheln bezeichnen konnte. Die Crew versicherte den Passagieren, man würde ihre Besitztümer bergen, sobald die Funktionen der Lebenserhaltung wiederhergestellt waren. Doch ein beträchtlicher Teil der Passagiere war über diese »Behandlung« entrüstet, und Captain Walch mußte bei einigen von ihnen ziemlich scharfe Töne anschlagen, ihnen befehlen, sich zu den Evakuierungsstellen zu begeben, und sie daran erinnern, daß ihr Leben mehr wert war als Eigentum. Data speicherte für zukünftige Studien sorgfältig jeden Kommentar und jede Beschwerde ab.

Die Transporte hätten niemals rechtzeitig vor dem völligen Ausfall der künstlichen Schwerkraft abgeschlossen werden können, hätte die Crew der *Prospector* nicht auch weiterhin Rettungskapseln mit Passagieren ausgeschleust. Schließlich trieben Dutzende der Drei-Personen-Kapseln im All. Aufgrund der Störungen war es nicht möglich, die Insassen direkt aus den Kapseln zu transportieren. Data berechnete ihre Positionen und ordnete an, die Kapseln mit Traktorstrahlen zu erfassen und nah genug an das Schiff zu befördern, um sie dann in die Shuttlehangars einholen zu können.

»Ich werde Sie verklagen!« rief ein Mann heiser über den geschlossenen Funkwellenkanal der Kapsel. »Damit werden sich meine Anwälte befassen, T'Chal und Soloman! Ich mache Starfleet dafür haftbar!«

»Ihre Beschwerde wurde zur Kenntnis genommen, Sir«, erwiderte Data geduldig. Der Mann hatte soeben die vierunddreißigste Beschwerde vorgebracht. »Sie müssen in der Rettungskapsel warten, bis der Shuttlehangar wieder unter Druck steht.«

»Dann setzen Sie ihn unter Druck!« forderte er. »Worauf warten Sie noch?«

»Das Hauptenergiefeld wurde gesenkt, damit der Traktorstrahl die Rettungskapseln in den Hangar befördern kann«, erklärte Data zum wiederholten Male. »Da die Kapseln über keine Manövrierdüsen verfügen, würden sie ohne den Traktorstrahl ...«

»Sie quälen uns!« Andere Stimmen pflichteten ihm bei und baten um schnelle Hilfe. Der Tonfall bewegte sich zwischen Flehen und Zorn, und derartige Forderungen übertönten sogar die Schmerzensschreie der wenigen verletzten Evakuierten.

»Faszinierend«, murmelte Data und warf einen Blick auf den Captain. Picard behielt die Evakuierungsmaßnahmen genau im Auge, überließ die Einzelheiten aber dem Androiden.

Doch als der Kanal wieder geschlossen war, beugte Picard sich zu Data hinüber. »Ich bin der Ansicht«, sagte er, »daß die Touristen, die in die Rettungskapseln gestürmt und damit geflohen sind, noch anspruchsvoller sind als die, die gewartet haben, daß wir sie an Bord beamen.«

»Da könnten Sie recht haben, Sir.« Data schaute auf seine Daten. »Das Hauptenergiefeld wird in zwölf Minuten aktiviert.«

»Der ganze Krach wegen ein paar Minuten«, sagte Picard nachdenklich. »LaForge soll die Informationen bezüglich des Versagens der Lebenserhaltung aus den Computern der *Prospector* überspielen. Ein Team von Ingenieuren soll sich mit dem Problem befassen.«

»Aye, Sir.« Data fragte sich, ob der Captain bereits ungeduldig darauf wartete, die Touristen dorthin zurückschicken zu können, wohin sie gehörten. »Der Transporter in Frachtkammer vier wurde auf Massetransport umgestellt. Die *Prospector* meldet, daß der Wasserstoff-Stickstoff-Transportbehälter mit den Sli für den Transport vorbereitet wird.«

»Bestätigt«, erwiderte Picard. »Fahren Sie fort.«

Data rief die Krankenstation. »Doktor Crusher, bitte melden Sie sich in der Frachtkammer auf Deck achtunddreißig.«

»Sofort?« fragte sie. Hinter ihren Worten war ein störendes Summen zu hören. »Ich habe Dutzende von Verletzten hier.«

»Die Sli werden in drei Minuten eintreffen.«

»Ich verstehe.« Sie wußte genauso gut wie Data, daß die Föderation bislang nur sehr wenig über die Sli und ihre Ausstrahlungen herausgefunden hatte. Die Ferengi schotteten diese schwer zugänglichen Wesen praktisch von allen anderen ab. »Ich komme sofort.«

Genau achtundsiebzig Minuten nach der ersten Explosion meldete Data: »Evakuierung abgeschlossen, Sir. An Bord der *Enterprise* befinden sich nun dreihundertzweiundsiebzig Evakuierte. Von kleineren Verletzungen einmal abgesehen, wurden achtundzwanzig Personen auf die Krankenstation gebracht. Niemand schwebt in Lebensgefahr.«

»Gut gemacht, Commander.« Picard war offensichtlich zufrieden.

»Danke, Sir.«

Der Captain erhob sich und ging näher zum Bildschirm. Er schien die *Prospector* genau zu untersuchen. Die Antriebsgondel war noch immer leicht zur Seite geneigt. Das geschwärzte Loch mit den rauhen Kanten aus verbogenen Tritanium-Verstrebungen war auf der Unterseite deutlich zu sehen.

»Eine Funktionsstörung oder ein Angriff?« sagte Picard nachdenklich zu Data.

»In unmittelbarer Nähe befinden sich keine anderen Schiffe, und es fand kein weiterer Versuch statt, als die Schilde gesenkt waren.«

Picard rieb sich nachdenklich das Kinn und stützte den Ellbogen dabei mit der anderen Hand. »Vielleicht war es ein Fehler in der Schiffskonstruktion oder im Strukturfestigkeitsfeld. Wie auch immer, ich möchte gern wissen, wie es passiert ist. Hier scheint etwas nicht ganz zu stimmen.« Er streckte sich und sprach Data direkt an. »Stellen Sie fest, ob der Schaden wirklich so schlimm ist, wie Walch behauptet. Und versuchen Sie gemeinsam mit Lieutenant La-

Forge, das künstliche Schwerkraftfeld zu reparieren. Vielleicht können wir von Starbase 87 einen Schlepper herbeiru ...«

»Captain Picard, hier Doktor Crusher.«

Picard hielt inne und berührte seinen Kommunikator. »Hier Picard.«

Ihre Stimme klang vorsichtig. »Sie kommen lieber her, Captain. Vielleicht haben wir ein Problem mit den Sli.«

6

Dr. Crusher nahm die Hand von ihrem Kommunikator und starrte weiterhin den Transportbehälter an, der die Sli enthielt.

Das Licht fiel durch das schwach leuchtende, orangefarbene Gas und verfärbte die Luft in der Frachtkammer. Vier Sli befanden sich in dem Behälter; jeder war etwas größer als zwei Meter. Ihre Körper waren langgestreckt und rohrförmig; das obere Ende lief spitz zu, das untere erweiterte sich zu zwölf langen, schlanken Tentakeln.

Doch in Crushers Beisein änderten die gazeähnlichen orangefarbenen Wesen ihre Farbe; der rötliche Ton verlagerte sich allmählich ins Gelbe und wurde tiefer und heller. Die Veränderung geschah so langsam, so subtil, daß die Ärztin den Blick nicht von den Geschöpfen wenden konnte. Sie rechnete damit, daß die Verwandlung jeden Moment aufhörte, abgeschlossen war. Aber dann wanden sich schwache, rauchgraue Wirbel von den oberen Enden der Geschöpfe nach unten um ihre Körper. Die Verwandlung hörte nie auf.

Trotz des betörenden Anblicks bemerkte Crushers professionell geschulter Blick, daß die Sli weder über Schädelknochen noch über ein inneres Skelett verfügten. Sie nahmen Ortswechsel vor, indem sie die Muskeln in den Tentakeln beugten, und bewegten sich in erster Linie vertikal. Zwei durchsichtige Rückenflossen im oberen Teil des Körpers dienten offensichtlich als Gleichgewichtsstabilisatoren.

Aber noch wichtiger war: Während vier der Sli sich

bewegten und ihre Farbe änderten, lag der fünfte in einer grauen, gelatineartigen Masse auf dem Grund des Behälters.

»Ich sage Ihnen, er ist tot!« rief ein Ferengi direkt neben ihr und zeigte mit einem dünnen Arm direkt auf den Transportbehälter. »Es war die Explosion! Ich konnte von Glück sprechen, die vier da lebend rauszuholen!«

»Ich verstehe«, sagte Crusher beruhigend. »Ich werde den Captain informieren, und er wird gleich hier sein. Wenn Sie mich jetzt zu dem Behälter lassen …«

»Nein!« Der kleine Ferengi schaute zu ihr hoch. Er war so streitlustig und abweisend, wie Ferengi es weiblichen Humanoiden gegenüber stets waren. »Ich will, daß alles so bleibt, wie es ist! Ich will eine gerechte Entschädigung!«

»Sir, wer auch immer Sie sind …«

»Ich bin Mon Hartog, Frr-au.« Er machte sich so groß, wie er konnte. »Ich bin der Manager der Sli und muß dafür sorgen, daß ihnen Gerechtigkeit widerfährt. Ermordet! Einer von ihnen wurde einfach ermordet!«

»Das sehe ich.« Sie hielt ihren Tricorder hoch. »Aber ich muß die noch lebenden Sli untersuchen, um sicherzugehen, daß sie nicht in Gefahr sind.«

Eine Seite seiner Oberlippe verzog sich zu einem häßlichen Schnauben. »Woher soll ich denn wissen, daß Sie ihnen nichts tun wollen?«

Sie starrte ihn an. »Was sagen Sie da? Ich bin Ärztin! Ich versuche, ihnen zu helfen.«

»Jemand hat versucht, sie zu töten. Jemandem ist es bereits gelungen, einen von ihnen zu töten.«

Sie konnte nicht glauben, was sie da hörte. »Ich bin Ärztin, Mon Hartog. Wissen Sie, was das bedeutet? Ich beende keine Leben, sondern rette sie.«

Hartog schob sich vor sie, als sie um ihn herum

gehen wollte. »Sie sind Starfleet, und Starfleet haßt die Sli.«

Crusher trat lieber zurück, als daß sie den Ferengi berührte. Doch bevor sie seine ungeheuerlichen Anschuldigungen zurückweisen konnte, wurde die Tür der Frachtkammer geöffnet, und Lieutenant Worf und Medo-Techniker Tarses kamen herein. Tarses schob eine achteckige Medo-Einheit vor sich her, zögerte aber, als er die Spannung zwischen Crusher und dem Ferengi bemerkte.

»Gut«, sagte Crusher, als sie sie sah. »Bringen Sie die Stasiseinheit hierher, Tarses. Und, Worf«, fügte sie freundlich hinzu, »ich bin froh, daß Sie hier sind. Bitten Sie Mon Hartog doch, draußen zu warten, bis wir fertig sind.«

Sie tat so, als ignorierte sie alle beide, und untersuchte den Sli mit dem Tricorder, während Tarses das Stasismodul näher zur Transporteinheit schob. Sie bemerkte, daß Tarses versuchte, die Sli nicht anzustarren, doch er mußte ein paarmal den Kopf schütteln, um sich von dem Anblick der wirbelnden Farbtöne loszureißen.

»Das können Sie nicht mit mir machen!« rief Hartog, der hinter ihnen versuchte, an Worf vorbeizukommen. Der Sicherheitsoffizier hielt den Ferengi am Oberarm fest und widerstand problemlos seinen Versuchen, sich loszureißen. »Ich habe das Recht, dabeizusein!«

»Sie stören meine Untersuchung«, informierte Dr. Crusher Hartog mit ruhiger Stimme. »Ich würde Ihnen erlauben, in diesem Raum zu bleiben, wenn Sie medizinische Kenntnisse und Informationen bezüglich der biologischen Funktionen der Sli hätten.«

»Das lasse ich nicht zu!« Die olivbraune Haut von Hartogs Gesicht wurde dunkler, als er aus voller Kehle schrie. »Sie haben kein Recht …«

Crusher wandte sich einfach wieder der Untersuchung der Sli zu, und Worf ergriff zum erstenmal das

Wort. Seine Stimme war leise und bedrohlich verhalten. »Werden Sie mich zwingen, Sie mit Gewalt aus diesem Raum zu bringen?«

Der Ferengi wehrte sich noch immer, schaute aber zu Worf hinauf, der mindestens doppelt so groß wie er war. Ohne ein weiteres Wort führte der Sicherheitsoffizier Hartog zur Tür und stieß ihn hinaus. Als sie zuglitt, baute der Klingone sich stumm davor auf.

Picard bestätigte Dr. Crushers Ruf, zeigte zum Turbolift und befahl: »Sie begleiten mich, Commander Data.«

Data schob sein Kontrollpult bereits zurück. »Aye, Captain.«

Als der Turbolift länger als üblich benötigte, um die unteren Decks zu erreichen, wurde Picard klar, daß Data die Bewegungen der Kabinen in den Röhren umgeleitet haben mußte, um eine ununterbrochene Verteilung der Evakuierten an Bord des Schiffes zu gewährleisten. Deshalb war Data ein derart hervorragender Operator – es lag in seiner Natur, alle Einzelheiten eines Problems in Erwägung zu ziehen.

»Data, was wissen Sie über die Sli?«

Der Androide hielt den Kopf leicht schräg, ein Anzeichen dafür, daß er Daten verarbeitete. »Über sie ist nur wenig bekannt, Sir. Die Sli wurden vor zweiunddreißig Jahren vom Starfleet-Scoutschiff *Crockett NC-600* im System Qizan Qal'at entdeckt. Qizan ist der Primärstern, und Qal'at ist ein Gasriese – offensichtlich ein ›gescheiterter‹ Stern, andernfalls wäre ein Binärsystem daraus geworden. Man hat in der Wasserstoff-Stickstoff-Atmosphäre des Gasriesen Lebenszeichen der Sli entdeckt, doch vor der Vernichtung des Schiffes konnte die Crew keinen Kontakt mehr herstellen.«

Picard warf ihm einen scharfen Blick zu. »Ich dachte, die *Crockett* sei bei einem Kampf mit einem klingonischen Schiff zerstört worden. Wollen Sie andeuten, die Sli hätten etwas damit zu tun gehabt?«

»Die Einzelheiten sind unbekannt, Sir. Die *Crockett* befand sich im Qizan Qal'at-System, als sie eine Nachricht an Starbase 1 schickte, ein klingonisches Kriegsschiff sei eingetroffen. Als die *Crockett* auf weitere Anfragen nicht reagierte, schickte Starfleet die *Bridger* aus, nach dem Rechten zu sehen.« Data hielt inne, als wolle er das Zögern imitieren, das die Menschen an den Tag legten, wenn sie schlechte Nachrichten zu überbringen hatten. »Als die *Bridger* eintraf, fand sie nur noch Trümmer.«

Picard gefiel der Klang dieser Aussage nicht. »Haben Sie eine Vermutung?«

»Die Sli sind nicht imstande, Qal'at ohne Hilfe zu verlassen. Doch was ihre emotiven Fähigkeiten und deren Wirkung auf humanoide Lebensformen betrifft, wurden nur unzureichende Tests durchgeführt. Außerdem behauptet das klingonische Imperium, die Sli wären verantwortlich für die Zerstörung der *Crockett.*«

»Mit emotiv meinen Sie emotional?« fragte Picard.

»Ja, gefühlsbetont. Empathisch.«

Beide verlagerten das Gewicht, als der Turbolift sich leicht zu drehen schien. Picard runzelte noch immer die Stirn. »Warum hat es wegen dieses Zwischenfalls keine Untersuchung gegeben?«

»Zwei diplomatische Gesandte von Starfleet wurden in das System geschickt, einer unmittelbar nach dem Zwischenfall, der andere vor zwei Jahren. Sie stellten fest, daß die Sli intelligente und empfindungsfähige Wesen sind. Doch aufgrund von Verständigungsschwierigkeiten gelang es beiden Gesandten nicht, die Untersuchung zu einem erfolgreichen Abschluß zu bringen. Die Sli haben den Vorschlag abgelehnt, formelle Beziehungen zu der Föderation aufzunehmen, und sind nun offiziell mit dem Ferengi-Konsortium verbündet.«

»Offensichtlich hatten die Ferengi mehr Glück bei dem Versuch, mit ihnen zu kommunizieren. Was haben Sli an Bord eines Starliners zu schaffen?«

Data runzelte leicht die Stirn. »Die Sli sind als Künstler tätig. Ein als Mon Hartog bekannter Ferengi ist ihr Manager.«

»Als Künstler?« fragte Picard.

»Jawohl, Sir«, erwiderte Data. Die Tür des Turbolifts öffnete sich zischend. Auf dem Gang herrschte mehr Aktivität als üblich. »Die Sli befinden sich zur Zeit auf einer Tournee, die sie durch zwölf Sonnensysteme führt«, fuhr Data fort, als sie sich auf den Weg zu der Frachtkammer machten. »Sie geben ›emotive Konzerte‹, bei denen die Emotionen des Publikums während einer dreistündigen Vorstellung mit komplizierter Choreographie direkt stimuliert werden.« Datas Tonfall wurde eifriger. Er enthüllte damit seine Neugier über alles, was man als kreativ ansehen konnte. »Was ihre künstlerischen Anstrengungen betrifft, haben die Sli gemischte Kritiken bekommen. Doch es ist ihnen gelungen, ein ungewöhnlich großes öffentliches Interesse zu erregen.«

»Danke, Mr. Data.« Picard hob den Kopf und schritt etwas schneller aus. »Das klingt nicht allzu bedrohlich, oder? Vielleicht fällt es Dr. Crusher einfach nur schwer, sich mit launischen Künstlern zu befassen.«

»Vielleicht, Sir.« Data neigte leicht den Kopf und zog eine Braue hoch. »Doch die Explosion fand direkt neben dem Frachtraum statt, der mit Klasse-K-Umweltbedingungen für die Sli ausgestattet wurde.«

Picard blieb stehen und betrachtete den Androiden aus zusammengekniffenen Augen. »Mr. Data, wollen Sie damit sagen, daß diese Sli für die Explosion verantwortlich sein könnten?«

»Keineswegs, Sir. Abgesehen von der räumlichen Nähe gibt es keinerlei Verbindung zu diesen Wesen.«

»Es war Walch, das ist doch klar!« rief plötzlich eine

jammernde Stimme aus der Nische, an der sie gerade vorbeigingen. Ein kleiner, drahtiger Ferengi flitzte zu ihnen. Er hatte die krummen Arme gespreizt und die Ellbogen an den Körper gedrückt und versperrte ihnen den Weg, wobei er sich jedoch etwas duckte – die typische Haltung eines Ferengi, der Unterwürfigkeit vortäuschen wollte. »Ich weiß es genau! Dieser Mensch Walch ist dafür verantwortlich!« Er hielt den Kopf schräg und schaute zu Picard hoch, und das Licht spielte über das Muster der Perlen auf seiner Kopfbedeckung. »Dieses Schiff ist ein Schrotthaufen! Ich hätte es ahnen müssen, als dieser Spekulant seinen Preis so bereitwillig senkte.«

Picard trat einen Schritt zurück. Er mochte es selbst unter den besten Umständen nicht, sich mit Ferengi abzugeben, und mit diesem hier würde er sich nur befassen, wenn es absolut unumgänglich war.

Der Captain wollte ihm ausweichen und weitergehen. »Mon Hartog, die zuständigen Behörden werden sicher ...«

»Sie! Sie sind hier die zuständige Behörde.« Der Ferengi rieb sich die Hände; er war nicht imstande, die verschlagene Gier aus seiner Stimme zu halten. »Ich will meine gerechte Entschädigung.«

»Data, würden Sie bitte herausfinden, an wen dieser ... Gentleman sich bezüglich seiner Forderung wenden muß«, sagte Picard.

»Nein!« rief Hartog und machte plötzlich einen bösartigen Eindruck, als er vortrat und Picard ins Gesicht sah. Seine schiefen braunen Zähne waren mit gelben Flecken gesprenkelt. Picard versuchte, nicht zu atmen. »Meine Sli waren als Quintett gebucht. Wenn die Veranstalter herausfinden ...«

Picard trat zurück und schob den Ferengi energisch auf Armeslänge von sich. »Sie verhindern, daß ich einem dringenden Ruf meiner Schiffsärztin folge.«

»Es ist bereits zu spät!« schnaubte Hartog und zog

die Lippen zurück. »Einer meiner Sli ist tot. Von nicht richtig funktionierendem Gerät ermordet. Ich verlange eine gerechte Entschädigung.«

Der Captain wurde ganz still. So viel zu der Hoffnung, Dr. Crusher habe ihn nur wegen einer unbedeutenden Angelegenheit zu sich gebeten. »Kommen Sie mit, Mon Hartog.«

Dr. Crusher erhob sich mühsam. Sie hatte so lange neben dem Transportbehälter der Sli gekniet, daß ihre Beine verkrampft waren. Assistent Tarses streckte eine Hand aus, um ihr aufzuhelfen.

Sie versuchte, Tarses mit einem dankbaren Lächeln zu bedenken, schaffte es aber nicht. Von allen Pflichten, die sie als Chefärztin wahrzunehmen hatte, waren Autopsien die schwierigsten. In diesem Fall war es noch schlimmer, weil der Sli gestorben war, bevor sie ihn hatte erreichen können. Zum Glück schienen die anderen Sli nicht in Gefahr zu sein, doch die medizinischen Daten über die Sli waren äußerst begrenzt.

»Ist das Stasisfeld schon bereit?« fragte sie den Techniker und schob eine Haarlocke zurück.

Tarses überprüfte sorgsam die Skalen an der Seite des achteckigen Moduls. »Ja, Doktor. Alle Systeme sind aktiviert.« Tarses nahm eine letzte Anpassung der Position des Moduls vor.

Beverly trat kurz zurück und bereitete sich auf den nächsten Schritt der Prozedur vor, den toten Sli aus dem Transportbehälter zu holen. Sie hatte es noch nie zuvor mit einer Helium-Wasserstoff-Lebensform zu tun gehabt, und es war eine komplizierte und anspruchsvolle Angelegenheit.

Eine ungeduldige Bewegung Worfs an der Tür riß sie schließlich aus ihrer Erstarrung. »Na schön, Simon, stellen Sie die kleinste Reduktionsstufe ein. Gehen wir ganz sanft vor …«

Beverly hielt inne, als die Tür der Frachtkammer zur

Seite glitt; Captain Picard und Commander Data traten ein. Hinter ihnen schlich sich der Ferengi-Manager herein.

»Sir!« protestierte Worf, als er sah, daß der Ferengi dem Captain folgte.

Picard hob mäßigend eine Hand. »Kehren Sie auf Ihren Posten zurück«, sagte er zu Worf. »Status, Doktor?«

Beverly drückte einen Moment lang die Lippen zusammen, dachte dann jedoch, daß sie den Ferengi wohl ignorieren konnte. Der Captain tat nie etwas ohne Grund. »Ein Sli ist tot, Captain. Todesursache noch unbekannt, aber die Meßergebnisse deuten auf eine starke Dekompression hin, die sich zum Zeitpunkt der Explosion ereignet hat.« Sie nickte zu dem Ferengi hinüber. »Mon Hartog behauptet, ihr großes Umweltmodul sei völlig zerstört worden. So viel Energie muß einem Organismus einfach Schaden zufügen.«

»Ich habe sie kaum lebend herausbekommen!« schnarrte Hartog hinter Picard.

Hinter ihr räusperte Tarses sich leise. Sie drehte sich um. »Ja, Tarses?«

»Ich bin jetzt bereit, mit der Umgebungsreduktion zu beginnen, Doktor.«

Es war nicht leicht gewesen, die Ferengi-Einheit zu bedienen, aber nun schien alles glatt zu verlaufen. Soweit sie aufgrund der Daten sagen konnte, wurde der tote Sli in das Modul gezogen. Als sie aufschaute, betrachtete Captain Picard verzückt die Sli. Sein schwaches Lächeln zeugte von immer größerem Staunen, und die Falten auf seiner Stirn glätteten sich allmählich. Selbst Data schaute mit seinen bernsteinfarbenen Augen zu den Sli empor.

Sie hatte zwar mehr Zeit gehabt, sich an den Anblick der Geschöpfe zu gewöhnen, doch das hatte nichts zu bedeuten. Es war weniger die Form der Sli als das erstaunliche Kaleidoskop der Farben, die ständig aufblühten und verblichen und sich in dieser seidig glänzenden Haut zu einer Myriade anderer Töne wandelten.

Sie trat um den Captain und steckte ihren medizinischen Tricorder ein. »Sie sind wunderschön, nicht wahr, Jean-Luc?«

»Erlesen«, murmelte er und sah zu, wie ein Sli langsam zur Oberseite des zehn Meter hohen Behälters trieb und dann wieder hinabsank, wobei er direkt vor ihnen eine Pirouette drehte. Alle vier Sli hatten ihre Farben noch immer aufeinander abgestimmt. In diesem Augenblick wanden sich dunkelrosa, von einem hellen Pfirsichton unterlegte Streifen um ihre Körper. Dann tauchten grüne Flecke auf, die wie winzige Strudel wirbelten, nur um sofort wieder zu verschwinden. Ein Sli griff mit einem dunkelorangefarbenen Tentakel nach oben und drückte die Spitze mit einer Reihe winziger Verdickungen – Saugnäpfe? – gegen das Eindämmungsfeld. Die unteren Enden der Knoten waren schwarz. Beverly legte auf der anderen Seite einen Finger behutsam auf dieselbe Stelle.

Picard hielt den Atem an. »Können Sie sehen?«

»Sie haben keine Sehnervzentren. Wenn wir ihren Körperaufbau verstehen wollen, werden wir einen Bioscanner rekonfigurieren müssen.« Sie schaute wieder zu Tarses hinüber und nickte ihm ermutigend zu, während er die Reduktion überwachte. »Zumindest handelt es sich bei ihnen um Lebewesen auf DNS-Basis, so überraschend das auch anmuten mag. Das macht es zumindest etwas einfacher.«

»Genug davon!« fauchte Hartog und trat genau zwischen Dr. Crusher und Captain Picard. »So erreichen Sie nichts.«

Unsanft aus der Betrachtung der Sli gerissen, warf Picard Beverly über Hartogs Kopf hinweg einen ernsten Blick zu. »Doktor, was ist mit den anderen Sli? Wurden sie verletzt?«

»Ich bin mir noch nicht mal sicher, was sie am Leben hält.« Als der Sli davontrieb, nahm sie den Finger von der Barriere und entfernte sich ein Stück von dem Ferengi. »Ihre Lebenserhaltungseinheit ist überaus kompliziert. Ich habe verschiedene Gasmischungen angemessen, die in regelmäßigen Abständen eingespeist werden, während die Edelgase abgezogen werden. Um mehr herauszufinden, werde ich den medizinischen Computer direkt mit der Einheit verbinden müssen.«

Die Sli nahmen nun blaue Farbtöne an, während lebhafte violette Flecke und verhedderte goldene Fäden über die gesprenkelte Oberfläche schossen.

»Was verursacht die Farbveränderungen?« fragte Picard.

»Es hat etwas mit dem Gas zu tun«, warf Hartog aggressiv ein.

Beverly dachte kurz darüber nach. »Das könnte sein. Während die Sli unterschiedliche Atome absorbieren, könnte die chemische Reaktion verursachen, daß auch verschiedene optische Wellenlängen absorbiert werden. Anscheinend kommt es zufällig genauso häufig zu diesen Veränderungen, wie die Gase in den Umwelttank eingespeist werden.«

Picard nickte und drehte sich wieder zu Mon Hartog um. »Wie kommunizieren Sie mit ihnen?«

Der Ferengi wandte sich ein wenig ab und zog seine kurze Jacke etwas enger um die Schultern. »Sie werden jetzt nicht mit Ihnen sprechen. Dazu sind sie zu aufgeregt. Meine Sli sind sehr empfindlich.«

Picard sah weiterhin zu Hartog hinab. »Das würde ich gern von ihnen selbst hören, wenn Sie nichts dagegen haben.«

»Entschuldigen Sie, Sir«, warf Data ein. »Ich glaube, das Gerät direkt unter dem Transportmodul ist ein Translator. Er scheint jedoch nicht funktionsfähig zu sein.«

Picard zeigte auf die Transporteinheit. »Bitte aktivieren Sie den Translator, Mon Hartog.«

»Ich sage Ihnen, sie werden jetzt nicht mit Ihnen sprechen.«

Der Captain wandte sich an Data. »Commander, würden Sie bitte Kontakt herstellen?«

Data ging sofort zu der Konsole, doch Hartog trat ihm mit einem erzürnten Winseln in den Weg. »Na schön, na schön. Wie sie wollen. Aber sie werden nicht sprechen.«

»Er hütet seine Geheimnisse eifersüchtig«, murmelte Beverly dem Captain zu, als Hartog eine komplizierte Zahlenfolge eingab. Picard nickte kurz zur Bestätigung.

»Bitte sehr!« sagte Hartog und deutete mit einer übertrieben schwungvollen Geste auf das Gerät. »Es wird Ihnen allerdings nicht viel nützen.«

Picard trat zu der Konsole. Am oberen Rand eines schmalen Bildschirms erschien ein Text. Beverly verrenkte sich fast den Hals, um ihn zu betrachten, doch er kam ihr wie das reinste Kauderwelsch vor.

Picard fuhr mit dem Finger über den Bildschirm und las laut vor: »Erleichterung der Herzen ... fühlen mehr ... fühlen mehr Zeit ... Sorgen ... müssen uns darum kümmern ... Zeit zum Leben ...« Er hielt inne und betrachtete Hartog aus zusammengekniffenen Augen. »Was ist das?«

»Sie sind das.« Hartog trat neben den Behälter, verschränkte die Arme vor der Brust und zuckte mit den Achseln.

»Wie kann ich mit ihnen sprechen?«

Data trat vor und berührte gleichzeitig zwei der Kontaktknoten. »Sie müßten sich jetzt mit den Sli unterhalten können, Sir.«

»Danke, Data.«

Hartog verzog das Gesicht, sagte aber nichts. Er bemerkte auch nicht, daß Beverly ihn beobachtete.

Picard schaute zu den Sli. »Ich bin Captain Jean-Luc Picard vom Raumschiff *Enterprise.* Ich bin über Ihren derzeitigen Zustand besorgt.«

Die Worte rollten über den Bildschirm und wurden anscheinend in die Sprache der Sli übersetzt – was auch immer das war. Doch die Antwort bestand lediglich aus weiteren, anscheinend zufällig aneinandergefügten Worten.

Picard drehte sich frustriert zu Data um. »Hat der Translator eine Fehlfunktion?«

»Nein!« wies Hartog die Frage zurück. »Nicht mein Translator. Sie wollen einfach nicht mit Ihnen sprechen. Das habe ich Ihnen doch gesagt.«

Die Ärztin schürzte nachdenklich die Lippen und fragte sich, wie Lebensformen ohne Sinnesorgane miteinander kommunizieren konnten. »Vielleicht sollten Sie Deanna herbitten«, schlug sie vor. »Die Sli sind eine emotive Spezies.«

»Eine ausgezeichnete Idee, Doktor.« Er berührte seinen Kommunikator. »Picard an Counselor Troi. Bitte melden Sie sich in Frachtkammer 38.«

»Ich befasse mich gerade mit einigen der Touristen«, antwortete sie. »Ich komme, so schnell ich kann.«

»Bestätigt«, sagte Picard und wandte sich an Mon Hartog. »Sie sagen immer wieder ›mein Translator‹ und ›meine Sli‹. Sie scheinen ja ziemlich viel Geld in diese Wesen gesteckt zu haben.«

Hartog schmiß sich in die Brust, als hätte man ihn beleidigt. »Ich bin ihr Manager. Ich kümmere mich um sie, wenn sie auf Tournee sind.«

Picard wechselte mit Beverly einen zweifelnden Blick. »Welcher Vorteil erwächst den Sli aus dieser Beziehung?«

Der Ferengi lächelte – ein scheußlicher Anblick – und breitete die hageren Arme aus. »Ruhm. Reichtum. Die Gelegenheit, daß andere ihre Kunstform schätzen lernen.«

»Reichtum?« Beverly konnte sich den Einwand nicht verkneifen. »Sehen Sie sie sich doch an! Was sollen sie mit ihrem Reichtum denn anstellen? Ihn verprassen?«

»Die Ferengi haben einen Vertrag mit den Sli geschlossen!« beharrte Hartog. »Wir geben ihnen Lebenserhaltungs-Einheiten und helfen ihnen bei der Kolonisierung anderer Welten. Dafür bekommen wir von ihnen veredelten Treibstoff. Es ist für beide Seiten eine gewinnbringende Vereinbarung!«

»Davon bin ich überzeugt«, sagte Beverly leise.

»Doktor!« rief Tarses und hob eine Hand. »Ich habe den Sli in den Auffangbehälter geschafft.«

»Gut«, sagte sie und bedachte Hartog mit einem letzten Blick. Dann trat sie neben Tarses.

Gemeinsam bückten sie sich, zogen den Auffangbehälter heraus und hoben ihn auf das Stasismodul. Tarses aktivierte die Stasis und beförderte den verstorbenen Sli in das Modul. Sein Körper wirkte etwas aufgeblähter als die der lebenden Sli, und seine Tentakel waren zu eng anliegenden Kringeln eingefallen. Im Gegensatz zu den anderen war dieser Sli farblos und schien aus dünnen Schichten trüben Gases zu bestehen. Erschrocken schaute Beverly zu den lebenden Sli hinüber, um zu bestätigen, daß es sich tatsächlich um Wesen derselben Spezies handelte. Doch was dicht und naß aussah, wenn es sich durch das schwere Gas bewegte, wirkte nun gegenstandslos, fast wie Spinnfäden.

Beverly spürte die Gegenwart des Captains neben sich. Er schaute zu dem Sli hinab. »Was für eine Schande.«

»Ja.« Sie schluckte verkrampft.

Tarses prallte gegen Beverly, und als sie zu ihm hinüber sah, tänzelte er nervös hin und her. Offensichtlich wußte er nicht, ob er bei den Geräten bleiben oder sich zurückziehen sollte.

Beverly warf ihm einen fragenden Blick zu. »Was ist los?«

»Vielleicht sollten wir ein Energiefeld um das Wesen legen, bis wir uns überzeugt haben, daß es wirklich tot ist.«

Beverly ließ einen professionellen Blick über den Sli gleiten. »Ich würde sagen, das Wesen *ist* tot.«

Tarses konnte ihr nicht in die Augen sehen. »Aber sind sie nicht gefährlich, Doktor?«

»Inwiefern?« Beverly zeigte auf den Transportbehälter. »Sie sind doch völlig isoliert.«

Hartog schob das Kinn vor. »Sli sind nicht gefährlich!« protestierte er. »Sie sind so wehrlos wie ein Krok'rog unter Wasser.«

»Den Vorschriften von Starfleet zufolge ist es ungesetzlich«, fügte Data hinzu, »gefährliche Lebensformen in das Föderationsterritorium einzuführen. Doch die Sli gelten als intelligent und empfindungsfähig und müssen daher individuell beurteilt werden.«

»Ha!« schnaubte Hartog. »Starfleet mag die Sli nicht, und die Sli wissen das. Kein Wunder, daß sie nicht mit Ihnen sprechen wollen. Bei der ersten Begegnung mit ihnen haben Sie direkt neben ihrer Heimatwelt eine Schlacht vom Zaum gebrochen. Die Sli vertrauen Starfleet nicht – und den Klingonen auch nicht, was das betrifft.« Er warf einen Blick über die Schulter zurück zu Worf, der neben der Tür Posten bezogen hatte.

»Starfleet ist keiner Lebensform gegenüber feindselig eingestellt.« Picard war es sehr ernst damit. »Wir würden den Sli gern klar machen, daß wir friedliche Absichten haben und mit ihnen kooperieren möchten.«

»Das haben Sie ihnen schon klar gemacht!« Hartog zog die Schultern zurück. »Es stört sie nur noch mehr, wenn Sie sie unter Druck setzen.«

Es folgte eine angespannte Stille. Tarses schaute besorgt von Beverly zu den Sicherheitswächtern auf der anderen Seite der Frachtkammer hinüber. »Aber der Sicherheitsoffizier hat gesagt, wir sollen alle Vorsichtsmaßnahmen ergreifen.«

»Das haben wir auch getan«, sagte sie kurz und knapp. Nur weil sie Worf im Prinzip für paranoid hielt, würde sie keinen anderen Führungsoffizier vor ihrem Assistenten kritisieren.

»He! Passen Sie doch auf!« rief Hartog und stürmte zu dem Sli in dem Stasismodul.

Der tote Sli dehnte sich vor ihren Augen aus. Plötzlich zog sich ein Rauchfaden an seinem Außenrand entlang und drehte sich nach oben, bis er von der künstlichen Begrenzung des Stasisfeldes erfaßt wurde.

»Wurde das Integritätsfeld durchbrochen?« fragte Beverly.

Tarses sprang zu den Kontrollen. »Negativ! Ich verstehe nur nicht...« Er hielt inne und sah auf die Daten. »O nein...«

Data trat neben Tarses und rief auf der Schalttafel ebenfalls Daten ab. Hellblauer Rauch füllte die Stasiskammer aus; er schien dichter zu sein als der Sli selbst.

»Data, was geschieht da?« fragte Picard. Worf hatte den Phaser gezogen und war hinter den Captain getreten.

»Das Druckniveau ist zu niedrig für diese Lebensform«, erklärte Data ihnen. »Die organischen Überreste zersetzen sich. Ich versuche, das Stasisfeld zu rekonfigurieren.«

Beverly drehte sich zu Mon Hartog um, der nach seinem ersten Ausbruch ruhig geblieben war und zugesehen hatte, wie der Sli direkt vor ihren Augen verdampfte. »Sie haben nichts von einer bestimmten Druckhöhe gesagt!«

»Ich habe Ihnen gesagt, daß es nicht funktionieren wird, Menn-sch!« Er schnaubte ihr einfach ins Gesicht. »Wir haben es versucht.«

Datas Finger bewegten sich langsamer, doch er nahm den Blick nicht von den Daten, während er meldete: »Es kommt zu einer spontanen Entzündung von Wasserstoffatomen. Die Stasis wurde beeinträchtigt.«

Die Stasis schimmerte, als das Feld brach und das trübe Gas freisetzte. Alle wichen zurück, als es sich zur Decke kräuselte, doch es löste sich fast sofort wieder auf. Eine dunkelblaue Flamme verlief um den Rand der Überreste des transparenten Sli.

Eine Warnsirene erklang, und das Sensorenbündel unter der Decke errichtete sofort ein Erfassungsenergiefeld. Der Computer erstickte ein Feuer normalerweise in Sekunden, aber die Wasserstoff- und Heliumbestandteile des Sli brannten innerhalb des Felds weiter. Beverly mußte hilflos zusehen, wie das Exemplar sich zischend in nichts auflöste.

Schließlich erzeugte der Computer einen anderen Warnton und deaktivierte das Kraftfeld dann. Übrig blieb nur der schwache Geruch verbrannter organischer Stoffe.

Beverly fing zu lachen an. Sie kam einfach nicht dagegen an. »Haben Sie das gesehen?«

Picard runzelte die Stirn. »Dr. Crusher, bitte.«

Sie grinste ihm mitten ins Gesicht, sah seine perfekt gleichmäßigen weißen Zähne und das Grübchen in der Mitte des Kinns. Wirklich ein sehr faszinierendes Gesicht. Ganz zu schweigen von den klaren, haselnußbraunen Augen und dem stolzen Heben seines Kopfs. Jean-Luc war ein distinguierter Mensch, aber sie hatte genug von seiner Vergangenheit in Erfahrung gebracht, um zu wissen, daß er als jüngerer Mann ziemlich schneidig gewesen sein mußte. Wann war es passiert? Wann hatte dieser frohgemute Filou die Würde erworben, die er hatte, seitdem sie ihn als Jacks Captain kennengelernt hatte?

Dann fiel ihr auf, daß die anderen nicht lachten. »Ich kann einfach nicht glauben ...« Sie versuchte, die letzten Spuren ihres Kicherns zu ersticken. »Das war ...«

»Captain«, warf Data ein. »Ich vermute, daß ein längerer Kontakt mit den Sli die emotionalen Reaktionen beeinträchtigt. Das würde auch mit Berichten über ihre Aufführungen übereinstimmen.«

»Ich wußte doch, daß sie gefährlich sind!« platzte Tarses heraus. »Ich habe es gewußt!«

»Captain«, warf Worf ein, der noch immer den Phaser in der Hand hielt. »Ich muß ihm beipflichten.«

Picard schaute von den beiden zu Beverly hinüber, die noch immer versuchte, sich wieder unter Kontrolle zu bekommen. Dann wandte er sich an Mon Hartog. »Bitte teilen Sie den Sli mit, sie sollten davon ablassen, meine Crew zu beeinflussen.«

Der Ferengi zog seine Oberlippe hoch; vielleicht handelte es sich dabei um den schwachen Versuch, ein Lächeln zustande zu bringen. »Sli entscheiden selbst, auf wen sie sich konzentrieren. Normalerweise ist das jemand, auf den sie wütend sind. Ich würde sagen, sie mögen diese Frr-au nicht. Wahrscheinlich glauben sie, sie habe den Sli getötet.«

Picard musterte den Ferengi eindringlich. »Sie werden die Sli informieren, daß die Verbrennung ein Unfall war.«

Hartog zuckte mit den Achseln, hob dann beide hageren Arme und zeigte dem Captain die Handflächen. »Sie werden nicht auf mich hören. Ich habe Ihnen doch gesagt, sie sind aufgebracht.«

Picard warf einen Blick auf Dr. Crusher, und nun war es Beverly gelungen, mit dem Lachen aufzuhören. Sie konnte seinen besorgten Blick mit einer gewissen Fassung erwidern. »Ich bin wieder in Ordnung. Ich weiß nicht, was über mich gekommen ist.«

Sie klappte ihren Medo-Tricorder auf und begab sich zu den Überresten des toten Sli. Ihr Anfall hilflosen Gelächters kam ihr nun sehr befremdlich vor. Einem Teil von ihr war es wirklich urkomisch vorgekommen, daß der Sli sich buchstäblich in Rauch aufgelöst hatte. Aber normalerweise hätte sie einem so irrelevanten Gefühl nicht die geringste Beachtung geschenkt und die der Situation angemessene Schicklichkeit selbstredend beachtet.

Sie schaute vom Tricorder auf und sah zu den überlebenden Sli hinüber. Sie hatten sich gelbbraun verfärbt, und hellere, beige Spiralen wirbelten über ihre Körper. Lavendelblaue Kleckse erschienen und verschluckten das Gelb, stießen feine, wellenförmige, pechschwarze Linien aus. Ihre Tentakel schimmerten in einem dunklen Violett.

Picard schaute auf den Bildschirm der Translator-Einheit. »Aber sie versuchen zu kommunizieren, nicht wahr?«

Beverly trat neben ihn und sah, daß seine Worte auf dem blauen Feld des schwach erhellten Bildschirms erschienen und offensichtlich in die fremde Sprache übersetzt wurden.

Dem folgte schnell: »Sind Sie nicht beeindruckt? Das ist nicht fair, nicht wahr? Warum können wir nicht… warum können wir nicht… was nun?«

»Verstehen Sie, was sie damit meinen?« fragte Picard den Ferengi.

»Sie scheinen aufgeregt zu sein«, erwiderte Hartog achselzuckend.

»Ist es normal, daß sie nach Eintreten des Todes verbrennen?«

»Nur in einer Atmosphäre wie der unseren«, erwiderte der Ferengi ein wenig bockig und verschränkte die Finger. »Das spielt aber keine Rolle.«

»Ganz im Gegenteil, für mich ist es sehr wichtig. Ich möchte gern mit den Sli kommunizieren. Besonders, wenn sie in der Lage sind, die Reaktionen meiner Mannschaft zu beeinflussen.«

Der Farbton der Sli verlagerte sich schnell von Lavendelblau und Gelb zu Grün und Blau und durchlief dann die gesamte Skala von Himmelblau bis Indigo, bis sie schließlich ein gesprenkeltes Muster zeigten, das sie von den Spitzen bis zu den Tentakeln bedeckte. Sie zogen sich zu einer Rautenformation zusammen, bei der nur einer etwas größer als die anderen war.

Auf dem Bildschirm stand: »Ist das nicht wunderbar... Warum muß es so sein? Schrecklich zu schade.«

Picard wandte sich erneut an die Sli. »Wir versuchen, Ihnen zu helfen.«

Er wartete, während die Worte übersetzt wurden. Dabei überzog ein zartes Rosa die oberen Enden der Sli und sickerte immer tiefer, bis es allmählich das Blau bedeckte. Purpurkleckse stiegen an die Oberfläche und verschwanden wieder, als wirbelte unter ihrer Haut ein blutiger Schneesturm.

Auf dem Bildschirm: »Ach, wie schrecklich! Tut es weh! Geschieht euch recht. Es ist eine Schande, nicht wahr?«

Picard richtete sich auf und sah Data an. »Wäre eine Verbindung mit dem automatischen Translator hilfreich?«

»Dazu wäre ein Computerinterface mit der Hardware der Ferengi erforderlich«, sagte Data.

»Was soll mit meinem Translator denn nicht stimmen?« fragte Hartog. »Er funktioniert einwandfrei! Sehen Sie die Worte da? Genau das wollen sie sagen.«

»Der Begriff Übersetzung besagt per definitionem, daß eine Kommunikation stattfindet. Das«, sagte Picard und zeigte auf den Bildschirm, »ergibt keinen Sinn.«

Der Ferengi suchte einen Augenblick lang nach Worten und hob dann beide Hände. »So sind sie nun mal. Wer hat denn behauptet, man würde problemlos schlau aus den Sli?« Er streckte die Hand aus und tätschelte das Gehäuse der Translatorkonsole. Seine Lippen schimmerten feucht. »Ferengi sind Händler. Wir kennen uns mit Translatoren aus – unsere sind besser als die von Starfleet.«

»Mon Hartog hat recht, Sir«, sagte Data. »Die Translatoren der Ferengi enthalten eine Technik, die der der Föderation überlegen ist.«

»Sehen Sie?« sagte Hartog höhnisch.

Beverly war klar, daß es dem Captain schwerfiel, seine Abneigung gegen Hartog nicht zu zeigen. Aber den Ferengi war natürlich völlig gleichgültig, was man von ihnen hielt. Lediglich Picards zusammengekniffene Augen verrieten, was in ihm vorging. »Data, versuchen Sie, diesen Translator über ein Interface mit dem automatischen Translator zu verbinden.«

»He, das ist mein Gerät!« Hartog schlich um Data herum. »Das können Sie nicht machen!«

Picard hob eine Hand. »Wie Sie selbst gesagt haben, Mon Hartog, Sie möchten einen gerechten Schadensersatz. Sehen Sie das einfach als einen Teil der offiziellen Ermittlung von Starfleet an.« Er nickte Beverly zu und drehte sich zur Tür um. »Ich möchte so schnell wie möglich einen vollständigen Bericht haben, Doktor.«

»Ja, Sir.« Mit einem bedauernden Lächeln hob sie den Tricorder hoch. »Ich scheine wieder ich selbst zu sein.«

»Die Sli haben ein gewisses Bedauern zum Ausdruck gebracht. Vielleicht haben sie meine Erklärung verstanden.«

Beverly nickte. »Nun ja, ich fühle mich jetzt ausgezeichnet.«

»He!« unterbrach Hartog, der seinen Translator zögernd dem Androiden übergeben hatte. »Sie können meine Sli nicht einfach hier zurücklassen. Wenn sie zu lange in dem Transportbehälter bleiben, werden sie sterben. Sie brauchen mehr Platz.«

Dr. Crusher zuckte lediglich mit den Achseln, als Picard sie ansah. »Zur Zeit ist Mon Hartog der Experte für die Sli.«

»Na schön. Wir können Shuttlehangar drei in eine K-Umgebung umwandeln. Ist dieser Raum groß genug?«

»Ach, ich versichere Ihnen, er ist größer als erforderlich.« Der Ferengi verbeugte sich mehrmals; plötzlich war er widerlich unterwürfig.

»Also gut«, sagte Picard. »Mr. Worf, bitte kümmern Sie sich um den Transport der Sli.«

»Aye, Sir«, erwiderte Worf. Er rief seine beiden Sicherheitswächter zu sich und erteilte ihnen Anweisungen.

Der Captain schaute wesentlich fröhlicher drein, als er die Frachtkammer verließ, doch Beverly bemerkte, daß Tarses die Sli noch immer mißtrauisch musterte. Solch ein Verhalten hätte sie höchstens von Worf erwartet, aber nicht von ihrem Medo-Techniker.

Doch als sie zu ihm ging, um ihn noch einmal zu beruhigen, stellte sie plötzlich fest, daß Tarses gar nicht die Sli betrachtete. Er sah an ihnen vorbei zu Worf.

»Simon, sind Sie in Ordnung?«

Er konnte den Blick einfach nicht von Worf wenden. »Ich möchte nicht noch einen Fehler machen.«

Also *war* es Worf. »Es kommt alles in Ordnung, Tarses. Ich werde den Computer während des Transports redundante Bioscans vornehmen lassen. Es dürfte keine Probleme mehr geben.«

Sie wartete, bis Tarses nickte, und schickte ihn dann zum Shuttlehangar drei, damit er dort die K-Umgebung programmierte. Sie wußte, es war sinnlos, mit Worf über dessen Verhalten zu sprechen. Manchmal hielt der Klingone es für nötig, Personen einzuschüchtern, um seine Arbeit tun zu können, und nichts, was sie sagte, würde ihn davon abbringen können.

7

Lieutenant Worf befand sich in der Flugsicherungskabine des Shuttlehangars drei und wartete darauf, daß Dr. Crusher die Erlaubnis für den Transport der Sli gab, als die Brücke ihn rief. »Lieutenant Worf, für Sie ist eine Subraumnachricht eingetroffen!«

Worf runzelte leicht die Stirn. Sie würden den Transport jeden Augenblick durchführen. »Leiten Sie sie an dieses Terminal weiter, Fähnrich.«

»Aye, Sir.«

Das blaue Feld auf dem kleinen Bildschirm verblich und enthüllte dann das lächelnde, aber wie immer leicht besorgte Gesicht seiner Pflegemutter. Sie trug ein dunkelgrünes Kleid mit einem runden Ausschnitt, der mit einer weißen Borte besetzt war.

Ihr russischer Akzent war ausgeprägt. »Worf, mein Lieber. Ich habe gerade mit Miriah Walch gesprochen. Sie hat eine Nachricht von Jake bekommen ... die *Prospector* sei zerstört worden, und die *Enterprise* habe ihn und seine Crew gerettet. Worf, was ist passiert? Ist er jetzt bei dir?«

Sein Pflegevater schob den Kopf in die Bilderfassung. Von den Mundwinkeln bis zum Kinn wies sein Bart weiße Strähnen auf. Sein Schnurrbart und die Stelle direkt unter seinem Mund waren noch von demselben Rotblond, an das Worf sich aus der Zeit erinnerte, da sein Pflegevater jünger gewesen war.

»Mein Sohn, was geht da vor? Du kümmerst dich

doch um meinen alten Freund, nicht wahr? Ich habe gehört, es stehe sehr schlimm.«

»Ja, Vater.« Der Subraumspruch war wie ein Schock – er war völlig unerwartet gekommen. Es herrschte noch immer Alarmstufe Gelb. Worf mußte seine Ausgeglichenheit schnell zurückerlangen. »Die *Enterprise* wird Untersuchungen über das Geschehene anstellen.«

»Es ist schrecklich. Schrecklich. Alles verloren.«

»Die *Prospector* wurde nicht völlig vernichtet«, versuchte Worf ihn zu beruhigen.

»Er mußte seine Passagiere evakuieren«, beharrte seine Mutter. »Einige wurden verletzt.«

Sergey schien nicht stillsitzen zu können. »Ist Jake in Ordnung, Worf? Sag uns die Wahrheit.«

»Vater, Mutter«, sagte der Klingone so ruhig, wie es ihm möglich war. »Jake geht es gut. Niemand wurde ernsthaft verletzt.«

»Dem Himmel sei Dank«, sagte Helena und strich ihr dunkles Haar geistesabwesend zu dem großen Knoten zurück, von dem zwei schmale Zöpfe herabhingen. »Jake neigt manchmal dazu, etwas zu übertreiben. Aus der Nachricht, die Miriah bekam, konnte man schließen, es sei hoffnungslos.«

»Sag uns, was passiert ist, Worf.«

»Vater, ich kann zur Zeit nicht darüber sprechen. Es wird eine formelle Untersuchung geben.«

»Aber wir sind deine Familie«, sagte Helena und lächelte schwach.

»Und Jake ist wie Familie«, fügte Sergey hinzu.

»Es tut mir leid«, erwiderte Worf und versuchte, die Verärgerung aus seiner Stimme zu halten. »Captain Walch geht es gut. Wir hoffen, die Evakuierten bald auf ihr Schiff zurück transportieren zu können. Aber ich kann mit euch nicht darüber sprechen – es geht um die Schiffsicherheit.«

Beide schwiegen einen Augenblick lang, und Helena blinzelte einfach etwas schneller.

»Wir verstehen, Worf«, erwiderte sie. »Aber wenn du sagst, daß es Jake gutgeht... Ich weiß, du wirst es uns später sagen.« Dann hellte ihr Gesicht sich auf. »Wo ist Alexander? Ich möchte meinen großen Enkelsohn sehen.«

»Ja, rufe ihn, Worf.« Sergey beugte sich nickend vor. »Alexander hat Jake immer gemocht. Ich wette, er freut sich, einen alten Freund zu sehen.«

»Ich bin im Dienst«, unterrichtete Worf seine Eltern. »Alexander wird Captain Walch heute abend sehen.«

»Schade. Ich hätte gern mit ihm gesprochen.« Helena zog ein enttäuschtes Gesicht. »Wie geht es ihm, Worf? Er hat uns in seiner letzten Nachricht erzählt, daß er Alpträume hat. Seit wann geht das schon so?«

Worf riß die Augen auf. Er hatte nicht gewußt, daß Alexander seine Großeltern über seine bösen Träume informiert hatte. »Das ist ein vorübergehender Zustand.«

Helena warf einen Blick auf Sergey und hob eine Hand. »Ach, dann ist es ja gut. Alle Kinder träumen dann und wann mal schlecht.«

»Keine Süßigkeiten vor dem Schlafengehen«, warf Sergey ein. »Dann kommt das mit den Träumen wieder in Ordnung. Ich schlafe immer unruhig, wenn ich...«

»Aber man kann bei solchen Dingen nicht vorsichtig genug sein«, unterbrach Helena ihn. »Manchmal fängt es ganz unbedeutend an und verfolgt einen dann für lange, lange Zeit. Vina, meine Freundin aus Unett... die Alpträume, von denen sie mir erzählt hat... Sprich mit ihm, Worf. Finde heraus, ob irgend etwas ihn bekümmert.«

»Warme Milch«, sagte Sergey. »Gib ihm warme Milch, bevor er zu Bett geht. Dann ist das mit den Träumen bald vorbei.«

Worf ballte die Hände zu Fäusten. »Ich bin durchaus imstande, mich mit Alexander zu befassen.«

»Natürlich bist du das, mein Schatz. Natürlich.« Helena schaute zur Seite und überprüfte etwas. »Unsere fünf Minuten sind fast vorbei, Vater.« Der liebevolle Blick, mit dem sie Worf bedachte, war besorgt. Sie wußte, irgend etwas störte ihn. Worf mußte zur Seite schauen.

»Mach dir keine Sorgen, mein Schatz«, sagte sie. »Vergiß nur nicht, was wir gesagt haben. Wahrscheinlich ist es gar nichts. Aber sprich mit dem Jungen.«

»Und warme Milch«, fügte Sergey hinzu.

Helena brachte ihn sofort zum Schweigen. »Wir haben dich lieb. Sag Alexander, es tut uns leid, daß wir nicht mit ihm sprechen konnten. Auf Wiedersehen.«

Lächelnd und nickend verschwanden ihre Gesichter, als die Verbindung unterbrochen wurde.

Worf starrte mit leerem Blick durch das Fenster der Flugsicherungskabine in das orangefarbene Gas. Seine Pflegeeltern wollten ihm nichts Böses – sie wollten nur helfen. Trotzdem machten sie ihn wütend.

»Lieutenant Worf!« rief Dr. Crusher ihn. »Wir beamen die Sli jetzt in den Shuttlehangar drei.«

Commander Riker ging gemäßigten Schrittes und mit grimmigem Gesicht zum Shuttlehangar zwei. Er versuchte, die Tatsache zu ignorieren, daß sein Außenteam zwei Stunden später als geplant aufbrach.

Die Tür öffnete sich zischend und enthüllte dicht nebeneinander stehende Shuttles in dem Hangar. Die Piloten hatten ihre Schiffe und sonstigen Geräte aus dem Hauptshuttlehangar holen müssen, um Platz für die Rettungskapseln zu schaffen, die während der Evakuierung der *Prospector* ausgeschleust worden waren. Die Shuttles, die in Shuttlehangar drei untergebracht worden waren, waren als erste wieder eingesetzt worden und befanden sich bereits auf dem Weg zu den ihnen zugeteilten Koordinaten auf Lessenar, wodurch es möglich geworden war, die Sli in dem leeren Hangar unterzubringen.

»Was für ein Durcheinander«, murmelte Riker, als er sich umsah. Sein genau berechneter Flugplan war zusammen mit der *Prospector* in Stücke gesprengt worden.

Piloten und Techniker riefen einander letzte Anweisungen zu und versuchten, die Dinge neu zu organisieren. Die Shuttles standen so dicht zusammen, daß man sich kaum zwischen ihnen bewegen konnte. Unter Rikers Blicken stieg ein Shuttle auf und hätte dabei fast ein anderes gestreift.

Die für die Flugsicherung zuständige Technikerin, Fähnrich Korn, stand hinter der Kontrollkonsole des Decks, die direkt mit der Flugsicherungskabine in der Wand hoch über ihnen verbunden war. Ihr blondes Haar war an ihrem Hinterkopf zu einem Knoten zusammengebunden, und lose Strähnen formten eine Art Federbusch. Sie schaute kaum von dem Pult hoch, und ihre Finger tanzten über die Kontrollen. Ein weiteres Frachtshuttle stieg in die Höhe und flog langsam auf die Druckschleuse des Hangars zu.

»Sir!« rief sie, als sie Commander Riker erblickte. Ihre Stimme klang atemlos und besorgt. »Es tut mir leid! Ihr Shuttle steckt noch immer hinter drei anderen fest. Ich arbeite daran, aber es wird noch ein paar Minuten dauern, bevor es frei ist.«

Riker schluckte seine Ungeduld schnell herunter und bedachte Korn mit einem gemächlichen, ruhigen Lächeln. »Entspannen Sie sich, Fähnrich. Das ist nur eine geringfügige Verzögerung. Wir kriegen schon alles in den Griff.«

»Aye, Sir«, bestätigte sie erleichtert. Mit neuer Entschlossenheit kehrte sie zu ihrem Pult zurück, und ihre Bewegungen wirkten dabei längst nicht mehr so hektisch wie zuvor.

Riker wartete in ihrer Nähe und beobachtete stumm das Entsenden der Shuttles. Ein jedes mußte seine Fracht bei anderen Koordinaten abliefern. Mehrere von ihnen, darunter auch das seine, waren darauf programmiert, die Atmosphäre zu testen, und mit wissenschaftlichen Geräten der Atmosphärespezialisten bestückt. Lieutenant Chrysos Assistentin, Fähnrich Puckee, errichtete in der Nähe des Äquators bereits ein Bodentestmodul, das automatisch eine Reihe von Untersuchungen in verschiedener Höhe vornahm. Lieutenant Chryso würde mit Rikers Shuttle hinabfliegen, um in der Nähe ein duales Relais zu errichten. Ohne das Relais würde der Zustand der Atmosphäre die Daten während der Übertragung verzerren.

»Wo ist Lieutenant Chryso?« fragte er den Fähnrich.

Korn richtete sich auf. »Sie ist bereits im Shuttle *Voltaire*, Sir. Nur noch ein Shuttle, dann sind Sie an der Reihe.«

»Danke. Ich warte in der *Voltaire* auf den Start.«

»Aye, Sir.«

Als Riker in das Shuttle stieg und die Tür schloß, stellte er fest, daß Chryso bereits auf ihrem Platz saß. Offensichtlich konnte sie es nicht abwarten, auf den Planeten zu gelangen und mit den interaktiven Untersuchungen anzufangen.

Er führte die vorläufige Startsequenz durch und war bereit, als er von Fähnrich Korn grünes Licht bekam. Mühelos lenkte er die *Voltaire* an den letzten paar Shuttles vorbei. Als sie das blaue, ringförmige Energiefeld durchbrachen, brandete in Riker eine vertraute Kraft auf. Manchmal hatte er den Eindruck, es sei das Natürlichste auf der Welt, ein Shuttle zu steuern.

Er bemerkte es kaum, als Chryso sich erhob und neben das Zugriffspaneel des Computers hinter den Sitzen trat. Als das Shuttle durch die ersten grünen Ranken der Atmosphäre streifte, reagierte das kleine Schiff auf die Veränderung der Felddichte. Es kompensierte mit den Manövrierdüsen und setzte den langsamen, spiralförmigen Landeanflug fort.

Nach ein paar Minuten konnte er nur noch eine trübe Helligkeit ausmachen. Von innen waren die Ringe nicht voneinander zu unterscheiden. Die Ionisation entzog den Schilden Energie, doch bei der derzeitigen Rate blieben ihnen noch mehrere Stunden, bevor die Schildintegrität in Mitleidenschaft gezogen wurde.

Fast bis zur Oberfläche des Planeten blieb die Atmosphäre dicht und von Blicken nicht zu durchdringen. Als sie schließlich durch die tiefste dieser Schichten brachen, befanden sie sich keine hundert Meter über der Planetenoberfläche und flogen gerade in ein riesiges Tal ein.

Als Riker die Landesequenz eingab, erhaschte er einen Blick auf eine große schüsselförmige Vertiefung des Bodens. Sie rasten an mehreren Gebäuden vorbei; auf einer Seite von ihnen hatte sich geordnet eine große Menschenmenge versammelt. Als er das Shuttle in einiger Entfernung von den Bauwerken aufsetzte, wurde ihm klar, daß er auf der anderen Seite niemanden sehen konnte. Dann wirbelte die Landung eine Staubwolke auf, die das Vorderfenster völlig bedeckte.

Lieutenant Chryso arbeitete noch immer am Computer. Riker gab ihr einen Biofilter und bedeutete ihr, ihn über Mund und Nase zu schieben. Sie verzog das Gesicht, ahmte seine Bewegungen aber nach und zog das kleine Gerät über ihr Gesicht.

Nachdem auch sein Filter an Ort und Stelle war, bahnte Riker sich den Weg zwischen den dicht an dicht stehenden Containern mit Hilfsgütern und öffnete die Shuttleluke. Zwei Gestalten arbeiteten sich durch den in der Luft hängenden Staub zu ihnen vor.

»Hallo!« rief eine und hob zur Begrüßung beide Hände. Die Finger des Mannes lagen dicht nebeneinander, als wären sie zu Klauen verkümmert. Er räusperte sich, bevor er in den altmodischen automatischen

Translator sprach, den er um den Hals trug. »Schön, daß Sie hier sind.«

»Ich bin Commander Riker.« Die Worte wurden durch den Filter gedämpft. Er deutete auf das Shuttle. »Lieutenant Chryso befindet sich noch darin. Wir haben die Hilfsgüter mitgebracht, um die Sie gebeten haben.«

»Wasser?« fragte der andere Mann atemlos. Die Haut seines Halses war faltig und locker und hing von seinem kinnlosen Gesicht herab.

»Dreihundert Liter«, bestätigte Riker. Der Ausdruck von Dankbarkeit auf ihren schmalen, eckigen Gesichtern war fast schmerzhaft.

Lieutenant Chryso erschien in der Luke. »Wir brauchen auch einen Ort, an dem wir das Relaisterminal aufstellen können.«

»Kommen Sie hier entlang«, schnarrte der erste Mann. »Wir zeigen Ihnen, wo.«

Die beiden Männer gingen auf die Gebäude zu. Zum Schutz gegen den noch immer in der Luft hängenden Staub fuchtelten sie mit den Händen und hielten die Köpfe gesenkt. Sie bewegten sich langsam, als wären ihre Gelenke eingetrocknet und verfügten nicht über die nötigen Schmiermittel. Riker folgte ihnen. Lieutenant Chryso war eine schlanke Frau, doch im Vergleich zu diesen beiden Männern wirkte sie fast pummelig.

»Ich bin Reeves«, schnaufte der erste Mann. Er mußte tief einatmen, bevor er hinzufügen konnte: »Und das ist Sebast.«

»Freut mich, Sie kennenzulernen«, sagte Riker automatisch. Er achtete genau auf seine Füße. Bei jedem Schritt sanken entweder seine Fersen oder seine Zehen mehrere Zentimeter in den aschefarbenen Boden ein. Indem er durch diese dichte Substanz watete, wirbelte er sie kniehoch auf, bevor sie sich dann wieder schwerfällig senkte. Der Himmel war trübgrau und ganz und gar nicht mit dem spektakulären Blick aus dem All zu vergleichen.

»Sie können sich nicht vorstellen, wie froh wir sind, Sie zu sehen«, sagte Reeves zu ihm. »Gestern ist uns das Wasser ausgegangen.«

»Ausgegangen?« fragte Chryso und drückte ihren Filter fester auf das Gesicht.

»Der Brunnen ist ausgetrocknet«, sagte Reeves. »Wir schicken alle Einwohner in die Hauptstadt – sie liegt direkt hinter dieser Bergkette. Aber das geht nur langsam voran.«

»In der Hauptstadt sind die Leute nicht viel besser dran«, fügte Sebast hinzu.

Riker speicherte diese Information. Die Hauptstadt hatte keine Hilfsgüter angefordert, und Ratssprecher Wiccy hatte vorgeschlagen, dort den Empfang stattfinden zu lassen, den er am nächsten Tag unbedingt geben wollte.

Als sie sich den Gebäuden näherten, stellten sie fest, daß der Boden hier und da mit kleinen, flachen Pflanzen gesprenkelt war, deren verwickelte Fäden sich wie burgunderrote Schneeflocken ausbreiteten. Auch lagen rosagraue Felsbrocken auf dem Boden, neben denen zahlreiche kleinere Steine verstreut waren. Viele der größeren waren gesprungen und schienen bei der geringsten Berührung zu zerbrechen zu drohen. Riker lehnte sich gegen einen, um festzustellen, ob er wirklich so zerbrechlich war, wie es den Anschein hatte, doch die tieferen Teile steckten fest im Boden. Lieutenant Chryso bewegte ihren Tricorder über den Felsen.

»Die Risse wurden von starken Temperaturschwankungen hervorgerufen«, informierte sie Riker.

»Macht die Temperatur Ihnen zu schaffen?« fragte der Commander Reeves. »Brauchen Sie Heizgeräte, Decken, Kleidung?«

»Nein«, erwiderte Reeves. »Dieses Problem haben

wir nicht mehr. Aber vor etwa achtzig Zyklen erlebte der gesamte Planet eine radikale Wetterveränderung. Jetzt bleibt die Temperatur ziemlich genau bei *demond*.«

»Einunddreißig Grad Celsius«, murmelte Chryso Riker zu.

Sechs weitere Personen kamen um die Seite des Gebäudes herum. Sebast zeigte auf das Shuttle. »Dürfen sie die Hilfsgüter entladen?«

Riker bemerkte einen heruntergekommenen Antigrav-Schlitten, der neben einem der Fertigbauten abgestellt war. »Natürlich. Die Container wurden auf Antigrav-Paletten geladen. Ihre Leute dürften mit den Kontrollen keine Probleme haben.«

Sebast rief ihnen auf Lessenar etwas zu und bedeutete ihnen, sich an die Arbeit zu machen. Riker stellte fest, daß die Einheimischen die Behinderung durch den weichen Boden ausglichen, indem sie – besonders in den Knien – einen ziemlich federnden Gang entwickelt hatten. Chryso schien bei weitem nicht so große Schwierigkeiten zu haben wie er.

»Das war früher mal fruchtbares Ackerland«, erklärte Reeves ihnen. Er zeigte auf einige Farne, die in einiger Entfernung neben den Gebäuden sichtbar waren. Die meisten waren verdorrt, geschwärzte Skelette mit grauen, nach oben gespreizten Spitzen. »Ein gewaltiges Flußtal. Das war die letzte Stelle, an der man Wasser finden konnte. Die Leute sind hierher gekommen.« Er blieb stehen, um wieder zu Atem zu kommen. »Da draußen sind die Ausläufer des Gebirges, aber wegen des Dunstschleiers kann man sie nicht sehen.«

»Ich kenne es nicht anders«, sagte Sebast zu ihnen.

Die beiden Lessenarier sprachen so offen über ihre Lage, daß Riker sich nicht davor scheute, ebenso offen zu fragen: »Konnte Ihr Volk nicht verhindern, daß es soweit kam?« Er trat in den leblosen Boden.

»Das System hat für die Machthaber funktioniert«, sagte Reeves einfach.

Riker warf Chryso einen erstaunten Blick zu. Sie runzelte die Stirn; offensichtlich hatte sie mit einer biologischen oder natürlichen Erklärung gerechnet.

»Wer hat hier das Sagen?« fragte Riker.

Reeves wechselte einen langen Blick mit Sebast. »Wir, vermute ich. Trinid ist vor zwei Phasen gestorben.«

Sie umrundeten die Hütten, die auf den zweiten Blick den Eindruck erweckten, von einem kräftigen Windstoß umgeweht werden zu können. Riker kniff die Augen zusammen und schaute in die reglose Luft empor. Ein kräftiger Wind würde wohl noch auf sich warten lassen. Er schaute zu dem halben Dutzend Lessenarier zurück, die das Shuttle entluden, dann wieder nach vorn, und blieb stehen.

Hunderte, nein, Tausende von Leuten befanden sich vor ihnen, kauerten auf dem Boden, der sanft zu dem ausgetrockneten Flußbett abfiel. Wenn Riker der Ansicht war, Reeves und Sebast seien dünn, dann waren diese Leute geradezu durchsichtig. Ihre zum Teil von dunklen Lumpen bedeckte Haut hatte die gleiche aschebleiche Farbe wie der Boden. Ihr spärliches Haar klebte in dünnen Strähnen an ihren Köpfen. Es mutete unheimlich an, doch sie gaben kaum ein Geräusch von sich, und nur wenige hoben die Köpfe. Ihre großen Augen schienen aus den Höhlen zu quellen, als sie zu ihm hinaufsahen.

Riker atmete tief ein, und neben ihm hob Chryso die Hand vor den Mund und schüttelte leicht den Kopf. Riker glaubte zu hören, daß sie leise etwas vor sich hinmurmelte.

»Wir werden die Nahrung vorbereiten«, sagte Reeves neben ihm, »und mit der Verteilung anfangen.« Er trat zu der Menge, als würde er irgendwie von ihr angezogen. Als er sich zwischen den Leuten bewegte, streckte er die Hände aus, berührte geistesabwesend Hände, die hochgehalten wurden, oder streichelte sanft einen gesenkten Kopf. Sein Atem ging gequält, und der der anderen auch.

Chryso schwankte, als sie von ihrem Tricorder aufschaute und zu der Menge hinüber sah. »Achttausendvierhundertzweiunddreißig.«

Die Stille war erschreckend. Tausende von Leuten, und abgesehen von den hohen, schwachen Schreien der Kinder war kaum ein Geräusch zu vernehmen. Kaum eine Bewegung. Niemand sprach.

Dann hörte Riker das leise, anschwellende Dröhnen eines Shuttles hoch in der Atmosphäre. Das Geräusch schien ein Echo der Ewigkeit zu sein, bevor es endlich verhallte.

»Ein Shuttle mit Hilfsgütern«, murmelte Chryso neben ihm.

8

Deanna schüttelte ihre Benommenheit ab und stellte fest, daß sie durch das Fenster der Flugsicherungskabine des Shuttlehangars drei starrte. Das war ihr nun zum vierten Mal passiert, seit sie mit der Beobachtung der Sli begonnen hatte.

Sie warf einen Blick über die Schulter, doch Worf hatte es nicht bemerkt. Er beobachtete die vier Sli, die in der Mitte der großen, leeren Kammer trieben, mit zusammengekniffenen Augen. Das Schott zum All war geschlossen, und das leuchtende blaue Energiefeld war abgeschaltet worden. Das sanft wirbelnde orangefarbene Gas hatte den riesigen Raum nun vollends in ein Meer sonniger, geschichteter Nebel verwandelt.

Deanna atmete tief ein, als die Sli ein geflecktes Muster dunklerer Töne zeigten – marineblaue, violette und scharlachrote –, während die Tentakel ein helles Fuchsienrot annahmen. Die schimmernden Farben erinnerten sie an die prachtvollen Fenster mit Glasmalereien, die sie in den antiken Kathedralen der Erde gesehen hatte. Sie hatte den Eindruck, sie könne direkt in die Farben tauchen, so tief und üppig waren sie …

Sie riß sich gerade noch zusammen, bevor sie erneut in diesen erstarrten Zustand fiel, und schüttelte scharf den Kopf. Der Sicherheitswächter, der neben ihr stand, Fähnrich Hassett, war auch völlig gefesselt und schaute, ohne auch nur zu blinzeln, in den Hangar. Sie spielte mit dem Gedanken, ihn aus seiner Erstarrung zu reißen, aber er tat nur seinen Job. Halten Sie die Sli im Auge, hatte Worf gesagt. Er hatte zwei Wachen in der Kontrollkabine postiert und zwei Alarmsperren an den Türen zum Gang angebracht. Fähnrich Potter stand am anderen Ende der Kabine, schien aber nicht die gleichen Probleme wie Hassett zu haben. Potter war im Gegensatz zu ihm nervös. Deanna machte auf ihrem elektronischen Notizbuch einen Eintrag über sein Verhalten. Über die Sli war so wenig bekannt, daß selbst die unbedeutendsten empirischen Daten wertvoll waren.

Troi schätzte sich glücklich, imstande gewesen zu sein, die emotionalen Ausstrahlungen der Sli zu dämpfen. Als sie auf die *Enterprise* gekommen waren, war es ihr schwergefallen, mit den Geschöpfen klarzukommen. Doch nun hatte sie die Ausstrahlungen auf ein Niveau reduziert, das sich mit dem vergleichen ließ, das an Bord der *Prospector* geherrscht hatte – ein ständiges Hintergrundmosaik von Gefühlen. Im Prinzip empfand sie es als wunderschön, wie die Ausstrahlungen der Sli einen komplizierten Tanz durch ihre besonders ausgebildeten empathischen Sinne vollführten – solange sie durch ihre Abwehrmechanismen gedämpft wurden.

Nachdem sie alle Daten studiert hatte, die sie über die Sli finden konnte – hauptsächlich Konzertkritiken sowie Untersuchungen von Psychologen und Gesundheitsämtern –, war sie von einer Sache überzeugt: Die Sli beeinträchtigten die gefühlsmäßigen Reaktionen von Humanoiden. Konzertbesucher hatten herausgefunden, welche Reichweite sie hatten – die Grenze ihres Einflußbereichs lag bei etwa siebenhundert Metern. Deanna fragte sich, ob sie nun, da eines der Wesen gestorben war, geringer geworden war.

Sie fragte sich ebenfalls, ob die Wirkung um so stärker war, je näher man einem Sli war. Hassetts Blick war noch immer umwölkt.

»Worf, ist es unbedingt nötig, Wachen aufzustellen?« Sie hatte ihn überrascht.

»Ja! Das ist es.« Ihre Blicke begegneten sich kurz, dann schaute er wieder zu den Sli hinüber.

Deanna runzelte die Stirn. »Warum?«

Er sah sie nicht an. »Diese ... Geschöpfe sind gefährlich.«

»Sie nennen sie *Geschöpfe*, als wären sie nicht intelligent oder empfindungsfähig.«

Diesmal sah er sie an. »Intelligenz erfordert Urteilsfähigkeit und Vernunft.«

»Worf, Empfindungsfähigkeit wird auch durch das Ausmaß bestimmt, in dem eine Lebensform Sinnesreize empfängt und darauf reagiert. Es geht nicht nur um Gefühle, sondern auch um Wahrnehmungen.« Sie zeigte auf das sich langsam drehende Quartett. »Offensichtlich spüren die Sli die Emotionen humanoider Wesen und reagieren, indem sie direkt in uns Reaktionen stimulieren.«

»Ihre Reaktion ist irrational.«

»Das diplomatische Korps von Starfleet scheint der Ansicht zu sein, daß es sich um ein Übersetzungsproblem handelt«, sagte sie. Der Computer war mit dem automatischen Translator gekoppelt, doch Deanna hatte das Gefühl, daß es so leicht nicht funktionieren würde. Emotionen ließen sich normalerweise nicht von Maschinen analysieren. Data war das beste Beispiel dafür. Trotz all seiner Bemühungen waren Gefühle noch immer ein Rätsel für den Androiden.

Worf schürzte leicht die Lippen. »Das wird uns nichts verraten. Sli sind wahnsinnig und rufen Wahnsinn hervor.«

Deanna runzelte die Stirn. Er meinte es ernst. »Ich gestehe zu, daß die Auswirkungen etwas verwirrend sein können, halte die Sli aber nicht für so mächtig, daß man sie wirklich als gefährlich bezeichnen kann.«

Worf machte sich gar nicht erst die Mühe, ihr zu antworten. Er starrte lediglich mit kalter Entschlossenheit auf die sich langsam rosa färbenden Sli.

»Worf, wieso wissen Sie so viel über die Sli?«

Er versteifte sich leicht, hob den Kopf und kniff die Augen zusammen, eine typisch klingonische Geste. Er wollte es ihr nicht sagen, das war ihr klar.

»Ach, schon gut«, sagte sie, und genau in diesem Augenblick fiel es ihr ein. »Eines der Schiffe, die bei der Entdeckung der Sli zerstört wurden, war ein klingonisches, nicht wahr?«

»Ja.« Er warf einen Blick zu den beiden Sicherheitswächtern, doch wie üblich schienen sie nicht zuzuhören.

Deanna hob ihr elektronisches Notizbuch und machte auf diese Weise eine offizielle Anfrage daraus. »Wie bewerten die Klingonen diese erste Begegnung mit den Sli?«

Worf biß kurz auf die Zähne. »Die Sli«, erwiderte er dann zögernd, »haben die Entehrung und Zerstörung des Kriegsschiffs *BIr Hud* bewirkt. Der Captain ergab sich einem Scoutschiff von Starfleet, ohne vorher Defensivmanöver eingeleitet zu haben. Dann benachrichtigte er die klingonische Heimatwelt. Als weitere Kriegsschiffe eintrafen, waren beide Schiffe schon zerstört worden.«

»Und Sie machen die Sli dafür verantwortlich?«

»Ein klingonisches Kriegsschiff würde sich niemals einem schwächeren Schiff ergeben und sich dann vernichten lassen. Die Crew der *BIr Hud* wurde für verrückt und ihr Tod für unehrenhaft erklärt.« Er nickte zu den Sli hinüber. »Ich vertraue diesen Geschöpfen nicht.«

Deanna seufzte und wünschte sich, sie verstünde sich besser darauf, Worfs Gefühle zu deuten. Das würde ihr bei solchen Gelegenheiten helfen, bei denen die kulturelle Barriere undurchdringlich war.

»Nun ja«, sagte sie schließlich. »Die Sli können hier nicht verschwinden, und ich mache mir große Sorgen darüber, daß die Wächter einen so engen Kontakt mit ihnen haben. Vielleicht kann man sie draußen im Korridor aufstellen.«

»Wir können es uns nicht leisten, schwach zu wirken.«

»Worf«, sagte sie und versuchte, ganz ruhig zu klingen. »Ich glaube, die Wächter machen es schlimmer. Sie geben den Sli nur Gelegenheit, ihre Aufmerksamkeit auf noch mehr Menschen zu richten.«

Worf entblößte die Zähne. »Die Sli haben Besatzungsmitglieder nachteilig beeinflußt. Den Vorschriften zufolge müssen Wachen aufgestellt werden, bis die Gefahr eingedämmt ist.« Er wandte den Blick zur Seite. »Außerdem vertraue ich dem Ferengi nicht.«

Sie hob eine Hand. »Was könnte Mon Hartog denn schon anstellen?«

»Ferengi sind imstande, alles anzustellen, um sich einen Vorteil zu verschaffen.«

Deanna schüttelte den Kopf. »Wir bewegen uns im Kreis.« Sie richtete sich auf. »Na schön«, sagte sie mit fester Stimme, »lassen Sie die Wächter also an Ort und Stelle, aber sie dürfen höchstens drei Stunden an einem Stück Dienst tun. Ich empfehle, daß Sie diese beiden Männer ablösen lassen.« Worf nickte zustimmend, als sie bereits hinzufügte: »Und ich glaube, Sie sollten auch gehen. Sie sind sogar noch länger hier als ich.«

»Ich?« Worf stand stramm. »Auf keinen Fall …«

»O doch«, beharrte Deanna. »Wenn die Sli gefährlich sind, wie Sie ja behaupten, liegt die größte Gefahr in einem langen Aufenthalt in ihrer unmittelbaren Nähe. Diese Empfehlung werde ich dem Captain als Counselor geben.«

Sie nahm den Blick nicht von ihm, bis er zögernd einen Schichtwechsel befahl. Als die neuen Wächter eintrafen, ging er schließlich. Hassett wirkte benommen, als er hinausging, und Deanna befahl ihm, er solle sich auf der Krankenstation melden. Sie wollte so viele Informationen über die Sli und ihre Auswirkungen sammeln, wie sie nur bekommen konnte.

Worf kehrte zu seinem Quartier zurück. Seine Schicht auf der Brücke würde in Kürze beginnen, doch mittlerweile wurde er das Gefühl nicht los, daß Counselor Troi ihn getadelt hatte wie ein ungezogenes Kind. Das störte ihn.

Alexander war schon von der Schule zurück. Worf blieb an der geöffneten Tür seines Zimmers stehen, warf einen Blick hinein, um sich zu überzeugen, daß es aufgeräumt war, nickte seinem Sohn dann stumm zu und wandte sich ab.

Er nahm in seinem großen Ledersessel Platz und lehnte sich gegen die harten, runden Kissen zurück.

Counselor Troi vertraute seiner Meinung bezüglich der Sli nicht. Es war typisch, daß sie anderer Meinung war als er, doch normalerweise hatte Troi kaum Einfluß, wenn es um Fragen der Sicherheit ging. Es war keineswegs so, daß er der Counselor nicht vertraute – ganz im Gegenteil. Er und Alexander waren eine Zeitlang zu ihr in die Beratung gegangen. Aber er würde nicht dulden, daß sie seine persönlichen Entscheidungen in Frage stellte, und er mußte sich eingestehen, daß er froh war, nicht mehr zu diesen wöchentlichen Plauderstunden gehen zu müssen.

»Lieutenant Worf!«

Worf berührte seinen Kommunikator. »Hier Worf.«

»Eine Subraumnachricht von der klingonischen Heimatwelt, Sir«, teilte Fähnrich de Groodt ihm mit.

Noch eine Nachricht? Worf stieß sich aus dem Sessel hoch. »Stellen Sie sie in mein Quartier durch, Fähnrich.«

»Aye, Sir.«

Worf ging nachdenklich zu seinem Schreibtisch und aktivierte den Bildschirm. Das klingonische Siegel verwandelte sich in eine Aufzeichnung des Gesichts seines Bruders. Worf setzte sich langsam, während Kurn seine Zähne zu dem für ihn typischen halb ernsten, halb spöttischen Lächeln entblößte.

»*QaleghneS,* Älterer Bruder. Ich hoffe, dir geht es gut.«

Aufgrund der formellen Anrede und der Tatsache, daß Kurn vor seinem Ritualtaj saß, wußte Worf sofort, daß es sich um eine Klanangelegenheit handelte.

»Ich äußere in aller Form eine Bitte an den zukünftigen Kopf des Klans – deinen Sohn«, fuhr Kurn fort. »Alexander muß zur klingonischen Heimatwelt kommen, um unsere Lebensweise kennenzulernen, wenn er den Klan eines Tages anständig führen soll.« Kurns Lächeln wurde breiter. »Wenn ich einen Sohn habe, wird er deinem Sohn Treue schwören. Aber ich werde mein Vertrauen nicht in jemanden setzen, der keiner von uns ist, und dies auch nicht meinen Söhnen erlauben.« Sein Lächeln verschwand. »Mein *juH* ist bereit, euch aufzunehmen. Ich erwarte deine Antwort.«

Worf stieß ein leises, kehliges Knurren aus. Ihm gefiel das Funkeln in Kurns Augen nicht. Wer war Kurn, daß er sich ihm vorzuschreiben anmaßte, wie Alexander erzogen werden sollte?

Er schaltete den Bildschirm aus und gab sofort seine Antwort ein.

»*LoDnI'.* Ich lehne deine Bitte ab. Es ist noch nicht an der Zeit, daß Alexander und ich zum *juHqo* zurückkehren. Worf Ende.«

Er zögerte, und sein Finger schwebte über dem Knopf. Dann drückte er ihn. Ein Teil von ihm wollte noch harscher reagieren. Schließlich war ihm völlig klar, daß andere klingonische Jungen Alexander zum Frühstück verspeisen würden. Alexander war wesentlich zarter, als Worf es in seinem Alter gewesen war. Und doch fragte er sich, ob er nicht doch hätte ausführlicher darüber nachdenken sollen. Irgendwann würde Alexander die Heimatwelt besuchen müssen.

»Ich bin froh«, erklang die Stimme seines Sohns neben ihm. »Ich will nicht dorthin.«

Alexander trug einen grünen Overall. Worf stellte fest, daß sein Sohn im vergangenen Jahr beträchtlich gewachsen war. »Du bist noch nie dort gewesen, Junge. Würdest du die klingonische Heimatwelt nicht mal gern sehen?«

Alexander schüttelte schnell den Kopf.

»Du könntest echte *Rokeg*-Blutpastete essen. Vielleicht bekommst du auch für kurze Zeit einen eigenen *Targ*.« Worf hätte fast gelächelt, als sich schwache Erinnerungen an das Stadthaus seiner Familie in der Hauptstadt einstellten. Er erinnerte sich viel besser an ihr Haus auf Khitomer, aber Kurn hatte fast sein gesamtes Leben in diesem Sektor auf der Heimatwelt verbracht.

»Nein, ich will nicht dorthin.« Alexander schob trotzig das Kinn vor. »Ich will auf keinen Fall dorthin.«

»Alexander. Sprich nicht so mit deinem Vater.«

»Du kannst mich nicht zwingen«, rief der Junge und ging rückwärts zu seinem Zimmer. »Ich werde es Counselor Troi erzählen, und sie wird mich bleiben lassen!«

Worf ballte die Hände zu Fäusten und stieß ein angespanntes Zischen aus. »Counselor Troi hat nichts damit zu tun! Wenn ich es möchte, wirst du zur Heimatwelt zurückkehren.«

Alexander betrat sein Zimmer, ohne noch einmal zurückzuschauen.

Frustriert knirschte Worf mit den Zähnen. »Es ist Zeit für deine Musikstunde, Alexander. Muß ich erst hereinkommen und dich ...«

Der Junge erschien wieder auf der Schwelle. Unter dem Arm trug er sein elektronisches Notizbuch. »Ich geh' ja schon.«

Es fiel Worf immer schwerer, sich zu beherrschen. »Verlaß den Raum ja nicht, solange ich ...«

»Lieutenant Worf«, erklang es aus dem Kommunikator, »hier spricht Commander Riker.«
Worf atmete tief ein und beruhigte sich. »Aye, Sir?«
»Melden Sie sich in Transporterraum eins. Sie gehören meinem Außenteam an.«
»Bin schon unterwegs, Commander!«
Als Worf sich umdrehte, war sein Sohn fort.

9

Geordi gab die vorläufige Kontrollsequenz in seinen Druckanzug ein. Er wünschte, er müßte keinen tragen – wie Data. Der Anzug war nicht gerade bequem, erfüllte seinen Zweck aber hervorragend. Dank der Druckanzüge konnte das Außenteam trotz der nicht funktionierenden künstlichen Schwerkraft an Bord der *Prospector* arbeiten. Die atmosphärischen Bedingungen an Bord des Starliners entsprachen weiterhin dem Klasse-M-Standard, doch sie mußten die Anzüge geschlossen halten, um die Gravitationsfluktuationen zu kompensieren.

Data wartete, während sie sich mit den Anzügen vertraut machten. Abgesehen von der Kapuze und den Handschuhen ähnelten die Druckanzüge ihren Uniformen – rotes Schulterteil und schwarzer Rumpf –, doch das Material war viel dicker. Riker und Worf sahen aus, als hätte jemand Luft in sie gepumpt.

Geordi unterdrückte hinter der Helmscheibe ein Lachen. Data wäre neugierig geworden, und das war nicht der richtige Zeitpunkt für eine lange Erklärung über eine so seltsame und müßige Vorstellung, Worf als aufblasbare Gummipuppe zu sehen.

Worf trat in die Transportkammer. In seinem gepolsterten roten und schwarzen Anzug wirkte er noch wuchtiger als sonst. Das galt auch für Riker. Geordi trat zu ihnen; er hielt eine tragbare Diagnoseeinheit in der Hand, die bereits mit den vom Computer der *Prospector* heruntergeladenen Daten programmiert war. Der Captain hatte ihnen den Auftrag erteilt, das Graviton-Feld zu reparieren und herauszufinden, ob das Schiff flugfähig war oder nicht.

»Fertig?« fragte Riker. Seine Stimme wurde von dem winzigen Lautsprecher im Halsteil des Anzugs nur leicht verzerrt.

Alle bestätigten. Als der Commander nickte und dem Transporterchef grünes Licht gab, atmete Geordi tief durch, um sich zu beruhigen. Er stellte fest, daß Worf sich verspannte, wie er es vor jedem Transport tat, doch Geordi hatte festgestellt, daß der Vorgang weniger verwirrend war, wenn er entspannt ankam.

Die *Enterprise* löste sich auf, und sie standen im Haupttransporterraum der *Prospector* unter einem kleinen, runden tempelähnlichen Gebilde mit einem von Säulen getragenen Kuppeldach. Geordi bemerkte geistesabwesend das synthetische Plastizid, mit dem die Transporterkammer ausgekleidet war. Sein VISOR konnte wesentlich mehr vom elektromagnetischen Spektrum wahrnehmen als das menschliche Auge, und er entdeckte problemlos die Spulen und Musterpuffer darunter.

Data streckte die Hand mit dem Tricorder aus. »Die Fluktuationen des Schwerkraftfelds variieren von 0,74 g bis zu 1,23 g. Die Mikrokreisel in Ihren Anzügen werden die Schwankungen kompensieren, aber es kann Verzögerungen von bis zu zwei Millisekunden geben.«

»Verstanden. Wir gehen langsam.« Riker schaute sich scharf um. »Und was ist das? Eine optische Täuschung?«

Vor ihnen befand sich ein rechteckiger Springbrunnen, dessen Wasser ein schillerndes Leuchten reflektierte. Hinter ihnen verbarg ein blühender Busch die Konsole des Transporter-Operators.

»Ich sehe lediglich einen großen Raum«, sagte Geordi. »Etwa zehn Quadratmeter.«

»Zehn Komma vier«, berichtigte Data.

Riker warf Worf einen Blick zu. »Sehen Sie die Sterne?«

»Wir scheinen innerhalb eines offenen Bauwerks in einem Lichtkreis zu stehen.« Der Klingone rührte sich nicht. »Dahinter befindet sich der Sternenhimmel. Ich erkenne den Sektor nicht.«

»Ich sehe ebenfalls einen Nachthimmel.« Rikers Stimme wurde etwas stärker. »Aber was ist das? Ein Hologramm?«

»Nein, ein Hologramm würde ich wahrnehmen.« Geordi berührte die Helmscheibe seines Anzugs mit der Hand und drückte sie näher an sein VISOR, während er den Raum untersuchte. »Auf die Wände wurden dünne Schichten von Keiyurium und Siliziumanimid aufgetragen – ähnliche Materialien, wie wir sie in unseren Holodioden benutzen. Ich kann keine Energieausstrahlungen feststellen, also muß es sich um eine passive visuelle Verzerrung handeln.«

»Firlefanz«, knurrte Worf. »Um leere Köpfe zu beeindrucken.«

»Genau. Das ist für die Touristen gedacht.« Damit tat Riker die Sache ab. »Gehen wir weiter. Bringen wir es hinter uns, damit wir die Evakuierten dorthin zurückbringen können, wohin sie gehören.«

Geordi bedachte den Commander mit einem kritischen Blick, als er zu ihm aufschloß und sie den Springbrunnen umrundeten. Er wußte, daß es sich um Rikers zweite Außenteammission an diesem Tag handelte, doch er klang ungewöhnlich angespannt.

»Das klingt so, als wollten Sie sie schnell wieder loswerden«, erwiderte Geordi.

»Seit ihrer Ankunft beschweren sie sich unaufhörlich. Das wäre nicht weiter schlimm, aber sie stören unsere eigentliche Mission.« Riker kniff die Lippen zusammen. »Wenn Sie die Leute dort unten gesehen hätten, Geordi … die brauchen unsere Hilfe, nicht dieser Haufen von …«

Worf erzeugte tief in der Kehle ein nicht weiter erkennbares Geräusch.

Riker warf ihm einen Blick zu. »Beschäftigt Sie etwas?«

»Die Sli sollten von der *Enterprise* entfernt werden. Sie stellen ein Sicherheitsrisiko dar.«

»Ich will diese Sache abschließen. Dann können wir uns damit beschäftigen...« Als sie durch die Tür gingen und von einer Schwerkraftfluktuation erfaßt wurden, machte Riker einen kleinen Satz.

»Alles in Ordnung, Commander?« Geordi folgte ihm etwas vorsichtiger.

Riker nickte und wandte sich nach rechts, wie Captain Walch es ihm erklärt hatte. Er ging den Korridor entlang. Der Boden war mit einem grob gemusterten Teppich bedeckt, der sich überschneidende rote, blaue und violette Spiralen zeigte. Die Lampen an den Wänden waren groß und rund und strahlten ein warmes, bernsteinfarbenes Leuchten aus. Es unterschied sich beträchtlich von dem kühlen, nüchternen Licht in den meisten Starfleet-Schiffen.

Sie betraten den Turbolift – leuchtende weiße Winkel mit filigranen Goldrändern. Geordi mußte fast lächeln, als er die altmodischen Turboliftgriffe sah. Als er zwölf gewesen war, hatte er mit seiner Mutter auf einem uralten Forschungsschiff mit genauso alten Turboliften gelebt. Er wußte aufgrund des Konstruktionsplans, daß der Starliner fünfundsechzig Jahre alt war, hatte aber ganz vergessen, daß man an einem Griff ziehen mußte, um den Lift zu bedienen.

»Brücke«, befahl Riker und legte die Hand auf seinen Griff.

Der Lift setzte sich in Bewegung, wurde aber hin und her geschüttelt.

»Das Gravitationsfeld beeinträchtigt das Masseträgheitsfeld des Turbolifts«, erklärte Data gelassen.

Geordi stand breitbeinig da und hielt sich fest, während sie kräftig durchgerüttelt wurden. In der einen Sekunde war ihm ganz leicht im Kopf, und in der nächsten fühlte er sich doppelt so schwer wie üblich. Er wußte, daß die Verzerrungen nicht so schlimm sein konnten, doch es fühlte sich auf jeden Fall so an. Als sie die Brücke erreichten, war ihm ganz komisch im Magen.

Commander Riker sah hinter seiner Helmscheibe ebenfalls etwas grün im Gesicht aus. Geordi konnte nicht sagen, ob Worf betroffen war, wußte jedoch, daß Data an der Decke zur Brücke hätte gehen können, ohne mit der Wimper zu zucken. Manchmal war er neidisch auf die unerschütterliche Ruhe seines Freundes.

»Zur Ambientenkontrolle geht es hier entlang«, erklärte Data.

Geordi folgte ihm langsam und hielt die Diagnoseeinheit etwas zur Seite, damit sie nicht gegen sein Bein schlug. Die Brücke hatte eine niedrige Decke und war lang und schmal. Des weiteren war sie ziemlich düster; Lichtknöpfe leuchteten in verschiedenen Farben auf allen Wandvertäfelungen.

Worf ging sofort zur Station für die Kommunikation und die Sensoren, die der taktischen Konsole der *Enterprise* am nächsten kam.

Es gab keinen Sessel des Captains in der Mitte, und so nahm Riker auf einem der Sitze neben dem Lift Platz und atmete langsam aus. »Tja, hier scheint ja noch alles zu funktionieren. Auch wenn es ein wenig altmodisch aussieht.«

»Aye, Sir.« Data bediente mit seinen behandschuhten Fingern vorsichtig das Kontrollpult.

Geordi stellte die Diagnoseeinheit auf dem Boden ab und bückte sich langsam, um das Zugangspaneel zu öffnen. Jede plötzliche Bewegung oder Veränderung des Schwerkraftfeldes ließ Blut in seinen Kopf schießen. Er brauchte fast zehn Minuten, um eine Interfaceverbindung zwischen der hochmodernen Diagnoseeinheit und der Hardware der Subprozessoren der *Prospector* zu schalten, schaffte es schließlich aber doch.

»Fertig, Data?«

»Die Generatoren für das Strukturfestigkeits-Feldsystem sind ausgefallen. Beginne mit der Sicherung der Informationen für eine Diagnose der Ebene zwei.«

Geordi beobachtete ein paar Sekunden lang die Anzeige der tragbaren Einheit. »Sicherung läuft. Das wär's, Commander. Es wird fast eine Stunde dauern, bis die automatischen Routinen beendet sind.«

»Dann untersuchen wir den Explosionsort.« Riker schob sich aus dem Sessel. »Wenn wir dorthin wollen, müssen wir wohl den Turbolift benutzen?«

»Das Schott des Frachtraums auf Deck A befindet sich am Heck des Schiffes, vierzehn Decks unter unserer derzeitigen Position. Wir könnten es durch die Jefferies-Röhre 03-18 erreichen.« Data hielt den Kopf schräg, eine Bewegung, die durch seinen Anzug betont zu werden schien. »Aber ich verstehe nicht, wieso Sie die Turbolifte meiden wollen.«

Riker zog einen Mundwinkel hoch. »Die Schwerkraftfluktuationen gehen mir auf die Nerven.«

»Auf die Nerven?« wiederholte Data verwirrt.

»Data, das wirft die Flüssigkeit in unserem Innenohr herum und bringt unser Gleichgewicht durcheinander«, erklärte Geordi geduldig. »Macht es das mit Ihnen auch, Worf?«

Der Klingone schaute mit undeutbarem Gesicht zu ihm herüber. »Man kann es aushalten.«

Geordi verzog das Gesicht, ließ es aber dabei bewenden. Er hatte gelernt, Worfs gelegentliche Verdrossenheit nicht persönlich zu nehmen. Das gehörte wohl bei Klingonen dazu.

Riker verließ die Brücke bereits. »Wir gehen auf diesem Deck bis zum Heck des Schiffes zurück und nehmen dann den Turbolift. Das ist besser, als auf einer Leiter vierzehn Decks hinabzusteigen.«

Zu dem hinteren Lift zu gelangen war ein Abenteuer für sich. In all seinen Jahren im Weltraum war Geordi noch nie an Bord eines Starliners gewesen. Die Einrichtung in den Gängen und Aufenthaltsräumen war viel zu üppig und schien nur aus abgewetztem Plüsch und Quasten zu bestehen. Überall lagen winzige Kissen in kontrastierenden Farben. Sie kamen an Aufenthaltsräumen, Sporträumen und einer großen Promenade voller Pflanzen und mit einem nachgebauten Wasserfall am Ende vorbei, der aufgrund der Schwerkraftfluktuationen wie verrückt spritzte. Des weiteren sahen sie Massagetische, Dampfräume, Saunen, Abkühlteiche und zwei Swimmingpools.

Geordi las alle Schilder und wünschte sich, sie hätten Zeit, sich richtig umzusehen. Besonders eine geöffnete Tür fiel ihm auf; sie war mit dem Schild *Vibrationsraum* versehen. Aber die Schwerkraft schwankte gewaltig, als sie an ihr vorbeigingen; Geordi stolperte gegen Data und fiel dann auf die Knie. Die grauen, gepolsterten Wände des Raums neben ihnen trommelten sanft zur Antwort, und ein schwacher Geruch wehte in den Korridor.

»Äh…«, sagte Geordi mit einem erfreuten Lächeln auf dem Gesicht, als Data ihm auf die Füße half. »Riechen Sie das?«

Verwirrt sog Data die Luft ein. Dann atmete er tief durch die Nase ein und aus, als wolle er genau herausfinden, was in der Luft so verlockend war. Dieser nachdenkliche Ausdruck konnte nur bedeuten, daß der Androide irgend etwas analysierte.

Data runzelte leicht die Stirn. »Salbei und Holbri-Moschus. Wein einer süßen Traube. Der Geruch von verbranntem Pflanzenöl. Menschliche Haut…« Er schaute Geordi an. »Ich nehme mehrere Geruchskomponenten wahr, die ich erst nach einer weiteren Analyse bestimmen kann.«

Geordi seufzte, als Commander Riker rief: »Wir bleiben zusammen!« Er gab Data einen Klaps auf die Schulter. »Kommen Sie«, sagte er.

»Wenn Sie wollen, Geordi«, sagte Data, als sie wieder den Korridor entlang gingen, »kann ich den Geruch replizieren, nachdem wir auf die *Enterprise* zurückgekehrt sind. Vielleicht würden Sie ihn gern in einer Holodeck-Simulation verwenden?«

Geordis Lächeln wurde breiter; die Rücksicht, die sein Freund zeigte, berührte ihn immer zutiefst. Data strengte sich immer so sehr an.

»Das wäre toll, Data. Ich glaube, eine Menge Leute hätten Spaß daran.«

Ihre zweite Fahrt mit dem Turbolift war genauso schlimm wie die erste. Data konnte als einziger ein gewisses Gleichgewicht halten. Das Ganze dauerte keine Minute, doch auf Geordis Gesicht und Nacken brach Schweiß aus, und er fühlte, wie ein weiteres Rinnsal seinen Rücken hinunterrann. Die Feuchtigkeitskontrolle des Anzugs summte leise und versuchte tapfer, den Temperaturanstieg zu kompensieren.

Der Turbolift hielt auf Deck 2 an, womit zu vermuten war, daß sich zwischen ihrer derzeitigen Position und Deck 1 ein Energiefeld befand. Die Frachträume befanden sich auf den Decks A, B und C, wobei C das äußerste war. Die Explosion hatte Teile aller drei unteren Decks zerstört, und offensichtlich war auch Deck 1 beschädigt worden, sonst wäre das Kraftfeld nicht aktiviert worden.

Geordi beobachtete, wie Data sich Zugriff auf den Computer der *Prospector* verschaffte und in dem Gang, in dem die Jefferies-Röhre zum Deck 1 führte, das Energiefeld manipulierte. Damit entstand in ihrer Sektion eine provisorische Luftschleuse, und sie stellten ihre Druckanzüge auf volle Lebenserhaltung um. Als die Atmosphäre langsam abgelassen wurde, überprüfte Geordi ein letztes Mal seine Daten.

Als ein Vakuum entstanden war, deaktivierte Data die Versiegelung der Jefferies-Röhre. Riker bedeutete Worf, zuerst zu gehen, und der Sicherheitsoffizier kletterte schnell hinab und außer Sicht.

Geordi ging als letzter. Die anderen waren an Deck 1 vorbeigeklettert und warteten am Schott des Frachtraums von Deck A auf ihn. Dem Computerlogbuch zufolge waren die Sli in ihrem riesigen Umweltmodul hier untergebracht gewesen.

Riker bedeutete Geordi, sich in den Magnetkontakt neben der Leiter einzuklinken. »Alles klar, Data. Sie können sie jetzt öffnen.«

Die dicken Drucktüren glitten zur Seite. Geordi wurde von dem geringen Druckunterschied vorwärts gezogen, achtete aber sorgsam darauf, das Deck stets mit mindestens einem Fuß zu berühren.

Der Rest des Außenteams trat in den großen, offenen Raum, doch ihre Gesten und Schritte waren langsamer, als würden sie unter Wasser gehen. Geordi arbeitete gern im Vakuum und beobachtete die anderen einen Augenblick lang, bevor er ihnen folgte.

Rechts von ihm war der größte Teil der Frachtkammer von Wänden abgeschottet worden, die heruntergelassen worden waren, als die Sli sich vor der Explosion zurückgezogen hatten; offensichtlich waren sie nur deshalb gerettet worden. Der Rest der Ausstattung war von der Explosion aus der Frachtkammer geschleudert worden. Durch den herausgerissenen Boden konnte Geordi das riesige, klaffende Loch in der nächsten Frachtkammer sehen. Zwischen den zerfetzten Rändern war ein Teil der Krümmung des riesigen Planeten zu sehen.

Plötzlich konnte Geordi sich nicht mehr rühren. Mit Sternen übersätes Licht durchdrang die Atmosphäre von Lessenar und überzog sie mit winzigen Strichen aus sich bewegenden, aufblitzenden Farben. Sein VISOR schickte einen konzentrierten Datenstrom direkt in seinen Sehnerv und drohte, sein Gehirn zu überladen.

Geordi zuckte zusammen und bückte sich schnell, konzentrierte sich darauf, in der luftlosen Kammer nicht umzukippen. Als er sich schließlich wieder unter Kontrolle hatte, befand Data sich bereits auf der anderen Seite des Raums und untersuchte das zerrissene Metall. Worf stand neben ihm, mit den Magnetstiefeln fest auf dem Boden verankert, und streckte die Hand mit dem Tricorder aus.

Auf halbem Weg dorthin drehte Riker sich um. Licht spiegelte sich auf seiner Helmscheibe. »Stimmt etwas nicht, LaForge?«

Geordi mußte schlucken. »Ich habe den Planeten bislang nur auf dem Bildschirm gesehen, Commander. Es ist überwältigend, ihn direkt zu sehen.« Er fühlte einen warnenden, stechenden Schmerz in seinen Schläfen, als er versuchte, zu den anderen zu schauen. Er schwankte und richtete den Blick schnell wieder auf seine Stiefel.

»Gehen Sie zurück, Geordi.« Riker schaute durch das Loch und zu dem Planeten darunter. »Das wird nicht lange dauern.«

»Commander!« rief Worf.

Geordi wandte sich bereits ab, zögerte aber, als er Worfs Tonfall hörte.

Riker hatte es ebenfalls gehört. »Was gibt es, Lieutenant?«

Worf schloß den Tricorder, und jeder Muskel in seinem Körper schien dabei in der Defensive zu sein. »Die Explosion wurde nicht durch ein Versagen der Hüllenstruktur oder des Strukturfestigkeits-Feldsystems verursacht. Jemand hat draußen an der Hülle Sprengstoff angebracht.«

10

Als das Außenteam endlich wieder in der *Enterprise* eintraf, stand Captain Walch vor der Transporterkonsole und trat ungeduldig von einem gestiefelten Fuß auf den anderen. Sein weißer Bart sah aus, als wäre er mit den Fingern hindurchgefahren; lange, zottige Strähnen hatten sich gebildet. Er trug noch immer seine Lederhosen mit Schnallen an den Knien und Knöcheln und eine braune Polynylon-Jacke.

Worf sah, daß Jake schon eine beträchtliche Weile warten mußte, denn Fähnrich Standish schaute ein wenig glasig drein. Worf zog die Kapuze zurück und atmete die Luft der *Enterprise* tief ein. Er konnte es nicht ausstehen, lange in dem Druckanzug zu verweilen.

Jake beobachtete ihn genau. »Also ... wie sieht sie aus, mein Sohn?«

Worf zögerte und wurde dann wütend auf sich selbst. Sein Instinkt hatte ihm zuerst geraten, die schlechte Nachricht für den älteren Mann abzuschwächen. Er biß die Zähne zusammen und kämpfte gegen sein Mitleid an.

»Nicht gut, oder?« wurde Jake klar.

Worf warf einen Blick auf Riker, doch der Commander war damit beschäftigt, seine Kapuze und Handschuhe zu entfernen. Offensichtlich hatte Commander Riker sich entschlossen, ihm die Sache zu überlassen.

»Nein, Sir«, erwiderte Worf, sorgsam darauf bedacht, sich nicht durch seine Stimme zu verraten. »Die

Strukturfestigkeit wurde so stark beschädigt, daß eine Reparatur nicht mehr möglich ist.«

»Es tut mir leid, Captain Walch«, fügte Geordi hinzu, als Jake anfing, den Kopf zu schütteln. »Da ist ein ziemlich großer Brocken aus der primären und sekundären Hülle gerissen worden. Das Netzwerk des Energiefelds wird unter Impuls- oder Warpenergie zusammenbrechen.«

Jake schaute Geordi fragend an, und Worf informierte ihn schnell: »Captain, das ist der Chefingenieur der *Enterprise,* Geordi LaForge.«

»Sie müssen es ja wissen«, sagte Jake zu Geordi und wechselte einen festen Händedruck mit ihm. Er nickte Riker und Data zu, die er während der Evakuierung der *Prospector* kennengelernt hatte. »Soll das heißen, daß *ihr* es nicht hinbekommt, Jungs – oder daß man es überhaupt nicht mehr hinbekommt?«

»Es wäre eine Generalüberholung nötig«, sagte Geordi bedächtig. »Und ich kenne keine Werft, die ein so altes Schiff generalüberholen würde.«

»Sind Sie sicher? Vielleicht gibt es irgendeine ...« Der alte Mann verstummte, als er von einem überzeugten Gesicht zum nächsten sah.

Worf wußte nicht, was er sagen sollte.

Riker trat näher, schien fast strammstehen zu wollen. »Mein Beileid, Captain Walch.« Geordi nickte, und Data ebenfalls.

»Tja, das war's dann wohl.« Walch starrte leer an ihnen vorbei. »Wissen Sie, ich habe das Schiff von meinem Pa geerbt. Er und ich, wir haben sie auf dieser Tour gemeinsam geflogen. Das fing an, als ich neun Jahre alt war. Er ... tja, ich bin froh, daß er nicht hier ist und sie so sehen kann ...«

»Picard an Commander Riker.«

Der Commander schaute auf, eine Angewohnheit, die alle Führungsoffiziere aufgrund des Brückendienstes angenommen hatten. »Hier Riker.«

»Bitte melden Sie sich mit Ihrem Außenteam auf der Brücke.«

»Aye, Sir«, bestätigte Riker. Er nickte Walch noch einmal zu. »Sie erhalten einen vollen Bericht über unsere Untersuchung, Captain. Wir lassen Sie auch wissen, wo wir Sie absetzen werden, damit Sie Vorkehrungen für Ihre Passagiere und Mannschaftsmitglieder treffen können.«

Jake verzog lediglich das Gesicht.

Die anderen gingen hinaus, doch Worf blieb noch einen Augenblick. Er wollte mit dem Mann nicht zu hart umspringen. Jake war wie ein Onkel für ihn gewesen, und Worf hatte mit seinen zahlreichen Kindern gespielt und gerauft und war mit ihnen groß geworden. Jake war für alle Kinder, einschließlich seine eigenen, eine überlebensgroße Gestalt gewesen. Wenn die *Prospector* an der Earth Station Facility angelegt hatte, rauschte er ein paarmal pro Jahr mit Dutzenden neuer Geschichten und Beschreibungen von Außerirdischen und Orten herein, die so phantastisch waren, daß man sie sich kaum vorstellen konnte. Er war der Liebling aller, sowohl derjeniger, die ihm glaubten, als auch derer, die es nicht taten.

»Wir werden uns später unterhalten, Captain«, sagte Worf schließlich leise.

»Sicher, Worf.« Jake versuchte sich an einem Lächeln, doch seine blauen Augen waren müde. Er winkte Worf davon. »Und jetzt kümmere dich um deine Arbeit.«

Deanna eilte in das Beobachtungszimmer, doch die Einsatzbesprechung nach der Rückkehr des Außenteams war schon in vollem Gange. Dr. Crusher war bereits dort, ebenso die vier Mitglieder des Außenteams.

»Also ist das Schiff ein Wrack«, sagte Picard gerade, als Troi um den Tisch zu ihrem Platz ging.

»Aye, Sir.« Riker hielt inne, während Deanna sich

setzte. »Die Hülle wurde von außen aufgebrochen und hatte das Helium-Wasserstoff-Ambiente der Sli aufgerissen. Die nachfolgende Explosion hat den größten Teil des Hüllenschadens angerichtet.«

»Was hat den ersten Hüllenbruch verursacht?«

Riker warf Data einen Blick zu, und der antwortete ohne das geringste Zögern: »Eine nicht näher bekannte Sprengladung, Sir.«

»Sie hätte keinen großen Schaden am Schiff angerichtet«, stellte Riker klar, »wäre das Modul der Sli nicht explodiert.«

Picard sah Data an. »Kann die Sprengladung eigens an dem Ambientemodul der Sli angebracht worden sein, um genau diese Wirkung zu erzielen?«

»Das ist zu diesem Zeitpunkt unbekannt, Sir.«

Sie schwiegen einen Augenblick. »Warum sollte jemand einen Starliner zerstören wollen?« fragte Beverly dann.

»Terrorismus«, erwiderte Worf sofort. »Sabotage. Ein Attentat.«

Deanna atmete tief aus. Worfs Anspannung war so stark, daß sie die aller anderen in diesem Raum übertönte. Es war nicht nur Aggression – die hätte ihre Empathie abstumpfen lassen. Wüßte sie es nicht besser, würde sie sagen, daß Angst ihn trieb.

Beverly schüttelte den Kopf. »Das ist ziemlich extrem, meinen Sie nicht auch, Worf? Fast vierhundert Leute zu töten, um an ein Ziel heranzukommen.«

»Allerdings«, sagte Data nachdenklich, »gibt es mehrere Präzedenzfälle dafür. Das Picanou-Protektorat, die Sammler von Acamara, die Intaraner ...«

»Danke, Data«, unterbrach Picard ihn mit einem Nicken.

»Vielleicht sollten wir die Passagiere überprüfen«, schlug Riker vor. »Herausfinden, ob irgend jemand an Bord das Ziel von Gruppen wie dem Picanou-Protektorat sein könnte. Oder auch der Cardassianer. Die würden skrupellos ein ganzes Schiff in die Luft jagen, wenn sie glauben, einen guten Grund dafür zu haben.«

Geordi lehnte sich zurück, doch ein Runzeln zog sich über seine Stirn. »Vielleicht hat jemand es auf Captain Walch abgesehen. Er hat am stärksten darunter gelitten; schließlich hat er sein Schiff verloren.«

Worf schaute auf die Tischplatte. Er sprach ganz leise. »Ich wüßte nicht, daß Captain Walch Feinde hat.«

»Ich habe den Eindruck, die Sli sind das offensichtliche Ziel«, fühlte Deanna sich zu sagen gezwungen. »Einer von ihnen wurde getötet, und die anderen konnten von Glück reden, lebend herauszukommen.«

Worf knurrte leise vor sich hin.

Picard warf dem Klingonen einen scharfen Blick zu. »Haben Sie etwas zu sagen, Mr. Worf?«

»Ja, Sir. Es geht um die Sli.« Worf richtete sich in seinem Sessel auf. »Ihre Anwesenheit an Bord ist ein Sicherheitsrisiko.«

»Tja, auf die *Prospector* können sie nicht zurück«, warf Geordi ein. »Ohne das Strukturfestigkeitsfeld können die Schwerkraftüberlappungen nicht abgebaut werden. Das verursacht die plötzlichen Fluktuationen.«

Riker lachte kurz auf. »Ein gewisses Risiko läßt sich nicht bestreiten. Sonst würden wir sie dorthin zurückschicken, wohin sie gehören.«

»Irgend etwas muß geschehen«, beharrte Worf.

Deanna runzelte die Stirn, als sie feststellte, daß seine Augen zu brennen schienen.

Doch Beverly nickte bereits. »Worf könnte recht haben. Die Krankenstation hat Beschwerden von Deck 9 bis Deck 17 bezüglich ungewöhnlicher Verhaltensmuster bekommen.«

»Den Logbüchern der *Prospector* zufolge«, informierte Data sie, »blieben die ersten beiden Passagierdecks über der Frachtkammer während der derzeitigen Tournee leer.«

»Vielleicht sollten wir die Decks um den Shuttlehangar räumen.« Riker bedachte den Captain mit einem grimmigen Blick. »Die Evakuierten sind auf den Decks 9 und 11. Sie werden nicht gerade begeistert sein, so schnell wieder verlegt zu werden ...«

»Das wird ihnen viel besser als gewalttätige Stimmungsschwankungen gefallen«, erwiderte Dr. Crusher. »Die Sli sind wegen der Geschehnisse sehr aufgeregt, und dem Ferengi zufolge können sie ihre Ausstrahlungen auf diejenigen richten, auf die sie besonders zornig sind. Sie könnten die Leute, die an Bord der *Prospector* waren, als Bedrohung ansehen, weil die Explosion sich dort ereignet hat.«

»Ich stimme Ihnen zu«, sagte Picard. »Worf, treffen Sie die Vorkehrung für die Evakuierung dieser Decks. Achten Sie darauf, daß der Kontakt mit den Sli begrenzt wird, bis wir wissen, wie wir die Wirkung ihrer Ausstrahlung verringern können.« Er wandte sich an Deanna. »Haben Sie etwas über die Sli herausgefunden, das uns helfen könnte, Counselor?«

»Es gibt nicht gerade viele Informationen über sie, Sir.« Sie drehte ihren Sessel, um ihn direkt ansehen zu können. »Die Sli sind erst dieses Jahr auf Tournee gegangen, und ihnen werden noch nicht besonders viele Leute ausgesetzt. Mir liegen Berichte mehrerer Gesundheitsorganisationen vor, die die Wirkung der Ausstrahlungen der Sli mit denen bewußtseinsverändernder Drogen vergleichen. Wir wissen, daß die Sli unterdrückte Wünsche und Gefühle anzapfen – bei den meisten Humanoiden kommt es dabei zur Freisetzung von starken Emotionen. Es handelt sich nicht nur um Unterhaltung, sondern um ein emotionales Stimulans.«

»Sie sind gefährlich«, murmelte Worf.

Deanna versuchte, ihre Stimme ruhig zu halten. »Die Wirkungen können für manche Personen sehr therapeutisch sein, Worf. Wir haben Schwierigkeiten, weil die Sli aufgeregt sind. Das intensiviert ihre Ausstrahlungen und gibt ihnen Anlaß, die negativeren Emotionen zu verstärken, die sie um sich herum wahrnehmen.«

»Sie sollten froh sein, daß es nicht mehr von ihnen gibt«, warf Dr. Crusher ein.

»Mag schon sein«, sagte Picard. »Aber ich möchte sicherstellen, daß wir die Sli kontrollieren können, die sich an Bord befinden.«

»Wie wäre es, wenn wir ein Energiefeld um den Shuttlehangar legen?« fragte Geordi.

Deanna schüttelte den Kopf. »Sie kommunizieren auf einer sehr niedrigen Frequenz. Sie fällt in den Bereich der Gehirnwellen von Humanoiden; die Amplitude ist größer als der Durchmesser Lessenars. Es gibt keine Möglichkeit, solche Wellenlängen einzudämmen. Nicht mal die vollen Schilde des Schiffes und das Vakuum könnten sie draußen halten – das ist auch der Grund, wieso mein empathischer Sinn sie über große Reichweiten hinweg wahrgenommen hat.«

Riker kniff die Augen zusammen. »Wie wäre es, die Wirkung in unseren Köpfen zu neutralisieren? Können wir die Neurotransmitter blockieren, die diese Emotionen befördern?«

Die Ärztin kniff die Lippen zusammen und schüttelte bereits den Kopf. »Das ist eine überaus komplizierte Prozedur. Man müßte alle Transmitter blockieren, die Gefühle übertragen, und das kann ich erst, sobald die Ausstrahlungen völlig aufgehört haben.«

»Nun gut.« Picard lehnte sich kurz zurück. »Wenn wir die Sli nicht aufhalten können, müßte es doch möglich sein, sie irgendwie zu beruhigen.«

»Vielleicht weiß Mon Hartog etwas, das er uns nicht sagt«, warf Riker ein.

»Ich bin mir nicht sicher, ob er sie überhaupt unter Kontrolle hat«, hielt Deanna dagegen. »Er behauptet, er sei im Gegensatz zu den Sicherheitswächtern nicht betroffen, weil die Sli die Wächter als Bedrohung sehen.«

Worf war unbeugsam. »Wir können die Sli nicht unbewacht lassen.«

»Worf, sie waren fast das ganze Jahr lang an Bord der *Prospector*, und Captain Walch hat keine einzige Klage bekommen. Ganz im Gegenteil, er bescheinigt den Sli, sein Geschäft sogar belebt zu haben.« Troi verlagerte ihr Gewicht ein wenig. »Viele Zuschauer haben ihre Aufführung als eins ihrer schönsten Erlebnisse überhaupt bezeichnet.«

Riker nickte zustimmend. »Ich wette, die Sli sind trotz Walchs Schiff eine große Attraktion. Es ist ziemlich alt, und mit knarrender Üppigkeit kann man heutzutage kaum noch Eindruck schinden.«

Worf runzelte die Stirn. »Captain Walch ist auf Kunden angewiesen, die die Eleganz der ›alten Welt‹ bevorzugen.«

»Und Drogen der neuen Welt in Gestalt der Sli«, fügte Crusher hinzu.

Deanna konzentrierte sich auf die Ärztin. Beverly war ungewöhnlich leichtfertig. »Den Evakuierten zufolge, mit denen ich gesprochen habe, nehmen sie es wie eine emotionale Symphonie wahr, wenn sie den Ausstrahlungen der Sli ausgesetzt sind. Sowohl die Passagiere als auch Besatzungsmitglieder durften die leeren Kabinen mieten, wenn sie eine Privatvorstellung haben wollten. Und wenn sie Planeten umkreisten, beamte Hartog die Bewohner hoch, und die Sli gaben in der Frachtkammer von Deck B Konzerte.«

»Aber hier ist es ganz anders«, protestierte Dr. Crusher. »Ich erhalte Krankmeldungen von Leuten, die leichte Formen von Paranoia, Depression und Hysterie erfahren. Darüber hinaus Verwirrung, Gereiztheit und manische Anfälle.« Beim letzten Teil des Satzes schaute sie zu Boden.

»Davon sind Sie ebenfalls betroffen, nicht wahr?«

fragte Deanna schnell. »Beverly, verbringen Sie nicht so viel Zeit mit ihnen. Sie sind aufgeregt und sehen jeden, der in Kontakt mit ihnen kommt, als Bedrohung an.«

»Ich muß meine Tests durchführen«, beharrte die Ärztin. »Die medizinische Bibliothek ist auf die Analyse programmiert, doch ich habe bereits einige interessante Daten gesammelt. Wissen Sie, daß das Helium in ihren Körpern auch weiterhin aus isolierten Atomen besteht? Ich begreife einfach nicht, wie es mit dem Wasserstoff und den Kohlenstoffatomen reagiert, um Lebewesen zu bilden. Hartog zufolge nehmen sie Strahlungsenergie wie Pflanzen auf. Fragen Sie mich auch nicht danach – das hat nichts mit Photosynthese zu tun.«

»Ihre Assistenten sollen einen Teil der Arbeit übernehmen«, beharrte Deanna. »Ich habe empfohlen, daß niemand länger als jeweils für ein paar Stunden in der Nähe der Sli bleibt.« Sie musterte Worf eindringlich. »Einschließlich des Sicherheitspersonals. Zu unserem Pech muß man aber nicht in ihrer Nähe sein, um von ihnen beeinträchtigt zu werden.«

»Wie ernst ist es?« fragte der Captain.

»Die Ausstrahlungen sind ziemlich schwach. Mit einer geringen Anstrengung kann man ihnen problemlos widerstehen«, versicherte Deanna ihnen. »Ich habe alle, die in Kontakt mit ihnen kommen, angewiesen, so zu verfahren. Ich hoffe, die Sli werden sich nun, da wir sie im Shuttlehangar untergebracht haben, wieder beruhigen.«

»Nun gut«, sagte Picard scharf. »Wir werden die Angelegenheit mit Mon Hartog besprechen, Counselor, und herausfinden, ob wir irgendeine Übereinkunft erzielen können. Bis dahin werden Sie und Dr. Crusher Ihre Untersuchungen fortsetzen.« Er nickte seinem Sicherheitsoffizier zu. »Worf, ich möchte, daß Sie und Counselor Troi mit einer Sicherheitsüberprüfung der Passagiere und Besatzungsmitglieder der *Prospector* beginnen. Es muß irgendeine Verbindung zwischen den Leuten an Bord und der Explosion geben.«

»Jawohl, Captain.« Worf nickte scharf.

Deanna bestätigte ebenfalls. Sie war froh, Gelegenheit zu bekommen, mit Worf zusammenzuarbeiten. Das mochte ihr die Möglichkeit bieten, nach der sie gesucht hatte, über seine persönlichen Probleme zu sprechen.

»Was den Status der *Prospector* betrifft«, fuhr Picard fort, »werde ich Captain Walch informieren, daß es ratsamer sein könnte, einen Schlepper anzufordern, statt darauf zu warten, daß wir unsere Mission hier beenden. Seine Touristen könnten wegen der Verzögerung ungeduldig werden.«

Riker verlagerte zornig das Gewicht. »Was diese Touristen betrifft, Sir ... Wir erhalten sowieso schon alle paar Minuten Beschwerden.«

»Wir sollten vielleicht Vorkehrungen treffen, ihre Besitztümer zu bergen«, sagte Picard nachdenklich. »Das scheint mir bislang die größte Ursache für Beschwerden zu sein. Commander Data, ich möchte, daß Sie mit Captain Walch und seiner Crew zusammenarbeiten, um die Angelegenheit zu beschleunigen.«

»Aye, Sir.«

Bevor sie fortfahren konnten, wurde die Tür des Beobachtungszimmers geöffnet, und Lieutenant Chryso kam herein. Ihre dunkle Haut war gerötet, und sie versuchte die Tatsache zu verbergen, daß sie außer Atem war. Als sie bemerkte, daß alle bereits Platz genommen hatten und sie ansahen, zögerte sie.

»Bitte entschuldigen Sie die Verspätung, Sir«, sagte sie mit ihrer tiefen Stimme zu Riker.

»Wir wollten gerade zu Ihrem Bericht kommen, Lieutenant«, sagte Riker. »Setzen Sie sich.«

»Sir«, grüßte Chryso den Captain, bevor sie in dem Sessel neben Riker Platz nahm. Sie nickte auch Deanna, Dr. Crusher und Commander Data zu. Ihr

Blick glitt an LaForge und Worf vorbei, und Deanna wurde klar, daß Chryso noch nie direkt mit ihnen zusammengearbeitet hatte.

»Ich bin zu einer vorläufigen Einschätzung gekommen«, begann Riker. Er spielte mit einem Diskettenbehälter, der vor ihm stand. »Insgesamt ist die Lage schlimmer, als man Starfleet glauben machen wollte. Womöglich stecken die Lessenarier so tief drin, daß sie gar nicht begreifen, womit sie es zu tun haben. Oder sie hatten vielleicht befürchtet, wir würden ihnen nicht helfen, wäre uns das volle Ausmaß des Schadens bekannt gewesen.«

»Wie schlimm ist es, Nummer Eins?«

»Die Bewohner sind verzweifelt. Die Berichte der Shuttles mit den Hilfsgütern waren alle gleich – überall Tote und Sterbende, die mit Hilfe der stärksten Überlebenden gerade eben noch durchhielten. Drei Shuttles sind in ziemlich großen Städten auf dem Westkontinent gelandet. Die Regierungsorganisationen kümmern sich in erster Linie um die dichter besiedelten Gebiete, und die Leute dort sind in etwas besserer Verfassung. Offensichtlich gelten alle Informationen, die wir erhalten haben, für die Bewohner der Großstädte.«

»Man könnte den Eindruck haben, daß die Regierung die Außenbezirke aufgegeben hat«, pflichtete Chryso ihm bei.

Dr. Crusher zuckte mit einer Schulter und schüttelte den Kopf. »Die Bevölkerung ist ziemlich gering – kaum eine Million Lessenarier. Aber den Unterlagen zufolge, die ich erhalten habe, kommen Krankheiten und Todesfälle in Verbindung mit der Qualität ihrer Atmosphäre, dem Wasser und der Nahrung zehnmal häufiger vor, als man es normalerweise erwarten könnte.« Sie sah den Captain direkt an. »Wenn der Commander recht hat, müssen die korrekten Statistiken entsetzlich sein.«

Rikers Stimme klang barsch. »Ununterbrochen brennen Feuer – die Toten werden eingeäschert. Bei Tiefflügen sind Rauchfeuer der häufigste Anblick. Es gibt kaum noch Vegetation, und die meisten Flüsse und Seen sind ausgetrocknet.« Er nickte Chryso zu. »Setzen Sie Ihren Bericht fort, Lieutenant.«

Chryso atmete tief ein, legte eine Diskette ein und zeigte auf den Bildschirm. »Das ist eine Karte des Planeten Lessenar. Die Landmassen bilden etwa fünfzig Prozent, und die andere Hälfte besteht aus Meeren mit hohem Salzgehalt.«

Deanna beugte sich vor, um besser sehen zu können. Lessenar hatte sechs große, gleichmäßig angeordnete Kontinente. Deutlich ausgeprägte helle Bänder umgaben den Planeten an vier Stellen – schmale Bänder auf beiden Seiten des Äquators und noch kleinere in der Nähe der Pole.

»Die Landestellen befanden sich in den dunkleren Bändern, den Gebieten, die Niederschläge erhalten.« Eine Reihe von Blinklichtern tauchte auf und markierte die betreffenden Koordinaten. »Wie Sie sehen, ist der Großteil der Planetenoberfläche in der Tat unbewohnbar. Darüber hinaus hat unsere vorläufige Analyse ergeben, daß die Atmosphäre nicht mehr innerhalb der Parameter der Klasse M liegt.«

Dr. Crusher beugte sich verwirrt vor. »Jeder dieser Leute da unten sollte einen Biofilter tragen.«

»Ganz meine Meinung«, sagte Chryso und sah den Captain an.

»Ist die Lage irreparabel?« fragte Picard sie.

Lieutenant Chryso schüttelte kurz den Kopf. »Unsere Analyse ist noch nicht vollständig, Sir. Es handelt sich um ein sehr komplexes Problem. Wir müssen jeden Aspekt des Ökosystems, von der Atmosphäre über die Landmassen bis zu den Meeren, untersuchen und zueinander in Beziehung setzen.« Sie bediente den Computer und rief eine Sensordarstellung auf. »Zum Beispiel setzt der hohe Ozongehalt in der Stratosphäre und Mesosphäre eine Reihe von chemischen Prozessen in Gang. Die ungebundenen Sauerstoffelektronen vernichten Moleküle wie Wasserdampf, Methan, Molekularwasserstoff und Distickstoffmonoxid. Die daraus entstehenden molekularen Sauerstoffmoleküle absorbieren ultraviolette Sonnenstrahlung von dreitausend bis achtzehnhundert Ångström und schädigen das Fortpflanzungsgewebe von Lebewesen.« Sie schaltete den Monitor aus. »Es gibt keine Patentlösung, die ihre Probleme beseitigen wird. Die Lessenarier haben ein sehr empfindsames Gleichgewicht verletzt – und zwar absichtlich.«

»Wollen Sie damit sagen, daß diese Situation nicht auf natürlichen Ursachen beruht?« fragte Picard.

»Allerdings, Sir. Die Biosphäre hat ein absolut lebensfähiges Ökosystem geschaffen. Die Lessenarier haben ihre Umwelt verändert.«

»Und was unternehmen sie nun dagegen?« fragte LaForge.

Riker warf Chryso einen Blick zu und antwortete dann für sie. »Sie haben uns gerufen.«

»Mehr nicht?« unterbrach Worf überrascht sein Schweigen.

»Mehr nicht. Es hat keine planetenweiten Versuche gegeben, die Verschmutzung zu beenden oder die Umwelt zu säubern. Man hat lediglich die Föderation gerufen. Sie haben sogar Jahre gebraucht, um sich zu diesem Entschluß durchzuringen.«

Deanna faltete die Hände in ihrem Schoß. »Obwohl ihre Leute krank werden und sterben, haben sie nichts unternommen?«

Data erwiderte ihren Blick; die Implikationen konnten ihn nicht aus der Fassung bringen. »Meinen Untersuchungen zufolge ist die Verschmutzung eine Nebenwirkung der Wirtschaft des Planeten. Eine Veränderung würde eine völlige Umstrukturierung ihrer Nahrungs- und Energiequellen bewirken. In letzter

Zeit haben isolierte Fraktionen innerhalb der Gesellschaft versucht, die Bewohner vor den Gefahren zu warnen oder aktiv den schlimmsten Mißbrauch zu verhindern. Ihre Bemühungen haben sich bislang als ergebnislos erwiesen.«

Beverly sah aus, als wüßte sie nicht, ob sie schockiert oder wütend reagieren sollte. »Das ist doch kaum zu glauben. Wie konnten sie es so weit kommen lassen?«

Riker erwiderte den Blick der Ärztin. »Ich habe es zuerst auch nicht verstanden. Aber das ist ihr Lebensstil. Sie scheinen es akzeptiert zu haben. Und ganz bestimmt haben sie sich daran gewöhnt.«

»Sie kennen es nicht anders«, pflichtete Chryso ihm bei. »Offensichtlich hat die Lage sich für sie so langsam verschlechtert, daß sie sich an die Einschränkungen anpassen konnten. Und doch hat dieser Prozeß sie innerhalb von acht Generationen fast ausgelöscht.«

»Ich möchte Ihren Bericht so schnell wie möglich sehen, Lieutenant«, sagte Picard zu ihr. Sie bestätigte, und er wandte sich an Riker. »Wie man mir mitgeteilt hat, wird Ihre Anwesenheit morgen früh in der Hauptstadt erwartet.«

»Jawohl, Sir.« Sein Tonfall war kaum noch höflich zu nennen. »Ratssprecher Wiccy hat mich informiert, daß es anläßlich unserer Ankunft eine ›Feier‹ geben wird. Was das in Wirklichkeit bedeutet, habe ich ihren Medienberichten entnehmen können. Die oberen Kasten werden feiern, während der Rest weiterhin verhungert.«

»Vielleicht brauchen sie ein greifbares Zeichen der Hoffnung«, schlug Deanna vor.

»Sie brauchen eher etwas anderes«, erwiderte Riker. »Zum Beispiel eine Unterrichtsstunde über Machtüberfluß und -mißbrauch.«

Rikers scharfe Worte führten zu einem leicht angespannten Schweigen.

»Ich verstehe, Nummer Eins«, erwiderte Picard.

»Und ich teile Ihre Einschätzung. Doch es steht uns nicht zu, die Lessenarier dazu zu zwingen, ihre Lebensweise zu ändern. Wir können lediglich Empfehlungen geben, aber letzten Endes müssen sie die Entscheidung selbst treffen.«

»Sir«, beharrte Riker, »soll etwas Grundlegendes geschehen, muß man die Quelle ihrer Probleme ansprechen.«

»Ich bin erneut Ihrer Ansicht. Doch wir wollen ihnen unsere Philosophie nicht in den Hals stopfen. Das wäre eine direkte Verletzung der Ersten Direktive.«

Trotz des ernsten Themas fiel Deanna auf, daß Picard eine Metapher benutzt hatte. Das erlaubte er sich äußerst selten.

»Setzen Sie die Hilfsmaßnahmen fort«, befahl Picard, »und verteilen Sie Biofilter an die Einheimischen. Koordinieren Sie das mit dem Rat, Nummer Eins.« Der Captain hob eine Hand, um Rikers Unterbrechung im Keim zu ersticken. »Und sorgen Sie auf jeden Fall dafür, daß auch die Außenbezirke außer Hilfslieferungen Filter bekommen. Doch wenn wir jetzt anfangen, mit dem Rat zusammenzuarbeiten, hat er sich vielleicht daran gewöhnt, mit uns zu kooperieren, sobald wir die schwierigeren Themen erreichen.« Er sah die Anwesenden der Reihe nach an. »Also gut, machen wir uns an die Arbeit. Wegtreten.«

11

Captain Picard trat in seinen Bereitschaftsraum, als hinter ihm Commander Riker gerade zu Counselor Troi sagte: »Ich bin der Ansicht, daß die Erste Direktive in diesem Fall mehr Schaden als Nutzen anrichtet. Man sollte uns erlauben, diesen Leuten die Lektion zu erteilen, die sie brauchen.«

»Will, so einfach ist das nicht...«

Die Tür glitt hinter Picard zu und verhinderte, daß er etwas sagen mußte. Er blieb einen Augenblick lang stehen. Diese Situation war auch für ihn schwierig. Auch er wünschte sich, er könne auf den Planeten beamen und die Bevölkerung ermuntern, sich selbst zu helfen; sie mit Hoffnung und kühnen Worten dazu ermutigen, sich zu einem gesünderen, produktiveren Volk zu entwickeln. Wie konnte er ihnen nur erklären, daß es ein gefährlicher Irrtum war, einfach zu glauben, Starfleet würde herangerauscht kommen und die Probleme einer ganzen Welt lösen? Eine überlegene Technik bedeutete noch längst nicht, daß die Föderation aus Übermenschen bestand, und es war viel zu einfach, in diese Rolle zu schlüpfen, wenn eine nicht so hoch entwickelte Spezies um Hilfe bat. So etwas konnte dem Verstand eines Föderationsangehörigen heimtückische Streiche spielen.

»Captain Picard, eine Nachricht über Subraum-Fernrelais von Starbase 17.«

»Stellen Sie sie hierher durch«, sagte er und drehte den Monitor zu sich.

Das strahlende Starfleet-Logo wurde von dem Bild von Admirälin Rossa ersetzt. Sie war wie üblich tadellos frisiert und gekleidet – jedes kurze graue Haar an Ort und Stelle, und die enganliegende Uniform zeigte, wie gut sie in Form war. Aber Picard kannte Maria Rossa und wußte, daß sie besorgt war.

»Admirälin Rossa, ich freue mich, Sie wiederzusehen.«

»Ebenso, Jean-Luc.«

Er nahm ihren informellen Tonfall zum Anlaß, sich zu erkundigen: »Wie geht es Jono? Haben Sie in letzter Zeit von ihm gehört?«

Ihr Lächeln war wehmütig, fast schmerzlich. »Ihm geht es hervorragend. Ich habe vor ein paar Monaten eine Nachricht von ihm erhalten. Er ist jetzt in der talarianischen Raumflotte, an Bord der *Minat Rii*. Sein Rang entspricht dem eines Fähnrichs bei uns.«

»Sie müssen stolz auf Ihren Enkel sein.« Er erinnerte sich noch genau daran, wie der blonde Teenager in der Hängematte lag, die er in der Kabine des Captains angebracht hatte, und stundenlang die Sterne anstarrte. Als Picard jung gewesen war, war er genauso verrückt auf den Weltraum gewesen.

»Das bin ich auch. Ich wünschte, ich könnte ihn sehen, aber das Diplomatische Korps ist derzeit schrecklich unterbesetzt. Ich bekomme einfach keinen Urlaub.« Sie lächelte, als Picard sich zurücklehnte. »Ja, ich will auf etwas Bestimmtes hinaus, Jean-Luc. Sie sind der Mann, den ich für diesen Job aussuchen würde, selbst wenn Sie nicht vor Ort wären.«

»O nein.« Er schüttelte den Kopf und hob die Hände. »Nein, das können Sie mir nicht antun, Maria. Ich weiß, die Angelegenheit mit den Lessenariern ist heikel, aber ich werde Commander Riker in seiner Funktion auf keinen Fall ablösen.«

»Das verlangt auch niemand von Ihnen.« Sie runzelte leicht die Stirn. »Ich habe völliges Vertrauen in

Commander Riker. Nein, es sind die Sli, um die wir uns Sorgen machen.«

»Die Sli?« Er kniff die Augen zusammen. »Warum die Sli?«

»Wir haben die Allianz zwischen Ferengi und Sli genau im Auge behalten. Die Ferengi bekommen zur Zeit über die Hälfte ihres veredelten Treibstoffs von den Sli-Kolonien, die sie auf Klasse-K-Planeten etabliert haben. Bis vor kurzem haben die Sli keine großen Vorteile aus der Abmachung gezogen – jedenfalls nicht, soweit wir es sehen konnten. Doch nun gibt es zwei Gruppen von Sli, die mit Ferengi-›Managern‹ durchs All ziehen, und wir haben mehrere Berichte über Sli an Bord von Handelsschiffen der Ferengi erhalten. Die Ferengi tun nichts, wenn sie dafür nicht etwas bekommen. Warum also transportieren sie die Sli plötzlich kreuz und quer durch den Weltraum?«

»Sie befürchten, daß die Ferengi die Sli irgendwie benutzen? Das ist gut möglich. Auf jeden Fall haben die Sli eine beunruhigende Wirkung auf meine Crew.«

»Wir wissen nicht genug über die Sli, um uns eine Vorstellung zu machen, was geschehen könnte.« Sie beugte sich vor. »Die Daten, die Ihre Leute gesammelt haben, sind sehr wertvoll, Jean-Luc. Aber ich brauche mehr. Nachdem die Sli nun an Bord der *Enterprise* sind, haben Sie eine einzigartige Gelegenheit. Wir haben versucht, mit dieser Gruppe Sli Kontakt aufzunehmen, als sie an Bord der *Prospector* war, aber sie haben sich darüber so sehr aufgeregt, daß der Captain dieses Schiffes unseren Diplomaten gebeten hat, wieder abzureisen.«

»Das hat Captain Walch nicht erwähnt.«

»Die Reaktion kam nicht unerwartet. Als das letzte Diplomatenteam nach Qal'at entsandt wurde, dem wichtigsten Treibstofflager, mußte es sich wieder zurückziehen, als die Sli ihre Reaktionen negativ beeinflußt haben.«

»Ja, diesen Bericht habe ich gelesen«, erwiderte Picard. »Die emotionalen Schwingungen, die zur Auflösung des Teams führten, ähneln dem, was meine Besatzungsmitglieder erleben. Es könnte schwierig werden, Kontakt mit ihnen herzustellen«, warnte er. »Die Sli scheinen mit größter Wahrscheinlichkeit das Ziel der Explosion gewesen zu sein, die die *Prospector* beschädigt hat.«

»Sehr interessant.« Die Admirälin trommelte langsam mit den Fingern auf dem Schreibtisch. »Wer kann ein Interesse daran haben, die Sli zu töten?«

»Das haben wir uns auch schon gefragt. Doch die Theorie klingt glaubwürdig, daß die Ferengi die Sli benutzen, um sich bessere Verhandlungspositionen zu verschaffen. Vielleicht versucht ein unzufriedener Kunde, eine alte Rechnung zu begleichen.«

»Wenn Sie die Sli lediglich dazu bringen können, Ihnen zu vertrauen...«, murmelte die Admirälin, und plötzlich glänzten ihre Augen. Ihr Tonfall veränderte sich leicht. »Ich glaube, in Ihrem Sektor steht zur Zeit kein Schlepper zur Verfügung. Die *Enterprise* wird die *Prospector* nach Beendigung Ihrer derzeitigen Mission zur Starbase 81 schleppen müssen.«

Er war über ihre Offenheit überrascht. »Ihr Diplomaten werdet alles tun, um eine Kommunikation herzustellen, nicht wahr?«

»Das ist unser einziges Privileg, Jean-Luc. Sie wissen das. Mißverständnisse können für uns gefährlicher sein als alles andere – sie führen zu Kriegen.«

Picard atmete tief ein. Diese Aussage entsprach den Tatsachen. »Nun gut, dann wird meine Crew die Unannehmlichkeiten eben ertragen müssen. Commander Data rekonfiguriert die Translatoreinheit der Ferengi, und Counselor Troi hat damit begonnen, eine empathische Kontaktaufnahme zu versuchen.«

»Gut. Greifen Sie auf alle Ihnen zur Verfügung stehenden Möglichkeiten zurück. Emotionale Manipulation könnte in den Händen der Ferengi ein mächtiges Werkzeug sein, eines, das man nur allzu leicht mißbrauchen kann.«

Picard stimmte zu. Nachdem Admirälin Rossa die Verbindung beendet hatte, berührte er sofort seinen Kommunikator.

»Counselor Troi, bitte treffen Sie mich in Shuttlehangar drei. Es ist an der Zeit, daß wir uns mit Mon Hartog unterhalten.«

Mon Hartog lehnte sich gegen die Konsole der Flugkontrolle und lächelte spöttisch zu dem jungen Klingonen neben sich hinab, während er sagte: »Dein Vater weiß nichts über meine Sli. Sein begrenzter Verstand kann diese wunderschönen Geschöpfe nicht begreifen.«

Die Sli trieben direkt auf der anderen Seite des Fensters vorbei. Sie waren zur Zeit sehr dunkel gefärbt, violett und pflaumenblau gesprenkelt, und ihre Tentakel waren kohlengrau. Flecke aus verbranntem Orange zogen sich durch das Dunkel, wie Licht, das durch Risse im Dunkel ihrer Haut leuchtete.

»Alexander!« rief Deanna, als sie den Jungen sah. »Was hast du hier zu suchen?«

Er drehte sich sofort um, und sein Zorn auf den Ferengi verwandelte sich in schockierte Schuldgefühle und dann genauso schnell in Trotz. »Ich suche Vater.«

»Stimmt etwas nicht? Warum hast du nicht den Computer benutzt, um ihn zu rufen?«

»Ach, es ist alles in Ordnung«, wich Alexander aus und überkreuzte die Finger.

»Schluß damit, Alexander. Warum hast du es nicht einfach gesagt, wenn du neugierig auf die Sli bist?«

Er machte ganz große Augen. »Weil ich annahm, Vater würde verbieten, daß ich sie mir ansehe.«

Deanna hielt sich absichtlich zurück, scharf zu antworten. Kindliche Ehrlichkeit war zu kostbar, um durch Wut unterdrückt zu werden. »Du hast recht, Alexander. Dein Vater würde nicht wollen, daß du hier bist. Die Sli können die Leute Dinge fühlen lassen, die sie nicht fühlen wollen. Wenn er herausfindet, daß du hier warst, wird er sich Sorgen machen.«

Hartog beugte sich vor, und als er sprach, klang es in dem schmalen Raum, als würde er laut schmatzen. »Es kann unser Geheimnis sein.« Er wollte Alexander ein Grinsen zeigen, doch der Junge wandte sich ab. »Dein Vater wird es nicht verstehen.«

Alexander warf Troi einen bittenden Blick zu.

Sie schüttelte leicht den Kopf. »Alexander, ich muß Worf davon erzählen. Er ist dein Vater.«

»Was geht hier vor?« erklang hinter ihr Picards Stimme. »Was hat dieses Kind in der Nähe der Sli zu suchen?«

»Alexander wollte gerade gehen«, sagte Deanna und schob den Jungen hinaus. »Geh zu deinem Quartier zurück. Ich werde später mit dir sprechen.«

Picard wandte sich an die ranghöchste Sicherheitswächterin. »Für dieses Deck wurde ein Evakuierungsbefehl erlassen, Fähnrich. Vielleicht haben Sie nichts davon erfahren?«

Die Frau hatte feines dunkles Kraushaar und runde schwarze Augen, die völlig verblüfft wirkten. »Nein, Sir. Ich meine, ich habe den Befehl zur Kenntnis genommen. Doch niemand hat uns gesagt, daß wir niemanden zu ihnen lassen dürfen.«

Picard wurde ganz still und kniff die Augen leicht zusammen. Der andere Wächter verlagerte unbehaglich das Gewicht, als Deanna ihn ansah.

»Wie lauten Ihre Befehle, Fähnrich Saart?«

Saart warf einen schnellen Blick auf Mon Hartog, der sich stumm in die entgegengesetzte Ecke zurückgezogen hatte. Der Ferengi lächelte.

»Sir, wir sollen die Aktionen der Sli und Mon Hartogs überwachen, wenn er in ihrer Nähe ist. Zwischen ihnen ist kein Kontakt erlaubt. Alle verdächtigen Bewegungen müssen sofort gemeldet werden.«

»Nun, das ist auf jeden Fall eindeutig.« Picard nickte. »Fügen Sie hinzu: Kein Unbefugter hat hier Zutritt. Das gilt besonders für Kinder.«

»Aye, Captain.«

Picard drehte sich zu Deanna um, als Saart murmelte: »Ich kann es schon bildlich vor mir sehen. Ein weiterer Tadel.«

»Was ...« Picard hielt inne und drehte sich zu der Wächterin um. »Erklären Sie mir das.«

Saart fuhr mit einer Hand über ihren kurzgeschorenen Kopf. »Es war nicht unsere Schuld! Man hat uns nichts gesagt.«

»Halt den Mund, Saart!« zischte ihr Kumpel.

»Sie sind beide vorläufig vom Dienst suspendiert«, sagte Picard zu ihnen.

Es war klar, daß sie aufgrund seiner Autorität seine Anweisungen befolgen würden, doch sie waren offensichtlich verwirrt.

»Kehren Sie in Ihre Quartiere zurück«, befahl Picard. »Lieutenant Worf wird Sie informieren, wann Sie Ihren Dienst wieder aufnehmen dürfen.« Der Captain wartete, bis sie sich langsam umgedreht und den Raum verlassen hatten; dann wandte er sich wieder Deanna zu.

Sie fühlte sich genötigt, die beiden zu verteidigen. »Das war die Wirkung der Sli, Sir.«

»Dessen bin ich mir bewußt, Counselor. Bitte sorgen Sie dafür, daß Mannschaftsmitglieder niemals länger als eine Stunde engen Kontakt mit den Sli haben. Das gilt auch für Sie.«

»Captain, ich wurde ausgebildet, emotionale Ausstrahlungen zu blockieren.« Sie versuchte, trotz seines kategorischen Befehls ihren Tonfall ruhig zu halten. »Ich dürfte mit den Sli keine Probleme bekommen.«

Er betrachtete sie nachdenklich. »Vielleicht nicht.«

Sie nickte zu Hartog hinüber und sprach leiser. »Ich muß mit den Sli arbeiten, um herauszufinden, wie sie kommunizieren, Sir.«

Picard nickte schließlich und richtete seine Aufmerksamkeit ebenfalls auf Mon Hartog. Der Captain schien direkt vor ihren Augen seinen Diplomatenhut aufzusetzen.

»Mon Hartog, könnte ich kurz mit Ihnen sprechen?« Picards Tonfall war angemessen, und es gelang ihm sogar, eine gewisse Freundlichkeit hineinzulegen. »Es muß doch sicher eine Möglichkeit geben, wie wir die Sli beruhigen können.«

Hartog war höflicher, als Deanna ihn je gesehen hatte, doch seine Antwort klang trotzdem noch schroff. »Ich kenne keine.«

Das kam so glatt heraus, daß der Captain einen Augenblick lang zögerte. »Nun ja«, setzte er dann wieder an, »aber Sie konnten sie an Bord der *Prospector* doch unter einer gewissen Kontrolle halten, oder?«

Hartog zuckte mit den Achseln. »So aufgeregt waren sie aber noch nie. Oh, abgesehen von diesem einen Mal. Da war ebenfalls Starfleet-Personal beteiligt.«

»Tja«, sagte Picard geduldig, »was können wir tun, um ihre derzeitige Lage erfreulicher zu gestalten?«

»Sie sind nicht wie wir«, stellte Hartog schnell klar. »Sie fühlen nicht wie wir.«

»Sie sind aufgeregt, weil einer von ihnen gestorben ist. Das kommt mir ganz vernünftig vor.«

»Das ist es nicht!« Hartog deutete auf den Translator, der auf der Konsole befestigt war. »Fragen Sie sie und sehen Sie selbst.«

Deanna nickte. »Data und ich haben die Translatoreinheit justiert, Captain. Wir haben die weniger wichtigen Reaktionen eliminiert und bekommen nun ein genaueres Bild davon, was sie auszudrücken versuchen.«

Der Captain trat zu der Einheit und räusperte sich. Er begrüßte die Sli. »Können wir irgend etwas für Sie tun?« fragte er dann. Er wartete, doch als sie nicht reagierten, fügte er hinzu: »Ihre emotionalen Ausstrahlungen stören meine Crew. Wenn wir irgend etwas tun können, damit Sie sich wohler fühlen, werde ich es gern veranlassen.«

Die Worte rollten über den Bildschirm: »Verabscheuen/hassen es, wenn man uns sagt, was wir tun sollen. Niemand versteht uns/kümmert sich um uns.«

Picard atmete tief ein. »Ich versuche, Ihre Lage zu verstehen. Bitte sagen Sie mir, was Sie brauchen.«

Die Sli veränderten ihre Farbe von dem vorherrschenden Violett zu einem bräunlichen Olivgrün, in das sich Schwarz mischte. »Hoffnungslos/gefangen wir sind.«

»Sie sind an Bord meines Schiffes nicht gefangen«, widersprach Picard schnell. »Man wird Sie nach Hause bringen, sobald es sich arrangieren läßt.«

»Frustration/Zorn.«

Picard schüttelte den Kopf. »Das bringt uns nicht weiter.«

»Aber es ist klar, daß sie irgend etwas wollen«, beharrte Deanna und schaute vom Bildschirm auf. »Hartog, was geben Sie ihnen für ihre Vorstellungen?«

»Sie haben nichts verlangt.«

»Was?« Deanna machte den Mund auf und schloß ihn dann wieder. »Sie wollen mir sagen, Sie machen Ihren Profit mit den Sli, und die bekommen nichts dafür? Woher wissen Sie denn, ob sie überhaupt auftreten wollen?«

»Sie haben sich bislang noch nicht beschwert.«

Verärgert sah Deanna Picard an. »Das ist doch nicht zu fassen. Er behandelt sie wie Zirkustiere.«

»Ich kümmere mich um sie!« beharrte Hartog und zog wiederholt den Kopf ein. »Was wollen Sie denn noch? Wenn sie irgend etwas verlangen, gebe ich es ihnen. Sie mögen den Transportbehälter nicht, also sorge ich dafür, daß sie diesen großen Raum bekommen. Sie wollen Leute sehen, also arrangiere ich Konzerte. Ansonsten lasse ich sie in Ruhe.« Seine Stimme wurde abfälliger. »Damit behandle ich sie besser als manch anderer – jemand hat gerade versucht, sie zu töten!«

Picard hob die Hände. »Wir haben die Ursache der Explosion noch nicht festgestellt.«

»Das ist auch nicht nötig!« Hartog huschte zum Glas und betrachtete die Sli, deren dunkle Farben sich langsam drehten. »Sli grübeln nicht lange über irgend etwas nach. Sie beschäftigen sich sofort wieder mit dem nächsten Thema. Aber sehen Sie sich das an«, sagte er und zeigte auf die Wesen. »Sie sind noch immer aufgeregt, weil sie wissen, daß jemand es auf sie abgesehen hat.«

»Woher sollen sie das denn wissen?«

»Wahrscheinlich können die Sli unsere Emotionen genauso gut wahrnehmen, wie sie die ihren ausstrahlen können«, erklärte Deanna dem Captain. »Mon Hartog könnte damit recht haben, daß sie irgend jemanden spüren, der ihnen gegenüber mörderische Absichten hegt.«

»Wer würde schon Sli umbringen wollen?« fragte Picard und richtete den Blick nonchalant auf den Ferengi.

Mon Hartog zuckte mit den Achseln, und seine Stimme klang plötzlich unangenehm winselnd. »Vielleicht möchte jemand, daß die Gruppe die Zusammenarbeit mit mir kündigt. Vielleicht hat jemand es auf meine Profite abgesehen.«

Deanna wußte, daß Picard nicht überzeugt war. »Vielleicht ist jemand auf die Sli wütend«, sagte er. »Es könnte sich um einen Racheversuch gehandelt haben.« Er beobachtete Hartog aufmerksam.

»Genau! Jemand will sie tot sehen. Sie sind wirklich sehr klug, Captain.« Hartog schniefte schmeichlerisch, hielt den Kopf schräg und sah zu ihm hoch.

Deanna runzelte die Stirn. »Sie sind keineswegs dieser Ansicht«, sagte sie zu ihm.

»Doch, das muß es sein«, beharrte er. »Es gibt viele Leute, die ihr Talent nicht zu schätzen wissen. Sie haben Angst vor meinen Sli.«

»Wir wissen nicht mal, was die Explosion verursacht hat«, sagte Deanna zu ihm. Sie wußte, daß der Captain Hartogs Reaktion aufmerksam betrachtete. »Worf überprüft die Passagiere und Besatzungsmitglieder der *Prospector* noch immer auf dem Computer. Er überprüft des weiteren, welche Handelsschiffe dieses System im letzten Vierteljahr angeflogen haben. Wir werden bald wissen, ob es irgendwelche Verbindungen gibt.«

»Sparen Sie sich die Mühe«, sagte Hartog abschätzig. »Der Mörder ist hier, an Bord dieses Schiffes, oder die Sli wären nicht so aufgeregt.« Seine Stimme wurde verschlagen. »Warum überprüfen Sie nicht die Mannschaft der *Enterprise?*«

»Meine Mannschaft!« Picard musterte den Ferengi eindringlicher. »Worauf wollen Sie hinaus, Mon Hartog?«

»Ich will hier nichts behaupten – aber es könnte sein, daß Starfleet meine Sli tot sehen will. Als Ihre Diplomaten an Bord der *Prospector* kamen, haben sie meine Gruppe fürchterlich aufgeregt. Und alle wissen, daß es Verstimmungen gibt, seit Ihre *Crockett* zerstört wurde, nicht wahr?«

»Sie ziehen voreilige Schlüsse, Mon Hartog.«

Der Ferengi leckte schnell über seine Lippen. »Sie haben es selbst gesagt, mein lieber Captain. Für mich hat es einfach den Anschein, als hätte jemand sich endlich entschlossen, sich an den Sli zu rächen.«

12

Lieutenant Chryso richtete sich hinter der wissenschaftlichen Station der Brücke auf. Die Alphaschicht näherte sich ihrem Ende, doch das war für sie nicht weiter von Bedeutung. Sie rechnete damit, die ganze Nacht hindurch an der Analyse des Planeten arbeiten zu müssen. Sie hätte es vorgezogen, in ihrem Labor in der Abteilung Atmosphärische Wissenschaften zu arbeiten, mußte jedoch die gewaltigen Daten für die Forschungsteams koordinieren, und das ließ sich besser direkt auf der Brücke erledigen.

Chryso warf einen Blick auf Riker, der im Kommandosessel saß. Er hatte stündliche Aktualisierungen ihrer Analyse verlangt, die sie ihm auch lieferte. Sie wußte nicht, ob er mit ihren Fortschritten zufrieden war oder nicht.

Sie hatten bereits die ersten Testergebnisse von dem Bodenmodul erhalten. Die Lage auf dem Planeten wurde durch natürliche Faktoren erschwert; dadurch wurde das Problem noch komplizierter, als sie anfangs erwartet hatte. Die von der Sonne ausgestrahlten Elektronen reagierten mit den Schadstoffen in der Luft und schufen auf diese Weise eine ganze Reihe tödlicher sekundärer Schadstoffe. Weitere wurden von dem heißen Kern und der instabilen Kruste des Planeten produziert, wobei die Häufigkeit von Vulkanausbrüchen für einen Planeten der Klasse M ungewöhnlich hoch war. Darüber hinaus hatte die Zerstörung des natürlichen Ökosystems es zahlreichen, sowohl im Wasser als auch in der Luft vorkommenden Bakterien ermöglicht, sich stark zu vermehren.

Chryso wandte sich wieder dem Computer zu, als ihre Assistentin, Fähnrich Puckee, aus dem Turbolift stürmte. Puckees helle Haut war gerötet; kleine Locken kupferfarbenen Haars hatten sich aus dem hüftlangen Zopf gelöst, den sie auf dem Rücken trug, und rahmten nun sanft ihr rundes Gesicht ein.

»Lieutenant!« sagte sie atemlos und begab sich schnell zu ihrer Vorgesetzten. »Warum kombinieren wir die spektroskopische Laboranalyse nicht mit den rekonfigurierten Sensoren im Bodenmodul? Das würde die Dinge beschleunigen und …«

»Ziel unserer Analyse ist es nicht«, korrigierte Chryso sie, wobei sie absichtlich leise sprach, um Puckee daran zu erinnern, daß sie sich auf der Brücke befanden, »schnell, sondern gründlich vorzugehen. Die Fehlerrate würde bei solch einer Kombination auf plus/minus sechs Prozent steigen, und das ist inakzeptabel.«

Gedemütigt warf Puckee einen schnellen Blick auf die Brückenoffiziere, bevor sie nickte und schluckte. »Ich weiß, daß Commander Riker auf unsere Ergebnisse wartet«, entschuldigte sie sich.

Chryso lächelte. »In der Tat. Wenn Sie noch andere Ideen haben, möchte ich sie hören, Fähnrich. Ihre Lösung für die Stabilisierung des Bodenmoduls war innovativ.«

Puckees Miene hellte sich auf. »Danke, Lieutenant.«

»Sie hatten einen langen Tag«, sagte Chryso zu ihr, als ihr einfiel, daß Puckee mit einem der ersten Shuttles, die die *Enterprise* verlassen hatten, auf die Planetenoberfläche geflogen war. Dann hatte sie das Bodenmodul errichtet, eine umständliche, komplizierte Aufgabe. »Warum entspannen Sie sich nicht ein paar Stunden, bis die Ergebnisse der zweiten Testsequenz eintreffen?«

»Aber ...«, begann der Rotschopf zögernd. »Sie arbeiten doch auch noch. Ich sollte wirklich nicht ...«

»Ich möchte, daß Sie um neun Uhr im Labor sind, um die Analyse zu koordinieren. Bis dahin«, befahl Chryso grinsend, »ruhen Sie sich aus. Und besorgen Sie sich etwas zu essen.«

Puckee nickte bestätigend und drehte sich rasch zum Turbolift um. Ihr langer Zopf schwang hinter ihr hin und her.

Chrysos Lächeln verblich. Puckee hatte einen brillanten Verstand und neigte dazu, ungeduldig zu werden, wenn es um routinemäßige Checks ging. Chryso wußte, daß sie ganz aufgeregt über ihre derzeitige Mission war, hoffte jedoch, ihre Assistentin würde sich etwas abkühlen, wenn sie ihr eine Ruhepause verordnete. Eine so nah am Rand der Vernichtung stehende Biosphäre wie die von Lessenar erforderte eine penible, wohlüberlegte Untersuchung. Wenn sie auch nur einen Fehler machten, ein Resultat falsch deuteten, würde der Planet vielleicht unwiederbringlich verlorengehen.

Chryso atmete tief ein und rief noch einmal die spektroskopische Analyse auf, um die vorläufigen Daten zu überprüfen.

»Sie haben Ihre Schicht vorzeitig beendet.« Das war das erste, das Guinan zu Simon Tarses sagte, als er sich an ihre Bar setzte.

Simon nagte an der Innenseite seiner Lippe. »Nur eine Stunde früher. Dr. Crusher meint, ich hätte schon zu lange Tests mit den Sli durchgeführt.«

Guinan nickte stumm und verständnisvoll und stellte sein übliches Getränk – einen Burgunder-Fizz – vor ihm auf die Theke. Ihr hellgrüner Hut war fast rund, und die Krempe weitete sich über ihrer Stirn. Ihre Robe bestand aus einem dünnen grünen Stoff, der schimmerte, wenn sie sich bewegte.

Simon entspannte sich langsam – er wußte, er konnte Guinan vertrauen. Hätte irgendeine andere Person ihn gefragt, hätte er nicht so schnell mit der Wahrheit herausgerückt. Nicht, daß es so schlimm war, eine Schicht vorzeitig zu beenden, aber manche Leute glaubten vielleicht, er sei nicht imstande, seine Arbeit zu tun, wenn sie davon hörten.

Am Aussichtsfenster hatten sich zahlreiche Besatzungsmitglieder versammelt, die derzeit dienstfrei hatten. Die *Enterprise* flog mit Relativgeschwindigkeit null, und daher war Lessenar weiter entfernt als bei einem üblichen Standardorbit. Sie konnten den gesamten Planeten mitsamt der verschwommenen grünen Ringe durch das Fenster sehen. Simon betrachtete ihn einen Augenblick lang und wandte den Blick dann wieder ab. Er schien allen so hervorragend zu gefallen. Sie sollten sich lieber mal die Sli ansehen. So etwas Seltsames hatte er im ganzen Leben noch nicht gesehen.

»Der Planet ist wirklich eindrucksvoll. Wollen Sie ihn sich nicht ansehen?« fragte Guinan.

»Nein. So eindrucksvoll ist er nicht.« Er hörte, daß seine Stimme immer höher wurde, und verabscheute es, weil es ihn unsicher klingen ließ.

»Tja, das freut mich. Es wurde hier an der Bar allmählich einsam«, sagte die Gastgeberin, und sie schien es ernst zu meinen. »Alle scheinen von dem Anblick angelockt zu werden. Der Captain mußte den Touristen den Zutritt zum Gesellschaftsraum untersagen.«

»Sie treiben sich überall herum.«

Guinans Augen lächelten. »Ich glaube, die Touristen sind begeistert, an Bord der *Enterprise* zu sein. Die meisten Leute mögen ungewöhnliche Dinge.«

»Manchmal.« Simon senkte den Kopf und zwang sich dann, ihn wieder zu heben und sie anzusehen. »Manchmal haben die Leute Angst vor Dingen, die anders sind.«

»Vielleicht.« Guinan zuckte leichthin mit den Achseln. »Aber davon finden Sie bei Starfleet nicht viele.«

»Wohl kaum. Es ist nur so, daß ich ...« Er geriet ins Stottern und schloß die Augen. Dann deutete er auf seine spitz zulaufenden Ohren. »... auf der Hut davor sein muß.«

»Wegen Ihres Großvaters?«

Er rieb die Hände aneinander und nickte schnell.

»Ich verstehe«, sagte Guinan leise. »Sie glauben, die Leute würden Ihnen wegen Ihres romulanischen Bluts mit Mißtrauen begegnen.«

Er sah sich schnell um, um festzustellen, ob noch jemand diese Bemerkung gehört hatte. Eine Angehörige der Abteilung Atmosphärische Wissenschaften, Fähnrich Puckee, saß in der Nähe, schien sich aber mehr für ihre Suppe als für das zu interessieren, was Guinan sagte. Für alle Fälle senkte er die Stimme, so daß nur Guinan ihn verstehen konnte. »Niemand vertraut Romulanern.«

»Simon.« Guinan beugte sich vor und legte die Hände auf die leuchtende silberne Theke. »Solange die Föderation einen unsicheren Frieden mit dem romulanischen Reich geschlossen hat, werden die Leute Ihnen mit Neugier begegnen. Fassen Sie das nicht fälschlicherweise als persönliches Urteil auf.«

»D-Das ist ... Counselor Troi meint, alle wüßten, daß ich zum Teil Romulaner bin.«

Guinan lächelte. »Ich halte Sie für einen meiner exotischeren Freunde, Simon. Ihre Art ist selten ... genau wie die meine.«

»Also halten Sie mich auch für einen Romulaner?«

»Simon, ich halte Sie für meinen Freund«, berichtigte Guinan, ohne den Blick von ihm zu wenden. »Etwas beschäftigt Sie.«

»Warum sagen Sie das?« fragte er und zog sich zurück. Konnte es denn jeder sehen?

»Die Sli könnten etwas damit zu tun haben«, vermutete Guinan.

Plötzlich tauchte Fähnrich Ro neben Tarses auf; sie war vor Eile außer Atem. Geheimnistuerisch beugte sie sich über die Theke. »Guinan, haben Sie es gehört? Sie glauben, jemand von der *Enterprise* habe die *Prospector* sabotiert.«

Simon legte die Hände auf die Schenkel. Es konnte nicht wahr sein. Nicht schon wieder.

»Wirklich? Das wurde aber nicht durchgegeben«, sagte Guinan.

»Aber es stimmt. Der Captain versucht zu verhindern, daß sie die Crew überprüfen.«

»Wer genau ist ›sie‹?«

Ro spreizte die Hände. »Sie wissen schon – Starfleet. Die Ferengi ...«

»Das ist eine ungehörige Lüge!« rief hinter ihnen plötzlich Sicherheitswächter Potter. Er sprang von seinem Tisch auf und ignorierte seine Freunde, die ihn an den Armen packten und festhalten wollten. »Die Sli waren es. Deshalb wurden auch Wachen aufgestellt ...«

»Nicht hier, Potter.« Hassett erhob sich und wollte sich vor ihn stellen. »Du spricht über unsere Befehle.«

Potter stieß ihn beiseite und ging zu Ro. »Sie sollten solche Gerüchte lieber nicht verbreiten.«

»He, Mister, das ist ein Privatgespräch.« Ro sah dem Mann in die Augen. »Verschwinden Sie, und ich vergesse, was passiert ist.«

Potter schob sein Kinn vor, und in seinem strohgelben Haar fing sich Licht. »*Sie* haben mir gar nichts zu sagen. Sie sind vor ein Kriegsgericht gestellt worden und ...«

»Na, warten Sie«, explodierte Ro und ballte die Hände zu Fäusten.

Fähnrich Puckee trat zu Ro und legte eine Hand auf ihren Arm. Aber sie wandte sich an Potter. »Sie gehen zu weit, Fähnrich.«

»Nein!« brüllte er. »*Sie* geht zu weit!«

»Das reicht.« Guinan trat hinter der Theke hervor und baute sich zwischen den beiden auf. Obwohl sie keinen Muskel bewegte, wirbelte ihre Robe um sie herum.

»Lassen Sie es dabei bewenden«, fügte Fähnrich Puckee energisch hinzu.

Ro und Potter funkelten sich wütend an. Doch just in dem Augenblick, als Tarses dachte, sie würden wieder von vorn anfangen, traten beide einen Schritt zurück.

»Schon besser«, sagte Guinan und senkte die Hände. »Sie überraschen mich. Wenn Sie über Klatsch streiten, wird es Ihnen an Feinden nie mangeln.«

Guinan wußte, daß Fähnrich Potter einen Rückzieher machen würde, und behielt deshalb Ro im Auge.

»Sie haben recht«, gestand Ro schließlich ein. Sie, die sonst tagelang einen Groll hegen konnte, gab unter Guinans durchdringendem Blick sofort nach. Ro nickte Potter zu, der unbeholfen mit den Achseln zuckte und zu seinen Freunden zurückkehrte.

»Was war hier los?« fragte Puckee, als Ro eingeschnappt aus dem Gesellschaftsraum abzog.

»Ich glaube, Potter hatte Wachdienst bei den Sli.« Guinan kehrte wieder hinter die Bar zurück. »Tja, Simon ...«

Tarses' Hocker war leer, sein Burgunder-Fizz nur halb ausgetrunken. Guinan verschränkte nachdenklich die Hände vor der Taille und sah sich in dem Raum um. Er war fort.

»Möchten Sie noch etwas?« fragte sie Puckee, als sie zum Replikator ging. Inzwischen rief sie schon einen Synthehol für Potter auf, überzeugt, daß er nun jeden Augenblick einen neuen verlangen würde.

»Das kann doch nicht Ihr Ernst sein.«

Deanna trat einen Schritt zurück. Worf starrte sie so

durchdringend an, daß sie kurz daran zweifelte, ob er sich völlig unter Gewalt hatte. »Es ist ein Befehl des Captains, Worf.«

»Ich kann nicht glauben, daß der Captain einen aus unserer Mannschaft verdächtigt.«

»Vielleicht nicht, aber er versucht, Mon Hartog zur Zusammenarbeit mit uns zu bewegen. Was kann es schon schaden, wenn eine oberflächliche Überprüfung unserer Mannschaft dazu dient, die Sli zu beruhigen?«

Worf schaute beleidigt drein. »Das ist schlecht für die Moral!«

»Es ist eine geheime Untersuchung, Worf. Die Mannschaft wird nichts davon erfahren.«

Der Klingone biß die Zähne zusammen und drehte sich zu den Aussichtsfenstern um. Die *Prospector* trieb ein Stück hinter und über ihnen, und ihre Hüllenplatten wirkten im Vergleich zu der glänzenden Warpgondel der *Enterprise* alt und abgenutzt.

Deanna hatte Worf in das Beobachtungszimmer gebeten, um ihm die neuesten Befehle des Captains mitzuteilen, und war nun froh darüber, daß sie dieses Gespräch nicht vor allen anderen Offizieren auf der Brücke führen mußte.

»Dieser Ferengi ist dafür verantwortlich«, murmelte Worf.

»Ich vertraue ihm auch nicht, Worf«, sagte Deanna seufzend. »Aber wir haben keine andere Wahl. Ich habe die Leute von der *Prospector*, die die Computerrecherche ausgespuckt hat, empathisch befragt – sechs Passagiere und ein Besatzungsmitglied. Keiner von ihnen hatte in dieser Angelegenheit etwas zu verbergen. Wir haben Nachrichten an alle Planeten geschickt, die auf dieser Tournee angeflogen sind, und uns erkundigt, ob jemand eine Beschwerde gegen die Sli eingereicht hat, aber es wird dauern, bis wir Näheres erfahren. Was schlagen Sie also vor?«

»Den Ferengi zu überprüfen!«

»Na schön. Tun Sie das. Aber als ich dem Captain Bericht erstattete, hat er auch eine Routineüberprüfung aller Leute an Bord der Enterprise befohlen. Das wird Mon Hartog beschwichtigen, und vielleicht…« Sie hielt inne, als der Klingone leise und kehlig knurrte. »Worf…«

»Ich werde die Befehle des Captains befolgen, Counselor.« Sein Gesicht war wieder ausdruckslos.

Deanna atmete tief ein. Es war ein langer Tag gewesen – der viel zu früh mit der Explosion an Bord der *Prospector* angefangen hatte. Aber sie war diesem Gespräch länger ausgewichen, als eine Schiffscounselor es sich leisten konnte. Nicht nur, daß Worfs Emotionen schwer zu entschlüsseln waren; auch ihre Auseinandersetzung wegen Alexander erschwerte seit Monaten ihre Kommunikation.

»Worf, Sie kommen mir in letzter Zeit sehr nervös vor«, begann sie in diplomatischem Tonfall. »Vielleicht hilft es, wenn wir darüber sprechen.«

»*Das* würde auf keinen Fall helfen.«

»Sagen wir einfach, es würde mir – und allen anderen – helfen, wenn wir wüßten, was Ihnen zu schaffen macht.«

»Nichts, Counselor«, beharrte Worf mit gleichmütiger Stimme.

»Nichts?« Deanna schüttelte den Kopf. »Worf, wir sind nicht blind. Sie haben in diesem Vierteljahr bereits mehr Verweise erteilt als im gesamten vergangenen Jahr. Und da sprechen Sie von einem Problem mit der Moral! Und jetzt lassen Sie die Sli von drei Doppelschichten bewachen und mobilisieren das Schiff, als würden wir angegriffen.«

Worf schien plötzlich strammzustehen. »Als Sicherheitsoffizier bin ich für den Schutz der *Enterprise* verantwortlich. Die Sicherheit darf nicht gefährdet werden.«

»Gefährdet?« Deanna schwieg einen Augenblick

lang und beruhigte sich, während sie versuchte, die Spannung zwischen ihnen zu entschärfen. »Um die Sicherheit der *Enterprise* war es nie besser bestellt. Wenn Sie glauben, streng sein zu müssen, um diesen Standard wahren zu können – tja, es obliegt mir nicht, mit Ihnen darüber zu streiten. Aber Sie kommen mit Ihrem Sohn einfach nicht ...«

»*Ich* darf nicht weich werden.«

»Weich?« Angesichts seiner Unerbittlichkeit verspürte Deanna zunehmende Frustration. »Niemand würde Sie je für weich halten, Worf. Sie haben eine ausgezeichnete Personalakte.« Sie hielt inne, als ihr einfiel, daß der einzige Makel in seiner Personalakte sein Mord an K'Ehleyrs Attentäter war.

Offensichtlich war auch Worf dies eingefallen. Er verlagerte gereizt das Gewicht. »Meine Pflichten als Sicherheitsoffizier verlangen meine ganze Aufmerksamkeit.«

Deanna seufzte und zögerte, mehr zu sagen. Es war leicht, es bei Worf zu übertreiben. »Na schön. Dann sagen Sie mir, ob die Ausstrahlungen der Sli Sie stören.«

»Nein!« erwiderte Worf sofort. Ihm wurde klar, daß sie mehr hören wollte, und zögernd fügte er hinzu: »Doch ich kann ihre Versuche wahrnehmen, meinen Verstand zu beherrschen.«

»Worf, in dieser Hinsicht sind unsere Untersuchungsergebnisse schlüssig. Die Sli können nicht den Verstand eines Wesens kontrollieren, sondern nur seine Gefühle manipulieren.«

»Das Ergebnis bleibt gleich.«

Bevor sie versuchen konnte, es ihm auf andere Weise zu erklären, glitt die Tür vor ihnen zur Seite. Wegen des starken Lichts, das von der Brücke hinter ihm einfiel, konnte Deanna zuerst nicht erkennen, um wen es sich handelte.

Dann spürte sie eine seltsam flüchtige Angst, als

wolle der Mann versuchen, eine leise Furcht zu verbergen.

»Simon!« rief sie, als sie den Medo-Techniker erkannte.

»Sie haben keinen Zutritt zur Brücke«, unterrichtete der Klingone Tarses. »Sie müssen sofort gehen.«

»Warten Sie«, protestierte Tarses. »Ich … Ich muß mit Ihnen reden … es Ihnen sagen. Ich habe es nicht gewollt.«

»Was haben Sie getan?« fragte Worf argwöhnisch.

»Es war nicht meine Schuld.« Er schluckte. »Er ging … einfach in Rauch auch, bevor ich irgend etwas unternehmen konnte. Ich habe versucht, es aufzuhalten, wirklich.«

Deanna schüttelte den Kopf. »Simon, wovon sprechen Sie?«

»Der Sli«, sagte er, als müßte sie es wissen. »Ich habe nicht gewollt, daß er verbrennt.«

»Oh«, sagte Deanna. Endlich verstand sie. Sie drehte sich zu Worf um. »Dr. Crusher hat mir erzählt, der tote Sli habe sich aufgelöst, als sie ihn aus dem Transportbehälter entfernten. Die anderen Sli waren darüber offensichtlich nicht glücklich.«

»Sie sind wütend auf mich«, fuhr Tarses fort. »Aber ich habe die *P-Prospector* nicht s-sabotiert.«

»Das ist nicht von Bedeutung«, sagte Worf abweisend. »Und Sie haben keine Erlaubnis, die Brücke zu betreten.« Er bewegte sich in seine Richtung, als wolle er Tarses hinausdrängen, doch Deanna hielt ihn auf.

»Sehen Sie es denn nicht, Worf? Die Sli haben ihm das angetan.« Sie ging zu Tarses und legte sanft eine Hand auf seinen Arm. »Sie überreagieren, Simon.«

»Aber ich … ich habe es gehört.« Er warf Worf einen unsicheren Blick zu. »Sie glauben, jemand auf der *Enterprise* habe es getan. Seitdem glaube ich, das mit dem Sli ist meine Schuld …«

Worf hob plötzlich den Kopf. Er kniff die Augen zusammen und nahm die typische Abwehrhaltung der Klingonen ein. »Counselor, Sie haben gesagt, das sei eine geheime Untersuchung!«

»Das ist es auch.« Verblüfft sah sie Tarses an. »Wie haben Sie von unserer Überprüfung erfahren?«

Tarses schaute nervös von ihr zu Worf. Er trat einen Schritt zurück und rieb die Handflächen an seinen Hosen. »Äh ...«

»Simon«, sagte Deanna energisch. »Wer hat es Ihnen verraten?«

»Ich ... alle sprechen darüber.«

»Wer?« beharrte sie.

Worf hatte den Blick nicht von Tarses genommen. »Er weiß mehr, als er wissen dürfte.«

»Ich weiß nichts!« bekräftigte Simon und runzelte die Stirn. »Niemand glaubt mir.«

Worf machte sich nicht einmal die Mühe, ihm zu antworten. Er sah Tarses auch weiterhin wie ein Raubtier an und wartete darauf, daß der Techniker antwortete.

»Bitte, Worf«, sagte Deanna, entsetzt über seine Eindringlichkeit. Die gesamte Situation war fast beängstigend geworden.

»Er wird reden«, beharrte Worf. »Oder ich werde Sicherheitswächter rufen.«

»Simon«, sagte Deanna und versuchte, so vernünftig wie möglich zu klingen. »Erzählen Sie uns einfach, wie Sie das über unsere Untersuchung herausgefunden haben.«

Tarses öffnete und schloß immer wieder den Mund; offensichtlich war er aufgrund von Worfs Drohung wie betäubt. »Fähnrich Ro!« brachte er schließlich über die Lippen. »Sie war es. Im Gesellschaftsraum.«

»Fähnrich Ro?« fragte Worf nach.

»Sie müssen mir g-glauben«, bat Tarses. »Rufen Sie keine Sicherheitswächter.«

»Keine Angst, das werden wir nicht«, versuchte

Deanna ihn zu beruhigen. Doch in Worfs Augen lag ein seltsames Funkeln.

»Nicht nötig«, murmelte Worf wie zu sich selbst. Er setzte sich in Bewegung und legte eine Hand um Tarses' Arm. Tarses schrie auf und wehrte sich schwach, bis Worf ihn so kräftig durchschüttelte, daß er ihn fast von den Füßen riß. Unter Einsatz von Gewalt zerrte er Tarses dann zur Tür.

»Worf!« rief Deanna. »Beruhigen Sie sich!« Sie lief ihnen hinterher. »Er geht ja schon. Sie müssen das nicht ...«

Deanna hielt inne, als die Tür zur Brücke sich öffnete. Worf würde Tarses nicht gehen lassen, und das war schon schlimm genug, ohne daß sie ihnen noch schreiend hinterherlief.

Riker erhob sich, als sie die Brücke betraten. Auch die meisten anderen Brückenoffiziere beobachteten sie, als hätten sie darauf gewartet, daß Tarses wieder auftauchte.

Tarses ließ sich an den hinteren wissenschaftlichen Stationen vorbeizerren. Lieutenant Chryso sprang zur Seite, als Worf auf sie zustürmte. Deanna eilte ihnen hinterher; ihr gefiel nicht, wie Tarses hinterherstolperte, als hätte er einen Schock erlitten.

Der Turbolift öffnete sich vor Worf, und er stieß Tarses hinein. »Ich werde Meldung über Sie machen. Kehren Sie sofort in Ihr Quartier zurück.«

Tarses lehnte sich zusammengekrümmt gegen eine Wand. Deanna wagte Worf nicht anzusehen, als er sich umdrehte und an ihr vorbeistürmte. Statt dessen trat sie auf die Schwelle des Lifts. »Das ist nicht Ihre Schuld, Simon«, sagte sie leise. »Die Sli haben sich auf Sie konzentriert, weil Sie engen Kontakt mit ihnen hatten.« Tarses schaute auf, als würde er mit verzweifelter Hoffnung nach einer Rettungsleine greifen. »Gehen Sie in Ihr Quartier und entspannen Sie sich. Und geben Sie diesen Gefühlen nicht nach. Sie werden beeinflußt.«

Sie nickte ihm beruhigend zu und trat dann zurück auf die Brücke. Die Tür schloß sich zwischen ihnen. Tarses wirkte nicht mehr so mitgenommen wie noch vor einem Augenblick, doch es sah nicht allzu gut aus. Wahrscheinlich würde sie Beverly bitten müssen, ihm ein leichtes Beruhigungsmittel zu verabreichen. Mit etwas Glück würden auch die Sli sich beruhigen, und Tarses würde es morgen früh schon besser gehen.

Sie drehte sich um und stellte fest, daß alle sie anstarrten. Mannschaftsmitglieder verletzten nun mal nicht die Heiligkeit der Brücke.

Sie schob leicht das Kinn vor und riß sich zusammen. Zuerst nickte sie Riker zu und bestätigte damit dem befehlshabenden Offizier, daß die kritische Situation beendet war. Dann ging sie entschlossenen Schrittes direkt zu Worf und sagte so laut, daß jeder es hören konnte: »Wir sind noch nicht fertig miteinander, Lieutenant Worf.«

Der Klingone erweckte den Anschein, als wolle er ausspucken. Sein Zorn schlug auf sie ein und zog sich dann scharf zurück, als er versuchte, sich zu beherrschen. Mit einem kurzen, gestelzten Nicken drehte er sich um und ging zum Beobachtungszimmer. Es erinnerte sie daran, wie Alexander sich kurz zuvor von den Sli entfernt hatte. Und das erinnerte sie daran, daß sie Worf noch von Alexanders Besuch bei den Sli erzählen mußte.

So, wie die Dinge sich im Augenblick entwickelten, würde sie heute abend eine ganz besonders große Portion Schokolade essen.

Als Worf die Brücke verließ, war er in rabenschwarzer Stimmung. Reden, reden, reden – das war alles, was Counselor Troi je wollte. Ihm war eigentlich völlig klar, wie sie nun vorzugehen hatten. Sie mußten so tun, als würden sie die Mannschaft der *Enterprise* überprüfen, während sie ihre Aufmerksamkeit in Wirklichkeit auf die Sli und ihren Ferengi-Manager konzentrierten. Er hatte sich nun eigentlich Fähnrich Ro vorknöpfen wollen. Es war immer bezeichnend, wenn Sicherheitslecks auftraten. Aber Troi wollte allein mit dem Fähnrich sprechen, da sie empathisch auch die feinsten Nuancen wahrnehmen konnte. Er hatte zögernd zugestimmt.

Dann hatte Counselor Troi darauf bestanden, daß er noch im Beobachtungszimmer blieb, um mit ihm darüber zu sprechen, wie er mit Tarses umgesprungen war. Sie vertrat die Ansicht, daß Tarses für seine Übertretung der Vorschriften nicht verantwortlich gemacht werden konnte; er stünde unter dem Einfluß der Sli. Worf wies darauf hin, dies sei ein Beweis, daß die Wesen eine Gefahr für die *Enterprise* darstellten. Aber Troi hatte sich geweigert, darüber zu sprechen, und statt dessen nachgefragt, wieso Worf dermaßen scharf auf das Verhalten des Medo-Technikers reagiert hatte. Sie war der Meinung, daß die Sli auch ihn beeinträchtigten.

Sie hatte Worf mit ihrem Herumstochern hart bedrängt. Er hielt den Techniker keineswegs der Sabotage für fähig – diese Vorstellung war absurd. Es mochte ein kühner Zug gewesen sein, auf die Brücke vorzudringen, doch Worf erkannte in Tarses einen schwachen und instabilen Charakter. Der junge Mann erinnerte ihn daran, wie Alexander sich manchmal benahm – sprunghafte Ausbrüche von Rebellion, gefolgt von rechtfertigenden Wortgefechten. Schließlich war Tarses genau wie Alexander ein Halbblut, und dem Techniker machte offensichtlich sein romulanisches Erbe zu schaffen. Das ließ Worf in eine Richtung denken, die er nicht erkunden wollte, und wie sollte er das Troi erklären?

Doch schließlich teilte er ihr mit, daß es ihm mißfiel, an die Untersuchungen von Admirälin Satie über einen möglichen Verrat erinnert zu werden. Keinem der daran Beteiligten hatte dieser Vorgang Ehre gebracht, von Captain Picard vielleicht einmal abgesehen. Worf war es gelungen, Tarses seitdem zu meiden; er war der Ansicht, es ginge ihn nichts an, daß Tarses bei seiner Bewerbung bei Starfleet gelogen hatte und danach zu einer Bewährungsstrafe verurteilt worden war.

Worf erreichte sein Quartier auf Deck 5, ohne unterwegs zu irgend jemandem ein Wort gesagt zu haben. Offensichtlich erkannte die Mannschaft, wenn ihr Sicherheitsoffizier schlechte Laune hatte, und hielt sich dann von ihm fern. Worf hatte nichts dagegen einzuwenden.

Alexander war von seiner Spielgruppe noch nicht zurückgekehrt. Worf setzte sich hinter seinen Schreibtisch und beschäftigte sich damit, die Routineberichte seiner Offiziere vom Dienst zu lesen, erkannte aber bald, daß er nicht richtig bei der Sache war. Das erzürnte ihn. Ihm gefiel auch nicht, daß Alexander bei den Sli gewesen war. Er würde gezwungen sein, seinen Sohn wegen dieses Ungehorsams zu tadeln.

Schließlich drückte er die Taste, um die Datei mit den Berichten zu schließen. Wenn er einfach sitzen blieb und ein paar Minuten lang wütend vor sich hin brodelte, würde er sich auch nicht von dem Druck befreien können, der in ihm entstanden war.

Bevor er es richtig mitbekam, öffnete er die Schublade des Schreibtisches. Es war eine Sentimentalität, die er sich nur selten erlaubte. Aber heute, nach diesem unangenehmen Zusammenstoß mit dem romulanischen Techniker ...

Worf zog einen kleinen Holographie-Projektor hervor und stellte ihn auf die polierte schwarze Oberfläche seines Schreibtisches. Er zögerte, scheute sich fast davor, ihn zu berühren. Seine Blicke waren wild, fast haßerfüllt, doch schließlich streckte er die Hand aus und aktivierte das Hologramm.

Ein Miniaturbild K'Ehleyrs erschien, und ein viel jüngerer Alexander hielt sich an einem ihrer Beine fest. Sie bewegte sich, legte ihrem Sohn eine Hand auf den Kopf und sah Worf dann direkt in die Augen. Dabei zeigte sie ihr typisches, trockenes Lächeln. Es war, als hätte sie es so geplant, gewußt, daß er das Hologramm auf einen Tisch stellen und es ansehen würde.

Ein Messerstich schien ihm mitten durchs Herz zu gehen. K'Ehleyr war so überaus selbstsicher, so strahlend und zuversichtlich.

Worf ballte die Hände zu Fäusten, warf den Kopf zurück und spannte die Nackenmuskeln an. Aus seiner Kehle kam der Anflug eines leisen Schreis.

Mit einem heftigen Keuchen senkte er den Kopf und starrte das Hologramm an. K'Ehleyr hatte es kurz vor ihrer Ermordung aufgenommen und ihm geschenkt. Er erinnerte sich daran, wie sie es über eben diesen Schreibtisch geschoben hatte, und ihre spöttischen Worte klangen so süß provokant in seinen Ohren. »Hier, Worf. Da hast du etwas, das du anknurren kannst, wenn ich nicht da bin.«

Er betrachtete noch einmal ihr Gesicht, diese wissenden Augen, und schaute dann zu dem Jungen hinab. Alexander trug einen blauen Spielanzug und wirkte im Vergleich zu seiner Mutter so klein und wehrlos. Doch selbst die Durchsichtigkeit des Hologramms konnte den ruhigen Blick und den kleinen, ernsten Mund seines Sohnes nicht verbergen. Wäre K'Ehleyr hier, hätte Alexander keine solchen Probleme. K'Ehleyr hätte genau gewußt, was sie tun und sagen mußte, um Alexander zu helfen, sowohl sein klingonisches als auch sein menschliches Blut zu akzeptieren, genau wie es ihr so hervorragend bei ihr selbst gelungen war, wobei sie das Beste von beiden Welten vereinigt hatte.

Er streckte die Hand aus, um das Bild abzuschalten.

Als es flackerte und dann verschwand, sackten seine Schultern nach vorn. In ihm tobte ein Kampf, wie er ihn bislang noch nicht gekannt hatte. Er wußte, wie man gegen einen Gegner kämpfte. Er wußte, welche Schritte er einleiten mußte, um Herr über seine Begierden zu werden. Er konnte seine Gefühle unter Kontrolle bringen, doch seine Reaktionen wurden immer von der Tradition bestimmt. Aber nichts davon spielte jetzt noch eine Rolle. Er hatte K'Ehleyr nicht mehr …

Worf saß ganz still da. Suchte Beherrschung. Schweiß rann über sein Gesicht hinab. Beherrschung und Ruhe.

Er streckte langsam die Hand aus und ergriff die Diskette mit den Sicherheitsberichten. Er rammte sie ins Laufwerk, doch sie glitt schief hinein und blieb stecken. Er zog sie wieder heraus und schob sie erneut hinein, als ihm einfiel, daß sein Bruder in seiner letzten Nachricht gesagt hatte: »Aber ich werde mein Vertrauen nicht in jemanden setzen, der keiner von uns ist.«

Worf knallte die Diskette auf die Kunststoffoberfläche des Schreibtisches, hämmerte immer wieder mit der Faust darauf, während Kunststoffsplitter des Schreibtischs und der Diskette um ihn herumflogen.

Als er schließlich aufhörte, keuchte er und biß die Zähne zusammen. Erst dann ließ sein blinder Zorn nach. Er warf die zerstörte Diskette zu Boden und drehte die Hand, um ein paar Schnitte in seinen fleischigen Handflächen zu betrachten. Blut quoll hervor und lief dunkel an seinen Handgelenken hinab. Dicke, violette Tropfen fielen schwer auf die Schreibtischoberfläche.

Der Computer signalisierte ihm, daß eine Nachricht für ihn vorlag. Worf schaute schnell auf und ergriff dankbar die Gelegenheit, sich mit etwas ganz anderem zu beschäftigen.

»Worf, hier spricht LaForge. Ich brauche Sie sofort unten im Maschinenraum.«

»Ich komme.« Seine Stimme war heiser, doch Worf eilte schon zur Tür hinaus, bevor er seine Antwort beendet hatte. Die Versorgung seiner Hand würde warten müssen.

13

Geordi war keineswegs zufrieden. Ganz im Gegenteil, alles schien schiefzugehen.

Er hatte nicht viel Glück mit dem Versuch gehabt, ein Energiefeld um die Sli zu errichten. Genau wie Counselor Troi vorhergesagt hatte, war die Wellenfrequenz zu niedrig, um die Resonanzen blockieren zu können. Er setzte sogar Atomstrahlen mit winziger, einem Rauschen ähnlicher Wellenlänge ein, und dann kam er auf den Gedanken, die Ausstrahlungen der Sli mit größeren Wellen zu synchronisieren und umzuleiten. Da Sensoren in Hinsicht auf Telepathie und Empathie unzuverlässig waren, konnte lediglich Counselor Troi ihm sagen, ob er etwas erreichte, doch sie war damit beschäftigt, die Besatzung und Passagiere der *Prospector* zu überprüfen. Wenn er seine Energiefelder testen wollte, mußte er sie jedesmal in den Shuttlehangar rufen.

Er wäre noch immer dort oben gewesen und hätte an diesem Problem gearbeitet, wenn seine Ingenieure nicht alles getan hätten, was in ihren Kräften stand, um den routinemäßigen Austausch der Impulsreaktorkammern zu verpfuschen. Er mußte schließlich in den Maschinenraum hinab, um die letzte Phase der Auswechslung der inneren Auskleidung zu überwachen. Es war ihm wie die perfekte Gelegenheit vorgekommen, den Austausch vorzunehmen, während die *Enterprise* mit Relativgeschwindigkeit null neben der treibenden *Prospector* flog, doch offensichtlich hatten seine

Mitarbeiter andere Vorstellungen gehabt. Ihnen unterliefen bei den einfachsten Verfahren haufenweise Fehler.

Nun saß Geordi in seinem Büro, nahm das VISOR ab und seufzte leise, während er die Haut um die Kontaktknoten an seiner Schläfe rieb. In seiner Stirn pulsierte ein irritierender Schmerz. Er fragte sich, ob er von dem Blick verursacht wurde, den er auf die Planetenatmosphäre geworfen hatte. Er wußte, er hätte in die Krankenstation gehen und sich eine Injektion verpassen lassen sollen, aber er hatte so viel zu tun, daß er einfach nicht dazu gekommen war.

Geordi erhob sich und schob das VISOR an Ort und Stelle zurück. Er tat ein paar Schritte, bis er vor der Konsole des diensthabenden Technikers stand. »Ich gehe zur Krankenstation. Überwachen Sie den Austausch, und wir werden bald damit fertig sein.«

»Aye, Sir«, sagte der Fähnrich.

Geordi hatte es gerade bis zu den System-Hauptdisplays geschafft, als Data auf der Schwelle erschien, gefolgt von Jacob Walch. Captain Walch schaute etwas fröhlicher drein als beim letztenmal, als Geordi ihn gesehen hatte.

Geordi lächelte, nickte Data und dem untersetzten Mann zu, blieb jedoch stehen, als er sah, daß hinter ihnen über zwei Dutzend Leute in den Raum strömten. Die meisten von ihnen trugen seltsame, weit geschnittene Kleidung in hellen Farben und waren mit optischen Miniaturaufzeichnungssensoren ausgestattet.

»Was geht hier vor, Data?« fragte Geordi.

»Das ist die Führung, über die ich Sie unterrichtet habe«, erklärte Data. »Das sind einige der ehemaligen Passagiere der *Prospector*.«

Captain Walch führte alle herein und zeigte auf den pulsierenden Kern. »Alle herhören«, rief er laut, »das ist der Warpreaktorkern. Das eigentliche Herz der

Enterprise. Das Licht, das Sie dort sehen, ist das der Reaktionsmuster im Kern.«

»Die verstärkten Sichtfenster«, verbesserte Data sanft, »ermöglichen einen Blick auf die Materie-Antimaterie-Einheit.«

Die Touristen drängten mit aufgeregtem Murmeln nach vorn.

»Data«, warnte Geordi, der ein Stechen in seinen Schläfen fühlte. Er hatte ganz vergessen, daß Data die Führung mit einigen von Captain Walchs Touristen angemeldet hatte.

»Ja, Geordi?«

Geordi wollte nicht so unhöflich sein und alle hinauswerfen, wollte sie im Augenblick aber auch nicht im Maschinenraum haben. Den ganzen Tag über war alles schiefgegangen – und wenn jemandem eine Panne unterlief, würden die Touristen ein zusätzliches Hindernis darstellen.

Data sah ihn noch immer an und wartete höflich darauf, daß er sagte, was er zu sagen hatte.

Doch bevor er dazu kam, rief Walch: »Ihr Captain war sehr hilfreich! Er hat mir eine Liste der nicht gesperrten Bereiche gezeigt, die ich meinen Leuten hier zeigen kann.« Er deutete mit dem Daumen auf Data. »Dieser Gentleman hier hat uns bereits das Arboretum und die wissenschaftlichen Labors gezeigt.« Dann verschaffte Walch sich die Aufmerksamkeit der Touristen mit einer weitausholenden Bewegung, die anzudeuten schien, daß er sie in ein Geheimnis einweihte. »Tja, Leute, aber eins sagt Starfleet euch nicht über dieses Schiff, nämlich daß es ein Experiment ist. Schlicht und einfach ein Experiment. Als sie es bauten, haben sie nicht gewußt, was sie taten, und waren daher oft auf Vermutungen angewiesen.«

Data stand neben Geordi am Rand der Gruppe. Als Walch Atem holte, informierte Data ihn: »Das ist nicht ganz korrekt, Captain Walch. Der grundlegende Entwurf und die Konstruktionsspezifikationen wurden beim Bau der *USS Galaxy* und der *USS Yamato* auf der Flottenwerft Utopia Planitia überprüft.«

»Sehen Sie? Es war eins der ersten Schiffe.« Walch nickte und zog die Blicke wieder auf sich. »Und das Warptriebwerk – was Sie hier sehen – hat die meisten Probleme verursacht. Sie konnten nicht mal Material bekommen, das den Belastungen standhielt; die Triebwerke brachen gewissermaßen immer wieder in sich selbst zusammen.«

»Diese Materialfehler traten bei allen drei Raumschiffen des Galaxy-Klasse auf«, fügte Data hinzu.

»Sehen Sie?« fragte Walch erneut und hielt nach nickenden Zuhörern Ausschau. »Und sie mußten die Warptests ohne die Spulen durchführen. Die kann ich Ihnen nicht zeigen – dafür müßten wir Raumanzüge anlegen, wie echte Raumfahrer es tun.«

»Die Warpgondeln ...«

»Das reicht, Data!« Geordi preßte die Lippen zusammen, um zu verhindern, daß er noch mehr sagte. Die Leute trieben ihn in den Wahnsinn. Er wollte nicht den letzten Rest von Captain Walchs Autorität untergraben, und der Mann tat ihm leid, weil er sein Schiff verloren hatte, doch allmählich reichte es ihm.

Die Touristen lauschten wieder Walch, und Data drehte sich zu Geordi um. »Captain Walch stellt die Einzelheiten nicht immer richtig dar«, sagte er leise, »doch ich finde seine Erzählweise ziemlich faszinierend.«

Geordi schloß die Augen und wünschte sich, er könne sein VISOR wieder abnehmen. »Hören Sie zu, Data, ich glaube, morgen wäre ein besserer Zeitpunkt für eine Führung.«

»Ich habe mit Captain Walch für morgen zu dieser Stunde bereits eine andere Führung vereinbart.«

»Nein, das haben Sie nicht«, sagte Geordi plötzlich und trat grimmig vor. Die Touristen schenkten ihm nicht die geringste Aufmerksamkeit und folgten Captain Walch um den Kern. »He, Leute, es freut mich, daß Sie sich dafür interessieren, aber die Führung ist vor ...«

»Commander!« rief Walch. »Kommen Sie und erzählen Sie uns etwas über dieses Ding da.«

Data ging gehorsam zu ihm. »Das ist das Gehäuse der Aufarbeitungskammer der Dilithiumkristalle«, sagte er.

Geordi hob frustriert die Hände. Warum sollte er sich damit befassen? Er wandte ihnen den Rücken zu und berührte seinen Kommunikator. »Worf, hier spricht LaForge. Ich brauche Sie sofort unten im Maschinenraum.«

Data erklärte den Touristen gerade die Materie-Antimaterie-Reaktionseinheit, als Worf ihn mitten im Satz unterbrach. »Der Maschinenraum ist bis auf weiteres für alle Touristen gesperrt«, erklärte der Klingone der Gruppe. »Bitte verlassen Sie den Bereich.«

Walch schien sich über Worfs Auftauchen so sehr zu freuen, daß er die Führung sofort abbrach. Er winkte seine Passagiere hinaus. »Weitergehen, Leute, weitergehen«, sagte er. »Wir haben schon zu viel von der Zeit dieser Jungs beansprucht. Morgen sehen wir andere Teile des Schiffes.«

»Wann können wir den Terminplan einsehen?« fragte ein rosahäutiger Mann.

»Morgen, im großen Gesellschaftsraum«, versicherte Walch ihnen. »Gehen Sie weiter.« Er ergriff Worfs Arm, lächelte und nickte den sich langsam entfernenden Touristen zu. Als der letzte um die Ecke gegangen war, folgte er ihnen und zog Worf mit sich. »Schön, daß du vorbeigekommen bist, mein Sohn! Sehen wir zu, daß wir was zwischen die Zähne kriegen, und sprechen wir über die Leute zu Hause. Sag mal, wo ist dein Sohn? Holen wir ihn ...« Worf und Captain Walch gingen den Korridor entlang, wobei der Captain den Klingonen offensichtlich führte.

Als Data sich umdrehte, war Geordi fort.

Die Situation war sehr seltsam. Data gelangte zu keiner Schlußfolgerung, als er versuchte, sie zu analysieren. Geordi hatte zugestimmt, einigen Touristen zu dieser Stunde das Betreten des Maschinenraums zu erlauben. Warum hatte er es sich anders überlegt?

Data entschloß sich, den Zwischenfall in seinem täglichen Bericht zu erwähnen. Des weiteren würde er Dr. Crusher über die Verletzung unterrichten, die er an Worfs Hand bemerkt hatte. Von seinem Blickwinkel aus hatte es den Anschein gehabt, als wären in seiner rechten Handfläche zwei Schnitte gewesen; er glaubte auch, verschmiertes und getrocknetes Blut bemerkt zu haben. Es gab Dutzende möglicher Erklärungen für Worfs Verletzungen, doch bis die Position und Tiefe der Schnitte genauer analysiert worden war, schränkte Data sie auf zwei Wahrscheinlichkeiten ein: Entweder hatte Worf sich die Verletzung zugezogen, weil er sich verteidigen mußte, oder er hatte sie sich selbst zugefügt.

Jake hatte darauf gedrängt, daß sie alle in den Gesellschaftsraum im zehnten Vorderdeck gingen – der zumeist einfach ›Zehn-Vorne‹ genannt wurde –, doch Worf hatte sich geweigert und die Anwesenheit der Sli an Bord des Schiffes als Grund für seine Vorsicht angeführt. Worf nahm Walch in sein Quartier mit.

Dort wartete Alexander auf seinen Vater. Sein Gesicht hellte sich auf, als er Jake sah, und er umarmte den großen Mann begeistert, als der Captain ihn dazu aufforderte. Während des Abendessens gelang es Jake, das Gespräch immer wieder auf Alexander zu bringen. Er erfuhr, wo die *Enterprise* gewesen war und was der Junge schon alles gesehen und gelernt hatte. Jake erzählte Alexander auch, was aus seinen alten Freunden auf der Erde geworden war. Einer von Jakes Enkeln hatte sich bei einem neuen Antigrav-Spiel das Bein gebrochen, und ein anderer hatte bei den örtlichen Schuljugendspielen den Zehnkampf gewonnen. Alexander freute sich darüber, von Kindern zu hören, die er kannte, doch als Jake anfing, von der guten alten Zeit mit Worf zu erzählen – Grillabende, die Miriah veranstaltet hatte, Ausflüge, die die beiden Familien gemeinsam unternommen hatten –, wurde der Junge immer unruhiger.

Dann ertönte der Türsummer.

Alexander sprang auf und warf seine Serviette auf den Tisch. »Das ist Timnia. Du hast gesagt, sie könnte heute abend zu uns kommen, Vater.«

»Wir haben heute abend einen anderen Gast, mein Sohn.«

Alexander blieb auf halbem Weg zur Tür stehen. »Aber ich habe es ihr schon gesagt. Du hast es mir vorgestern erlaubt.«

»Sie darf morgen abend zu uns kommen«, sagte Worf fest.

»Aber morgen hat sie keine Zeit!«

Jake verlagerte unbehaglich sein Gewicht auf dem Stuhl. »Laß den Jungen mit seiner Freundin spielen, Worf. Junge Leute wollen hier nicht herumsitzen und unser Gequatsche anhören.«

Worf atmete tief ein und wollte auf seinem Standpunkt beharren, als der Türsummer ein weiteres Mal und noch ungeduldiger erklang.

Alexander lief zur Tür und öffnete sie. »Hallo, Timnia. Hast du deinen Schild mitgebracht?«

»Ja.« In der Türöffnung stand ein schlankes Menschenmädchen mit einer Ponyfrisur. Das braune Haar fiel ihr fast bis über die großen Augen. Ihr Mund und Kinn waren winzig. Sie trug einen runden, lederüberzogenen Schild.

Alexander drehte sich mit einem bittenden Blick zu

seinem Vater um. »Wir wollen Samurai spielen. Siehst du«, sagte er und zog ein gefaltetes Stück Stoff aus seiner Tasche. »Das ist die zeremonielle Kopfbedeckung. Meine Lehrerin hat mir heute geholfen, sie für den Geschichtsunterricht anzufertigen.«

Worf freute sich, daß Alexander das Samurai-*Miskazi* so gut gefiel, daß er mehr darüber in Erfahrung bringen wollte. »Na schön, Alexander. Obwohl du heute in den Shuttlehangar gegangen bist.« Seine Stimme wurde fester, als Alexander ein langes Gesicht machte. »Aber darüber sprechen wir später. Nun darfst du eine Stunde lang mit deiner Freundin spielen.«

»Danke, Vater.« Alexander ergriff Timnias Hand und zog sie in sein Zimmer. »Komm mit.«

Walch erhob sich mit einem befriedigten Brummen vom Tisch. Er streckte sich, ging dann zur Couch und machte es sich darauf bequem.

»Genau wie sein Vater«, sagte er. Der Spruch war natürlich auf Alexander gemünzt.

»Hm«, macht Worf unverbindlich und nahm neben Jake Platz. »Ich habe heute morgen eine Subraumnachricht von meinen Pflegeeltern bekommen. Sie machen sich Sorgen um dich.«

»Dazu besteht kein Grund mehr«, sagte Jake lächelnd.

»Ach ja?« fragte Worf und dachte, daß es typisch für Jake war, sich so schnell zu erholen. Der Mann war einfach nicht unterzukriegen.

»Ach, ich vermisse das alte Mädchen, versteh mich ja nicht falsch«, versicherte Jake ihm. »Aber sie war schon längst reif für das Gnadenbrot. Die Versicherung – du weißt ja, Miriah hat immer darauf bestanden. Von dem Geld kann ich mir ein neues Schiff kaufen. Ich werde schon wieder unterwegs sein, bevor ihr es richtig mitbekommt.«

»Meine Eltern werden sich freuen, das zu hören«, sagte Worf.

»Und erst meine Passagiere.« Er blinzelte Worf zu. »Die Hälfte von ihnen wird mich wohl verklagen, aber auch dafür wird die Versicherung eintreten.«

»Hat der Ferengi irgendeinen Anspruch?«

»Hartog? Nee«, sagte Walch gedehnt. »Wir haben auf Kommissionsbasis zusammengearbeitet. Und was meine Mannschaft betrifft – die kann mir wegen ihrer Verträge auch nicht an den Kragen. Ich bringe die Leute zur Erde zurück, und wenn ich mein neues Schiff schnell genug bekomme, werde ich die meisten von ihnen einfach wieder einstellen. Außer den Sli.«

Worf runzelte die Stirn. »Du vertraust den Sli nicht mehr?«

»Ich sag' dir, ich war ganz versessen darauf, sie mitzunehmen.« Walch nickte energisch und schaute dann zu Boden. »Miriah hat darauf bestanden, daß wir sie testen. Wir haben herausgefunden, daß sie lediglich eine beschränkte Reichweite hatten, da sie nur zu fünft waren. Na ja, jetzt sind es noch vier.« Er zuckte mit den Achseln und schürzte die Lippen. »Aber euer Counselor sagt, sie würden euren Leuten Probleme bereiten. Das gefällt mir nicht. Es erinnert mich daran, wie ich diese Diplomaten zur Starbase 81 geflogen habe. Die Passagiere wurden nervös. Der Ferengi hat gemeint, die Sli wären wegen der Leute von Starfleet aufgeregt, doch ich habe ihn nicht allzu ernst genommen. Tja, jetzt sieht es aus, als könnte er recht gehabt haben, was?«

»War dies das einzige Mal, daß du ein Problem mit den Sli gehabt hast?« fragte Worf beharrlich.

»Nur dieses eine Mal.« Er stach mit einem dicken Finger in die Luft. »Größtenteils hab' ich gar nicht mitbekommen, daß sie überhaupt an Bord waren. Die Touristen haben sie ständig besucht. Sie waren ganz verrückt nach ihnen.«

»Die Föderation glaubt, daß die Sli intelligente, empfindungsfähige Wesen sind.« Worf wählte unwillkürlich einen neutraleren Tonfall, um anzudeuten, wie wenig er von dieser Theorie hielt.

»Tja«, sagte er nachdenklich, »wenn du mich fragst – sie kamen mir immer mehr wie Tiere denn wie Intelligenzwesen vor. Ich habe nichts gegen sie, aber meinetwegen hätten alle fünf von ihnen ausgelöscht werden können – das ist besser, als würde es auch nur einen der zahlenden Passagiere erwischen.« Walch grinste plötzlich und fuhr mit der Hand über seinen langen Bart. »Deshalb führe ich die Touristen auch durch die *Enterprise.* Sie können sich nicht beschweren, wenn sie mehr kriegen, als im Prospekt steht, nicht wahr?«

»Der Maschinenraum ist nun für deine Touristen gesperrt«, warnte Worf ihn.

Walchs Mund zuckte ironisch. »Sieh mal zu, ob du daran etwas ändern kannst, Worf. Der Maschinenraum ist einer der besten Teile des Schiffs.«

»Der Chefingenieur würde den Zutritt nicht verwehren, hätte er keine guten Gründe dafür.«

Plötzlich hallte aus Alexanders Zimmer ein schriller Schrei. Worf und Captain Walch sprangen sofort auf, als das kleine Mädchen durch die Türöffnung lief. Alexander folgte ihr auf den Fersen, schwang das Samuraischwert über dem Kopf und brüllte aus vollen Lungen. In den Händen des Jungen sah das Kurzschwert riesig aus.

»Alexander!« bellte Worf und durchschnitt den Lärm.

Timnia stürzte schreiend in Worfs Zimmer. Der Schild, den sie hielt, reflektierte das Licht der Deckenleuchten.

Alexander blieb vor seinem Vater stehen; ihm wurde klar, daß er etwas falsch gemacht hatte.

»Alexander«, wiederholte Worf mit leisem Zorn. »Was tust du mit diesem Schwert?«

»Wir haben ...«, begann Alexander und schaute dann

auf die Waffe in seiner Hand. »Wir haben nur Samurai-Krieger gespielt.«

Worf bückte sich und nahm Alexander das Schwert ab. Er mußte sich zurückhalten, zu grob mit dem Jungen umzuspringen. Das kleine Menschenmädchen spähte um die Ecke; es hatte noch immer Angst, zu ihnen zu kommen.

Worf trat vor und sprach es an. »Bist du verletzt?«

Das Mädchen wich zurück; sein Mund bildete ein stummes O.

Der Klingone ließ den Blick über das Kind gleiten. Es schien unverletzt zu sein und zeigte keine Anzeichen von Schmerz.

Er richtete seine Aufmerksamkeit mit verdoppelter Wut wieder auf seinen Sohn. »Du hättest deine Freundin verletzen können, Alexander – oder dich selbst.«

Alexander rieb sich den Arm an der Stelle, an der sein Vater ihn angefaßt hatte, als er ihm das Schwert abgenommen hatte. »So mache ich das auf dem Holodeck auch immer.«

»Das ist *nicht* das Holodeck.« Worf hielt das Kurzschwert hoch. »Das ist eine tödliche Waffe, Alexander, kein Spielzeug. Von jetzt an wirst du es nur noch bei Trainings-Simulationen auf dem Holodeck benutzen.«

Alexander betrachtete das Schwert in den Händen seines Vaters. »Aber du hast es mir geschenkt.«

»Hol die Scheide, Alexander.« Worf wartete, während sein Sohn zögernd auf sein Zimmer ging und dann mit der Scheide zurückkam. Er schob das Kurzschwert hinein und legte es neben seinem klingonischen *Bast* auf den hohen Tisch. »Sag deiner Freundin gute Nacht.«

»Aber wir haben noch eine halbe Stun…«

»Sag gute Nacht, Alexander.«

Sein Sohn kniff die Lippen zusammen und sah ihn wütend an. Einen Augenblick lang dachte Worf, er würde sich ihm offen widersetzen. »Alexander«, sagte er warnend. »Sofort.«

Alexander stieß ein frustriertes Geräusch aus und stampfte dann zu Worfs Zimmer hinüber, um seine Freundin zu holen. »Komm, Timnia. Mein Vater sagt, daß du gehen mußt.« Er nahm sie an der Hand und zog sie zur Tür. Sie folgte ihm schlurfend und starrte die ganze Zeit über Worf mit großen Augen an. »Wir sehen uns morgen.«

»Tschüth, Alethander«, lispelte sie, als die Tür sich hinter ihr schloß.

»Geh auf dein Zimmer«, sagte Worf zu seinem Sohn. Er traute sich in diesem Augenblick nicht zu, ihn angemessen zu bestrafen. »Ich werde morgen mit dir darüber sprechen.«

Alexander brach in Tränen aus und lief in sein Zimmer. Worf vermutete, daß sein Sohn eher wütend als besorgt war.

Plötzlich piepte sein Kommunikator. »Lieutenant Worf, hier spricht Dr. Crusher.«

»Was gibt es, Doktor?« fauchte Worf.

Eine kurze Pause folgte, dann sagte Dr. Crusher: »Wie ich gehört habe, benötigen Sie medizinische Versorgung.«

»Dem ist nicht so.« Worf biß die Zähne zusammen und versuchte dann, etwas ruhiger zu klingen. »Ich habe im Augenblick viel zu tun, Doktor. Worf Ende.«

Worf hielt den Atem an, bis er überzeugt war, daß die Ärztin nicht sofort zurückfragen würde. Er betrachtete noch einen Augenblick lang das Schwert seines Sohnes, das neben seinem *Bast* lag, dem Zeremoniendolch, und den anderen klingonischen Kampfutensilien.

»Genau wie sein Vater«, sagte Walch hinter ihm. Es klang, als würde er leise kichern. »Sei nicht zu hart zu dem Jungen, Worf.«

Der Klingone ballte seine Hände zu Fäusten. »Ich werde mit Alexander schon fertig.«

Walch stand auf und ging zu ihm. Worf verkrampfte sich, als der Mann eine Hand auf seine Schulter legte.

»Hör zu, mein Sohn«, sagte Jake freundlich. »Sei nicht so empfindlich, wenn ich dir etwas sage. Ich weiß noch, wie deine Eltern buchstäblich Anfälle kriegten, weil du immer so übermütig warst. Aber was habe ich ihnen gesagt?« Worf drehte sich zu ihm um und schüttelte seine Hand ab. Jake spreizte einfach beide Arme. »So sind die Klingonen nun mal, habe ich ihnen gesagt – und ihr solltet mal echte Klingonen sehen. Unser Worf ist im Verhältnis zu ihnen nicht mal halb so aggressiv, habe ich gesagt. Die meisten Klingonen sind die reinsten Randalierer.«

Worf hörte Jake durch ein fernes Tosen, als sei er weit, weit weg, und doch hatten die Worte des älteren Mannes eine seltsame, ihn völlig entkräftende Wirkung auf ihn. Er schwankte und legte eine Hand auf den Tisch.

»Du hast einen guten Sohn«, sagte Walch. »Du wirst es schon sehen. Er wird schon bekommen, was er braucht, bevor es ihm gelingt, sich ins eigene Fleisch zu schneiden. Du hast es auch geschafft. Wir alle haben es geschafft. Aber laß ihm dann und wann seinen Willen, oder du wirst ihn noch brechen.«

»Mein Sohn wird ein starker Krieger werden.« Worf mußte sich dazu zwingen, dies zu sagen.

Alexander tauchte plötzlich auf der Schwelle seines Zimmers auf. Er sah sie beide an und rief: »Ich will aber kein Krieger sein! Ich will es nicht.«

Worf richtete sich auf. »Alexander, geh zu Bett!«

»Du hast mir gesagt, ich soll in meinem Zimmer bleiben ...«, protestierte sein Sohn.

Worf starrte mit weit aufgerissenen Augen zur Decke hinauf, während er versuchte, seine Atmung unter Kontrolle zu bringen. Alexander bemerkte den stummen Zorn seines Vaters und schloß abrupt den Mund. Er mußte gemerkt haben, daß es Worf sehr ernst war, denn er drehte sich schnell um und verschwand ohne ein weiteres Wort.

»Tja, wird Zeit, daß ich mich auf den Weg mache«, sagte Jake mit einem herzlichen Schlag auf Worfs Arm, der den Klingonen zusammenfahren ließ. »Nimm's nicht so schwer, Worf. Du hast einen prachtvollen Sohn. Gute Nacht, Alexander! Bis morgen.«

»Gute Nacht«, rief Alexander leise aus dem Nebenzimmer.

Worf nickte Jake schnell zu und sah dann wieder zur Decke. Er fühlte sich erniedrigt, sowohl durch das schlechte Benehmen seines Sohnes als auch den schleichenden Verdacht, überreagiert zu haben. Entweder verlor er die Beherrschung, oder diese fremden Sli kontrollierten seine Reaktionen. Er wußte nicht, welche Möglichkeit die schlimmere war.

14

Deanna wollte die Sli erneut überprüfen, nachdem Worf und Simon Tarses das Beobachtungszimmer verlassen hatten. Captain Picard hatte ihr mitgeteilt, der Rat der Föderation hielte es für wichtig, diplomatische Beziehungen mit den Sli aufzunehmen. Sie war noch immer mit der *Prospector*-Ermittlung beschäftigt, versuchte aber auch, sich die Zeit zu nehmen, mit den Sli zu kommunizieren. Aber die Sli reagierten weder auf Versuche empathischer Kontaktaufnahme noch auf den neuen Translator.

Danach begab sie sich nach Zehn-Vorne. Fähnrich Ro würde wahrscheinlich noch dort sein, und ihr bot sich die Gelegenheit, gleichzeitig etwas über dieses Gerücht zu erfahren, sich eine Weile zu entspannen und dieses Schokoladeneis zu essen.

Die Counselor hatte sich bereits gegen die Ausstrahlungen der Sli gewappnet, verstärkte ihre Abwehrmaßnahmen aber noch zusätzlich, bevor sie den Gesellschaftsraum betrat. Die Mannschaft zeigte stärkere Gefühlsregungen als normal, und außer dem Zwischenfall mit Tarses waren noch Dutzende weiterer ungewöhnlicher Vorfälle gemeldet worden. Doch alle waren relativ unbedeutend, und Deanna konnte den Sli keine Vorwürfe machen, weil sie Angst hatten und versuchten, sich auf ihre natürliche Weise zu schützen. Wenn sie doch nur übermitteln könnte, daß Starfleet friedliche Absichten hatte, damit die Sli wußten, daß sie in Sicherheit waren.

Zehn-Vorne war gut besucht, und die Stimmen und das Gelächter kamen ihr lauter als normal vor. Guinan nickte stumm einem triconischen Besatzungsmitglied zu, das versuchte, ihr etwas zu erzählen. Das Wesen hatte jedoch vergessen, was es eigentlich sagen wollte, und verlor sich in seinen Wortspielen.

Deanna lauschte ein paar Minuten lang amüsiert.

»Kann ich etwas für Sie tun, Counselor?« fragte Guinan. Der Tricon zuckte mit den Achseln, wandte sich Fähnrich Puckee zu, die auf der anderen Seite saß, und fing mit seiner Geschichte von vorn an.

»Ist Fähnrich Ro noch hier?«

»Nein«, sagte Guinan. »Sie ist vor einer Weile gegangen.«

Deanna nickte. »Vielleicht ist sie in ihrem Quartier.« Sie betrachtete die Barkeeperin weiterhin und überlegte, ob sie mit ihr über die Ermittlung sprechen sollte. Guinan verfügte über gute Instinkte, und Deanna stand im Augenblick nichts anderes zur Verfügung.

»Kann ich sonst noch etwas für Sie tun?« fragte Guinan und drehte leicht den Kopf.

»Ja.« Deanna hielt sich gern in Guinans Nähe auf. Sie strahlte eine warme Beschaulichkeit aus, die auf ihre empathischen Sinne beruhigend wirkte. »Ich hätte gern ein Schokoladeneis und die Antwort auf eine Frage.«

»Das Schokoladeneis kommt sofort. Hätten Sie die Antwort gern vorher?«

Deanna lächelte. »Ja. Haben Sie heute Gerüchte über unsere Ermittlung bezüglich der Ursachen der Explosion an Bord der *Prospector* gehört?«

Guinan nickte und faltete die Hände vor ihrem Bauch. »Fähnrich Ro hat davon gesprochen. Sie vermuten, Mannschaftsmitglieder der *Enterprise* könnten irgendwie darin verwickelt sein.«

»Nicht unbedingt.« Deanna glitt auf einen Barhocker. »Aber wir müssen jede Möglichkeit in Betracht ziehen. Wissen Sie, wie sie davon erfahren hat?«

Guinan kniff die Augen zusammen. »Anscheinend ist ein geschwätziger Ferengi an Bord.«

Deanna schaute schnell auf. »Mon Hartog?« Sie atmete pfeifend aus und schüttelte den Kopf. »Worf hatte recht.«

»Ich verstehe. Es sollte sich eigentlich um geheime Informationen handeln.« Guinan schaute sich in dem Gesellschaftsraum um. »Tja, da kommen Sie zu spät, Counselor. Jeder in dieser Bar weiß darüber Bescheid.«

»Da Tarses davon wußte, habe ich mir das schon gedacht.«

Guinan drehte sich zum Replikator um und berührte die Bedienfläche an zwei Stellen. Sie hatte mehrere Rezepte für Schokoladeneissorten gespeichert, die Counselor Troi besonders gut schmeckten. Deanna ließ normalerweise die Gastgeberin auswählen, welche sie bekam, und wartete gespannt, wie ihre Wahl diesmal ausfallen würde.

Die Partikel wirbelten, und es schien länger als üblich zu dauern, bis eine silberne Schale erschien.

»Hmm...« Deanna leckte sich vor Vorfreude über die Lippen. Schokoeiscreme mit bittersüßem Schokoladensirup und Schlagsahne.

Guinan ergriff die Schale mit beiden Händen und stellte sie vor Deanna auf die Theke. Sie sah zu, wie die Counselor den ersten Bissen aß und die Kombination der Geschmacksrichtungen genoß. »Wunderbar, Guinan.«

»Freut mich, daß es Ihnen schmeckt.« Guinan fuhr beiläufig mit den Fingerspitzen über den Thekenrand. »Verraten Sie mir etwas, Counselor? Simon Tarses war heute nachmittag hier. Wie geht es ihm?«

»Die Sli regen ihn auf, und diese Untersuchung erinnert ihn zu sehr an die letzte«, antwortete Deanna. Sie ließ die Hand mit dem Löffel auf der Theke ruhen und starrte nachdenklich in eine Ecke. »Ich weiß nicht, was ich mit ihm machen soll, Guinan. Er kann sich einfach nicht entspannen. Ich habe gehört, Sie waren sehr nett zu ihm. Das weiß ich zu schätzen – er braucht Freunde.«

Guinan schüttelte angesichts Ihres Danks den Kopf. »Ich unterhalte mich gern mit Simon. Er glaubt, er müsse die unlösbare Aufgabe bewältigen, ein anderer zu sein als der, der er ist.«

Deanna schaute schnell zu ihr hoch. »Interessant. Dabei ist er mit einem Etikett behaftet, das er sich selbst angeheftet hat.«

»So etwas in der Art.« Guinan zuckte mit den Achseln. »Manchmal glaube ich zu sehen, was sich direkt vor meinen Augen befindet, sehe es in Wirklichkeit aber doch nicht.«

»Die Sli«, murmelte sie, grub den Löffel wieder in das Eis und leckte ihn ab.

»Ja«, stimmte Guinan zu. »Die Sli. Sie sind eine interessante Gruppe von Lebewesen.«

»Wissen Sie, Guinan, sie sind die stärksten Empathen, denen ich je begegnet bin. Sie haben Gefühle, von denen wir nicht mal geträumt haben. Wenn ich sie nur besser verstehen, irgendwie mit ihnen sprechen könnte. Ich nehme sie wahr, doch ihre Absicht ist unklar.«

»Auch andere nehmen die Sli wahr«, warnte Guinan.

»Ich weiß. Es gibt keine Möglichkeit, die Ausstrahlungen zu unterbinden. Ich kann lediglich vor ihnen warnen. Das Problem dabei ist, meist merken die Betroffenen erst, was mit ihnen geschieht, sobald es vorbei ist. Das liegt daran, daß diese Gefühle uns vertraut und echt vorkommen, obwohl es sich um Reaktionen handelt, die wir normalerweise nicht ausdrücken würden.«

»Sind die Sli stärker, als Sie angenommen haben?«

Deanna leckte den Löffel ein weiteres Mal ab. Das Eis schmeckte besser als sonst. »Die Sli sind nicht stärker, als ich dachte«, erwiderte sie langsam. »Aber sie sind ... schwer zu fassen. Irgendwie können sie in den Verstand eines Wesens eindringen und es manipulieren, ohne daß man es mitbekommt ...«

Deanna hielt inne. Sie hatte den Eindruck, ganz am Rand ihres Geistes würde etwas sie kitzeln. Vorsichtig senkte sie ihre Schilde, um kurz nach außen zu tasten.

Der Löffel fiel auf die Theke und verspritzte Sirup in alle Richtungen. Die Counselor starrte geradeaus.

»Deanna, was ist los?«

»Noch mehr Sli.« Deanna blinzelte hektisch, formierte ihre Schilde neu und richtete sie so schnell auf, wie sie nur konnte. Ohne nachzudenken, drehte sie sich zum Erkerfenster auf der anderen Seite des Gesellschaftsraums um und schaute in die Schwärze des All. »Ich nehme sie dort draußen wahr. Sie kommen.«

Als Counselor Troi dem Captain Meldung machte, bat er sie in seinen Bereitschaftsraum. Commander Riker bestätigte, daß ein Raumschiff der Ferengi in Sensorreichweite aufgetaucht war.

»Sie können die Sli aus dieser Entfernung wahrnehmen?« fragte Picard, kaum daß sie den Raum betreten hatte. Zwischen ihren Augen bemerkte er eine winzige Falte, als stünde sie unter einer starken Anspannung.

»Die Ausstrahlungen sind sehr stark«, sagte Troi. »An Bord dieses Schiffes müssen Hunderte von Sli sein.«

»Dann wird die Wirkung auf den Rest der Mannschaft wesentlich stärker sein.«

»Das befürchte ich auch, Captain.«

Picard nickte und dachte über ihre Lage nach. »Haben Sie schon herausgefunden, was die Sli wollen?«

Die Counselor preßte die Lippen zusammen. »Nein, Sir.«

Rikers Stimme drang aus Picards Kommunikator und unterbrach sie. »Captain, wir werden von dem Schiff der Ferengi gerufen, der *Tampanium*.«

Picard atmete tief ein, während er aufstand und seine Uniform zurechtzog. »Nun ja, vielleicht sollte Mon Hartog anwesend sein, wenn wir die Neuankömmlinge begrüßen.«

»Captain, Sie sollten noch etwas wissen«, sagte Troi, und er blieb stehen, bevor die Tür zur Brücke sich öffnen konnte. »Mon Hartog hat einigen Mannschaftsmitgliedern gegenüber verlauten lassen, wir vermuteten, jemand an Bord der *Enterprise* habe die *Prospector* sabotiert.«

Picard warf ihr einen scharfen Blick zu. »Welchen Vorteil hat Hartog davon?«

»Ich bin mir nicht sicher. Aber Sie wissen, daß er irgendeinen Vorteil haben muß, oder er hätte es nicht getan.«

Picard wußte, daß dies zutraf, doch es war nicht wichtig genug, um der Sache sofort nachzugehen. »Vielleicht ist Hartog einfach einer dieser Ferengi, die alle Karten ausspielen, die sie in der Hand haben, in der Hoffnung, eine würde ihnen schon etwas einbringen.«

Die Counselor schien sich damit zufriedenzugeben und folgte ihm ohne ein weiteres Wort auf die Brücke. Auch Picard spürte nun die Ausstrahlung der Sli, eine greifbare Macht, die in ihn eindrang, ihn öffnete und drängte, etwas zu unternehmen, irgend etwas, das die Lage korrigieren würde. Picard schwankte plötzlich und hielt sich an der Lehne von Datas Sessel fest.

»Stimmt etwas nicht, Sir?« fragte Riker sofort.

»Mir war nur kurz schwindlig, Nummer Eins«, sagte Picard und zwang sich unnachgiebig, seine Gedanken zu ordnen. Er fragte sich, welche Auswirkung die Ausstrahlung auf seine Mannschaft haben würde.

Die *Tampanium* war nun auf dem Bildschirm zu sehen; sie kreuzte vor der *Enterprise*. Bei dem rostfarbenen, hufeisenförmigen Schiff handelte es sich eindeutig um eins der Ferengi mit den typischen zwei schlanken Bugspitzen und dem schweren, geschwungenen Heck, an dem das Warpgitter weißglühend leuchtete.

»Status?« fragte Picard.

»Die Ferengi rufen uns noch immer, Sir«, erwiderte Riker und erhob sich. »Das Kommando hat Daimon Brund.«

»Bitten Sie Mon Hartog auf die Brücke«, befahl Picard. Er drehte sich zum Bildschirm um und zögerte gerade so lange, daß er über die Möglichkeiten nachdenken konnte, die ihm blieben. Sein oberstes Ziel war die Kommunikation mit den Sli. »Stellen Sie Daimon Brund durch.«

Fast sofort erschien ein Ferengi auf dem großen Bildschirm. Sein Gesicht war sehr breit, sein Körper für einen Ferengi ziemlich untersetzt. Er hatte nicht die frettchenähnliche Schnelligkeit und die strahlenden Augen Mon Hartogs, strahlte jedoch eine gewisse Scharfsinnigkeit aus.

»Captain!« sagte er und hob bockig das Kinn. »Ich protestiere dagegen, wie die in Ihrer Obhut befindlichen Sli behandelt werden!«

»Die Sli befinden sich nicht in meiner Obhut«, erwiderte Picard. »Es stimmt allerdings, daß wir ihnen Asyl auf meinem Schiff gewährt haben, als der Starliner, auf dem sie sich befanden, von einer Explosion beschädigt wurde. Ich würde gern wissen, Daimon Brund, wieso Sie eine so große Anzahl von Sli transportieren?«

»Wir bringen sie zu einer neuen Kolonie auf Sketti Iota Drei.«

»Dann sind Sie aber beträchtlich vom Kurs abgekommen«, sagte Picard.

Brund ignorierte ihn. »Stimmt es, daß Sli gestorben sind?«

»Haben die Sli Ihnen das gesagt?« fragte Picard.

»Also stimmt es.« Der Daimon zog an einem Mundwinkel die Oberlippe über die Zähne zurück. »Das erklärt, wieso sie so gewalttätig sind.«

»Da Sie offenbar eine Kommunikation mit den Sli erzielen konnten, haben Sie vielleicht auch einen Vorschlag, wie wir sie beruhigen können.«

»Ich weiß, was die auf meinem Schiff wollen.« Brund grinste breit. »Sie wollen Ihre Sli tot sehen.«

»Was?« rief Deanna.

Daimon Brund schien zu genießen, was er zu sagen hatte. »Töten Sie diejenigen auf Ihrem Schiff, dann können wir uns wieder auf den Weg machen.«

Mon Hartog war gerade aus dem Turbolift getreten. »Lassen Sie das nicht zu!« rief er, während er zu Picard lief. Dann krümmte er sich und winkte mit beiden Armen. »Er darf meine Sli nicht töten!«

»Hartog!« schnaubte der Daimon. »Ich hätte wissen müssen, daß das Ihr Werk ist.«

»Nur ein Sli ist gestorben, Daimon Brund. Und Sie können die anderen nicht haben! Mit ist es völlig egal, wen im Konsortium Sie kennen!«

»Meine Herren, bitte! An Bord der *Enterprise* wird niemand getötet«, erklärte Picard ihnen. »Ich kann einfach nicht glauben, daß Sie das ernst meinen, Daimon Brund.«

»Haben Sie eine bessere Idee?« Daimon Brund zuckte lässig mit den Achseln. »Sobald Ihre Sli tot sind, kann ich die hier zu ihrer Kolonie bringen.«

»Sie versuchen, mich zu einem Mord zu überreden«, erwiderte Picard.

»Die Kolonisten werden nicht aufbrechen, solange diese vier Sli erregt sind. Sie haben es aus einer Entfernung von fast zehn Sektoren gespürt. Was den Tod betrifft, sind sie sehr empfindlich...«

»Genug!« unterbrach Hartog, dem man seine Beunruhigung nun deutlich anmerkte. »Bringen Sie die Kolonisten einfach von hier weg! Ich werde den Mörder finden, und dann kommen meine Sli wieder in Ordnung.«

»Das wäre auch in meinem Sinne.« Der Daimon setzte eine verletzte Miene auf. »Ich würde es begrüßen, wenn Sie in dieser Angelegenheit so schnell wie möglich Schritte einleiten könnten, Captain Picard.«

»Ich verlange noch einmal, Daimon Brund«, beharrte Picard, »daß Sie mich dabei unterstützen, eine Kommunikation mit den Sli herzustellen.«

»Das wird mein Problem nicht lösen«, erwiderte Brund geradeheraus. »Aber ich schlage Ihnen einen Handel vor – töten Sie die Sli an Bord Ihres Schiffes, und ich lasse Sie mit meinem Haufen reden. Wie gefällt Ihnen das? Wir beide bekommen, was wir haben wollen.«

Picard trat vor. »Ihr Vorschlag ist unannehmbar, Daimon Brund. Picard Ende«, fügte er hinzu, drehte sich zu Fähnrich de Groodt an der taktischen Station um und machte eine scharfe Handbewegung, um die Verbindung zu unterbrechen. Dann sah er Deanna an. »Kommuniziert Brund tatsächlich mit den Sli?«

»Ich bin mir nicht sicher, Captain. Ich weiß, daß er hinterlistig ist, kann aber nicht genau sagen, in welcher Hinsicht er lügt.«

Picard drehte sich zu dem Ferengi um. »Mon Hartog, Sie bestreiten seine Einschätzung darüber, was seine Sli wollen. Wieso?«

»Ich weiß, was meine Sli wollen«, sagte Hartog verdrossen und schaute zu Boden. »Erlauben Sie mir, Ihnen bei Ihrer Ermittlung zu helfen, Picard. Die Sli werden sich besser fühlen, wenn sie wissen, daß ich etwas unternehme, um sie zu beschützen. Dann werden sie glücklich sein.«

Commander Riker verzog das Gesicht, als er den Vorschlag hörte. Offensichtlich gefiel er ihm überhaupt nicht. Die Counselor verlagerte unbehaglich ihr Gewicht, protestierte jedoch nicht laut.

Hartog sah, daß Picard zögerte, und versuchte etwas völlig Neues. »Bitte, Captain. Wenn sie glauben, ich würde etwas unternehmen, um sie zu schützen, richten sie ihre Aufmerksamkeit vielleicht auf die Sli an Bord der *Tampanium*. Das würde ihrer Mannschaft etwas Erleichterung verschaffen.«

Picard kämpfte gegen eine weitere Schwindelwelle an. Er bemerkte, daß Lieutenant Chryso sich gegen ihr Kommunikationspult lehnte und den Kopf schüttelte, als versuche sie, ihn klar zu bekommen. Die Situation war unannehmbar.

»Nun gut«, stimmte Picard zu und nahm in seinem Sessel Platz. »Wir werden Ihnen die Informationen zur Verfügung stellen, doch Sie müssen die Sli sofort benachrichtigen, daß Sie sich persönlich um sie kümmern werden.«

Hartog dankte und verließ die Brücke lächelnd und mit zahlreichen Verbeugungen. Commander Riker sah ihm stirnrunzelnd nach. »Sollten wir nicht eine gewisse Distanz zwischen uns und dieses Ferengischiff bringen?«

»Um nichts mehr von dem Einfluß zu merken, müßten wir das Sonnensystem verlassen«, warf Deanna ein.

»Wie wäre es mit Alarmstufe Gelb, Captain?« fragte Riker.

Picard fuhr mit einem Finger über seine Lippen. »Noch nicht sofort, Nummer Eins. Mal sehen, wie die Lage sich entwickelt. Informieren Sie jedoch die Sicherheitsabteilung und erklären Sie der Mannschaft, daß ich es vorziehen würde, wenn das dienstfreie Personal heute abend in den Quartieren bliebe.«

15

Wie der Captain es befohlen hatte, blieb Deanna an diesem Abend in ihrem Quartier, doch sie war ruhelos und konnte sich einfach nicht darauf konzentrieren, etwas Produktives in Angriff zu nehmen. Sie versuchte, sich noch einmal ihre Notizen über die Sli vorzunehmen, hatte aber den Eindruck, sie schon so oft gelesen zu haben, um sie im Schlaf herunterleiern zu können. Statt dessen überarbeitete sie den morgigen Terminplan. Ihr war klar, falls die neu hinzugekommenen Sli die Mannschaft weiterhin beeinflußten, würden zahlreiche Besatzungsmitglieder sie sprechen wollen.

Als sie fertig war, zog sie ihre Uniform aus und einen Morgenmantel aus weicher Spinnenseide an. Sie goß ihre Blumen und spielte kurz mit dem Gedanken, noch ein Schokoladeneis zu essen, kam aber zum Schluß, zu nachsichtig gegen sich selbst zu sein. Eine Weile saß sie einfach an ihrer Frisierkommode und betrachtete im Spiegel ihr ernstes Gesicht. Sie war der Ansicht, daß ihr Ausdruck viel zu gesetzt geworden war. Wann war es dazu gekommen? Es störte sie, wenngleich sie nicht genau wußte, wieso. Dann versuchte sie, es zu vergessen, und nahm das Kitzeln der Sli an ihrem Verstand wahr. Sie schlichen sich auch weiterhin an sie heran, und jedesmal, wenn sie sie spürte, zog sie schnell ihre Verteidigungen zusammen, um zu verhindern, von ihrem emotionalen Sog beeinträchtigt zu werden. Aber es war, als triebe sie in einem Meer, als schaukelte sie auf den Wellen auf und ab und bewegte sich, ohne es zu bemerken. Dann und wann ertappte sie sich, daß sie leer ins Nichts starrte und seufzte. Wenn sie danach wieder in den Spiegel schaute, lag ein verstohlenes leises Lächeln auf ihren Lippen.

Der Türsummer ertönte und ließ sie zusammenfahren.

»Herein«, rief sie. Als sie aufstand, fiel ihr ein, wie sie bekleidet war. Der Morgenmantel bestand aus mehreren durchsichtigen violetten Schichten. Sie hoffte, daß es nicht der Captain war. Es würde ihm sehr unangenehm sein, sie so zu sehen.

Aber es war Will Riker. Sein Blick glitt schnell über den Morgenmantel, und Deanna atmete tief ein und stellte fest, daß ihre Hände leicht zitterten. Dieser Blick erinnerte sie an so vieles ...

»Violett«, sagte Riker, doch seine Stimme klang seltsam belegt. Er kam herein und runzelte die Stirn, als er sich umsah. »Dir gefällt diese Farbe, nicht wahr?«

Deanna fühlte tatsächlich, wie sie errötete. Als ihre Mutter zum letztenmal Deannas Kleiderschrank durchgesehen hatte, hatte sie sie damit aufgezogen, daß die meisten ihrer sinnlichen Kleidungsstücke violett waren. Lwaxana war amüsiert, Deanna jedoch nur peinlich berührt gewesen.

Sie verschränkte die Arme unter der Brust und versuchte, ihre Kleidung zu ignorieren. »Möchtest du etwas, Will?«

»Mein Dienst auf der Brücke ging gerade zu Ende, und ich ...« Er hielt inne und schaute aus ihrem Fenster. Auf einmal wirkte er unsicher.

»Bekümmert dich etwas?«

Will erwiderte kurz ihren Blick. »Es ist verrückt.«

»Was?« Deanna trat ein paar Schritte näher an ihn heran.

Er atmete tief ein, und sein Brustkorb dehnte sich. Dann atmete er wieder aus und versuchte zu lächeln.

»Es ist wirklich nichts. Ich glaube, ich gehe jetzt einfach.«

Deanna hielt ihn auf, indem sie eine Hand auf seinen Arm legte. »Will, ich bin hier, um dir zuzuhören. Wenn es um etwas geht, das die Sli hervorbringen, solltest du es mir lieber sagen.«

»Ich glaube nicht, daß es die Sli sind. Deshalb ist es ja so seltsam.« Er schüttelte über sich selbst den Kopf, ging aber nicht. »Es hat mit unserer Mission zu tun.«

»Du meinst Lessenar?« fragte Deanna, unfähig, die Überraschung aus ihrer Stimme zu halten.

»Es passiert einfach nichts, und ich weiß nicht, was ich dagegen tun soll.« Es gelang ihm zwar, seine Stimme unter Kontrolle zu halten, doch Deanna nahm seine Not wahr.

»Ihr habt doch damit angefangen, die Biofilter zu verteilen, oder?« Sie wartete, bis er nickte. »Und die Hilfslieferungen werden weiterhin ausgegeben. Wir haben bereits sehr viel für sie getan.«

Riker verzog das Gesicht und rieb mit der Hand über seinen Bart. »Oberflächlich gesehen würde ich dir zustimmen. Aber ich kenne noch nicht mal das volle Ausmaß des Schadens. Lieutenant Chryso hat ihren Bericht noch immer nicht abgeliefert.«

»Gibt es in dieser Hinsicht ein Problem? Bei der Besprechung hatte ich den Eindruck, daß es sich um eine äußerst komplizierte Situation handelt.«

»Sie geht übermäßig penibel vor und scheint nicht von der Stelle zu kommen. Wir wissen bereits, daß es viel schlimmer ist, als wir zuerst gedacht haben. Für ihre Ökologie muß sofort etwas getan werden, oder der gesamte Planet wird bald eine Einöde sein.«

Deanna hörte zu, doch seine Worte klangen nicht unbedingt logisch. »Will, wir sind doch erst seit einem Tag hier.«

»Glaubst du etwa, ich wüßte das nicht?« Sein Kopf

zuckte zurück. »Aber jetzt ist das Schiff der Ferengi da draußen. Mit einer ganzen Ladung Sli an Bord. Worfs Sicherheitswächter mußten seitdem bereits zwei Schlägereien beenden, und die Brücke erhält Meldungen von allen Decks. Sogar die wissenschaftlichen Teams beschweren sich über Störungen, die alles noch mehr verlangsamen. Bei all diesen Sli da draußen kann sich keiner mehr auf seine Arbeit konzentrieren!« Er deutete mit einer heftigen Handbewegung auf das Fenster, auf die in der Umlaufbahn befindliche *Tampanium.* »Der Captain hat sogar vorgeschlagen, daß ich morgen nicht zu diesem Empfang gehe. Er will, daß ich an Bord bleibe.«

»Ein Empfang wird den Bewohnern nicht die Hilfe geben, die sie brauchen.«

»Ich sollte da unten sein«, sagte er frustriert. »Aber dann denke ich wieder: Was könnte ich dort unten schon tun? Ich kann nur zusehen, wie sie leiden. Chryso hat es auch gesehen, aber sie kann sich wenigstens einer handfesten Aufgabe widmen.« Er sah ihr direkt in die Augen. »Fühlst du ihn, Deanna? Ihren Schmerz?«

Sie schluckte und nickte steif. »Ich habe wegen der Sli meine Barrieren verstärkt, aber sie erhöhen trotzdem meine Empfindlichkeit. Ich weiß, was du da unten gesehen hast, Will.«

Noch immer die Stirn runzelnd, wandte er sich ab. »Wenn ich doch nur ein Shuttle nehmen und Hilfsgüter hinabfliegen könnte ... wenigstens das! Ich ... weiß nicht mehr weiter.«

»Wir werden das schon schaffen, Will.« Sie wartete, doch er reagierte nicht auf ihre Worte. »Will, sag mir ... du glaubst, etwas verloren zu haben, oder?«

»Es ist ... weniger ein Gefühl«, gestand er ein. »Sondern etwas, das ich immer wieder in meinem Geist sehe. Mich selbst, wenn ich alt bin ... graues Haar, und so weiter ... und ich spüre diese Trostlosigkeit in mir.

Ein Mangel an Entschlossenheit, als könnte ich nicht... als würde ich nur noch treiben.«

»Das sind die Sli, Will. Du mußt dagegen ankämpfen. Laß dich nicht von ihnen mitreißen.«

Er runzelte die Stirn und schüttelte einmal den Kopf. »Ich hasse es, auf diese Weise zu fühlen, aber das bin *ich*. Ich habe... schon vorher so gefühlt. Aber ich sah mich noch nie einer Situation ausgesetzt, die so unendlich hoffnungslos ist. Das geht schon seit Generationen so.«

Deanna verspürte ein tiefes Mitgefühl für Will Riker und wünschte sich nichts sehnlicher, als seine Gefühle der Schwäche zu erkunden, um sie verstehen zu können. Doch sie zwang sich streng zu dem Eingeständnis, daß Riker nicht so reagieren würde, hätten die Sli ihn nicht beeinflußt. Sie konnte das Problem nicht ansprechen, indem sie sich mit seinen Gefühlen beschäftigte.

»Glaub mir, wären die Sli nicht hier, würdest du nicht so reagieren.« Deanna trat zurück und bemühte sich, so kühl und vernünftig wie möglich zu klingen. »Genau das bewirken die Sli. Sie öffnen uns und bringen Emotionen hervor, die wir tief in uns verschlossen haben. Was du fühlst, ist keine angemessene Reaktion. Und ich bin ganz bestimmt nicht der Meinung, daß man sich sofort damit befassen muß.«

Deanna beobachtete Riker genauer, um festzustellen, wie er auf die unverblümte Zurückweisung seiner Gefühle reagierte. Seine Augen wurden etwas größer, und er schüttelte den Kopf, als erwache er aus einer Benommenheit. Es war, als hätte sie ihm gerade eine Ohrfeige verpaßt.

Sie versuchte auch weiterhin, ausdruckslos zu bleiben. »Vergiß nicht, daß die Sli dein Gefühl von... Unzulänglichkeit verstärken. Wann immer du so etwas empfindest, erinnere dich daran, daß es ein falsches Gefühl ist. Du bist deiner Aufgabe durchaus gewachsen.«

Deanna wußte genau, wann sie bei Riker aufhören mußte. Noch einen Schritt weiter, und er käme sich erniedrigt vor. Ihm war bereits überaus unbehaglich zumute, und er fühlte sich gehemmt. Geistesabwesend zupfte sie an dem Morgenmantel und zog die Falten zurecht. »Wenn du dabei helfen willst, das Problem mit den Sli zu lösen, bist du mehr als nur herzlich willkommen. Wir müssen verhindern, daß sie das weiterhin allen antun.«

»Ich wünschte, ich könnte dir helfen.« Riker zuckte geistesabwesend mit den Achseln und starrte wieder aus dem Fenster. »Was ist mit Mon Hartog?«

»Ich glaube nicht, daß Mon Hartog imstande ist, mit den Sli zu kommunizieren«, sagte Deanna zu ihm. »Was Daimon Brund betrifft, bin ich mir nicht sicher. Beide behaupten, die Sli seien aufgeregt, aber das sehen wir auch selbst. Die Frage lautet – weiß Daimon Brund, was die Sli wirklich wollen?«

»Brund ist ein Daimon«, erinnerte Riker sie. Er wandte sich von dem Fenster ab, und die Rötung auf seinem Gesicht verschwand allmählich. »Unter den Ferengi hat das etwas zu bedeuten. Vielleicht ist Hartog nicht so gerissen. Oder seine Ausrüstung ist nicht so gut.«

Deanna kniff die Augen zusammen. »Der Ansicht bin ich nicht. Irgendwie glaube ich, daß Mon Hartog genau das bekommt, was er haben will.«

Riker zuckte erneut mit den Achseln und wandte sich vom Fenster ab. »Vielleicht sollten wir ihn uns mal energischer vorknöpfen.«

Er war an der Tür, bevor Deanna klar wurde, daß er gehen wollte.

»Danke, Deanna. Gute Nacht.« Offensichtlich bemerkte er ihre Verwirrung nicht. »Ich werde daran denken, was du über die Sli gesagt hast.«

»Gute Nacht, Will«, erwiderte sie pflichtbewußt.

Als die Tür sich hinter ihm geschlossen hatte, trat sie vor den Spiegel. Violett, hatte er gesagt.

Sie betrachtete ihr Spiegelbild, schüttelte langsam den Kopf und dachte über ihr Gespräch nach. Wer hätte gedacht, daß Will Riker unsicher bezüglich seiner Fähigkeit war, etwas zu bewerkstelligen? Trotzdem wurde sie das unbehagliche Gefühl nicht los, bei ihm irgendeinen Fehler begangen zu haben. Warum stand sie vor dem Spiegel und betrachtete sich frustriert darin? Was hatte sie von ihm erwartet? Daß er zumindest bemerkte, wie verlockend ihr Morgenmantel war?

Müßig neigte sie den Kopf. Ihr fiel ein, wie ihre Mutter an diesem Tag gelacht und sie an der Wange berührt hatte. Mit dem nächsten Kurierschiff hatte Lwaxana ihr diesen Morgenmantel geschickt. Und nun trug Deanna ihn. Am liebsten hätte sie ihn sich vom Leib gerissen, doch er sah so hübsch aus – obwohl Will ihn nicht zu schätzen wußte.

Sie schaute abrupt auf. Ihr war soeben klar geworden, daß Guinan recht hatte – oft sah man den Wald vor lauter Bäumen nicht. Deanna wußte, daß sie violette Kleidung trug, wenn sie sich sehr... entspannt fühlte. Was war mit den Sli? Ihre augenfälligste Eigenschaft war dieser schnelle und lebhafte Farbwechsel.

Sie nickte langsam. Was, wenn diese Farbwechsel keine simple chemische Reaktion waren, sondern eine biologische Funktion, die die Sli kontrollierten? Was, wenn sie Teil ihrer Kommunikation waren?

»Computer«, sagte sie. »Halte die Sli im Shuttlehangar 3 von nun an ständig unter Beobachtung.«

»Verstanden.«

Sie kniff nachdenklich die Augen zusammen. »Vergleiche die Sequenz der Farben und Muster mit den Texten der Translatoreinheit. Ich will wissen, ob es zwischen den beiden einen Zusammenhang gibt.«

»Spezifizieren Sie das Frequenzspektrum«, verlangte der Computer.

»Das sichtbare Lichtspektrum.« Deanna ging ein

paar Schritte auf und ab. »Zusätzlich Infrarot und Ultraviolett.«

»Ich vergleiche.« Eine kurze Pause. »Zur Zeit liegen für eine Analyse noch nicht genug Daten vor.«

»Setze das Programm fort«, befahl sie. »Laß es mich sofort wissen, falls ein Muster auftaucht.«

»Bestätigung. Ich setze die Beobachtung fort.«

Picard berief vor Beginn der Tagschicht am nächsten Morgen eine Konferenz der Führungsoffiziere ein.

Deanna kam als eine der ersten. Sie war während der Nacht achtmal von Mannschaftsmitgliedern geweckt worden – von denen sich einige mittlerweile bei ihr in Behandlung befanden. Jedesmal hatte sie den Leuten versichert, daß keine Krise eingetreten war, die *sofort* bewältigt werden mußte, und dann einen Medo-Techniker mit einem Schlafmittel zu ihnen geschickt.

Sie nahm in ihrem üblichen Sessel Platz und rief den Sicherheitsbericht der dritten Schicht auf. Fast zwei Dutzend weitere Zwischenfälle hatten zu Meldungen bei der Sicherheitsabteilung geführt.

Dr. Crusher kam als nächste. »Sie haben eine neue Frisur«, sagte sie sofort.

Deanna nickte und widerstand dem Drang, die Locken zu berühren, die über eine Schulter fielen. »Sie sehen müde aus, Beverly. Die Krankenstation hatte in der vergangenen Nacht viel zu tun.«

»›Viel‹ ist gar kein Ausdruck.« Die Ärztin zog ihren Kittel enger und ließ sich in einen Sessel fallen. »So etwas kommt immer wieder mal vor, aber in der vergangenen Nacht war es etwas anderes. Ich glaube, in den letzten vierundzwanzig Stunden haben mich alle Personen an Bord mindestens jeweils einmal aufgesucht.« Sie kniff die Augen zusammen. »Außer Worf – und Data hat gemeldet, er sei verletzt.«

»Nun, da ist er«, sagte Deanna leise.

Lieutenant Worf und Commander Riker kamen gemeinsam herein. Worf gab sich wie immer unergründlich, aber Riker schien genauso beunruhigt und besorgt zu sein wie am vergangenen Abend. Die Ärztin wartete, bis Worf sich gesetzt hatte, ging dann direkt zu ihm und holte ihren Medo-Tricorder hervor. Deanna bewunderte, wie sicher und geschickt sie den Klingonen überlistet hatte.

»Was gibt es, Doktor?« fragte Worf.

»Sie haben zwei Wunden an der rechten Hand. Eine ist fast einen Zentimeter tief.« Sie nahm den Blick vom Tricorder. »Lassen Sie mich mal sehen.«

Worf streckte zögernd die leicht zur Faust geballte Hand aus. Er saß ausdruckslos da und starrte aus dem Fenster, während sie ihn untersuchte.

»Sie müssen auf die Krankenstation kommen, damit ich die Haut wieder zusammenflicken kann.«

»Natürlich«, sagte Worf und zog die Hand zurück. Er sah die Ärztin noch immer nicht an.

Während der kurzen Untersuchung waren auch die anderen eingetroffen. Data benahm sich ganz normal, doch Geordi sah Deanna weder in die Augen, noch sagte er guten Morgen. Lieutenant Chryso nickte gehetzt. Deanna erleichterte die Feststellung, daß Captain Picard sie alle scharf musterte, wachsam war und völlig selbstbeherrscht wirkte.

»Ich möchte Sie daran erinnern«, begann Picard sofort, »daß Starfleet eine Verständigung erzielen möchte, die zur Aufnahme diplomatischer Verbindungen mit den Sli führt. Daher ist es zur Zeit nicht möglich, dieses System zu verlassen.«

»Wir können sowieso nicht verschwinden«, protestierte Riker. »Wir haben eine Mission zu erfüllen.«

Picard hob eine Hand. »Ja, dazu komme ich gleich. Counselor Troi, Sie haben Informationen, die uns bei den Sli weiterhelfen können?«

»Ja, Captain. Ich glaube, wir können besser verstehen, was die Sli uns mitteilen wollen, wenn wir die Veränderungen in ihrer Färbung berücksichtigen.«

»Das wäre möglich«, gestand Data nach einer kurzen Pause ein. »Aber ich habe die Sli noch nicht lange genug beobachtet, um zum jetzigen Zeitpunkt eine Analyse vornehmen zu können.«

Beverly schüttelte den Kopf. »Die Farbwechsel hängen mit dem Absondern von Gasen zusammen. Ich dachte, es sei ein biologischer Prozeß.«

»Wissen Sie schon, wie es geschieht?« fragte Deanna.

»Nein, noch nicht.«

»Nun, ich habe soeben die vorläufige Computeranalyse bekommen«, sagte Deanna und sah die anderen der Reihe nach an. »Es besteht ein Zusammenhang zwischen den Farbveränderungen und dem, was der Translator ausspuckt. Aber er ist extrem kompliziert. Die Sli haben Dutzende von Gefühlsfrequenzen außerhalb unserer Reichweite. Die volle Analyse wird innerhalb der nächsten Stunde abgeschlossen sein und der Übersetzung hinzugefügt werden.«

»Warum ist der Computer nicht früher darauf gekommen?« fragte Riker stirnrunzelnd.

Data untersuchte das Programm auf der Konsole des kleinen Tisches. »Es handelt sich um keine arithmetische oder geometrische Verbindung; vielmehr basiert sie auf einer fraktalen Gleichung. Um solch eine Analyse abzuschließen, ist eine große Menge empirischer Daten nötig.«

»Glauben Sie, Mon Hartog hat gelogen?« warf Beverly ein und zog eine Braue hoch. »Oder hat er davon nichts gewußt?«

Deanna faltete die Hände im Schoß. »Als Mon Hartog auf der Brücke war, hatte ich den Eindruck, er wolle irgend etwas verbergen. Besonders als Daimon Brund die Reaktion der Sli auf den Tod erwähnte. Hartog brachte ihn sofort zum Verstummen.«

»Vielleicht weiß Mon Hartog etwas, das er vor dem Daimon verbergen will«, erwog Riker.

»Ferengi vertrauen niemandem«, murmelte Lieutenant Chryso.

»Vielleicht. Wir werden an diese Möglichkeit denken, wenn wir uns mit Mon Hartog befassen«, sagte Picard. Dann nickte er Deanna zu. »Sehr gut, Counselor. Das könnte der Schlüssel sein, den wir gesucht haben.«

»Sir!« Worf beugte sich vor. »Als Sicherheitsoffizier muß ich Sie daran erinnern, daß die Anwesenheit der Sli sowohl den Erfolg unserer Mission als auch die Sicherheit der Mannschaft gefährdet. Ihre Ausstrahlungen sind willkürlich und gefährlich.«

Deanna mußte protestieren. »Wir haben nur noch keine Möglichkeit gefunden, miteinander zu kommunizieren.«

Worf ignorierte sie. »Mon Hartog und Daimon Brund haben sich des Transports gefährlicher Lebensformen innerhalb der Föderation schuldig gemacht. Es gibt eine einfache Lösung.«

»Und die wäre, Lieutenant?«

»Die Schotte des Shuttlehangars öffnen.«

»Das ist genau das, was Daimon Brund will!« rief Deanna und versuchte, sich ihre Entrüstung nicht anmerken zu lassen.

»Sie können sie nicht einfach töten«, protestierte Dr. Crusher genauso entschieden.

»Sie stellen eine ernsthafte Beeinträchtigung für die Mannschaft dar.« Worf sah lediglich Picard an. »Mindestens vier der Übertretungen, die sich während der Delta-Schicht ereignet haben, waren potentiell tödlich.«

»Nicht nur das«, warf Riker ein. »In jeder Stunde, die wir dadurch aufgehalten werden, sterben auf Lessenar Dutzende weiterer Personen. Die Situation wird allmählich irreparabel.«

»Solange meine Leute dermaßen mit Gefühlen bombardiert werden«, fügte Chryso hinzu, »läßt sich leider nicht verhindern, daß bei der Analyse Fehler gemacht werden.«

Worf beugte sich vor. »Die Sli sind gefährlich. Wir müssen uns umgehend mit ihnen befassen – bevor die Situation eskaliert.«

Picard schüttelte den Kopf. »Was Sie vorschlagen, ist unmöglich. Wir wurden angewiesen, mit den Sli diplomatische Beziehungen aufzunehmen.«

»Sie verstehen nicht, Worf.« Deanna betrachtete den frustrierten Klingonen. »Die gefühlsmäßigen Schwingungen der Sli kommen uns nur so irritierend vor, weil wir sie nicht interpretieren können. Selbst bei uns Humanoiden schwankt die gefühlsmäßige Reaktion stark von Person zu Person und Kultur zu Kultur.«

Geordi lehnte sich in seinem Sessel zurück und betrachtete nachdenklich die Tischplatte. »Ich verstehe nicht, wie Starfleet die Entscheidung treffen konnte, die Sli seien intelligent und empfindungsfähig, wenn bislang noch keine Kommunikation mit ihnen möglich war.«

»Genau!« Worfs Blicke loderten.

Deanna seufzte. »Was ist für Sie denn Empfindungsfähigkeit? Sie ist gegeben, wenn eine Lebensform Sinnesreize empfangen und darauf reagieren kann. Die Sli sind eindeutig in der Lage, unsere Sinne auf sehr komplizierte und starke Weise zu stimulieren. Nach dieser Definition wären die Sli also die empfindungsfähigsten Lebensformen, denen wir je begegnet sind. Wir sind es, die Schwierigkeiten haben, auf ihrer Wahrnehmungsebene zu reagieren.«

»Ich bin anderer Ansicht, Counselor.« Worf machte nicht den geringsten Rückzieher. »Die Sli sind nicht imstande, einem logischen Verlauf zu folgen, wenn es um Ursache und Wirkung geht. Ihre Reaktion provoziert die Crew zur Insubordination.«

Data drehte sich mit seinem Sessel zu Worf hinüber. »Counselor Troi hat aber recht. Der entscheidende Faktor der Empfindungsfähigkeit ist die Reaktion.«

»Ihre Empfindungsfähigkeit ist unwichtig«, gab Worf energisch zurück. »Die Sli greifen die Mannschaft an.«

»Die Sli greifen uns nicht an«, beharrte Deanna. »Sie stimulieren unsere eigenen Emotionen – Gefühle, die auszudrücken wir uns normalerweise nicht erlauben. Das ist ihre Art, mit uns zu kommunizieren.«

»Vielleicht hegen sie ja harmlose Absichten«, sagte Chryso, »aber mir gefällt nicht, was sie meinen Forschern antun. Die Daten müssen genau berechnet werden, sonst könnte die ganze Aktion schiefgehen...«

Als Deanna hörte, wie der Klang von Chrysos Stimme sich hob und senkte, sie jedoch nicht genau mitbekam, was der Lieutenant sagte, wurde ihr klar, daß die Stärke der Ausstrahlungen plötzlich zugenommen hatte. Sie mußte dagegen ankämpfen, ihnen einfach nachzugeben.

»Jetzt geschieht es wieder!« Deanna zwang sich, es laut auszusprechen. Sie atmete tief ein. »Was auch immer Sie fühlen, geben Sie ihm nicht nach. Versuchen Sie, Ihren Geist zu leeren. Atmen Sie tief ein, als wollten Sie mit einer Meditation beginnen. Das ist eine der ersten Techniken bei dem Errichten von Verteidigungsbarrieren, die auf der Universität von Betazed gelehrt werden.«

Angesichts ihrer Erklärung verstummten die anderen. Deanna biß sich auf die Lippe und versuchte, objektiv zu bleiben. »Reagieren Sie einfach nicht darauf. Ich glaube, während dieser stärkeren Phasen der Ausstrahlung werden wir alle am meisten beeinträchtigt.«

»Also«, sagte Dr. Crusher, und ihr Mund verzog sich zum Anflug eines Lächelns, »müssen wir lediglich die Zähne zusammenbeißen und es ertragen?«

Deanna wurde klar, daß die Ärztin wieder flapsige

Bemerkungen vom Stapel ließ, und bedachte Beverly mit einem Stirnrunzeln. Sie war jedoch zu sehr damit beschäftigt, gegen ihre eigene Trägheit anzukämpfen, um nun ein langes, hartes Wortgefecht zu beginnen; doch eigentlich wollte sie sich nur in einem Vollbad der Gefühle entspannen. »Es ist wirklich eine Schande«, hörte sie sich sagen. »Könnten wir uns erlauben, diese Erfahrung voll auszukosten, wäre sie für viele Mannschaftsmitglieder bestimmt eine Möglichkeit, neue Wege des gefühlsmäßigen Bewußtseins in sich zu erschließen.«

»Zu schade, daß wir ein Schiff führen müssen«, warf Beverly ein.

»Und eine diplomatische Mission erfüllen. Und einen Planeten retten«, fügte Picard hinzu. »Habe ich etwas vergessen?«

Beverly lachte. »Sie haben den Ferengi vergessen!«

»Die Ferengi dürfen wir niemals vergessen, Doktor.«

Deanna schaute zwischen den beiden hin und her, und ihr Mund klappte auf. Dann bemerkte sie Worfs Blick. Er musterte sie so eindringlich, daß sie den Mund sofort wieder schloß. Dann zog der Klingone die Lippen zurück, entblößte die Zähne und schaute abweisend in die andere Richtung.

»Ist das alles, was wir tun können?« fragte Riker besorgt. »Hier sitzen und alles hinnehmen?«

Data ergriff das Wort; er klang wie ein Computer, der auf einen Befehl antwortete. »Mögliche Vorgehensweisen schließen ein: Wir legen einen Schild um die Sli und benutzen dafür das magnetische Antimaterie-Isolierfeld ...«

»Genau!« warf Geordi ein. »Schiebt die Schuld ruhig mir in die Schuhe!«

»Geordi«, sagte Data geduldig, »das war nicht meine Absicht.«

»Data, ich habe es mit dem Antimaterie-Isolierfeld versucht.«

»Haben Sie es auch mit einer Synchronisierung versucht?«

»Es hat nicht funktioniert!« Geordi schrie seinen Freund praktisch an. Data betrachtete ihn mit neugieriger Unvoreingenommenheit.

»Ich habe getan, was ich konnte!« beharrte Geordi und schlug mit der Faust auf den Tisch. »Es gibt keine Möglichkeit, diese Wesen aufzuhalten.«

Picard hob eine Hand. »Vielleicht ergibt sich eine Lösung, wenn Sie mit Data zusammenarbeiten.«

»Natürlich«, sagte Geordi verbittert. »Data hat immer recht, nicht wahr? Es spielt keine Rolle, was ein anderer sagt oder tut – beauftragen Sie einfach Data, sich um die Sache zu kümmern, und er wird es schon wieder hinkriegen.«

»Geordi!« rief Deanna.

Geordi schob seinen Sessel vom Tisch zurück. »Offensichtlich brauchen Sie mich hier nicht. Ich bin unten im Maschinenraum.« Er stand auf und ging hinaus, ohne einen Blick zurückzuwerfen.

Die anderen waren einen Augenblick lang sehr still. Deanna tat Data leid, aber der Androide sah sich einfach nur am Tisch um. »Ich glaube, Geordi leidet unter dem Einfluß der Sli.«

»Offensichtlich, Data«, sagte Beverly und schüttelte den Kopf.

»Das war Insubordination«, erklärte Worf mit todernster Stimme. »LaForge sollte in seinem Quartier unter Arrest gestellt werden.«

Captain Picard sah Deanna an.

Es fiel ihr wieder leichter, klar zu denken. »Diese hohe Intensität hält normalerweise nicht lange an«, sagte sie zu Picard. »Geordi wird vielleicht noch etwas gereizt sein, aber das Schlimmste ist bestimmt schon vorbei. Spüren Sie den Unterschied nicht?«

Der Captain nickte. Die Episode schien ihn angeregt zu haben. »Geben Sie eine Erklärung für die gesamte

Mannschaft heraus, Counselor, in der Sie Empfehlungen geben, wie sie mit diesen Emotionswogen fertig werden kann.«

»Jawohl, Sir.«

Chryso erschauerte. »Es ist schrecklich, so manipuliert zu werden.«

»Wir alle sind etwas angeschlagen«, sagte Picard. Er sah Data an. »Versuchen Sie, ob Sie die Ausstrahlungen mit einem Deflektorschild blockieren können, Mr. Data. Wenn möglich, errichten Sie es um die *Enterprise,* um uns vor der Sli-Kolonie auf der *Tampanium* zu schützen.«

»Aye, Captain«, sagte Data ruhig.

Picard hielt inne und schaute aus den Aussichtsfenstern. Das Schiff der Ferengi näherte sich ihnen auf seiner Umlaufbahn um Lessenar. Einen Augenblick lang konnten sie sowohl die *Prospector* als auch die spitze Vorderseite der *Tampanium* sehen. »Haben Sie neue Informationen über die Schäden an der *Prospector*?« fragte der Captain Data.

»Die Neuanalyse der Meßergebnisse, die wir vor der Explosion gemacht haben, ergab, daß sich in der unmittelbaren Nähe keine Objekte befanden. Dennoch kam es an der Außenseite der Hülle zu der ursprünglichen Zerstörung.«

»Hätte man beim letzten Halt des Starliners dort irgend etwas anbringen können?« fragte Beverly. »Irgendeine Zeitbombe?«

»Das wäre möglich«, gestand Data ein. »Doch die Wahrscheinlichkeit, daß die Sensoren der *Prospector* ein solches an der Außenhülle befestigtes Gerät entdeckt hätten, beträgt 96,4 Prozent.«

»Doch es besteht immerhin die Möglichkeit, daß man die Bombe nicht entdeckt hat. Setzen Sie Ihre Untersuchung in dieser Richtung fort.« Picard wandte sich an Worf. »Hat Ihre Ermittlung irgend etwas ergeben, Lieutenant Worf?«

»Negativ, Sir.« Worf verlagerte steif sein Gewicht. »Keiner der Passagiere oder Mannschaftsmitglieder scheint ein Motiv dafür zu haben, die *Prospector* oder die Sli zu vernichten. Die Mannschaftsmitglieder der *Enterprise* werden zur Zeit noch überprüft. Darüber hinaus erhalten wir Berichte über die Handelsschiffe, die diese Gegend angeflogen haben.«

»Sehr gut.« Picard rieb mit einem Finger über seine Lippen. »Ich möchte, daß Sie Mon Hartog die Informationen zur Verfügung stellen, die Sie bislang gesammelt haben.«

»Sir!« Worf beugte sich so schnell vor, daß sein Sessel gegen den Deannas prallte.

»Hartog ist gesetzlicher Vertreter der Sli und als solcher berechtigt, unsere Informationen einzusehen.« Picard kniff die Augen zusammen und lächelte fast. »Darüber hinaus könnte es ganz interessant sein zu erfahren, wonach genau Mon Hartog sucht.«

»Ja, Captain«, sagte Worf zögernd. Er hatte bedrohlich die Stirn gerunzelt und sah niemanden direkt an.

»Ein letzter Punkt«, kam Picard zum Ende. »Nummer Eins, wie ich gehört habe, ist die Verteilung der Nahrungsmittel und medizinischen Güter fast beendet.«

»Ja, Sir. Drei unserer Shuttlepiloten mußten den Dienst einstellen und auf der Krankenstation behandelt werden, doch wir sollten bis zum heutigen Nachmittag fertig sein. Falls keine weiteren Hilfegesuche kommen.«

»Sehr gut«, bestätigte der Captain. »Ich weiß, daß der Planetare Rat enttäuscht war, weil wir den Empfang absagen mußten, und gern einen neuen Termin vereinbaren möchte. Doch ich würde es vorziehen, daß Sie an Bord bleiben, bis unsere Lage sich stabilisiert hat.« Der Captain wartete, als rechnete er damit, daß Riker protestierte.

»Aye, Sir.« Riker rührte sich kaum.

Picard runzelte die Stirn, ging der Sache aber nicht nach.

»Was ist mit den Planetenbewohnern?« wandte Beverly sich an Deanna. »Werden auch sie von den Sli beeinträchtigt?«

Sie schüttelte den Kopf und mußte dann eine Locke, die sich gelöst hatte, aus dem Gesicht streichen. »Ich glaube, die Ausstrahlungen werden von der Resonanz abgelenkt, die vom Kern des Planeten kommt.«

»Gut. Das hätte uns gerade noch gefehlt – der gesamte Planet dreht durch, während die Leute sowieso schon so verzweifelt sind.« Beverly schien die Besprechung unbedingt mit einer positiven Feststellung beenden zu wollen, doch lediglich der Captain reagierte und nickte.

»Machen Sie weiter wie bisher«, befahl Picard. »Lassen Sie es mich wissen, wenn Ihr Programm abgeschlossen ist, Counselor.«

Beverly erhob sich, blieb jedoch noch im Beobachtungszimmer, während die anderen gingen. Deanna blieb geistesabwesend bei ihr; sie dachte an das Kommunikationsprogramm für die Sli.

»Ich habe noch nie erlebt«, sagte Beverly nachdenklich, »daß die Brückencrew nach einer Besprechung so frustriert war. Sehen Sie sie doch an!«

»Das Ganze macht jedem zu schaffen. Wir werden gezwungen, uns mit Emotionen zu befassen, die wir normalerweise ignorieren.«

»Der Captain scheint als einziger nicht betroffen zu sein«, warf Beverly ein.

»Er scheint mir ein wenig … übereilt zu handeln.«

»Sie meinen, überstürzt? Der Ansicht bin ich nicht.«

Deanna wollte nicht mit ihrer Freundin streiten. Des weiteren fragte sie sich unbehaglich, ob alle anderen erkannten, auf welche Weise sie selbst betroffen wurde. Sie mußte sich eingestehen, es war ihr ein wenig peinlich, daß die in ihr freigesetzten Gefühle eher sinnlichen Natur waren. Aber die Ausstrahlungen der Sli schlängelten sich in sie hinein, sensibilisierten sie und ließen all ihre Sinne vor erhöhter Aufmerksamkeit prickeln.

Sie und Beverly betraten gerade die Brücke, als Worf an seiner taktischen Station eine Meldung bestätigte.

»Der Ferengi hat die Sicherheitsabteilung alarmiert«, erklärte er, beauftragte schnell einige Sicherheitswächter, sich in Hartogs Kabine zu begeben, und aktivierte den Computer. Als er gefunden hatte, was er suchte, schaute er auf. »Medo-Techniker Tarses befindet sich zur Zeit in Mon Hartogs Quartier«, sagte er grimmig.

16

Simon Tarses versuchte, seine Nervosität zu verbergen, als er auf Deck 35 den Korridor entlangging.

Er hatte einen Großteil des Morgens mit dem Versuch verbracht, nicht durch die Aussichtsfenster zu dem Schiff der Ferengi zu schauen, das den Planeten wie ein Hai umkreiste, der beim ersten Anzeichen von Schwäche zuschlagen würde. Er konnte diese Ferengi-Schiffe nicht ausstehen – die Art und Weise, wie der Bug in zwei Spitzen auslief, kam ihm raubtierhaft und gemein vor. Und es hatte sowohl etwas Nötigendes als auch Verängstigendes, wie das Schiff einfach immer wieder den Planeten umkreiste, während die *Enterprise* reglos an Ort und Stelle zu hängen schien.

Er hatte sich schon Stunden, bevor seine Schicht begann, zum Dienst gemeldet; er wußte, daß die Techniker dringend Hilfe brauchten, um die medizinischen Hilfsgüter zu replizieren und verpacken, die auf den Planeten hinabgeschickt wurden. Die gesamte Nacht über, die er sein Quartier nicht verlassen durfte, war er sich nutzlos vorgekommen und furchtbar unruhig gewesen, und nun versuchte er fieberhaft, das wettzumachen. Es war erschreckend, wie viele Hilfsgüter sie verteilen und um wie viele Kranke und Verletzte sie sich kümmern mußten. Die Dringlichkeit ihrer Mission konnte man eindeutig an den Stapeln der Container ablesen, die ständig von den medizinischen Replikatoren in die Shuttlehangars geschafft wurden.

Und doch konnte er das Ferengi-Schiff nicht vergessen. Jedesmal, wenn es den Planeten umkreiste und dabei ganz nah an der *Enterprise* vorbeikam, hatte er den Eindruck, ein weiteres Band würde um seinen Körper geschlungen, um ihn zu fesseln. Er fragte sich, ob man den Saboteur auf der *Tampanium* wegbringen würde, damit er für den Mord an dem Sli die Gerechtigkeit der Ferengi erlebte. Er konnte sich bildlich vorstellen, wie Lieutenant Worf den Schuldigen – vielleicht sogar in Fesseln – den Ferengi übergab. Simon wußte, Worf würde froh sein, ihn – Simon – loszuwerden. Seit der Ermittlung, die sein Leben ruiniert hatte, war ihm klar, daß der Klingone ihm nicht vertraute. Die Episode auf der Brücke hatte nur bewiesen, daß sein Instinkt richtig gewesen war. Dann schien die *Tampanium* ihn begehrlich durch das Aussichtsfenster anzusehen, als sie erneut vorbeiflog, und Tarses wußte, daß er etwas unternehmen mußte.

Er hatte seine Replikatorpflichten einem anderen Techniker übertragen und die nötigen Schritte ergriffen, die ihn nach Deck 35 brachten. Es war ein Fehler gewesen, sich so offen an den Sicherheitsoffizier zu wenden, um herauszufinden, ob er verdächtigt wurde, und diesmal würde er seine Taktik ändern. Nun war Unaufdringlichkeit angesagt. Dr. Crusher hatte Medo-Techniker Moodet befohlen, Mon Hartog den medizinischen Bericht zu bringen, doch Simon hatte Moodet überredet, ihm die Aufgabe zu übertragen.

Ein Tourist mit orangefarbenem Haar und einem durchsichtigen Overall kam ihm entgegen und nickte ihm zu. Simon erwiderte den Gruß pflichtschuldig und gab sich ganz selbstbewußt, als hätte es seine Richtigkeit, daß er sich auf diesem Deck aufhielt. Als er das richtige Quartier gefunden hatte, mußte er ein paarmal den Türsummer betätigen, bevor eine Reaktion erfolgte.

Der Ferengi kam persönlich zur Tür und versperrte ihm mißtrauisch den Weg. »Was wollen Sie?«

»Ich bringe Ihnen den medizinischen Bericht über die Sli. Dr. Crusher hat gesagt, Sie wollten eine K-Kopie haben.«

Mon Hartog riß ihm die Diskette aus der Hand, zog sich ein paar Schritte zurück, wandte Simon den Rücken zu und beugte sich schützend über den Datenträger. Er gab eifrige leise Geräusche von sich. Simon zögerte und folgte ihm dann hinein; hinter ihm schloß sich die Tür. Er hatte schon mehrere Ferengi gesehen, aber der hier war sogar für diese Spezies furchtbar hager. Nicht nur das – Hartogs Kopf glänzte, und sein dunkler Overall war zerknittert.

»Ist das der Bericht, den Sie haben wollten?« fragte Simon.

Hartog huschte zum Schreibtisch, setzte sich und legte die Diskette ein. »Ja, ja, ich glaube schon. Ist der Bericht auch vollständig?« Er warf Simon einen zitternden Blick zu.

Simon nickte, obwohl er gar nicht wußte, was es mit dem Bericht in Wirklichkeit auf sich hatte. Das spielte auch keine Rolle. Er interessierte sich für etwas ganz anderes. »W-Wissen Sie, was sie verursacht hat?«

»Was?« Hartog schaute nicht auf.

»Die Explosion.« Simon spürte, wie sich in seinem Nacken ein Muskel verspannte, als er die Frage so geradeheraus stellte. Er versuchte, unauffällig mit den Achseln zu zucken, um die Anspannung zu lindern.

»Ich habe bislang nur einen Blick auf diesen Bericht geworfen!« sagte Hartog gereizt. »Den Bericht über die Schäden der *Prospector* haben sie mir nicht gegeben. Und den über die Ermittlung auch nicht.«

»Sie haben es Ihnen noch nicht gesagt?« fragte Simon überrascht.

Hartog warf ihm einen scharfen Blick zu, und seine wäßrigen Augen nahmen jede Einzelheit auf, bis hin zu Simons spitzen Ohren. »Ich weiß, daß ein Menn-sch es getan hat«, sagte der Ferengi mit verschwörerischem Tonfall. »An diesem Ort wimmelt es vor Mennschen.«

»Ich verstehe nicht.« Simon trat einen Schritt zurück. »Was meinen Sie?«

Hartog schien jedes nervöse Zucken und Blinzeln aufzunehmen, das Simon zu unterdrücken versuchte. Er bemühte sich, wenigstens seine Hände ruhig zu halten, doch es war sinnlos.

»Sie sind kein Vulkanier«, sagte Hartog überzeugt. »Also Romulaner.«

»Wie ...«, brachte Simon hervor.

»Vulkanier sind zickig«, schnaubte Hartog. »Vulkanier schnüffeln nicht herum. Aber ein Romulaner täte das. Romulaner könnte man fast respektieren. Wenn sie etwas haben wollen, nehmen sie es sich. Darin sind sie fast wie Ferengi. Aber sie sind wie die Galaxis selbst – sie wandeln und verändern sich ständig. Man kann kaum ausmachen, woran man mit ihnen wirklich ist.«

Simon konnte kaum schlucken, als hätte man ihm den Hals zugeschnürt. Hartog hatte ihn perfekt beschrieben. Er war hierhergekommen, um herauszufinden, ob Worf ihn für einen Verdächtigen hielt, und stellte dies auf die verstohlene Tour an. Nicht nur das, sein Besuch auf der Brücke gestern hatte genau denselben Zweck gehabt – er wollte so naiv unschuldig erscheinen, daß niemand ihn der Sabotage für fähig hielt. Raffinierter oder heimtückischer konnte man wirklich nicht mehr vorgehen. Außer, man log bei seiner Bewerbung bei Starfleet.

»Ich bin Romulaner«, flüsterte er.

»Natürlich sind Sie Romulaner«, erwiderte Hartog. »Und Sie wollen etwas – das sehe ich.«

Simon erwiderte seinen Blick und kam sich dabei völlig durchschaut vor.

»Sagen Sie mir, was Sie wollen«, fuhr Hartog fort und fiel dabei wieder in seinen verschwörerischen, schnarrenden Tonfall zurück. »Und ich sage Ihnen, was ich will. Verhandeln wir, Romulaner.«

Simon gelang es kaum, den Kopf zu schütteln. »Nein.«

So schnell gab Hartog nicht auf. Sein weiter schwarzer Overall bauschte sich auf, als er um Simon herumging. »Warum sind Sie hier? Sie haben sich nach der Untersuchung erkundigt...« Er beobachtete den Medo-Techniker genau, während er nachdenklich innehielt. Fast täuschend beiläufig fügte der Ferengi dann hinzu: »Vielleicht wissen Sie etwas über die Sabotage?«

»Nein!« sagte Simon zu laut. Der Ferengi durfte nicht erfahren, daß er hier eigentlich gar nichts zu suchen hatte. »Ich... bin nur neugierig, das ist alles.«

»Romulaner haben immer einen Grund«, sagte Hartog geradeheraus. »Sie wollen etwas. Gestehen Sie es ein. Was verbergen Sie?«

»Nichts.« Simon wischte sich die Hände an den Hosen ab. Er verlor die Kontrolle über die Situation. Wenn er jetzt ging, würde der Ferengi ihn vielleicht vergessen. Er schaute zur Tür und bewegte sich in ihre Richtung. »Melden Sie sich auf der Krankenstation, wenn Sie weitere...«

»Bleiben Sie ja da stehen!« Hartog zog seine Lippen zu einem schrecklichen Lächeln zurück. »Nun reden Sie schon, Romulaner. Oder ich sage dem Sicherheitsoffizier, daß Sie hier herumgeschnüffelt haben. Ja«, sagte er und nickte. »Das wollen Sie doch nicht, oder?«

Simon wußte, daß sein Gesichtsausdruck ihn bereits verraten hatte.

Hartog legte den Kopf zurück. »Jetzt sind wir in der Position, vernünftig zu verhandeln! Gut. Sie werden herausfinden, was ich wissen muß. Dafür werde ich diesen Besuch als unser Geheimnis behandeln.«

»Nein!« Simon ballte die Hände zu Fäusten. »Ich bin kein Verräter!«

Hartog legte die paar letzten Schritte bis zur Computerschalttafel zurück und legte einen Finger auf den Knopf des Sicherheitsalarms. »Was wissen Sie darüber, welcher Sprengstoff benutzt wurde? Wissen Sie, woher er kam? Sagen Sie es mir, oder ich rufe die Sicherheit«, drohte er.

Simon trat einen Schritt vor. »Das können Sie mir nicht antun!«

Hartog entblößte die Zähne. »Sagen Sie es mir.«

»Ich weiß es nicht!« schrie Simon ihn an. »Ehrlich nicht! Ich habe mit der Untersuchung nichts zu tun.«

Hartog schüttelte den Kopf. »Das reicht mir nicht.«

»Ich ... S-Sie können doch nicht ...«

Hartog drückte auf den Alarmknopf. Simon machte einen Satz und versuchte ihn zu fassen, doch es war zu spät. Eine Lampe blitzte auf, als der Alarm ausgelöst wurde. Sofort meldete Worf sich bei ihm.

Statt zu antworten, sah Hartog Simon an. Seine Augen schimmerten wie die eines Raubtiers, als er nach einem dreikantigen, gekrümmten Messer griff, das auf dem Tisch neben ihm lag.

Simon wurde kurz schwindlig. Er starrte das Messer an und wurde von ihm angezogen, als würde es ihn hypnotisieren.

»Ich könnte alles mögliche mit Ihnen anstellen«, sagte Hartog leise. »Ich habe fast zwei Minuten.« Er streckte die Hand mit dem Messer aus. »Jetzt hören Sie mir zu. Sie werden so viel wie möglich über die Ermittlung herausfinden und mir alles verraten, Romulaner – oder ich werde dem Sicherheitsoffizier sagen, was Sie hier versucht haben.«

Simon blieb stehen und schwankte leicht, eine Armeslänge von Hartog entfernt. Das Messer war knapp außerhalb seiner Reichweite auf ihn gerichtet.

Simon konzentrierte den Blick auf das Messer, und Hartog wurde zu spät klar, daß er sich bewegte. Simon drosch auf den Ferengi ein und stieß ihn gegen die

Wand zurück. Als sie zu Boden fielen, lösten sie sich wieder voneinander. Simon schrie auf und hob die Hand an den Kopf, während Blut zwischen seinen Fingern hindurchquoll.

Beverly Crusher folgte Worf auf dem Fuße, als er in Mon Hartogs Quartier stürmte. Sicherheitswächter versuchten, Simon Tarses gegen die Wand zu drücken, aber der Mann war wie rasend, brüllte Worte, die keinen Sinn ergaben. Die Sehnen in seinem Nacken traten hervor, und sein Gesicht war blutverschmiert, aber er schlug weiterhin in ihrem Griff um sich. Der Ferengi wälzte sich auf dem Boden, hielt seinen Arm und schrie sogar noch lauter als Tarses.

Beverly ging sofort zu ihrem Assistenten und holte den Injektor hervor. Wegen der Sli hatte sie mehr als die übliche Menge an Beruhigungsmitteln dabei. Um ihn schnell in den Griff zu bekommen, wählte sie Benzodiazepin. Er verletzte sich selbst, indem er sich gegen die Sicherheitswächter zur Wehr setzte, und sie mußte die Blutung stoppen.

»Simon, Sie werden wieder gesund«, sagte sie beruhigend, während sie den Injektor gegen seinen Nacken drückte. Sie legte schnell einen großen Versiegelungsverband auf das linke obere Viertel seines Gesichtes und Kopfes. Das Blut wurde von der Diffusionsmembran aufgenommen; daher blieb der Verband durchsichtig. Darunter sah sie eine klaffende horizontale Schnittwunde, die sich vom linken Ohr bis unter das Auge erstreckte. Der Tricorder verriet ihr, daß die Verletzung nicht besonders tief war, wenn auch die Knorpel seines Ohrs fast abgetrennt waren. Sie würde mehr wissen, sobald sie ihn auf der Krankenstation untersucht hatte.

»Was ist mit ihm?« fragte Worf über Hartogs Geschrei hinweg. Tarses setzte sich nicht mehr so heftig zur Wehr und entspannte sich sichtbar.

Beverly wartete, bis sie überzeugt war, daß die mit dem Injektor verabreichte Dosis groß genug war, und ging dann zu Hartog. Er stöhnte und schrie so laut, daß sie die Meßergebnisse zweimal überprüfte – aber der Medo-Tricorder verzeichnete nur eine leichte Verletzung seines rechten Deltamuskels.

»Bitte beruhigen Sie sich!« befahl sie schließlich, als er sich immer wieder gegen sie warf und von den Füßen zu reißen drohte. »Sie klingen, als wäre ein Magotu über Sie hinweggetrampelt. So schlimm verletzt sind Sie gar nicht.«

Troi tauchte atemlos auf der Schwelle auf. »Der Captain schickt mich. Was ist los mit ihm?«

Beverly verzog das Gesicht und erhob sich. »Hartog? Ein Kratzer. Tarses ist schlimmer dran.«

»Was wird mit mir geschehen?« jammerte Hartog.

»Wir werden Sie auf die Krankenstation bringen. Bleiben Sie einfach da sitzen, bis wir aufbrechen.«

Troi zog sie sanft von dem Ferengi fort. »Was ist mit Tarses?« fragte sie leise.

»Abgesehen von einer häßlichen Schnittverletzung am Kopf leidet er an Neurasthenie, soweit ich es sagen kann.«

»Verursacht von emotionalem Streß, der auf einem inneren Konflikt beruht«, sagte Troi fast wie zu sich selbst.

»Normalerweise schreitet sie nicht so schnell voran«, sagte Beverly. »Aber Tarses ist der vierte, der bereits alle Symptome zeigt.« Sie klappte ihren Tricorder zu.

Medo-Techniker trafen mit einer Antigravbahre ein und hoben Tarses vorsichtig darauf. Moodet und die anderen Techniker arbeiteten eng mit dem jungen Mann zusammen und zeigten sich über seinen Zustand eindeutig betroffen.

Als sie die Trage aus dem Raum schoben, schaute Beverly zurück und bemerkte, daß Troi sich über Hartog gebeugt hatte. »Was ist hier passiert?« fragte die Counselor den Ferengi.

»Er drehte einfach durch! Er hat mich angegriffen.« Der auf dem Boden liegende Hartog schaute zu ihr hoch. »Wir haben uns unterhalten. Er hat mir den medizinischen Bericht gebracht. Dann weiß ich nur noch, daß er mich angegriffen hat. Ohne jeden Grund!«

Worf trat vor, während der Ferengi noch seine Erklärung abgab. »Dann haben Sie sich also mit dem Messer verteidigt.«

»Nein!« Hartog zog die Beine an und setzte sich auf; er reichte Worf kaum bis an die Knie. »Er hat das Messer genommen. Es lag auf dem Tisch. Ich sage Ihnen doch, er hat mich angegriffen!«

»Woher hat Tarses dann diese Verletzung?« Troi verschränkte die Arme unter der Brust und runzelte die Stirn, um einen höflichen Zweifel zum Ausdruck zu bringen.

»Das hat er selbst getan!« Hartog nickte heftig. »Das sage ich doch! Er ist verrückt!«

Troi schaute wortlos zu Worf hoch und tat mit einem Kopfschütteln ab, was der Ferengi gesagt hatte. »Er lügt.«

Beverly atmete erleichtert ein. Das bedeutete, daß Tarses wahrscheinlich nicht die Alleinschuld trug, auch wenn er emotional gefährlich instabil war.

»Ich lüge? Das stimmt nicht! Wer sind Sie ...«

Worf ignorierte Hartog. »Kommt der Ferengi auf die Krankenstation?«

»Ja.« Beverly ging zu Hartog. »Helfen Sie mir bitte mal, Worf?«

Worf tat wie geheißen und stellte den Ferengi ziemlich grob auf die Füße. Dann erteilte er zwei Sicherheitswächtern Befehle. »Bringen Sie diesen Mann auf die Krankenstation. Nachdem er versorgt wurde, wird er auf sein Quartier gebracht, das er nicht mehr verlassen darf. Sorgen Sie dafür, daß er bewacht wird.«

»Was!« Es gelang Hartog, Worfs Griff abzuschütteln. Er zog seinen Overall glatt. »Was habe ich getan? Sie können mir dafür nicht die Schuld geben! Ihr Captain hat mir versprochen, daß ich den Bericht über die Ermittlung bekomme. So halten Sie also Ihr Wort!«

»Sie werden die Informationen bekommen«, knurrte Worf. »Nehmen Sie ihn mit.«

Die Sicherheitswächter führten Hartog energisch hinaus.

Worf sah Deanna an. Die Counselor hatte die Arme noch immer verschränkt, doch der Klingone war viel größer als sie. Im Gegensatz zu Hartog verriet sie jedoch nicht das geringste Unbehagen über ihre Lage. Das machte auf Beverly einen nachhaltigen Eindruck. Sie hatte die beiden noch nie so wütend aufeinander gesehen.

»Die Schuld daran tragen die Sli«, sagte Worf zu Troi.

»Sie tun es nicht absichtlich«, konterte Deanna.

»Das spielt keine Rolle. Wir müssen etwas unternehmen.«

Deanna kniff die Augen zusammen. »Ich unternehme bereits etwas.«

»Einen Augenblick mal«, warf Beverly ein. »Dieses Gespräch haben Sie beide schon einmal geführt. Zur Zeit wartet Arbeit auf uns.«

»Es geht nichts voran!« sagte Worf verzweifelt.

»Aber Beverly hat recht«, stimmte Deanna zu. »Unsere persönlichen Gefühle spielen bei dieser Sache keine Rolle. Wir müssen auch unter diesen Umständen unsere Pflicht tun.«

Worf brummte und schien zu einer stummen, unbeugsamen Wand zu werden.

Als sie die Krankenstation erreichten, überwachte Beverly die Ruhigstellung und den vorläufigen medizinischen Scan von Simon Tarses. Mehrere Wissenschaftler und Labortechniker waren angesichts der derzeitigen Situation zur Unterstützung des Pflegepersonals hinzugezogen worden.

Als sie fertig waren, nickte Beverly der Counselor zu, und die beiden traten ins Büro der Ärztin. »Ein Isolationstank wäre wohl das Beste für ihn«, sagte Beverly.

Deanna schüttelte bereits den Kopf. »Bei Fähnrich Cuthbert und dieser jungen Frau, BeBe, stimme ich Ihnen zu, daß die Isolation am besten wäre. Keiner von ihnen durchlebte bei der Ankunft der Sli gerade eine gefühlsmäßige Krise. Aber bei Tarses ist es etwas anderes. Dieser Nervenzusammenbruch kommt für mich nicht völlig überraschend.«

Beverly atmete tief ein. »Ich wußte, daß Simon Schwierigkeiten hatte, aber nicht, daß es schon so weit gekommen ist. Er ist ein hervorragender Medo-Techniker – sein Instinkt ist unfehlbar, und er ist sehr fleißig.«

Deannas Blick war ganz ruhig. »Genau das ist es ja. Simon ist so sorgfältig und gewissenhaft, daß es ihm gelingt, seine Probleme zu unterdrücken und sich völlig auf seine Bewährung zu konzentrieren. Deshalb steht er jetzt seit über einem Jahr unter gewaltigem Druck.«

»Was schlagen Sie vor? Psychotherapeutische Maßnahmen? Während die Sli dermaßen auf ihn einhämmern?«

»Nun ja, zumindest sind die Zweifel und unterdrückten Gefühle an die Oberfläche gestiegen. Es könnte eine Möglichkeit geben, seinen Zusammenbruch in etwas Sinnvolles zu verwandeln. Ich habe ja von Anfang an gesagt, daß die Sli ausgezeichnet in eine therapeutische Umgebung passen würden.«

Beverly fummelte mit ihrem Tricorder herum, klappte ihn auf und wieder zu, bis sie mitbekam, was sie tat. »Na schön. Ich halte ihn auf Benzodiazepin, verringere aber die Dosis. Auf diese Weise kann er sich entspannen, und Sie können mit ihm sprechen.« Sie drehte sich zur Tür um. »Was die anderen betrifft ...«

Als sie die halb geschlossene Tür aufstieß, stand Worf auf der anderen Seite. Ihre plötzliche Bewegung ließ ihn zusammenfahren, und sein nervöser Rückzug verriet ihr, daß er sie belauscht hatte.

»Lieutenant Worf! Sie haben eine vertrauliche Konsultation belauscht!« Beverly wußte kaum, was sie sagen sollte. Es sah Worf ganz und gar nicht ähnlich, so verschlagen vorzugehen.

Deanna schien auch überrascht zu sein. »Warum, Worf? Sie können Simon Tarses doch kaum für einen Saboteur halten.«

Worf richtete sich steif auf. »Es war keine Absicht.«

»Aber Sie haben gehört, daß wir uns über Tarses unterhalten haben?« fragte Beverly ihn.

»Ja.«

»Was haben Sie gehört?«

Worf verlagerte sein Gewicht, wäre am liebsten gegangen. »Genug.«

Beverly betrachtete ihn besorgt. »Worf, es gibt so etwas wie Übereifer. Sie müssen sich zusammenreißen.«

Worf preßte die Lippen zusammen, und seine Blicke brannten angesichts des Tadels.

»Es sind die Sli«, sagte Troi. »Ihre Ausstrahlungen werden im Augenblick wieder stärker.«

»Diese Geschöpfe sind gefährlich!« erklärte Worf, hielt dann aber den Mund, als er Beverlys ruhigen Blick sah.

»Ich will Sie nicht vom Dienst suspendieren müssen, Worf.«

Der Klingone öffnete kaum den Mund, als er sprach. »Das wird nicht nötig sein. Ich kenne meine Pflichten.«

Beverly betrachtete ihn noch einen Augenblick lang. »Das will ich hoffen.«

»*Mein* Sohn wird nicht leiden«, fügte er hinzu und

murmelte noch etwas über Wesley. Dann nickte er ihr scharf zu, drehte sich auf dem Absatz um und verließ die Krankenstation.

Beverly sah ihm kopfschüttelnd nach. Sie würde den Captain informieren müssen, daß Worf instabil wurde. Das würde Picard nicht gefallen.

Etwas anderes störte sie noch. »Was hat er da am Ende über seinen Sohn gesagt?« fragte sie Troi.

»Ich weiß es nicht genau. Irgend etwas geht zwischen ihm und Alexander vor.« Troi schüttelte das Haar aus dem Gesicht und nagte mit den Zähnen an der Unterlippe.

»Hat er Alexander mit Wesley verglichen? Wesley ist nicht mal mehr an Bord.«

Troi zuckte mit den Achseln. »Vielleicht. Ich habe im Augenblick Schwierigkeiten, mit Worf zu sprechen.« Ihre Stimme wurde nachdenklicher. »Nicht, daß ich die sonst nicht hätte. Aggression ist eine so starke Emotion. Ich kann sie in ihm fühlen, sie drängt immer nach vorn und überwältigt alles. Worf erwartet von den Leuten Widerstand und sieht dem Kampf mit Freude entgegen. Aber meine empathische Reaktion funktioniert genau andersherum – sie umarmt und akzeptiert.«

»Sie nehmen den Kampf nicht so auf, wie er es will und sich vorstellt«, stimmte Beverly ihr zu.

»Ich glaube, das bringt uns beide aus dem Gleichgewicht.« Troi schaute zu Boden und legte die Fingerspitzen aneinander. »Er drängt nach außen, und ich nehme alles auf und versuche ständig, ihn wieder zu sich selbst zurückzuführen. Es ist ein Kampf, der sich aus sich selbst nährt, wie eine dieser mythischen Schlachten zwischen den Göttern. Nur, daß Worf und ich über Verweise streiten und darüber, wann Alexander zu Bett gehen sollte.«

Es war so absurd, daß Beverly fast laut gelacht hätte, gleichzeitig aber auch zu schrecklich. »Worf gerät völlig außer Kontrolle, während Sie poetische Gedanken über die Angelegenheit verbreiten.«

Troi errötete, plötzlich und schmerzhaft. »Es sind die Sli«, murmelte sie.

Beverly grinste. Sie kam einfach nicht dagegen an. »Wenn Sie seine Nemesis sind, bin ich Worf zufolge sein Zwilling. Es ist doch nicht zu fassen, daß er Alexander mit Wesley verglichen hat!«

Troi nickte und schaute etwas verwirrt drein.

»Als wären wir uns irgendwie ähnlich. Ich und Worf.« Beverly lachte laut. »Sehen Sie die Gemeinsamkeiten? Worf kann hervorragend mit Kranken umgehen. Und ich bin ganz toll darin, Photonentorpedos abzuschießen.«

Troi beobachtete sie mit ernstem Gesicht. »Beverly, das ist nicht komisch.«

»Nein?« Sie lachte noch lauter. »Mir kommt es aber ganz logisch vor! Natürlich sind Alexander und Wesley sich ganz ähnlich.«

»Beverly, reißen Sie sich zusammen. Kämpfen Sie gegen dieses Gefühl an.«

Troi klang so ernst. Beverly fiel die Warnung ein, die sie Worf mit auf den Weg gegeben hatte, und erkannte plötzlich, daß sie überreagierte. Aber es war so komisch!

Troi schüttelte den Kopf. »Schon gut. In ein paar Minuten werden Sie wieder in Ordnung sein. Warum warten Sie nicht in Ihrem Büro, bis Sie sich wieder im Griff haben?«

Obwohl seine Schicht bereits angefangen hatte, kehrte Worf sofort zu seinem Quartier zurück. Er sagte sich, er müsse nach Alexander sehen, bevor der Junge zur Schule ging.

Doch zuerst kopierte er den Bericht über die Untersuchung auf das Terminal in Mon Hartogs Quartier. Ihm gefiel es nicht, dem Ferengi etwas zur Verfügung stellen zu müssen, das er als geheimes Material ansah, doch das war im Vergleich zum Zusammenbruch des Medo-Technikers noch ein kleines Problem. Die Counselor hatte gesagt, er sei von ›Zweifeln und unterdrückten Gefühlen‹ herbeigeführt worden. Diese Worte wirkten durchaus beruhigend auf Worf, denn wie jeder Krieger wußte, mußten Gefühle richtig zum Ausdruck gebracht und Zweifel überwunden werden. Doch was, wenn es auch Alexander nicht gelang, seine teils klingonische, teils menschliche Herkunft zu akzeptieren? War das das Schicksal, das auch seinen Sohn erwartete?

Als er sein Quartier betrat, beendete Alexander gerade sein Frühstück. Sein Sohn sah sich auf dem Holo-Minicomputer die neueste Diskettenausgabe eines Comics an. Worf warf einen Blick auf die winzigen, sich verändernden Bilder der Menschen – offensichtlich war die Gruppe diesmal in einer unterirdischen Höhle gestrandet, komplett mit Miniatur-Stalagmiten und leisen Tropfgeräuschen. Es war sein Lieblingscomic, der hauptsächlich die Versuche der Helden beschrieb, aus einer Zeitschlaufe zu entkommen, die sie in verschiedenen Erdperioden stranden ließ. Die Counselor hatte ihm versichert, der Comic sei pädagogisch wertvoll. Doch als Worf sich einmal eine Folge angesehen hatte, hatte sie ihn gelangweilt, weil sie sich viel zu sehr auf die Interaktion zwischen den einzelnen Charakteren konzentrierte. Er hatte danach andere Comics gesehen, die ihm viel interessanter vorgekommen waren, mit Raumschlachten und Kämpfen zwischen exotischen außerirdischen Rivalen, doch die gefielen Alexander nicht.

»Iß deine Cornflakes«, sagte Worf zu ihm.

Alexander grub den Löffel hinein, ohne die Blicke vom Computer zu wenden. Er zögerte – anscheinend ging es gerade besonders spannend zur Sache – und hob den Löffel dann langsam zum Mund. Er kaute ein paar Sekunden lang und hielt dann inne. Erzürnt beobachtete Worf ihn, bis Alexander schließlich wieder zu kauen anfing und schluckte, während er den Löffel mitten in der Luft hielt, ohne es zu merken.

Worf hielt sich mühsam davon ab, Alexander zu belehren, mußte sich buchstäblich zwingen, darauf zu verzichten. Sein Blick fiel auf ein leuchtendes Lämpchen. Für ihn lag eine Nachricht vor.

Er ging zu seinem Schreibtisch, machte sich gar nicht erst die Mühe, Alexander zu fragen, wann die Nachricht gekommen war – manchmal hatte es den Anschein, der Junge würde seiner Umgebung nicht die geringste Beachtung schenken.

Die Nachricht trug das offizielle Siegel von Qo'noS, der klingonischen Heimatwelt. Worf spürte sofort, wie Adrenalin durch seinen Körper schoß.

Sie stammte von seinem Bruder. Kurn hatte sich absichtlich ganz nah vor das Aufnahmegerät gesetzt. Die Spitze seiner hohen, gefurchten Stirn lag außerhalb des Erfassungsbereichs der Kamera, wodurch die gesamte Nachricht irgendwie bedrohlich wirkte.

»Worf.« Kurn war wütend, das merkte Worf anhand des nachlässigen Schnaubens; außerdem hatte er ein Auge zusammengekniffen. »Deine Antwort ist nicht akzeptabel.«

Worf riß die Augen auf. Unverhohlener Widerspruch von einem jüngeren Bruder durfte er nicht dulden.

»Du weigerst dich, deinen Sohn, den *cho'DevwI* unseres Klans, anständig ausbilden zu lassen. Unseren Gesetzen zufolge fordere ich dich, Worf, und deinen Sohn hiermit auf, euch dem Dobatlh PuqloD zu unterziehen, um die Rechtmäßigkeit der Nachfolge festzustellen. Ihr habt innerhalb eines *jar* auf Qo'noS zu erscheinen, oder das *cho'DIb* fällt meinem ersten Sohn zu.«

Kurn hielt inne, und ein leises Lächeln legte sich auf

sein Gesicht. »Ich freue mich darauf, dich wiederzusehen, Bruder.«

Worf knirschte mit den Zähnen. Das Dobatlh PuqloD war ein Test, der klären sollte, ob ein Sohn dem Klan Ehre machen würde; sowohl der Vater als auch der Sohn mußten sich daran beteiligen. Es war eine Schande, zu solch einem Ritus aufgefordert zu werden. Wenn sie scheiterten, würde Alexander nicht nur das Erbfolgerecht verlieren, nach klingonischem Gesetz konnte man ihn sogar aus Worfs Obhut entfernen.

»Vater, stimmt etwas nicht?«

Worf riß den Kopf zu seinem Sohn herum, der unschuldig zu ihm hochschaute. Dem Klingonen wurde plötzlich klar, daß Alexander den Dobatlh-PuqloD-Test nicht bestehen würde. Der Junge konnte zwar Klingonisch sprechen, hatte aber noch immer Schwierigkeiten mit den formellen Sprachmustern, die während eines Rituals zwingend vorgeschrieben waren. Und noch wichtiger war – Alexanders Sinn für Ehre war unterentwickelt.

Worf umklammerte mit beiden Händen den Schreibtischrand. Dem Erdstandard zufolge war sein Sohn ein guter Schüler, doch die Drohung mit dem PuqloD brachte Erinnerungen an klingonische Traditionen in all ihrer dunklen Pracht zurück. Auf Khitomer hatten er und seine jungen Freunde einen Knaben gekannt, der sich dem PuqloD unterziehen mußte. Ein einziges Mal hatten die Erwachsenen sich dabei mit den Kindern befaßt und einen von ihnen der prüfenden Neugier der Öffentlichkeit ausgesetzt. Das Flüstern, die verstohlenen Blicke, die Schande, die den Jungen umgeben hatte ...

»Qo'!« Er hob den Schreibtisch hoch, grunzte und schleuderte ihn durch die Luft. Er prallte gegen die Couch, und der Monitor und die Disketten flogen zu Boden.

»Vater!« Alexander stand mit weit aufgerissenen Augen hinter dem Eßtisch und hielt seinen Minicomputer schützend vor sich.

Worf fühlte sich schon viel besser. Das Blut rauschte durch seine Adern, und er war kampfbereit.

»Du *wirst* Ehre haben!« sagte Worf zu seinem Sohn.

Alexander trat einen Schritt zurück. Offensichtlich hatte er Angst und fragte sich, was er getan hatte, um diesen Wutausbruch zu provozieren.

»Ich war in deinem Alter, als meine Eltern getötet wurden.« Worf richtete sich auf und schob das Kinn vor. Seine Augen blitzten, obwohl er sie auf seinen Sohn gerichtet hielt. »Ich habe gekämpft, um meinem Dasein Ehre zu machen.«

»Das sagst du immer!«

»Es ist wahr«, beharrte Worf. »Ich habe die Schwäche verbannt. Ich habe meine Ehrenhaftigkeit unter Beweis gestellt. Und das wirst du auch tun!«

»Das kümmert doch sonst niemand!« protestierte Alexander. »Außer dir spricht keiner so von der Ehre.«

Worf bewegte kaum die Lippen. »Klingonen schon!«

Alexander runzelte die Stirn und sagte nichts dazu.

»In deinen Adern fließt menschliches Blut, aber du *bist* ein Klingone. Genau, wie ich ein Klingone bin.«

»Du hast auf der Erde gelebt.«

Worf hätte nicht sagen können, warum diese einfache, zutreffende Aussage ihn dermaßen erzürnte. »Ich bin Klingone! Als *meine* Eltern von den Romulanern getötet wurden, wurde ich stark, um ihren Tod zu rächen. Du tust nichts, um stark zu werden!«

Sichtlich getroffen, blinzelte Alexander schnell. »Warum sollte ich auch? Meine Mutter haben die Romulaner nicht ermordet! Ein Klingone hat sie getötet!«

17

Picard stand am Fenster seines Bereitschaftsraums und schaute auf den sich langsam unter ihm drehenden Planeten Lessenar hinab. Die *Enterprise* befand sich im stationären Orbit über dem Nordpol, und das Nordlicht war spektakulär. Die Elektronenemission war hoch und bewirkte, daß die grünen Ringe sich in engen Wellen kräuselten, als sie sich vom Pol spiralförmig zum Äquator drehten. Die Schichten lagen so dicht nebeneinander, daß sie ihn an eine Rolle Wellblech erinnerten, die sein Vater einmal mit nach Hause gebracht hatte, um damit einen offenen Werkzeugschuppen abzudichten. Picard konnte sich erinnern, in der weichen Erde des Weinbergs seiner Familie gekniet und wie hypnotisiert das Ende der Wellblechrolle betrachtet zu haben. Ihm hatte gefallen, wie seine Blicke sich immer wieder verirrt hatten, als er versuchte, den engen Wellenbewegungen der konzentrischen Kreise zu folgen. Dieses Phänomen hier war bemerkenswert ähnlich, einmal abgesehen von der verschwommenen grünen Färbung der Atmosphäre Lessenars.

Dann kam die *Tampanium* hinter der anderen Seite des Planeten hervor und auf sie zu. Das Licht des Zentralgestirns funkelte auf den scharfen Kurven des Ferengi-Sondierungsschiffes. Ein grimmiges Lächeln legte sich auf Picards Mund, als er spürte, wie etwas in ihm emporstieg, das die Herausforderung annahm. Diese Ferengi würden ihn nicht unterkriegen.

Der Türsummer ertönte, und Picard rief: »Herein!« Er wußte, wer es war.

Guinan betrat den Raum. »Sie auch, Picard?«

Er schaute zu ihr hinüber. »Verzeihung?«

»Dieser Planet«, erklärte sie geduldig. »Die Leute scheinen nicht die Augen von ihm lassen zu können.«

Der Captain ging steif zu seinem Schreibtisch. »Es ist ein erhebender Anblick.«

Guinan nickte und nahm Platz. »Die Menschen werden von der Selbstvernichtung fasziniert.«

Picard zögerte, als er sich setzte. »Ach, das glaube ich nicht, Guinan. Das ist es keineswegs.«

»Tja«, sagte sie mit einem Achselzucken. »Ihre Augen mögen den Anblick genießen, aber Ihr Unterbewußtsein flüstert alle möglichen unterschwelligen Warnungen. Bei Ihrer Kultur ist es ein Tabu, einen selbstauferlegten Tod zu betrachten. Aber das macht diesen Anblick ja so verlockend.«

»Deuten Sie nicht mehr hinein, als daran ist? Schließlich ist dieses Phänomen tatsächlich ganz besonders beeindruckend.«

»Es handelt sich um Umweltverschmutzung, Picard. Diese Leute da unten bringen sich selbst und ihren Planeten um. Alle wissen es.« Ihre Stimme klang ganz nüchtern. »Die Triconier, Antarianer, Vulkanier und unser Halbromulaner sind die einzigen Besatzungsmitglieder, die mich zur Zeit an der Bar noch ansehen. Alle Menschen drängen sich vor dem Fenster – normalerweise sind sie auf die Aussicht keineswegs so scharf. Es erregt sie auf einer ursprünglichen Ebene, provoziert sie.«

»Jetzt sprechen Sie über die Sli.«

»Nein, aber Sie möchten gern darüber sprechen.«

Picard betrachtete sie stumm. Ihr gelassener Ausdruck stand in scharfem Kontrast zu ihrer erstaunlichen Kleidung. Dieses Gewand hatte er noch nie zuvor gesehen. Der glänzende Stoff schien aus flüssigem Silber zu bestehen und fiel in weichen, reflektierenden Falten, die an hundert Stellen das Licht fingen und winzige Blitze aufleuchten ließen, als sie sich bewegte. Ihr Hut war oben flach und zeigte ein Spiegelbild seines Bereitschaftsraums, wenn sie den Kopf neigte.

Picard faltete die Hände auf dem Schoß und lehnte sich in seinem Sessel zurück. »Wissen Sie etwas über die Sli, Guinan?«

»Nichts, das Sie im Augenblick hören möchten.«

Er runzelte die Stirn. »Vielleicht lassen Sie mich das beurteilen.«

Guinan lächelte. »Na schön. Der Versuch, mit den Sli vernünftig zu reden, ist sinnlos. Sie mögen vielleicht herausfinden, was es mit ihrer Sprache auf sich hat, aber das heißt noch lange nicht, daß Sie auch mit ihnen kommunizieren können.«

»Jetzt hören Sie aber auf, Guinan. Sagen Sie mir nicht, daß Sie ihre Intelligenz anzweifeln. Sie klingen ja wie Worf.«

»Worf ist ein Krieger. In diesem Fall könnte er vielleicht recht haben. Manchmal können Lebensformen so fremd sein, daß ihre Intelligenz, ihre Empfindungsfähigkeit, nicht mehr zur Debatte steht. Verständnis ist der Schlüssel.«

»Da stimme ich mit Ihnen überein.« Picard schob seinen Sessel zurück, erhob sich und ging zum Fenster. »Ich habe an eine rein menschliche Metapher gedacht, aber sie kommt mir durchaus treffend vor. Kennen Sie *Cyrano de Bergerac?*«

»Das französische Theaterstück? Ja.«

»Nun ja, Cyrano kannte die Bedeutung von Mäßigung nicht – offensichtlich genau wie die Sli. Ein Attribut seines Körpers besaß überdimensionale Ausmaße, und von da an legte er Wert darauf, jeden Aspekt seines Lebens gleichermaßen übermäßig heldenhaft zu gestalten.« Picard hob eine Hand, um seine Worte zu betonen. »Er hat mit einer großen Geste ein Jahresgehalt weggeworfen. Er hat eine Frau fünfzehn Jahre lang geliebt und nie ein Wort darüber verloren. Bei Cyrano hieß es alles oder nichts.«

»Wie ich mich ebenfalls entsinne«, warf Guinan trocken ein, »hat Cyrano sämtliche Besucher einer Theatervorstellung zu einem Duell aufgefordert und einen Kampf mit hundert Gegnern auf einmal gesucht, wobei er noch einen Freund mit ins Elend zog.«

Picard blieb stehen. »Ich verteidige die Sli nicht. Ich habe hier Berichte von Data, Dr. Crusher und Counselor Troi vorliegen, die beweisen, daß die Sli eine viel größere, subtile Gefahr darstellen, als wir anfangs glaubten.«

»In dieser Hinsicht haben Sie recht. Wie ich schon sagte, Sie sind einfach nicht imstande, sie zu verstehen.«

Er betrachtete sie stirnrunzelnd. »Sie müssen einen Grund zu dieser Annahme haben. Sind Sie den Sli schon mal begegnet?«

»Nicht diesen Geschöpfen hier.« Sie faltete die Hände auf dem Schoß. »Aber ich fühle ihre Ausstrahlungen und erkenne das Chaos, das in ihnen wohnt.«

Picard kehrte zu seinem Schreibtisch zurück und betrachtete sie nachdenklich. »Guinan, ist es möglich, daß Sie ebenfalls von den Sli betroffen sind?«

»Das bin ich nicht«, sagte sie geradeheraus. »Aber das werden Sie erst wissen, sobald sie abziehen oder die Mannschaft das Schiff zerstört.«

Er setzte sich langsam und stützte das Kinn auf die Hand. Er war in einer verzwickten Lage. Er hatte gelernt, Guinan blind zu vertrauen, doch diesmal konnte ihre Meinung von den Ausstrahlungen der Sli beeinflußt worden sein. Er konnte es einfach nicht sagen.

»Ich habe den Befehl, einen Dialog mit den Sli herzustellen. Wir können nicht einfach davonfliegen ...«

Das Piepen des Computers unterbrach ihn, dann erklärte Worfs Stimme: »Eine Nachricht von Lessenar, Sir. Ratssprecher Wiccy.«

Picard sah Guinan an und verzog das Gesicht. »Dann ist da noch die Hilfsmission für Lessenar. Diese Leute leiden schreckliche Not.« Er schaute kurz auf. »Auf dieses Terminal, Mr. Worf.«

Er drehte den Monitor zu sich, doch man merkte ihm an, daß er nicht allzu versessen darauf war, mit dem Ratsvorsitzenden zu sprechen.

Das Bild hatte eine sehr schlechte Auflösung, doch zumindest war es Worf gelungen, den Ton zu verbessern. »Captain Picard, warum unternehmen Sie nichts, um uns zu helfen?« fragte Wiccy ohne Begrüßung. Er klang verzweifelt.

Picard kniff die Augen zusammen. »Wir haben medizinische Hilfsgüter und Nahrungsmittel an Ihr Volk verteilt. Erfordern Sie weitere ...«

»Wir brauchen Sie! Wir brauchen Ihre Leute hier unten. Es muß schnell etwas unternommen werden!«

Picard hob eine Hand. »Sämtliche Wissenschaftler an Bord beschäftigen sich zur Zeit mit Ihrer Situation. Wir analysieren mit den Einrichtungen der *Enterprise* mögliche Lösungen. Würden wir jetzt Forscher zu Ihnen herunterschicken, würden wir damit unsere Fortschritte beträchtlich verlangsamen.«

»Sie verstehen nicht. Die Bevölkerung ist zutiefst verzweifelt. Schicken Sie wenigstens Riker zu dem Empfang herab.«

»Mein Erster Offizier hat Sie bestimmt über unsere Probleme unterrichtet. Sobald wir diese Angelegenheit unter Kontrolle haben, werden wir Lessenar unsere ungeteilte Aufmerksamkeit widmen. Zu diesem Zeitpunkt sind wir dazu jedoch nicht imstande.«

»Das ist nicht akzeptabel! Ihre Ankunft wurde bekanntgegeben. Das Volk erwartet Ergebnisse. Vielleicht sollten Sie anstelle von Commander Riker die Leitung der Mission übernehmen.«

Picard atmete tief ein. »Commander Riker ist befähigter als ich, diese Mission zu leiten, Ratssprecher.

Ich versichere Ihnen, daß seine Leistung nichts mit der derzeitigen Verzögerung zu tun hat.«

»Vielleicht sollte ich mich an den Rat der Föderation wenden...« Wiccy verstummte, als spreche er mit sich selbst.

»Die Nahrungsmittel, die wir verteilt haben«, wiederholte Picard geduldig, »werden verhindern, daß es bei Ihrer Bevölkerung zu Todesfällen durch Verhungern kommt, und wir gewähren weiterhin medizinische Hilfe.«

»In den Städten interessiert das doch keinen. Ich spreche davon, daß Sie sich zeigen müssen. Die Leute bezweifeln, daß Sie überhaupt imstande sind, irgend etwas zu tun.«

Picard unterdrückte energisch die aufbrandende Verachtung, erwiderte dann kühl: »Ich bin sicher, die Verzögerung der Aufnahme diplomatischer Beziehungen um ein paar Tage wird keinen so großen Unterschied ausmachen.«

»Ein paar Tage! Die Leute sprechen schon davon, den Rat abzuberufen!« rief Wiccy, als erklärte das alles. »Wir können nicht ein paar Tage warten. Wir müssen unserem Volk ein Zeichen geben, daß Hilfe kommt.«

Picard schaute zu Guinan hinüber. Sie lächelte ganz leicht.

Er zögerte und überdachte seine Worte, um sich zu vergewissern, daß er absolut überzeugt war. »Vielleicht ist auf die Art und Weise, wie Sie es verlangen, gar keine Hilfe unterwegs.«

»Was?« Wiccy schwankte vor und zurück und war so aufgeregt, daß er den Bereich des Aufnahmegeräts immer wieder verließ. »Was glauben Sie denn, weshalb wir die Föderation gerufen haben?«

»Wir verteilen gern Hilfsgüter, und sobald unsere Lage sich stabilisiert hat, können wir die Schäden an Ihrer Atmosphäre reparieren. Aber wir sind nicht hier, um uns als politisches Kapital mißbrauchen zu lassen.«

»Captain Picard! Sie müssen etwas unternehmen!«

»Picard Ende.« Er streckte die Hand aus und unterbrach die Verbindung.

Schließlich beendete Guinan die Stille. »Sind Sie sicher, daß Sie nicht von den Sli beeinflußt werden, Picard?«

»Ich? Wieso sagen Sie das?«

Sie hob eine Falte ihres Gewands, was einen Lichtreflex erzeugte. »Sind Sie nicht der Ansicht, daß Sie mit diesem armen Ratssprecher etwas zu selbstherrlich umgesprungen sind?«

»Selbstherrlich!« sagte Picard spöttisch. »Wie kommen Sie denn darauf? Sie haben den Mann gehört, Guinan. Er ist einzig und allein um seine politische Zukunft besorgt und nicht im geringsten um sein Volk.«

»Wie weit werden Sie gehen, um ihnen zu helfen?«

Picard trommelte mit den Fingern auf den Schreibtisch. »Was wollen Sie damit sagen, Guinan?«

Sie beugte sich vor. »Was die Lessenarier mit ihrem Planeten angestellt haben, kann man nur als Verbrechen bezeichnen. Ganz ähnlich verhalten die Sli sich uns gegenüber. Die Sli sind mit auf Logik basierenden, humanoiden Lebensformen inkompatibel, haben aber die Oberhand, weil sie unsere Reaktionen beeinflussen können. Das macht sie zu mehr als nur einer Bedrohung – das läßt sie tödlich werden.«

Picard setzte sich grimmig zurück. »Sobald wir das Kommunikationsproblem gelöst haben, können wir wahrscheinlich auch irgendeine Verständigung mit den Sli erzielen.«

Guinan erhob sich und glättete ihr funkelndes Gewand. Picard konnte auf dem Stoff eine Reflexion von sich sehen.

»Verlassen Sie sich nicht darauf, Picard. Nach den Maßstäben intelligenter und empfindungsfähiger Lebewesen sind die Sli irrsinnig. Sie haben sich keine Grenzen auferlegt. Es handelt sich um das vorsätzliche

Durchsetzen eines Vorrechts zu Lasten aller anderen Geschöpfe.« Sie nickte ihm stumm zu, drehte sich um und verließ den Raum.

Picard lehnte sich in seinem Sessel zurück, dachte an die emotionale Provokation, die Lessenarier und einen Franzosen, der alle Grenzen hatte fallen lassen, um zu beweisen, daß er mehr war, als man aufgrund seines Aussehens schließen konnte.

Picard berührte seinen Kommunikator. »Lieutenant Worf, veranlassen Sie Alarmstufe Gelb.«

»Aye, Sir.«

Als die gelben Lampen aufzublitzen begannen, piepste Picards Kommunikator. »Captain Picard! Hier spricht Counselor Troi.«

Er blickte schnell auf. »Ja, Counselor?«

»Bitte kommen Sie zum Shuttlehangar drei, Sir. Das Kommunikationsprogramm ist bereit.«

Als Captain Picard Shuttlehangar 3 betrat, rang Deanna stumm die Hände.

»Es tut mir leid, Sir«, sagte sie zu ihm, bevor er fragen konnte. »Die Sli hören nicht mehr zu.«

»Ich verstehe nicht.« Er schaute durch das Fenster der Flugsicherungskabine. Die beiden Sicherheitswächter sahen starr geradeaus. »Was ist mit dem neuen Übersetzungsprogramm?«

»Es funktioniert, Sir. Aber die Sli hören uns nur während der Phasen der stärkeren Ausstrahlungen zu.« Deanna drehte sich ebenfalls zum Fenster um.

Die Sli befanden sich noch immer in der geschlossenen Diamantformation, die sie jetzt seit zwei Tagen innehatten, und trieben langsam durch das orangefarbene Gas. Ihre Färbung war nun eine dunkle, verwaschene Mischung aus Kastanienbraun, Indigo- und Pflaumenblau, in das sich ein schillerndes Leuchten mischte. Dennoch waren sie insgesamt dunkler, als Deanna sie je zuvor gesehen hatte.

»Den Computeraufzeichnungen über die Aktivitäten unter der Crew zufolge«, erklärte Deanna dem Captain, »sind die Ausstrahlungen am stärksten, wenn wir am heftigsten betroffen sind – und genau zu diesem Zeitpunkt sind die Sli bereit, mit uns zu kommunizieren. Ihre Ausstrahlungen werden zu einem laufenden Echo, das neue Gefühle aufnimmt und verstärkt und dann wieder fallenläßt, um etwas anderes aufzunehmen. Für sie ergibt es Sinn. Ihre Neuralsynapsen arbeiten schneller als die unseren, und ich weiß, daß ihre gefühlsmäßige Reaktion tausendmal höher entwickelt ist als die unsrige.«

Picard nickte. »Und wir sind nur während dieser Intervalle betroffen?«

»Leider nicht. Aber es fällt uns leichter, den eher zufälligen Ausstrahlungen zu widerstehen, wenn sie nicht versuchen, mit uns zu kommunizieren.«

»Das hat bei der Übersetzung bestimmt für einige Verwirrung gesorgt. Könnte es sein, daß die Sli nicht ganz so unsinniges Zeug von sich geben, wie alle glauben?«

»Ich halte das durchaus für möglich, Sir.« Sie versuchte, ihren Enthusiasmus im Zaum zu halten, da sie wußte, daß der Captain ihrem Bericht einen geringeren Wert zumessen würde, falls sie ihm irgendwie beeinflußt vorkommen sollte. »Sie tun einfach, was ihnen ganz natürlich vorkommt – und uns unzusammenhängend, wenn wir nur diesen einen Teil davon durch den Translator aufnehmen. Sehen Sie sich doch nur mal ihr Bezugssystem an. Die Sli leben in den Strömen und Wirbeln eines Gasriesen. Sie segeln Tausende von Kilometern weit und lassen sich von Emotionen durchfließen wie vom Wind, werden von einer zur nächsten getragen. Diese Gefühle werden unterwegs auf subtile Weise verändert und zurückgeworfen, bleiben aber immer bestehen.«

»Wenn das stimmt«, sagte Picard, »könnten die miteinander verbundenen Reaktionen sich auf Millionen von Sli ausdehnen«, sagte Picard.

»Ja. Ganze Planeten könnten umfaßt werden.« Sie neigte den Kopf und machte mit einer Hand eine fließende Bewegung. »Überlegen Sie doch, wie seltsam es für sie sein muß, unsere ungeschliffene Reaktion auf ihre Emotionen zu fühlen. Keiner von uns ist mit den anderen verbunden, wie es bei ihnen der Fall ist, und nur wenige von uns sind sich ihrer Gefühlsschwankungen überhaupt bewußt. Nicht nur das – im Shuttlehangar hat die Unendlichkeit für sie ein Ende. Dort gibt es nur scharfe Ecken und gerade Linien.«

»Ich dachte, sie hätten keine Augen«, warf Picard ein. Er kam ihr übertrieben mißtrauisch vor.

»Die Computeranalyse hat ergeben, daß ihre Haut selbst ein Sinnesorgan ist – sie absorbiert sowohl optische als auch gefühlsmäßige Impulse. Der Translator ist jetzt darauf programmiert, Farben aufblitzen zu lassen, damit die Sli verstehen, welche Absichten wir haben. Es hat bereits angefangen. Sehen Sie die rosa Lichter?« Sie zeigte auf drei Reihen mit Glühlampen, die an der Oberseite des Fensters angebracht waren. »Der Computer dekodiert bei der Übersetzung ihrer Gedanken die Farben, die die Sli zeigen. Das Programm schätzt nun die gefühlsmäßige Absicht meiner Worte ein und läßt die entsprechenden Farben aufblitzen. Je heller die Farbtöne, desto besinnlicher und friedlicher ist anscheinend das zugrunde liegende Gefühl. Je dunkler sie sind, desto mehr Begierde spielt hinein, das, was wir Gier nennen würden. Rosa zeigt zum Beispiel eine Art von Mitgefühl an, während Rot eher Scham oder Schuld zu entsprechen scheint. Hellgrün ist Melancholie, während Dunkelgrün für so etwas wie Verzweiflung steht.«

»Faszinierend«, murmelte Picard und betrachtete die Sli mit neuem Interesse. »Sie sind jetzt fast schwarz.«

»Offensichtlich wollen sie etwas sehr dringend.

Sehen Sie, die dominante Farbe ist im Augenblick dieses Schiefergrau. Der Computer identifiziert das mit Stolz, da es sich um eine seltsame Kombination aus Besinnlichkeit und Gier handelt. Das kommt einem doch völlig logisch vor, oder?«

»Konnten Sie herausfinden, was sie wollen?«

»Hier, sehen Sie sich das an.« Deanna spielte noch einmal den Dialog ab, den sie hatte führen wollen. Auf der Seite der Sli bestand er wiederum aus offensichtlich zufällig zusammengefügten Worten und Redewendungen. Doch diesmal war der Tonfall defensiver – Worte wie ›nein‹ und ›aufhören‹ und die Wiederholung von Begriffen wie ›Schutz‹ und ›Schuld‹, bis man fast den Eindruck haben konnte, die Wesen wären verzweifelt. »Womit aufhören?« hatte Deanna gefragt. Und obwohl die Sli nicht direkt geantwortet hatten, hatten sie ein dutzendmal ›Schutz‹ wiederholt und dann gefragt: »Warum ist das so?«

»Ich habe es versucht«, sagte sie zu Picard. »Ich wollte sie wissen lassen, daß wir ihnen keinen Schaden zufügen wollen. Aber ich weiß noch immer nicht, ob sie die Gefühle des Attentäters aufnehmen oder einfach nur vor Angst nicht mehr bei Verstand sind.«

»Werden die Lampen genügen, um unseren guten Willen zum Ausdruck zu bringen?«

»Wir können Gefühlswellen nur auf natürliche Weise erzeugen. Und während ich sie überall an Bord des Schiffes fühlen kann, weiß ich nicht genau, ob sie zuhören, wenn ich nicht in ihrer unmittelbaren Nähe bin. Nur wenn sie sich mir öffnen, kann ich eine präzise gefühlsmäßige Nachricht an sie richten.«

»Wie lange noch bis zum nächsten Intervall?«

Sie befragte den Computer, was einen Moment lang dauerte. »Sie treten durchschnittlich alle sechsundzwanzig Minuten auf. Aber das schwankt – Intervalle zwischen sechzig Sekunden und vier Stunden verstrichen, ohne daß sie eine Kommunikation versuchten.

Einige Intervalle dauern nur ein paar Sekunden. So eins habe ich während unseres Gesprächs gefühlt, aber es war schon wieder vorbei, bevor ich reagieren konnte.«

»Und Sie sind als einzige in der Lage, diese gefühlsmäßige Nachricht auszustrahlen?«

»Ich bin als einzige ausgebildet, meine Emotionen zu beherrschen und zielgenau auszusenden. Die Farben sind nur eine Reflexion der Gefühle ohne die Nuancen.«

»Also müßten Sie viel Zeit mit den Sli verbringen, was wiederum Ihrer Urteilskraft abträglich sein könnte.« Deanna bereitete sich darauf vor, ihn überzeugen zu müssen, doch der Captain überraschte sie, indem er leichthin mit den Schultern zuckte. »Na schön. Verbringen Sie so viel Zeit mit ihnen, wie es sein muß.«

»D-Danke, Sir«, brachte sie mühsam zustande. Sie kam sich vor, als hätte man sie plötzlich auf den Kopf gestellt.

»Vielleicht sollten Sie sich anders anziehen«, fügte Picard hinzu.

Deanna schaute schnell an sich hinab. Sie trug einen pflaumenblauen Overall und konnte nichts Ungewöhnliches daran entdecken. »Sir?«

»Die Farbe kommt mir ziemlich dunkel vor«, sagte er. »Ich wette, unsere beiden Sicherheitswächter haben mit ihren roten und schwarzen Uniformen mehr dazu beigetragen, uns aggressiv erscheinen zu lassen, als die Anwesenheit eines Mörders an Bord.«

»Darauf bin nicht mal ich gekommen, Sir.«

»Ich weiß«, sagte er, und er schien ihre Reaktion zu genießen. Er nickte zu den Wächtern hinüber. »Sie sollen sich etwas Helleres anziehen. Sagen Sie ihnen, was geeignet wäre, Counselor.«

»Aye, Sir«, sagte sie und blinzelte etwas schneller.

Er ging zur Tür. »Und lassen Sie mir eine Kopie dieses Berichts zukommen. Farben, die Gefühlen entsprechen... das möchte ich mir gern mal genauer ansehen.«

»Aye, Sir«, wiederholte sie schwach.

Picard war auf halbem Weg zur Brücke, als Mon Hartog ihn rief und aufforderte, sofort in sein Quartier zu kommen. Picard unterdrückte ein Seufzen und bestätigte.

Als er dort eintraf, wartete der Ferengi nicht mal, bis die Tür sich hinter dem Captain geschlossen hatte, als er auch schon gedehnt sagte: »Sieh an, die mächtige *Enterprise* war nicht zu dem imstande, was ein einziger Ferengi an einem Morgen geschafft hat.«

»Worum geht es, Hartog?« fragte Picard geradeheraus.

»Oh, Sie sollten netter zu mir sein, Pi-card.« Hartogs Zunge stolperte fast über die Worte, so verschlagen und wissend kamen sie über seine Lippen. »Wie Sie diese Ermittlung geführt haben... das könnte man fast als sträflich nachlässig bezeichnen.«

»Ich versichere Ihnen, mein Sicherheitsoffizier leitet die Ermittlung mehr als nur angemessen.«

»Ihr Sicherheitsoffizier hat violettes Blut, Captain!« Hartog betonte jedes Wort. »Sie beauftragen einen Klingonen mit der Leitung einer Ermittlung, die aufdecken soll, wer einen Sli ermordet hat. Dabei ist es einem Klingonen doch völlig gleichgültig, wer einen Sli getötet hat – ein Klingone würde sich freuen, wenn jede Menge Sli sterben würden.«

Picard trat einen Schritt vor. Er spürte, wie der Zorn scharf in ihm emporstieg. »Wollen Sie einen bestimmten Vorwurf erheben? Denn wenn nicht, Mon Hartog, werden Sie in Zukunft darauf verzichten, meine Mannschaft zu verleumden.«

»Einen bestimmten Vorwurf? Sie sollen Ihre bestimmte Beschuldigung bekommen, Picard. Warum wurde jeder an Bord der *Prospector* überprüft, einschließlich meiner Person, aber eine ganz bestimmte nicht?« Hartog leckte sich ausführlich die Lippen und rieb sich mit kurzen, abgehackten Bewegungen die Hände. »Welche Person das ist, werden Sie mich jetzt fragen? Kein anderer als unser Freund und Partner – Captain Walch.«

Picard zeigte bewußt keine Reaktion. »Sind Sie sicher, daß der Captain nicht wie alle anderen auch einer Hintergrundüberprüfung unterzogen wurde?«

»Vielleicht wurde er ja überprüft – auch mir kommt die Vorstellung seltsam vor, er sei ausgelassen worden. Aber diese Information sollte offensichtlich geheimgehalten werden.«

»Welche Information?« beharrte Picard.

Hartog sah ihm fest in die Augen. »Anscheinend diente ein jüngerer Bruder von Captain Walch auf der *Crockett*, als sie zerstört wurde. Und in Anbetracht der Tatsache, daß Starfleet dafür die Sli verantwortlich macht, würde ich sagen, wir haben das perfekte Motiv gefunden.«

»Woher wissen Sie das?« Es kam Picard unwahrscheinlich vor, daß Hartog etwas entdeckt hatte, was seine Crew übersehen hatte.

»Es ist in Ihren eigenen Datenbanken enthalten – oh, ich mußte einige ziemlich komplizierte Verbindungen schalten, um es ... äh ... ›auszugraben‹, wie Sie zu sagen pflegen. Offensichtlich hat Walchs Bruder den Zunamen seiner Mutter getragen, und er wurde in der Talont-Kolonie geboren, während Captain Walch auf Setti Alpha III geboren wurde. Aber die Information ist da, und sie ist kristallklar. Ihr Sicherheitsoffizier« – Hartog schnaubte das Wort geradezu – »ist offensichtlich nicht imstande, eine einfache Hintergrundüberprüfung seines alten Freundes vorzunehmen. Oder vielleicht steckt auch mehr dahinter.«

»Was wollen Sie damit andeuten?« fragte Picard mit warnendem Tonfall.

Hartog zuckte mit einer Achsel und hielt verschlagen den Kopf schief. »Ach, nicht viel, nicht viel. Aber vielleicht, nur vielleicht, hat Ihr Mr. Worf von Walchs Bruder gewußt und sich entschlossen, seinen alten Freund zu schützen, der den Sli getötet hat. Vielleicht, nur vielleicht, hat er seinem alten Freund sogar geholfen – denn wer kann die Sensoren der *Enterprise* schon besser manipulieren als ihr eigener Sicherheitsoffizier?«

»Sie irren sich, Mr. Hartog. Mr. Worf würde keinen Mordversuch unterstützen.«

»Manchmal trägt der Instinkt den Sieg davon. Klingonen werden immer Klingonen bleiben.«

Picard verlagerte sein Gewicht, als ihm plötzlich einfiel, wie Worf Duras, K'Ehleyrs Mörder, in kaltblütigem Zorn getötet hatte. Aber die Klingonen hatten nicht dagegen protestiert, weil es in völliger Übereinstimmung mit den Traditionen geschehen war.

»Nein«, sagte er zu Hartog. »Ein anonymer Sprengsatz entspricht nicht der klingonischen Attentatsmethode. Die Ehre würde verlangen, daß sie es offen tun und das Opfer wissen lassen, wer ihm den tödlichen Schlag versetzt hat.«

Hartog schob das Kinn vor und grinste selbstgefällig. »Ja, *falls* ein Klingone eine intelligente Lebensform töten wollte, würde er es auf diese Weise anstellen. Aber Klingonen sind der Ansicht, daß Sli nicht mal Tiere sind. Das Töten von Sli hat für sie denselben Stellenwert wie das Vertilgen von Ungeziefer. Damit würden die Vorschriften der Ehre sie nicht mehr so ganz stark beeinträchtigen.«

Das konnte Picard nicht abstreiten, und es störte ihn. Dennoch glaubte er nicht, daß Worf irgend etwas damit zu tun hatte; er hatte sich höchstens der Nachlässigkeit bei der Führung einer Ermittlung schuldig gemacht. Aber selbst das war eine ernste Beschuldigung, der nachgegangen werden mußte.

»Danke für diese Information, Mon Hartog. Ich werde mit Lieutenant Worf sprechen...«

»Bitte, Captain Picard! Man warnt einen Verdächtigen doch nicht und gibt ihm damit Gelegenheit, seine Spuren zu verwischen. Gehen Sie zuerst der Sache nach, und unterhalten Sie sich später mit ihm.« Hartogs Tonfall wurde erstaunlich kalt. »Wenn Sie Ihren Sicherheitsoffizier nicht genauso behandeln, wie Sie jeden Verdächtigen behandeln würden, muß ich davon ausgehen, daß die gesamte Sache von Starfleet vertuscht werden soll, und werde die Angelegenheit sofort vor den Rat der Föderation bringen.«

Picards Lippen bewegten sich kaum. »Wie Sie meinen.«

»Und der Captain dieses Starliners – Walch. Er ist der Mörder. Er hatte es von Anfang an geplant. Er hat so einen verschlagenen Blick...«

»Bitte, Hartog.« Picard hob eine Hand. »Verzichten Sie lieber auf solche Anschuldigungen. Das ist eine Untersuchung, kein Prozeß. Ich werde diese Informationen an meinen Zweiten Offizier weitergeben, Commander Data. Er wird von der Anwesenheit der Sli nicht beeinträchtigt und ist die ideale Wahl, um die Situation unvoreingenommen zu untersuchen. Sind Sie damit zufrieden?«

»Der Androide? Natürlich«, stimmte Hartog zu und gab leise, kichernde, fast hämische Geräusche von sich. Er ging zur Tür, als wolle er zum Ausdruck bringen, das Gespräch sei für ihn beendet, und Picard habe nun gefälligst zu gehen.

Der Captain blieb, wo er war, verschränkte die Arme und schaute zu dem Ferengi hinab. »Noch etwas, Mon Hartog. Das ist eine geheime Ermittlung. Sie werden niemandem verraten, was wir hier besprochen haben. Haben Sie verstanden?«

»Ich? Und reden?« Er spreizte abwehrend die Hände. »Ich rede nie.«

»Ich verstehe. Ich bin anderer Ansicht. Aber ich werde es wissen, wenn Sie darüber gesprochen haben; so etwas spricht sich schnell herum.« Picard ging zur Tür. Er hatte den Eindruck, die ganze Zeit über gegen Wände geredet zu haben.

18

Lieutenant Chryso sprang in ihr Quartier, als würde sie verfolgt. Sie drückte sich gegen die Wand und atmete tief durch, als die Tür hinter ihr zuglitt. Sie wußte, daß sie zu heftig reagierte, kam jedoch nicht dagegen an. Sie wollte nur noch fort von der Brücke, von Commander Rikers ständigen Anfragen nach aktualisierten Fassungen ihrer Berichte. Sie hatte ihm gerade die erste Zusammenfassung ihres Teams gegeben, und er forderte schon die Ergebnisse der zweiten Testphase an. Wußte er nicht, daß sie so schnell arbeitete, wie sie konnte? Sie hatte ihm nicht begreiflich machen können, wie kompliziert diese Analyse war.

Vor einer knappen Stunde hatte sie in Fähnrich Puckees Berechnungen einen Kalibrierungsfehler entdeckt. Die Messung war lediglich um drei Grad ungenau, doch bei der Simulation theoretischer Lösungen konnte selbst eine kleine Abweichung für das tatsächliche Ergebnis einen drastischen Unterschied bedeuten.

Ihr lief es kalt über den Rücken, wenn sie daran dachte, was ihr sonst noch entgangen sein mochte, und sie verspürte die Versuchung, sämtliche aktuellen Berechnungen nochmals zu überprüfen. Die Erinnerung an all diese Kranken und Sterbenden auf dem Planeten hielt sie zu größerer Vorsicht an. Ein Fehler ihrerseits würde ihren endgültigen Untergang bedeuten. Die Ökologie schwebte in diesem Augenblick am Rand des absoluten Zusammenbruchs, und es war nicht viel nötig, sie endgültig zu zerstören. Die Leute, die nicht während der letzten Krämpfe ihrer Welt starben, würden schließlich als heimatlose, widerwillige Kolonisten auf einem anderen Planeten mit einer völlig anderen Kultur enden. Die Essenz des Lebens, wie es sich auf Lessenar entwickelt hatte, würde ausgelöscht werden.

Sie machte die Sli dafür verantwortlich, sich in ihre Arbeit eingemischt zu haben. Wenn ihr ein Fehler unterlief, dann nur wegen dieses störenden Einflusses. Sosehr sie auch das Leben verehrte – was waren schon vier Wesen gegen das Überleben einer ganzen Welt? Sie würde niemandem erzählen, was sie insgeheim dachte, doch sie beneidete Worf um seine Fähigkeit, geradeheraus zu erklären, die Sli sollten für die Sicherheit des Schiffes und des Planeten geopfert werden.

Noch immer ganz flach atmend, trat sie zu dem Fenster ihrer Kabine. Lessenar drehte sich langsam unter ihr. Die *Tampanium* umkreiste die Welt wie eine Maschine des Jüngsten Gerichts und schien all ihre Versuche, den Planeten zu retten, leise zu verspotten.

Data betrat den Gesellschaftsraum auf dem zehnten Vorderdeck und warf einen Blick auf die wenigen Gäste, die hauptsächlich am großen Aussichtsfenster saßen. Dabei entdeckte er Geordi.

LaForge hockte zusammengesunken auf seinem Stuhl an einem Tisch in der anderen Ecke; dem Planeten hatte er den Rücken zugewandt. Er fuhr mit den Fingern langsam über seine Stirn, während er geistesabwesend das in allen Farben des Regenbogens schillernden Synthehol in seinem Glas betrachtete und es erst zur einen und dann zur anderen Seite kippte, als könne er den Blick nicht von den sich kräuselnden Mustern wenden.

Data ging schnell zu ihm hinüber. »Wie fühlen Sie sich, Geordi?« fragte er höflich. Er blieb neben dem Tisch seines Freundes stehen und wartete darauf, daß der ihn bat, Platz zu nehmen.

»Was? Ach, Sie sind es, Data.« Geordi entspannte sich wieder auf seinem Stuhl. »Sie sind wahrscheinlich hier, um mir zu sagen, daß ich vom Dienst suspendiert wurde. Nachdem ich die Konferenz einfach so verlassen habe, kann ich dem Captain keine Vorwürfe machen.«

»Sie irren sich.« Data hielt kurz inne, doch Geordi schien ihn nicht zu verstehen. »Es wurde nicht als nötig erachtet, Sie vom Dienst zu suspendieren.«

»Nein? Wirklich nicht? Dann sollte ich vielleicht wieder in den Maschinenraum gehen.« Doch Geordi blieb sitzen und richtete den Blick wieder auf das Glas.

»Wenn Sie möchten«, erwiderte Data höflich. Als Geordi nichts sagte, fragte er: »Darf ich mich setzen?«

Geordi nickte, seufzte und richtete sich ein wenig auf. »Klar. Aber ich weiß nicht, ob Sie das tun sollten, Data. Ich weiß, es sind die Sli, und ich versuche, dagegen anzukämpfen, aber zur Zeit bin ich wohl kaum der angenehmste Gesprächspartner.«

Data nahm mit präzisen Bewegungen Platz. Die weiche Beleuchtung warf Schatten um sie und isolierte sie vom Rest des Raums. »Das stört mich nicht.«

Geordi stieß ein verwirrtes Seufzen aus. »Natürlich nicht.«

Data mußte diesen Kommentar analysieren. »Ach, Sie haben das sarkastisch gemeint, nicht wahr?«

»Data, wenn Sie irgend etwas zu sagen haben, sagen Sie es.« Geordis Tonfall klang warnend. »Ansonsten würde ich jetzt gern in Ruhe gelassen werden.«

Data war durch nichts zu erschüttern. »Ich möchte bei dem Versuch, ein Energiefeld um die Sli zu errichten, meine Hilfe anbieten«, sagte er.

»Nur zu. Versuchen Sie es. Sie brauchen meine Hilfe nicht.« Geordi hob sein Glas, als wolle er Data zuprosten. »Ich habe mein Bestes gegeben, aber es hat nicht gereicht. Und die anderen scheinen auch nichts auf die Reihe zu bekommen. Counselor Troi sitzt einfach da und starrt sie an, und Worf hat jede Menge Sicherheitswächter postiert, als rechnete er damit, daß diese riesigen Tintenfische einfach hinausspazieren und über die Besatzungsmitglieder herfallen. Nein, niemand unternimmt etwas, aber ich mache mich kaputt und krieg' auch noch Ärger deshalb.«

»Trotzdem«, sagte Data, »wüßte ich Ihre Hilfe zu schätzen.«

»Diesmal nicht. Außer, der Captain befiehlt es mir ausdrücklich«, sagte Geordi und erwiderte kurz Datas Blick, als er aufschaute. Das Licht von der Wandlampe über ihm fing sich auf den winzigen Streifen seines VISORs. »Sie sind auf sich allein gestellt, Data. Na los – retten Sie die Situation. Das ist doch Ihre Spezialität, nicht wahr?«

»Geordi, ich verstehe Ihre derzeitige Einstellung nicht.« Data hatte seinen Freund noch nie zuvor so gesehen. Doch bevor er über seine weitere Vorgehensweise nachdenken konnte, erschien Guinan neben ihrem Tisch. Sie trug ein bemerkenswertes, leuchtendes Kleid sabratischer Herkunft.

»Möchten Sie etwas trinken, Mr. Data?« fragte sie, die Hände vor ihrem Körper verschränkt.

»Nein, Data wollte gerade gehen«, antwortete Geordi für ihn.

Data hielt den Kopf schief. »Wollte ich das?«

»Ja.« Geordi betrachtete weiterhin eindringlich die Wand ihm gegenüber und sank noch tiefer in sich zusammen.

Guinan zuckte die Achseln und sah Data kurz in die Augen. »Nicht gerade sehr gesellig. Aber zumindest ist Geordi der einzige Mensch in diesem Raum, der nicht völlig auf diesen Planeten fixiert ist.«

Geordi verlagerte plötzlich unbehaglich das Gewicht. »Es tut weh.«

Guinan lächelte. »Ich habe schon immer gewußt, Sie sind eine ungewöhnlich empfindsame Person. Nur, wenn wir hinter das Äußere schauen, können wir wirklich sehen.«

»Guinan, es tut in meinem Kopf weh.« Geordi tippte mit einer übertriebenen Geste gegen sein VISOR. »Jedesmal, wenn ich mir den Planeten ansehe, macht dieses dumme Ding mich schwindlig. Ich wäre fast der Länge nach hingeschlagen, als ich durch den Gesellschaftsraum ging, und möchte das nicht noch einmal erleben. Wenn Sie beide mich also einfach in Ruhe ließen, käme ich schon klar.«

Data betrachtete Guinan stirnrunzelnd. »Die Sli beeinträchtigen Geordi auf eine höchst ungewöhnliche Weise.«

Geordi stieß energisch seinen Atem aus, ein lautstarker Hinweis. »Würden Sie vielleicht einfach verschwinden ...«

»Commander Data, hier spricht der Captain.«

Data wandte den Blick ohne das geringste Zögern von Geordi ab. »Hier Data«, erwiderte er.

»Melden Sie sich bitte in meinem Bereitschaftsraum.«

»Aye, Sir.« Er erhob sich, hatte sich bereits völlig auf die neue Lage eingestellt.

»Deus ex machina«, murmelte Geordi leise.

Guinan warf Geordi einen amüsierten Blick zu, während sie Data sanft fortzog. »Ich habe schon immer gewußt«, sagte sie zu dem Androiden, als sie außer Hörweite waren, »daß Geordi nicht einfach nur stoisch ist. Offensichtlich erträgt Ihr Freund seine Frustrationen nicht nur, sondern beherrscht sie auch, leitet sie zu einem positiven Ziel um. Vermutlich ist er deshalb für einen, der noch so jung ist, schon so weit gekommen.«

»Wollen Sie damit sagen, Geordis Verhalten sei die Folge seines Ärgers, und normalerweise würde er ihn nicht so direkt ausdrücken?«

»Bewirken die Sli nicht genau das?« Sie schaute liebevoll zu ihrem Freund zurück. »Geordis Situation ist einzigartig, nicht nur, weil er mit Hilfe seines VISORs sieht, sondern auch, weil das Gerät ihm solche Schmerzen bereitet. Aber man hat noch nie gehört, daß er sich beklagt. Sie haben selbst Schwierigkeiten gehabt, Data, weil Sie sich von allen anderen unterscheiden. Wer könnte besser als Sie verstehen, wie Geordi sich fühlt?«

»Aber ich kann es nicht«, nahm Data ihre Frage wörtlich. »Ich kann Gefühle nur aus einer abstrakten Position heraus betrachten. Ich kann sie nicht auf mich selbst anwenden.«

»Das glaube ich nicht.« Guinan betrachtete ihn kopfschüttelnd. Sie schien etwas zu verbergen, aber das war ja nicht ungewöhnlich.

Data speicherte den Widerspruch ab, um später darüber nachzudenken. »Trotzdem bin ich davon ausgegangen, daß Geordis Zustand sich zwischen den Intervallen der stärkeren Ausstrahlungen stabilisiert.«

»Tja, so ist es mit dem Groll nun mal«, sagte Guinan. »Er nährt sich aus sich selbst. Im Augenblick ist Geordi wahrscheinlich wütend, weil er unhöflich zu uns war – und nicht, weil die Sli irgend etwas mit ihm angestellt haben.«

»Ich verstehe. Die Gefühlsschwankungen selbst halten seinen Zustand aufrecht.«

Guinan preßte die Lippen zusammen und nickte. »Das ist nun mal Geordis Weise, die Dinge zu akzeptieren, wie sie sind, aber dafür ist eine gewisse geistige Anstrengung erforderlich. Die Sli zapfen genau die Verärgerung an, die er umwandeln will, lassen sie wieder an die Oberfläche treten und machen damit all seine Bemühungen zunichte. Irgendwann hören die Sli damit auf, aber dann muß er versuchen, die Folgen seines eigenen Verhaltens zu verarbeiten. In einem Kampf wie dem seinen liegt eine zeitlose Schönheit.«

Obwohl Data wußte, daß der Captain auf ihn wartete, warf er noch einen Blick zu seinem Freund zurück. »Ich werde so schnell wie möglich zurückkommen, um noch einmal mit Geordi zu sprechen.«

»Tun Sie das«, sagte Guinan zu ihm. »Er wird bestimmt noch dort sitzen.«

Captain Picard gab Data die Informationen über Captain Walch, die Mon Hartog entdeckt hatte, und bat den Androiden, die Daten an der Funktionsstation zu verifizieren.

Worf stand hinter der taktischen Station. Als Data den Captain schließlich informierte, er habe seine Nachforschungen abgeschlossen, bat Picard ihn, wieder in seinen Bereitschaftsraum zu kommen.

Als Data vor seinen Schreibtisch trat, schaute der Captain von Rikers Bericht über die erste Zusammenfassung der wissenschaftlichen Analyse auf.

»Nun, Mr. Data?«

»Mon Hartogs Information ist im Prinzip korrekt, Sir«, informierte Data ihn. »Worf hat die Passagiere und Besatzungsmitglieder der *Prospector* dahin gehend überprüft, ob jemand ein Motiv für ein Vorgehen gegen die Sli oder auch gegen Captain Jacob Walch hat. Er hat nicht nachgeforscht, ob es eine direkte Verbindung zwischen den Sli und Captain Walch gibt.«

»Ich verstehe«, sagte Picard und nickte. »Worf ist davon ausgegangen, daß sowohl die Sli als auch Captain Walch die wahrscheinlichen Opfer und keine Verdächtigen sind.«

»Den Anschein hat es.« Data klang so bedauernd höflich, daß Picard einfach nicht glauben konnte, daß der Androide sich in Wirklichkeit gar nicht schlecht fühlte. »Doch Captain Walch hatte in der Tat einen jüngeren Bruder, Fähnrich Benjamin Marley, der zum Zeitpunkt der Zerstörung der *Crockett* dort diente.«

»Worf!« sagte Picard leise und schüttelte den Kopf.

»Darüber hinaus hat Captain Walch seinen eigenen Aussagen zufolge die Vorkehrungen getroffen, die dazu geführt haben, daß die Sli an Bord der *Prospector* auftreten. Als Mon Hartog einen größeren Anteil vom Gesamtumsatz forderte, erklärte Captain Walch sich bereit, die vorgeschlagenen Veränderungen in einem neuen Vertrag zu fixieren.«

»Hm, das sieht nicht allzu gut aus. Aber es handelt sich bestenfalls um einen Indizienbeweis.«

»Zugestanden, Sir. Doch es gibt noch weitere Zusammenhänge, die Lieutenant Worf belasten.«

»Zum Beispiel?« Picard machte sich auf alles gefaßt.

»Fast unmittelbar nachdem Mon Hartog und Captain Walch ihren Vertrag geschlossen hatten, bekam Worf die erste Subraum-Nachricht von der Erde mit dem Relaiskode der *Prospector*. Er bekam im vergangenen Jahr insgesamt sechs solcher Nachrichten. Darüber hinaus wurde der Computer der *Prospector* angewiesen, Captain Walch ständig die aktuelle Position der *Enterprise* mitzuteilen, wenn sie sich in diesem Quadranten befindet.«

»Vielleicht sind Worf und Captain Walch engere Freunde, als wir ahnten.«

»Vielleicht«, gestand Data ein. »Doch falls Sie sich daran erinnern... Captain Walch brachte Überraschung zum Ausdruck, als er Worf auf der Brücke bemerkte, während die Logbücher Aufschluß darüber geben, daß er genau über die Anwesenheit der *Enterprise* in diesem Sonnensystem Bescheid wußte. In der Tat hat, nachdem der Computer ihn über unser Ziel unterrichtete, Captain Walch befohlen, mit der *Prospector* sofort nach Lessenar zu fliegen und sowohl den Kometen Organi III als auch die ausgeglühte Sonne Bolton, die normalerweise Bestandteil der Schiffstour sind, einfach zu umgehen.«

»Mir gefällt das ganz und gar nicht.« Picard trommelte mit den Fingern gegen den Schreibtischrand. »Man könnte mit Hartog übereinstimmen, daß es einfach zu viele Verbindungen zwischen den beiden Männern gibt, um das alles als Zufall abzutun.«

»Sir, die Subraum-Nachrichten sind noch in den Entschlüsselungs-Datenbanken des Computers gespeichert. Der Inhalt der Nachrichten kann mit Ihrer Erlaubnis unter Umgehung der Sicherheitsabteilung über die Funktionsstation abgerufen werden.«

Picard schaute schnell auf; ihm gefielen die Implikationen dieser Bemerkung nicht. »Ich werde lediglich aufgrund dieser Fakten keine voreiligen Schlüsse ziehen, Mr. Data. Zuerst werde ich Captain Walch von Counselor Troi untersuchen lassen – wie es schon während der Ermittlung hätte geschehen sollen.«

19

Counselor Troi bestätigte eine Nachricht von der Krankenstation, die sie darüber in Kenntnis setzte, daß Simon Tarses wach und imstande war, mit ihr zu sprechen. Sie teilte den beiden Sicherheitswächtern – die nun Overalls in den cremigsten Gelb- und Orangetönen trugen, die sie dem Replikator hatte entlocken können – mit, wohin sie ging, und bat sie, sie zu informieren, sobald das neue Lämpchen an dem Translator aufleuchtete.

Der Ruf des Captains erwischte sie fast an der Tür der Krankenstation. Sie blieb stehen und trat in eine Nische, um zu antworten. »Ja, Sir?«

»Untersuchen Sie bitte, in welcher Beziehung Captain Walch zu den Sli steht, Counselor. Ich habe die betreffenden Daten an das Terminal in Ihrem Büro weitergeleitet. Ich weiß, ich muß Sie nicht daran erinnern, diese Angelegenheit vertraulich zu behandeln.«

»Aye, Sir.« Sie zögerte. »Ich bin gerade auf dem Weg zur Krankenstation, um mit Simon Tarses zu sprechen. Ich vermute, Mon Hartog hat die Ereignisse in seinem Quartier nicht wahrheitsgetreu wiedergegeben, und würde das gern überprüfen.«

»Na schön«, sagte der Captain nach einer beträchtlichen Pause, »es könnte sich um nützliche Informationen handeln. Aber sobald Sie dazu kommen, möchte ich Ihre Meinung über Captain Walch hören.«

»Diese Sache hier wird nicht lange dauern«, stimmte Deanna zu.

»Picard Ende.«

Deanna ordnete ihre Gedanken und fragte sich, warum der Captain so plötzlich Interesse daran entwickelt hatte, Captain Walch sondieren zu lassen. Er konnte doch nicht allen Ernstes annehmen, Walch habe sein eigenes Schiff beschädigt. Sie erinnerte sich genau an seinen tiefen Schmerz, als er gestern an Bord gebeamt war, der letzte, der die *Prospector* verlassen hatte. Er hatte einen silbernen Zylinder mit den Logbüchern und den Registereintragungen die gesamte Zeit über, da sie mit ihm gesprochen hatte, fest an seine Brust gedrückt. Seitdem hatte sie ihn nicht mehr gesehen.

Sie ging langsam an den belegten Betten vorbei. Nachdem immer mehr Besatzungsmitglieder von dem gefühlsmäßigen Sog der Sli verwirrt wurden, traten immer mehr Verletzungen auf. Meistens handelte es sich um Unfälle, doch es hatte auch eine besorgniserregende Anzahl von Prügeleien gegeben, und das, obwohl Alarmstufe Gelb herrschte. Das Problem bestand darin, daß man das dienstfreie Personal nicht zwingen konnte, in den Quartieren zu bleiben, während die Disziplin auf dem gesamten Schiff zusammenbrach. Sie hatte mit Worf darüber gestritten und schließlich die Anweisung erteilt, daß Mannschaftsmitglieder dorthin gehen durften, wo auch immer sie sich am wohlsten fühlten. Geordi war ein gutes Beispiel. Guinan hatte ihr gesagt, daß er sich schon den gesamten Tag über in ihrem Gesellschaftsraum befand und ihn wahrscheinlich nicht so bald verlassen würde.

Deanna blieb stehen, um mit einem Patienten zu sprechen. Sie fühlte sich schuldig, hatte den Eindruck, sie sollte lieber auf der Krankenstation sein und diesen Mannschaftsmitgliedern helfen, statt im Shuttlehangar darauf zu warten, daß die Sli mit ihr kommunizierten. Die meisten dieser Leute litten an einem gefühlsmäßigen Trauma, das, wenn man sie richtig anleitete, zu einem Durchbruch in ihrem Privatleben führen konnte.

Es war ihr jedoch nicht möglich, bei jedem Patienten zu verweilen, ihm zuzuhören, seinen jeweiligen Aufruhr zu fühlen und ihm einen guten Rat zu geben, welche Einstellung bei seinem derzeitigen Geisteszustand die positivste sein würde. Ihre empathischen Sinne waren in einem Ausmaß verstärkt, wie sie es nie zuvor erlebt hatte, und sie glaubte fast, die Quelle des Problems bei jeder Person entdeckt zu haben, bevor sie überhaupt das Wort an sie richtete.

Dann sah sie Alyssa, Beverlys vertrauteste Assistentin. Die dunkelhaarige Frau beugte sich über einen Mann, nahm seine Hand in die ihren, während sie ihm in die Augen sah. Sie schien ihn herauszufordern, und als Deanna ihre Sinne öffnete, fühlte sie, wie der Mann sich unter Alyssas Blick entspannte. Er nickte zu der schlanken Schwester hoch, als wolle er ihre Hilfe nun akzeptieren.

Sie richtete sich auf und schaute direkt zu Deanna hinüber. Ihre dunklen Schlitzaugen waren mehr als nur beredt. Dann lächelte sie kurz und ging zum nächsten Bett.

Deanna schluckte, und hinter ihr sagte Beverly: »Ich weiß nicht, was ich ohne Alyssa tun würde. Sie ist geradezu zu einer Tigerin geworden, beschützt alle, als wären es ihre Jungen. Ich wußte gar nicht, daß so etwas in ihr steckt.«

»Ich bin froh, daß sie in so guten Händen sind«, sagte Deanna.

»Tja, Sie kommen, um mit Tarses zu sprechen, nicht wahr?« sagte Beverly scharf. »Ich bin froh, daß Sie hier sind. Er ist völlig in sich selbst versunken. Worf war bei ihm, bevor ich es verhindern konnte, wollte eine Aussage bekommen, mit der er eine Handhabe gegen Mon Hartog bekommt, aber Tarses hat kein Wort mit ihm gewechselt. Danach habe ich es versucht, aber ich kam auch nicht durch.«

Deanna atmete tief ein. Hatte Worf doch tatsächlich

versucht, den Mann unter Druck zu setzen. Armer Simon. »Wo ist er?«

»Hier«, sagte die Ärztin und führte die Counselor zu einem kleinen, abgetrennten Raum. Als sie Deanna hineinwinkte, runzelte sie leicht die Stirn. »Äh ...«, sagte sie. »Eine ungewöhnliche Farbe für Sie, Deanna. Etwas jung, aber sie gefällt mir.«

Die Ärztin drehte sich um und ging bereits davon, bevor Deanna ihr erklären konnte, wieso sie einen hellrosa Overall trug. Diese Farbe mied sie normalerweise – es glich dem bleichen, rötlichen Inneren einer Muschel. Den Sli übermittelte sie damit ihr Mitgefühl. Beverly dachte wahrscheinlich, es sei frivol, in einer so angespannten Lage eine solche Farbe zu tragen. Andererseits hatte Beverly sich seit der Ankunft der Sli durchweg kindisch benommen. Deanna war der Ansicht, daß die Sli höchst verräterische Eigenschaften freisetzten, und mahnte sich, dies der Ärztin auch zu erklären, sobald alles wieder unter Kontrolle war.

Dennoch war sie froh, daß Beverly nicht die rosa Schleifen erwähnt hatte, die sie in ihr Haar geflochten hatte. Sie hatte den Eindruck gehabt, den Overall irgendwie betonen zu müssen, fragte sich nun aber, ob sie nicht übertrieben hatte.

Deanna riß sich abrupt zusammen – was war nur los mit ihr? Simon Tarses lag dort leidend, und sie konnte lediglich an ihr Haar denken?

Sie setzte grimmig alles daran, sich wieder unter Kontrolle zu bringen, die von den Sli hervorgerufene Euphorie zu unterdrücken. Nach ein paar tiefen Atemzügen glaubte sie, sich wieder in der Gewalt zu haben. Wann immer ihre Abschirmungen nachließen, griffen die Ausstrahlungen der Fremdwesen nach ihr, bevor sie es richtig bemerkte.

Sie richtete sich zur vollen Größe auf und marschierte in die kleine, nur schwach erleuchtete Kammer.

Tarses saß aufrecht im Bett und starrte zu einer Seite. Eine silberne gaufrierte Decke lag über seinen Beinen, und die Anzeige mit den medizinischen Daten leuchtete an der Wand. Er bewegte sich nicht, als sie zu ihm trat.

»Simon?« sagte sie leise. »Ich bin es, Deanna Troi. Wie fühlen Sie sich?«

Er bewegte sich ein wenig, sah sie aber nicht an.

»Simon, verstecken Sie sich nicht vor mir. Ich möchte mit Ihnen sprechen.« Beverly hatte recht gehabt. Simon hatte sich in einem gefährlichen Ausmaß zurückgezogen. Sie fragte sich, was Worf zu ihm gesagt hatte. Eine verbale Attacke des Klingonen brauchte Simon so dringend wie einen Kropf.

Deanna streckte langsam die Hand aus und zog mit den Fingern über die schwache Linie des versiegelten Schnittes an seiner Schläfe. Er zuckte zusammen, doch sie nahm die Hand nicht zurück. Ihre Stimme war leise. »Dr. Crusher hat hervorragende Arbeit geleistet. Man kann kaum noch eine Narbe sehen.«

Tarses atmete tief ein, schaute schließlich aber zu ihr auf.

»Mon Hartog hat mir erzählt, was passiert ist, aber ich glaube ihm nicht.« Sie wollte diese verängstigten Augen beruhigen. Niemand sollte je so verletzt und allein sein. »Verraten Sie mir, Simon, warum mußten Sie unbedingt dorthin gehen?«

»Ich m-mußte wissen, ob ich noch …« Er hielt inne und betrachtete verdrossen seine Hände.

»Sie befürchteten, noch immer ein Verdächtiger zu sein? Aber das waren Sie nicht mehr – Worf und ich haben Ihnen das doch gesagt.«

Er zuckte mit den Achseln, war aber nicht imstande, ihr in die Augen zu sehen. »Das wollte ich ja erreichen, indem ich einfach so auf die Brücke platzte.«

»Ich habe mich schon gefragt, ob Sie deshalb zu Hartog gegangen sind«, sagte Deanna, wenn auch hauptsächlich zu sich selbst. »Aber was ist passiert? Hartog hat sein Messer gezogen; soviel wissen wir. Warum?«

»E-Er wollte, daß ich ihm Informationen gebe. Dafür wollte er Ihnen nicht verraten, daß ich ihn aufgesucht habe.«

»Was für Informationen wollte er haben?« fragte Deanna eifrig; sie war überzeugt, daß dies die Antwort sein würde, nach der sie suchten.

»Er hat mich gefragt, ob Sie wüßten, was die Explosion verursacht hat. Ich ... ich habe mich geweigert, ihm zu helfen.«

»Hat er sonst noch etwas gesagt?«

»Nein. Nichts. Ehrlich«, sagte er energischer, als er sah, daß sie sich zurückzog. »Ich habe ihm gar nichts gesagt. Er nannte mich einen R-Romulaner. Als ich ablehnte, nahm er das Messer und bedrohte mich.«

Es fiel Deanna nicht leicht, ihre Enttäuschung herunterzuschlucken. Sie hätte gern detailliertere Informationen darüber gehabt, was genau Hartog wissen wollte. »Auf welche Weise hat er Sie verletzt?«

Simon rang die Hände und biß die Zähne aufeinander. Nach ein paar Sekunden schüttelte er den Kopf. Er konnte nicht sprechen.

»Simon«, sagte sie leise und hörte erstaunt, wie stark ihre eigene Stimme zitterte, »Sie haben sich doch nicht selbst verletzt, oder?«

Er sah ihr kurz in die Augen, und Verständnis blitzte zwischen ihnen auf.

»O nein.« Deanna hätte am liebsten geweint. Hartogs schreckliche Geschichte war wahr. Der Ferengi hatte nicht gelogen. »Warum, Simon?«

»Ich konnte es nicht mehr ertragen!« platzte es aus ihm heraus. »Ich will kein Romulaner sein. Ich dachte, wenn meine Ohren nicht so wären, würde vielleicht niemand denken, daß ich ein Verräter bin. Vielleicht kann ich dann ein normales Leben führen ...«

»Ihre Ohren sind nicht Ihr Problem«, protestierte Deanna. Ihre Schläfen pochten, die Auswirkung seines starken Aufruhrs. »Selbst wenn Sie sie chirurgisch verändern ließen, wären Sie noch immer der, der Sie sind. Deshalb müssen Sie sich damit befassen – und es akzeptieren.«

Simon blinzelte hektisch und ballte seine Hände zu Fäusten, während er bewußt den Blick von ihr abwandte. »Wenn ich hier so liege, kann ich es mir vorstellen. Aber ich will nicht wie ein Romulaner sein.«

Deanna dachte an die Romulaner, die sie kennengelernt hatte. Sie waren alle so kalt und selbstsicher gewesen. »Simon, beruhigen Sie sich. Betrachten wir das mal von der anderen Seite. In welcher Hinsicht halten Sie sich für einen Romulaner?«

»Ich ... ich habe gelogen, als ich die Bewerbungsunterlagen von Starfleet ausfüllte. Und ich gebe Dinge falsch wieder. Selbst das hier«, sagte er und zeigte mit einer brutalen Geste auf sein Ohr. »Ich wollte wohl nur verbergen, was ich bin.«

»So sind Sie nun mal, Simon. Sie sind kein Romulaner und kein Mensch. Sie sind einfach Sie.«

»Das weiß ich – mittlerweile. Aber es war, als wäre ein Anfall von Wahnsinn über mich gekommen – wie irgendeine instinktive Gerissenheit. Ich habe versucht, sie zurückzuweisen, als hätte nicht ich diese Gedanken gedacht oder Taten getan.«

Deanna nickte; sie verstand seinen Rückzug. »Deshalb haben Sie Worf nicht gesagt, daß Sie sich selbst geschnitten haben.«

»Ich konnte ihm das nicht eingestehen.« Simon schüttelte den Kopf über sich selbst und zerrte die Decke von seinen Beinen. »Allein der Gedanke, es ihm zu sagen, lähmte mich schon. Aber seit er hier war, habe ich ununterbrochen darüber nachgedacht, bin ich es ununterbrochen im Geiste durchgegangen. Ich kämpfe ständig dagegen an, was ich bin – und was ist passiert? Ich wurde so verrückt, daß ich ein Messer gegen mich selbst gerichtet habe.«

»Eines Tages müssen Sie damit aufhören, einfach zu verleugnen, wer Sie sind.«

Er erwiderte ihren Blick. »Das muß jetzt passieren. Sonst kann ich mich nirgendwohin wenden. Ich kann diese Impulse nicht mehr ignorieren, die ich habe. Könnte ich sie einfach akzeptieren, wäre mein romulanischer Teil vielleicht nur ein Viertel von dem, was ich bin, und würde mein Leben nicht mehr so sehr beherrschen, wie er es jetzt tut. Schlimmer als das kann es nicht mehr werden.«

Seine Worte tanzten in ihren Ohren und stellten eine Verbindung her, die sie bislang noch nicht gesehen hatte. Deanna setzte sich langsam auf die Bettkante. »Ich habe allen gesagt, sie sollten den Gefühlen widerstehen, die die Sli hervorbringen.«

»Ich habe ihnen jetzt ein Jahr lang widerstanden. Es hat mir nicht das geringste geholfen.«

»Nein, das hat es nicht«, stimmte sie ihm zu.

»Ich fühle mich im Augenblick wirklich nicht hervorragend«, beichtete Simon ihr offen und ehrlich. »Aber ich bin nicht mehr verzweifelt. Und ich glaube, ich weiß, was passiert ist.«

»Das ist das Wichtigste«, stimmte Deanna ihm zu und fragte sich: Konnte es tatsächlich stimmen? Auch sie hatte den Sli Widerstand geleistet, obwohl ihr Instinkt ihr gesagt hatte, sie solle sich im Einklang mit den Gefühlswellen gehen lassen. Sie hatte diesem Instinkt mißtraut, geglaubt, er sei nur eine Folge ihrer entfesselten Sinnlichkeit. Aber was, wenn dies der Schlüssel dafür war, die Auswirkungen der Sli zu verringern? Simon wirkte nun, da er sein Problem erkannt hatte und es sich eingestand, auf jeden Fall ruhiger.

Und doch konnte sie ihrer Urteilsfähigkeit im

Augenblick nicht vertrauen. Sie gestand es sich nicht gern ein, aber sie hatte sich schrecklich geirrt, was Mon Hartog betraf. Sie war überzeugt gewesen, er hätte gelogen, und hatte die Möglichkeit, Simon habe sich tatsächlich selbst verletzt, nicht einmal in Betracht gezogen. Aber nachdem sie nun gehört hatte, was er dazu zu sagen hatte, war natürlich alles völlig logisch.

Sie brachte ein Lächeln für ihn zustande. »Eine Menge Eigenschaften der Romulaner muß man einfach bewundern, Simon. Es ist nicht von vornherein schlecht, gerissen zu sein – und das mag Ihnen bei diesem Problem tatsächlich geholfen haben.«

Seine Augen wurden größer, als er darüber nachdachte, und eine neue Entschlossenheit hellte sein Gesicht auf. »Glauben Sie wirklich?«

»Das glaube ich wirklich. Sie sind darauf gekommen, nicht wahr?« Sie erhob sich, entschlossen, ihre Zweifel vor ihm zu verbergen. Zumindest für Simon war dies der richtige Weg. »Ich komme Sie bald wieder besuchen.«

»Darf ich nicht aufstehen?« Er schwang die Beine aus dem Bett und erhob sich vorsichtig. »Ich fühle mich schon viel besser und würde viel lieber all den Leuten da draußen helfen. Und es müssen noch zahlreiche medizinische Hilfsgüter auf den Planeten geschickt werden.«

Sie zögerte und untersuchte ihn genau. Seine medizinischen Daten waren normal, die Verletzung war geheilt. Ihre empathischen Sinne verrieten ihr, daß er stabiler war als irgendwann seit dem Zeitpunkt, da sie sein Versetzungsgesuch abgelehnt hatte. Sie sah keinen Grund, weshalb er im Bett bleiben mußte. »Na schön, Simon. Aber sollten Sie sich wieder schlechter fühlen, könnten es die Sli sein. Ich möchte, daß Sie sich dann sofort bei mir melden.«

»Jawohl, Counselor.«

»Gut. Dann teile ich Dr. Crusher mit, daß Sie wieder dienstfähig sind.«

Deanna kehrte sofort zu ihrem Büro zurück, um die Informationen zu lesen, die Captain Picard auf ihr Terminal überspielt hatte. Als sie erkannte, welche Folgen Worfs Nachlässigkeit angesichts seiner Freundschaft mit Captain Walch haben konnte, war ihr klar, wie wichtig das Ergebnis ihrer Sondierung von Captain Walch sein würde.

Nach einem Augenblick hob sie den Kopf. »Computer«, fragte sie, »wo ist Captain Walch?«

»Captain Walch ist in Holodeck drei.«

»Ist er allein?«

»Zur Zeit befinden sich zweiundzwanzig Personen in Holodeck drei.«

»Na wunderbar«, murmelte Deanna.

Sie begab sich sofort zu dem Holodeck. Als sie hineinmarschierte, wechselte Captain Walch gerade das Programm. Statt der endlosen Weite des Tyken-Spalts zeigte es nun einen Sonnenuntergang über der sibirischen Steppe der Erde einschließlich eines in einem auffälligen Orange gefärbten Himmels mit flauschigen, goldumrandeten Wolken.

Da der Boden viel dunkler als der Himmel war, mußte Deanna sich mit Vorsicht den Weg durch das hohe Gras bahnen. Die schlanken, schwarzen Silhouetten der Touristen schienen sich in den Himmel zu erheben, und ihr wurde klar, daß die sprunghaften Flecken, die durch die trockene, frische Luft schossen, Fledermäuse waren.

Eine der Gestalten deutete mit einer weitausholenden Bewegung zu einer gewaltigen Grube im Norden. »... in den Gipsminen haben sowohl Verschleppte aus Osteuropa als auch Exilrussen gearbeitet, die mit Zügen hierhergebracht wurden ...«

»Captain Walch!« rief Deanna. Als die Touristen sich

umdrehten, um festzustellen, wer den Vortrag störte, spürte sie eine Flut der Enttäuschung. Sie eilte zu ihnen. »Captain Walch, ich bin's, Counselor Troi. Ich muß mit Ihnen sprechen.«

»Sie tun ja ganz so, als hätten Sie's eilig, kleine Lady. Kann ich Ihnen irgendwie helfen?«

Sie betrachtete die dunklen Umrisse der Gestalten um sie herum. »Nicht hier. Können Sie kurz mit mir hinausgehen?«

Walch zögerte, schien aber nicht abgeneigt, ihr den Gefallen zu tun. »Computer, gib uns einen Sonnenaufgang.« Als der Westen dunkel wurde und der Osthimmel sich aufhellte, trat Walch zu ihr. Die würzige Trockenheit des Spätnachmittags verschwand, und die leichte Brise wurde etwas feucht. »Viel Spaß allerseits«, rief der Captain. »Ich bin bald zurück.« Und so leise, daß nur sie es verstehen konnte, fügte er hinzu: »Man darf sie nicht allein in der Dunkelheit herumstolpern lassen. Touristen bringen sich noch schneller als ein Wurf Welpen in Schwierigkeiten.«

Deanna fühlte, wie ihr Magen sich zusammenzog, und fragte sich, ob dieser überschwengliche Mann tatsächlich für den Tod eines Sli und ihre derzeitige Lage verantwortlich war. Dann rief sie sich zur Ordnung und konzentrierte sich auf eine neutrale Fragestellung.

Sie führte Walch durch den Korridor in einen kleinen Aufenthaltsraum. »Ich muß Ihnen nur ein paar Fragen stellen«, sagte sie und deutete auf ein Sofa unter dem Fenster. »Nehmen Sie doch kurz Platz.«

»Was kann ich für Sie tun?« fragte Walch, ließ sich schwer auf die weichen Polster fallen und streckte die gestiefelten Füße aus.

Sie wollte ihn nicht von vornherein in die Defensive drängen, weil er dann schwieriger zu sondieren gewesen wäre, und entschloß sich, langsam auf den Kern zuzusteuern. »Das Holodeckprogramm, das Sie den

Touristen vorgeführt haben, zeigt Ihre Heimat, nicht wahr?«

»So ziemlich. Das ist die Kulunda-Steppe, südlich vom See Chany; daher stammt meine Familie. Wir haben uns dort ganz nett ausgebreitet.«

»Von dort stammen auch Worfs Adoptiveltern.«

»Aye«, sagte er und kniff die blauen Augen leicht zusammen. »Wollen Sie mit mir über Worf sprechen?«

»Nun, Sie stehen sich ziemlich nah, oder?«

»Darauf können Sie wetten. Ich kenne ihn schon, seit er ein Junge war.«

Deanna verlagerte leicht das Gewicht. »Seitdem sind Sie in Kontakt geblieben. Wie oft haben Sie in den letzten paar Jahren mit Worf gesprochen?«

Walch zuckte mit einer Schulter und rieb sich ein Auge, während er nachdachte. »Zum letztenmal direkt, nachdem die Borg die Erde angegriffen haben. Ich lag dort mit meinem Schiff und schickte ihm eine Subraum-Nachricht, unmittelbar bevor Sergey und Helena auf das Schiff beamten, um ihn zu besuchen.«

Sie blinzelte ein paarmal. »Seitdem nicht mehr?«

»Nein«, sagte Walch und sah ihr in die Augen. »Auf der Erde habe ich seinen Sohn kennengelernt, doch in Worfs Angelegenheiten mische ich mich nicht ein – in dieser Hinsicht ist er sehr empfindlich. Das war er schon immer. Wenn es Ihnen also recht ist, würde ich lieber nicht über Worf sprechen.«

Walch verbarg irgend etwas, davon war Deanna überzeugt. Sie wußte auch von den sechs Nachrichten für Worf über Walchs Relais, womit bewiesen war, daß der Captain log. Aber sie hatte keine offene Falschheit in ihm wahrnehmen können, nur ein verschwommenes Zögern. Sie kam sich vor, als müßte sie ein Shuttle ohne Sensoren fliegen und sich dabei einzig und allein auf ihre Intuition verlassen.

»Ich habe ein paar Fragen über die Sli«, sagte sie mit einem beruhigenden Lächeln zu Walch. »Es war Ihre

Idee, sie an Bord Ihres Schiffes zu nehmen, nicht wahr?«

»Unsere Hauptattraktion«, erwiderte Walch grinsend.

»Aber war es *Ihre* Idee?« wiederholte sie.

»Worauf Sie sich verlassen können«, bestätigte er.

Deanna wußte nicht, was sie sagen sollte. Walch log, das spürte sie ohne jeden Zweifel – aber Hartog hatte ebenfalls behauptet, es sei Walchs Idee gewesen, die Sli an Bord seines Starliners zu bringen.

Bei ihr stellte sich Hoffnungslosigkeit ein. Sie beschloß, sofort zur Sache zu kommen. »Captain Walch, als die *Crockett* zerstört wurde, war ein Bruder von Ihnen an Bord, nicht wahr?«

Walch setzte sich auf. »Benji?«

Deanna nickte und behielt ihn im Auge, um zu sehen, wie seine Reaktion ausfiel.

»Sie sprechen von Benji«, wiederholte Walch. Zum größten Teil verspürte er Trauer, aber auch Überraschung darüber, daß sie dieses Thema zur Sprache brachte.

»Standen Sie Ihrem Bruder nah?« bedrängte sie ihn.

Er erwiderte ihren Blick scharf, und sie mußte sich schnell zurückziehen. Aber seine Stimme klang ruhig, und seine Hände zitterten nicht. »Benji flog mit Pa und mir auf der *Prospector*, bis er dann zur Starfleet-Akademie ging. Ja, wir standen uns nah.«

»Erzählen Sie mir von ihm«, drängte sie.

»Da gibt's nicht viel zu erzählen. Wir drei flogen mit der *Prospector* durchs ganze All. Aber Pa und ich kamen schon klar, als er auf die Akademie ging – das war immer Benjis Traum gewesen.« Walch lächelte. »Zuerst wurde er auf die *Intrepid* versetzt. Er war dort ziemlich lange mit Sergey Rozhenko, Worfs Vater, in der technischen Abteilung. So habe ich Miriah, meine Frau, kennengelernt. Benji verbrachte seinen Urlaub bei den Rozhenkos, und sie luden mich und Pa ein, sie besuchen zu kommen. Miriah ist eine alte Freundin von Helena und ging damals praktisch in ihrem Haus ein und aus.« Jake erhob sich und schritt langsam in den Schatten des Raums auf und ab.

»Und deshalb entwickelte sich eine so enge Freundschaft zwischen Ihren Familien«, sagte Deanna leise.

Walch nickte. »Später wurde Benji auf die *Crockett* versetzt und kam mit dem Rest der Mannschaft ums Leben. Ich denke manchmal – wäre er auf der *Intrepid* geblieben, hätte er noch gelebt, als das Schiff nach dem Massaker auf Khitomer Hilfe leistete. Wahrscheinlich hätte er dann statt der Rozhenkos Worf adoptiert. Er, Pa und ich, wir haben mit den Klingonen schon gute Geschäfte gemacht, bevor es zur Annäherung zwischen ihnen und der Föderation kam. Benji fühlte sich von ihrer Lebensweise immer angezogen.«

Deanna spürte sein Leid, das sich im Verlauf so vieler Jahre zu Resignation abgeschwächt hatte. Doch seine Gefühle wurden auch von den alten Erinnerungen an Kameraderie und Abenteuer durchzogen, die einem Mann, der seitdem fast alles gesehen hatte, noch immer sehr viel bedeuteten.

Sie zwang sich, wieder zum eigentlichen Thema zurückzukehren. »Ich habe mich darüber gewundert, daß Sie die Sli unbedingt auf Ihr Schiff holen wollten. Es heißt, sie wären verantwortlich für die Vernichtung der *Crockett*.«

»Ach, jetzt verstehe ich, worauf Sie hinauswollen.« Er trat vor, und das Licht fiel quer auf sein schroffes Gesicht. Seine Stimme war rauh, aber er hielt sich gerade. »Ich war nie der Ansicht, daß diese Sli die Leute dazu bringen können, etwas zu tun, was sie nicht in sich haben. Benji mag die Klingonen zwar akzeptiert haben, aber der Rest der Föderation hat ihnen nicht vertraut. Ich habe danach mit Sergey gesprochen, und er war ebenfalls der Meinung, daß unsere eigenen Ängste zur Vernichtung dieser beiden Schiffe geführt haben. Ich glaube, nicht zuletzt aus diesem Grund war Sergey so versessen darauf, sich Worf gegenüber anständig zu verhalten, als er die Gelegenheit dazu bekam.«

Deanna glaubte ihm – sie nahm keine Feindseligkeit gegenüber den Sli wahr. Trotzdem mußte sie ihm noch eine direkte Frage stellen: »Haben Sie etwas mit der Explosion zu tun, die Ihr Schiff beschädigt hat?«

Seine Überraschung schlug buchstäblich auf sie ein, gefolgt von einem starken Schuldgefühl. Walch versuchte, seine Reaktion zu unterdrücken, und tarnte sie mit einem Hustenanfall. »Tut mir leid, das kommt manchmal einfach über mich«, brachte er schließlich heraus.

Deanna war von der plötzlichen Wende wie vor den Kopf gestoßen. Sie hatte Captain Walch bislang jedes Wort geglaubt und war zutiefst von der Tragödie seiner Geschichte berührt gewesen, doch nun versuchte er eindeutig, etwas zu verbergen. Mit dieser Frage hatte sie ihn wirklich überrascht.

Walch zog sein Hemd glatt und räusperte sich. »Entschuldigung.« Seine Stimme wurde fester. »Natürlich habe ich mein eigenes Schiff nicht in die Luft gesprengt! Die ganze Sache hat mir sehr zu schaffen gemacht, und das wissen Sie auch.«

»Ja, das weiß ich«, sagte Deanna nachdenklich. Walch war in der Tat erschüttert gewesen.

»Ich meine, na ja, jetzt, wo wir einen neuen Starliner bekommen, fühle ich mich schon besser. Ich meine, ich habe die Vergangenheit hinter mir gelassen. Verstehen Sie? Das Leben geht weiter«, fügte er etwas nervös hinzu. »He, haben Sie noch weitere Fragen, oder war das alles? Ich muß zu den Touristen zurück. Die kriegen Hummeln im Hintern, wenn man sie zu lange zappeln läßt.«

Deanna kam es sehr interessant vor, wie Walch in seine Rolle als Touristenführer zurückfiel und wieder eine volkstümliche Sprache und ein schiefes Grinsen an den Tag legte.

Sie stand auf. »Vielen Dank, Captain Walch. Ich weiß Ihre Hilfe zu schätzen.«

Sie beobachtete stumm, wie er den kleinen Raum verließ. Das gesamte Gespräch war voller Widersprüchlichkeiten gewesen, und sie wußte nicht, wie sie sie für Captain Picard entwirren sollte. Sie mußte auch eingestehen, daß ihre Empfehlungen vielleicht nicht zuverlässig waren – und wollte gleichzeitig allen Besatzungsmitgliedern sagen, sie sollten aufhören, den Emotionen, die von den Sli provoziert wurden, Widerstand zu leisten. Aber als sie dann daran dachte, wie die *Crockett* und ein klingonisches Schiff miteinander gekämpft und sich gegenseitig vernichtet hatten, zweifelte sie auch an der Richtigkeit dieses Vorschlags.

20

Worf blieb ein paar Schritte vor Captain Picard stehen, der hinter seinem Schreibtisch stand. Der Klingone faltete die Hände hinter dem Rücken; ihm war nicht ganz klar, weshalb er in den Bereitschaftsraum gerufen worden war. Seit der Konfrontation mit Alexander an diesem Morgen waren seine Gedanken keinen Augenblick lang zur Ruhe gekommen. Warum hatte er diesen Aspekt von K'Ehleyrs Tod nie in Betracht gezogen? Als Waisenkind hatte Worf ein klares Feindbild gehabt – eines mit spitzen Ohren und verschlagenen Augen. Ein Feind, auf den er seinen Zorn konzentrieren konnte, den er besiegen mußte, da seine Ehre es von ihm verlangte. Aber was hatte Alexander? Sein Feind hatte ein ähnliches Gesicht wie Worf. Alexanders Gesicht war zum Teil menschlich, wie das K'Ehleyrs. Und Duras hatte K'Ehleyr aus irgendeinem pathetischen elenden Gefühl heraus getötet, das *er* für Ehre hielt. Wie sollte Alexander da noch an Ehre glauben können? Was bedeutete ihm schon das PuqloD?

Mit Mühe kämpfte Worf gegen diese Gedanken an. Für den Frieden, den die reine Konzentration verhieß, für die Erlösung von all seinen Zweifeln, hätte er sich zu allem verpflichtet. Aber das stand nicht in seiner Macht.

Picard hatte ihn beobachtet; er hielt den Kopf etwas schräg, und sein Blick war völlig ruhig. Als er sprach, war seine Stimme kühl, wies aber einen Anflug von Bedauern auf. »Lieutenant Worf, warum haben Sie nicht daran gedacht, Captain Walch bei Ihrer Ermittlung als Verdächtigen einzubeziehen?«

Worf stand wieder stramm. »Sir?«

»Captain Walch. Alle anderen Personen auf der *Prospector* wie auch auf der *Enterprise* wurden überprüft, ob sie möglicherweise ein Motiv für einen Anschlag gegen die Sli haben.«

Worf schüttelte den Kopf. »Captain Walch war das logische *Ziel,* Sir. Sein Schiff wurde beschädigt.«

»Er wird eine mehr als nur großzügige Entschädigung bekommen. Einen anderen Starliner, glaube ich.«

Worf konzentrierte sich nun. Der Captain wirkte noch immer distanziert, als führe er dieses Gespräch für das Protokoll. »Darf ich fragen, Sir, aus welchem Grund Sie Captain Walch verdächtigen?«

Picard nickte kurz. »Captain Walch scheint ein starkes Motiv dafür zu haben, sich an den Sli rächen zu wollen. Sind Sie über den Tod seines jüngeren Bruders im Bilde?«

Worf runzelte die Stirn, erinnerte sich, als Kind verschwommene Andeutungen über Jakes Bruder Benji von den Erwachsenen aufgeschnappt zu haben. Er schüttelte den Kopf.

»Er hat auf der *Crockett* gedient, als sie zerstört wurde«, sagte Picard.

Einen seltsamen Augenblick lang war Worf wie vor den Kopf geschlagen. Obwohl er schon so lange in der Föderation lebte, hatte er die Sli-Katastrophe ausschließlich aus der Sicht der Klingonen gesehen und kaum einen Gedanken an die Besatzungsmitglieder des Starfleet-Schiffes verschwendet. »Das habe ich nicht gewußt. Sie haben nicht oft von diesem Bruder gesprochen.«

»Nun, Mr. Worf, vielleicht war es ausgesprochenes Pech, daß sie nicht von ihm gesprochen haben. Das bringt Sie jedoch in eine ziemlich kompromittierende Lage. Die einzige Person, die Sie nicht überprüft haben, scheint ein starkes Motiv zu haben, die Sli zu töten. Und diese Person ist ein alter Freund von Ihnen.«

»Sir! Sie glauben doch nicht, daß ich eine Ermittlung unterminieren würde?«

»Zumindest scheint es sich um eine ernsthafte Pflichtverletzung zu handeln. Und ich mag Ihrer Argumentation zwar folgen können, doch bei anderen muß das nicht der Fall sein. Bei Mon Hartog zum Beispiel. Er ist darauf versessen, diese Angelegenheit direkt vor den Rat der Föderation zu bringen.«

Worf zuckte angesichts der Ausführungen des Captains zusammen. Die Vorstellung, er habe eine ›ernsthafte Pflichtverletzung‹ begangen, ließ ihn mit den Zähnen knirschen. »Ich kann nicht glauben, daß Captain Walch für die Explosion verantwortlich ist!«

»Counselor Troi hat Captain Walch gerade befragt, und er verbirgt auf jeden Fall etwas.« Picard schien jedes Flackern auf Worfs Gesicht wahrzunehmen, doch seine eigene Mimik änderte sich nicht im geringsten. »Sie sollten wissen, daß es noch weitere Verbindungen gibt. Seit die Sli an Bord der *Prospector* gegangen sind, haben Sie unter Walchs Relaiskode sechs Nachrichten bekommen. Darüber hinaus haben Sie vor kurzem eine Nachricht direkt vom Amtsgehilfen des Rats auf der klingonischen Heimatwelt bekommen. Hartog will mit diesen Fakten eine Verschwörungstheorie konstruieren, bei der er Sie als die Verbindung zu den Klingonen sieht. Wenn Sie den Inhalt dieser Nachrichten bekanntgeben, können Sie vielleicht den Eindruck zerstreuen, direkt in die Angelegenheit verwickelt zu sein. Aber wir müssen uns trotzdem noch mit der Beschuldigung der Pflichtverletzung befassen, die Hartog wohl auf jeden Fall vorbringen wird.«

»Nachrichten!« wiederholte Worf ziemlich verblüfft. Es dauerte einen Augenblick, aber dann protestierte er: »Meine Adoptiveltern haben Walchs Relaiskode gelegentlich benutzt, wenn dies bequemer für sie war.«

»Ich verstehe. Dann dürfte es ja kein Problem sein, diese Nachrichten freizugeben und so zu beweisen, daß sie keine Pläne zur Verschwörung beinhalten.«

Worf erinnerte sich lebhaft an die letzte Nachricht – seine Eltern sprachen über Alexanders Alpträume. Und an andere zuvor. Alexander war Bettnässer; und dann die fürchterlich gespreizten Gespräche über die schreckliche Angewohnheit seines Sohnes, andere Kinder zu bestehlen. Alle anderen Leute würden sich diese Unterhaltungen ansehen können, auf verborgene Nuancen achten, später sogar darüber diskutieren. Sein Sohn ...

»Ich bin sicher«, sagte Picard, »daß es für die Nachricht von der Ratskammer der klingonischen Heimatwelt eine genauso vernünftige Erklärung gibt.«

Das PuqloD. Worf warf den Kopf zurück. Er konnte den Gedanken nicht ertragen, daß so unehrenhafte Gespräche der Öffentlichkeit zugänglich gemacht wurden. »Ich werde es nicht erlauben!«

»Worf, wenn Sie nicht kooperieren, könnte man Sie der direkten Mittäterschaft bei einem Mord anklagen.« Picard meinte es todernst. »Den Logbüchern der *Prospector* zufolge hat Captain Walch den Kurs der *Enterprise* genau verfolgt. Als er herausfand, daß wir hier sind, ist er von seiner normalen Reiseroute abgewichen. Vielleicht hat er das von Anfang an so geplant und gehofft, daß Sie ihn wegen Ihrer alten Freundschaft nicht für einen Verdächtigen halten werden. Unter diesen Umständen wird es nicht einfach werden, den Vorwurf der Pflichtverletzung zurückzuweisen, der an sich schon sehr ernst ist. Sie müssen unbedingt die Möglichkeit ausschließen, direkt in die Sache verwickelt zu sein.«

Worf zitterte vor kaum im Zaum gehaltenem Zorn. Feuer floß durch seine Adern und löste Reaktionen aus, die er nicht mehr gespürt hatte seit … seit Duras. Plötzlich stieß er einen unterdrückten Schrei aus, der so hart wie der eines Raubvogels war, der im Sturzflug auf sein Opfer herabstieß.

»Lieutenant Worf, was hat das zu bedeuten?« fragte Picard, in dessen Augen nun ein unbesonnenes Schimmern leuchtete. Er trat einen Schritt näher und senkte seine Stimme warnend. »Sie erklären sich nicht bereit, die Nachrichten freizugeben, die mit Walchs Kode an Sie übermittelt wurden?«

Worf entblößte die Zähne; er konnte sich kaum beherrschen. »Niemals!«

Ohne nachzudenken, wich er zurück und ging leicht in die Hocke, als suche er eine bessere Angriffsposition.

Captain Picard runzelte langsam die Stirn und erwiderte Worfs Blick gelassen. Plötzlich hörte der Klingone, wie laut sein Atem in dem kleinen Raum rasselte. Picard hatte die absolute Kontrolle und wirkte unbekümmert; gleichzeitig schien er aber bereit, seine Herausforderung anzunehmen.

Worf schwankte. Erst jetzt wurde ihm klar, daß seine klingonischen Instinkte ihn fast dazu gebracht hätten, seinen Captain anzugreifen.

»Sie sind vorübergehend vom Dienst suspendiert, Lieutenant Worf«, befahl Picard. »Kehren Sie sofort in Ihr Quartier zurück.«

Worfs Welt hätte kaum vollständiger zusammenbrechen können. Benommen blieb er stehen, wo er war, und starrte den Captain nur an.

Picards Stimme wurde härter. »Begehen Sie nicht den Fehler, einen direkten Befehl zu mißachten, Lieutenant.«

Worf hatte keine Wahl. Er drehte sich um und ging, taumelte, die Hände zu Fäusten geballt, blindlings durch die Zentrale. Während die Türen des Turbolifts sich schlossen, sah er, daß der Captain auf der

Schwelle seines Bereitschaftsraums stand. Bevor der Lift sich in Bewegung setzte, hörte Worf noch, wie Picard Fähnrich de Groodt zum amtierenden Chef der Sicherheitsabteilung ernannte.

Worf hatte gar nicht mitbekommen, wie lange die Fahrt mit dem Turbolift dauerte, doch als er in den Gang trat, erkannte er sofort, daß er sich auf einem der unteren technischen Decks befand. Der Instinkt hatte ihn hierhergeführt.

Er berührte ein Wandpaneel. »Computer, wo hält Captain Walch sich auf?«

»Captain Walch befindet sich zur Zeit in seinem Quartier, Deck 33.«

Ein paar Minuten später stand Worf vor Walchs Tür.

Der ältere Mann lächelte durch seinen buschigen grauen Bart, als er auf den Klingonen zuging, um ihn zu begrüßen. Seine Kabine war mit zahlreichen Gegenständen vollgestopft, die er im Lauf seines Lebens auf Dutzenden verschiedener Planeten zusammengetragen haben mußte. Runde Behälter standen auf stählernen Kisten, während kleine und große Statuen, Masken und Modelle auf jeder ebenen Oberfläche lagen und jede Nische füllten. Offensichtlich ging die Bergungsaktion auf der *Prospector* zügig voran. Die Farben, der Geruch, das Durcheinander der Formen war wie eine exotische Explosion und machte Worf noch nervöser.

»Nun mal ganz ruhig, mein Sohn. Was ist los?« fragte Walch und trat ein paar Schritte zurück. Die Tür glitt hinter Worf leise zu.

Worf senkte den Kopf und funkelte Walch wütend an. »Du hast mich verraten!«

»Worf, so etwas würde ich doch nie tun«, sagte Walch mit so etwas wie Erleichterung in der Stimme. »Die Counselor hat sich nach Alexander erkundigt, aber ich habe ihr nichts gesagt. Das schwöre ich dir!«

»Alexander!« wiederholte Worf und fühlte, wie die

beiden Gegensätze – Ehre und Verrat – in ihm den Drang auslösten, völlig unbeherrscht etwas zu zerstören.

»Sie hat alle möglichen Fragen gestellt, aber du kennst mich doch, Worf!« Walch legte die Finger einer Hand auf den Mund. »Ich kann schweigen. Glaub mir, ich habe es Sergey und Helena oft genug gesagt, ihr könnt mir alles anvertrauen, wirklich. Worf ist wie ein Sohn für mich, sage ich immer.«

Worf starrte ihn an, ohne ihn zu sehen. Eine verschwommene Schwärze hatte sich über seine Augen gelegt. Und in dieser Dunkelheit sah er, wie seine Adoptivmutter sich mit Jacob Alexander Walch unterhielt – vor langer Zeit, als Helenas Haar noch pechschwarz und die Haut ihres Gesichts fest und rosa und weiß gewesen war. Auch Jacob war jünger, hatte einen dunkleren Bart und scharfe Augen, die der junge Worf immer bewunderte. Aber seine Adoptivmutter erzählte Jacob von einer Prügelei, die Worf angefangen hatte, und daß sie um den Klingonen Angst hatte, da er sich durch seine Aggressivität eines Tages sicher schwer verletzen würde. Doch mit einem Zittern in der Stimme gestand sie ebenfalls ein, daß sie manchmal auch Angst *vor* ihrem Adoptivsohn hatte: Je älter Worf wurde, desto schneller konnte der Zorn in ihm emporsteigen, und manchmal schreckte sie unwillkürlich vor ihm zurück, wenn er in so einem Zustand war, in dem er seine Wut kaum beherrschen konnte, obwohl sie alles tat, was in ihren Kräften stand, um ihre Reaktion zu verbergen.

Worf hatte dieses Gespräch belauscht; er war eines Nachmittags früher nach Hause gekommen, ohne daß seine Adoptivmutter es wußte. Er fühlte noch immer den Schock, als hätte jemand ihn in das eisige Wasser des Chanysees geworfen. Seine Mutter hatte Angst vor ihm? Sie erzählte das Captain Walch? Bevor er sich davon erholen konnte, bestätigte Jake Helena, daß sie sich nichts einbildete – Klingonen seien von Natur aus aggressive Wesen. Und sie sollte nicht versuchen, sich oder Worf etwas vorzumachen, sondern ihm dabei helfen, sich beherrschen zu lernen. Worf hatte sich das nicht mehr anhören können und war davongelaufen. Er war nach Anbruch der Dunkelheit zu sehr aufgeregten Eltern zurückgekommen, hatte es aber nicht über sich gebracht, ihnen zu sagen, was er gehört hatte.

Und noch schlimmer war – wann immer Helena danach in Worfs Gegenwart unbehaglich zumute gewesen war, hatte sie es ihm offen gesagt. Das erzielte die gewünschte Wirkung, aber aus anderen Gründen. Worf konnte die Erniedrigung nicht ertragen, daran erinnert zu werden, wie sie ihre Ängste mit Captain Walch besprach, schluckte lieber seinen brennenden Zorn herunter und litt stumm, statt wieder an jenes Gespräch denken zu müssen, bei dem er auf die Ebene eines geistlosen, instinktiv reagierenden Geschöpfs reduziert worden war, dem man beibringen mußte, sich zivilisiert zu benehmen.

»Verraten!« flüsterte er kaum verständlich. Er wollte zuschlagen und zerstören, doch alle Mauern und Fallen, die er sorgsam errichtet hatte, um seine Aggressionen unter Kontrolle zu halten, wurden von dieser Erinnerung aktiviert. Er hörte immer wieder die Besorgnis in der Stimme seiner Mutter. »Damals und jetzt … verraten!«

»Worf, was ist los?« Jake musterte ihn besorgt, kam aber nicht näher. »Ich habe dich nicht verraten. Ich habe immer gesagt, nicht mal die Sli können einen dazu bringen, etwas zu tun, was nicht in einem liegt.«

Pfeile aus weißglühendem Schmerz schossen durch Worfs Augen. Er wollte töten – aber er war kein Barbar. Er zwang sich, sich umzudrehen und zur Tür zu taumeln, die Schulter gegen den Rahmen zu drücken.

»Du hast mich benutzt«, knurrte er. Mit einer abrupten Bewegung schlug er die Hand gegen die Stahlkante. Die Haut, die Dr. Crusher zusammengefügt hatte, platzte wieder auf. Ein Schwall Blut spritzte gegen die Wand. Er legte die andere Hand um das Gelenk, und der Schmerz brachte ihn wieder zur Besinnung. »Du hast meine Karriere zerstört! Ich hatte nichts mit der Explosion zu tun. Mir ist eine Nachlässigkeit unterlaufen – aber das Blut klebt an deinen Händen.«

Aus dem Augenwinkel sah er, wie Walch zurücktaumelte. Die Augen hatte er vor Schock weit aufgerissen. »Worf, ich habe nicht...«

Worf zwängte sich durch die Türöffnung und ließ einen violetten Fleck an der glatten Oberfläche zurück.

21

»Diese Verzögerung kommt mich sehr teuer zu stehen!« protestierte Daimon Brund bei Captain Picard. »Wir beide hängen hier fest, bis Sie diese Sli losgeworden sind!«

Commander Riker beugte sich in seinem Sessel vor und beobachtete den angespannten Wortwechsel. Counselor Troi stand dicht hinter Captain Picard. Sie hatte die Arme unter der Brust verschränkt und warf Riker einen schnellen Blick zu, der ihren Zweifel ausdrücken sollte.

Sie ignorierte Brund und wandte sich an den Captain. »Das Töten der vier Sli an Bord würde den Bumerangeffekt zwischen den beiden Gruppen beenden. Aber genauso effektiv wäre es, wenn Daimon Brund die Sli-Kolonisten einfach aus diesem System bringen würde.«

»Ich habe Ihnen doch gesagt, die Sli lassen mich nicht davonfliegen«, beharrte Brund und schaute von einem zum anderen. »Seien Sie vernünftig, Captain. Es ist besser, vier Sli zu töten, als Ihre gesamte Mannschaft in Gefahr zu bringen.« Er kniff die Augen zusammen. »Die Sli verursachen doch Probleme, nicht wahr? Sie irritieren Ihre Leute und machen sie unberechenbar.«

»Warum helfen Sie uns nicht, mit den Sli zu kommunizieren, wenn Sie schon so besorgt um unser Wohlergehen sind? Vielleicht könnte man irgendeine Übereinkunft treffen …«

»Sie sind wütend auf Sie. Sie werden nicht mit Ihnen sprechen«, sagte Brund, als sei dies endgültig. »Sie haben nur eine Wahl.« Er drehte sich zu einem seiner Offiziere um und zischte einen Befehl auf Ferengi.

Das Innere des Ferengi-Schiffes verschmolz wieder mit dem Sternenhimmel. Riker erhaschte einen Blick auf die *Tampanium*, die auf ihrer Umlaufbahn gerade an ihnen vorbeiflog. Das gebogene Heck des Sondierungsschiffes war riesig, viel größer als die wehrlose *Prospector*, die an Backbord schwebte.

»Ich glaube ihm nicht«, sagte Picard nachdenklich.

»Ich auch nicht«, pflichtete Counselor Troi ihm bei.

Riker gesellte sich zu ihnen. »Aber was können wir dagegen tun?« fragte er.

»Tun?« wiederholte Picard. »Daimon Brund hat Kontakt mit uns aufgenommen. Offensichtlich ist er ungeduldig geworden. Wir werden das zu unserem Vorteil nutzen.« Er nickte den beiden zu. »Ich bin in meinem Bereitschaftsraum. Sie haben die Brücke, Nummer Eins.«

Riker sah dem Captain nach und kämpfte gegen ein frustriertes Seufzen an. »Noch länger warten«, sagte er leise.

»Machen Sie sich doch nicht so viele Sorgen, Will«, sagte Deanna.

Hinter ihnen meldete Fähnrich de Groodt: »Shuttle *Voltaire* dockt im Hauptshuttlehangar an.«

Lieutenant Chryso schaute von ihrer wissenschaftlichen Station auf. Sie hatten vor ein paar Stunden bei einem der Geräte des Bodenmoduls eine Panne entdeckt und Fähnrich Puckee auf den Planeten geschickt, damit sie das Problem beseitigte. Es war jedoch im Lauf der Zeit immer schlimmer geworden, und unmittelbar vor Daimon Brunds Ruf hatte Puckee sie unterrichtet, daß sie zurück an Bord des Schiffes kommen würde, um ihnen ihre persönliche Einschätzung mitzuteilen.

»Fähnrich Puckee soll sich sofort im Beobachtungszimmer neben der Brücke melden«, befahl Riker.

»Aye, Sir.«

Mit einer auffordernden Geste in Lieutenant Chrysos Richtung wandte Riker sich von Counselor Troi ab und ging zum Beobachtungszimmer. Er hörte kaum zu, als Chryso besorgt zusammenfaßte, welche Lösungen ihr Team als Möglichkeiten ausgeschlossen hatte. Riker ahnte bereits, was sie sagen würde, und beantwortete ihre Fragen nur einsilbig, da er wußte, daß auch sie mit den Gedanken nicht bei der Sache war und auf Fähnrich Puckees Rückkehr wartete.

Puckee stürmte in den Raum. Ihr Gesicht brannte vor Eifer. »Lieutenant Chryso, ich habe herausgefunden, wo das Problem liegt.«

»Berichten Sie, Fähnrich«, befahl Riker.

»Sir«, grüßte sie ihn verspätet. Sie hielt ihren Tricorder hoch. »Ich habe am Relais des Bodenmoduls einen Diagnose-Check der Stufe 1 durchgeführt. Eine feine Schicht verschlammten und leicht magnetisierten Staubs hat sich um einige Kontaktstellen angesammelt. Offensichtlich wurde er von den Tornados, die bei Sonnenaufgang und -untergang ausbrechen, durch die wenigen Belüftungsschlitze in das Modul geweht. Die Schäden sind beträchtlich.«

»Dreck?« wiederholte Riker ungläubig. »Wie kann das sein?«

»Die Zustände da unten sind nicht normal«, erinnerte Puckee ihn.

Riker dachte daran, welche Mengen von Staub und anderen Partikeln in der Luft schwebten und in welchem Zustand der Boden war. »Warum wurden keine Vorsichtsmaßnahmen ergriffen?« fragte er.

»Sie wurden ergriffen«, erwiderte Puckee sofort, und ihr Tonfall klang absolut sicher, aber nicht respektlos. »Die Situation auf Lessenar ist einzigartig. Doch ich bin zum Schluß gekommen, daß ein schwaches Stasisfeld den Großteil des Staubs zurückhalten, unsere Forschungen aber nicht behindern wird.«

»Haben Sie die Folgen für die Feuchtigkeitsmessungen in Betracht gezogen?« fragte Chryso.

»Das habe ich bereits bedacht«, erwiderte Puckee. »Wir können eine ferngesteuerte Verbindung durch das Stasisfeld führen, die dann alle Informationen überträgt, die durch die Unterbrechung vielleicht beeinträchtigt worden sind.«

Chryso runzelte die Stirn, als sie über die Auswirkungen nachdachte. »Das heißt, wir müßten all unsere Berechnungen wiederholen.«

»Ist es so ernst?« fragte Riker schnell.

»Nicht alle Messungen müssen wiederholt werden«, protestierte Puckee. »Das ist überflüssig.«

»Bei solch einer Angelegenheit ist Vorsicht niemals überflüssig«, beharrte Chryso. »Alle Daten, die wir in den letzten acht Stunden gesammelt haben, müssen überprüft werden.«

»Damit wäre der erste Bericht über die Situation unzutreffend«, stellte Riker klar.

Chryso nickte. »Ja, allerdings.«

»Nehmen Sie es jetzt nicht zu genau, Lieutenant?« fragte Riker.

»Der Ansicht bin ich auch«, warf Puckee ein. »Es ist einfach nicht nötig. Die Messungen waren völlig in Ordnung, bis der Kontakt blockiert wurde und es zu der Panne kam, die wir dann bemerkt haben. Es ist ja nicht so, als hätte sich irgendwann ein Fehler eingeschlichen. Wenn Sie wollen, können Sie ja die Tricorder-Messungen überprüfen.«

»Wir können uns dessen unmöglich absolut sicher sein«, sagte Chryso. »Das ist kein wissenschaftliches Projekt der Akademie, Fähnrich. Es ist unbedingt erforderlich, daß wir eine genaue Analyse erstellen, oder wir machen uns vielleicht bei der Zerstörung einer ganzen Welt mitschuldig.«

Chryso sah ihre Entscheidung offensichtlich als endgültig an. Riker dachte über beide Meinungen nach und fragte sich, ob er dem Lieutenant befehlen sollte, den Vorschlag des Fähnrichs zu befolgen. Ganz offensichtlich war Chryso durch den Einfluß der Sli übermäßig vorsichtig geworden, doch es war auch nicht ausgeschlossen, daß Fähnrich Puckee übereilt handelte. Und der Planetare Rat drängte auf Ergebnisse.

»Die bis zu Ihrem ersten Bericht gesammelten Daten erachten wir weiterhin als gültig«, befahl er. »Sobald das Modul repariert ist, führt Ihr Team die nächsten Berechnungen durch.«

Chryso sah zu ihm hoch und riß die Augen vor Überraschung weit auf. »Sir, ich protestiere!«

»Ich nehme es zur Kenntnis.« Riker wandte sich an Puckee. »Wie lange wird es dauern, das Stasisfeld zu errichten?«

»Genauso lange, wie es dauert, einen Generator zu besorgen und zurückzufliegen.« Puckee faltete die Hände hinter dem Rücken. »Am schwierigsten dürfte es sein, das Modul zu säubern. Das wird mindestens eine Stunde dauern.«

»Verdammt«, murmelte Riker. Normalerweise hätte er LaForge mit dieser Aufgabe betraut. Aber der war noch immer im Gesellschaftsraum und schmollte vor sich hin. Data war vor nicht allzu langer Zeit zu ihm gegangen, um ihn von dieser Stimmung zu befreien, doch Riker wollte die Reparaturen nicht verzögern. »Ich schicke Fähnrich Barclay runter. Wie hat Ihr Pilot sich verhalten? Ist er noch dienstfähig?«

»Ich glaube schon, Sir.«

Riker hätte nichts lieber getan, als sie auf den Planeten zu begleiten, hatte vom Captain jedoch den Befehl bekommen, an Bord zu bleiben. »Sie brechen sofort auf.«

»Aye, Sir.« Puckee nickte ihnen beiden zu und stürmte dann aus dem Beobachtungszimmer.

Kaum war Puckee verschwunden, als Chryso Riker auch schon anfuhr. »Ich weiß, daß Sie diese Mission koordinieren, aber es ist meine Aufgabe, die wissenschaftlichen Untersuchungen durchzuführen. Ich kann keine Daten von fehlerhaften Ausrüstungsgegenständen akzeptieren.«

»Fähnrich Puckee ist nicht nur Wissenschaftlerin, sondern auch Technikerin. Sie hat die Einheit untersucht. Ich kann ihre Empfehlung nicht einfach ignorieren.« Riker hob beide Hände, eine Warnung vor dem, was nun kommen würde. »Sie werden von den Sli beeinflußt, Lieutenant. Sie scheinen eine alles durchdringende Furcht davor zu empfinden, irgend etwas könnte schiefgehen, und insgesamt zu heftig zu reagieren. Ihre Einstellung lähmt Ihr gesamtes Forschungsteam.«

Chryso stand einen Augenblick lang stramm; Riker hatte sie effektiv zum Schweigen gebracht. Doch dann erwiderte sie seinen Blick ruhig. »Vielleicht. Aber Sie wissen genauso gut wie ich, daß Fähnrich Puckee auf diese Situation viel zu unbesonnen und übereilt reagiert. Man kann ihrer Urteilsfähigkeit nicht vertrauen.« Chryso kniff die Augen zusammen. »Ich mache mir auch Gedanken über Ihre Urteilsfähigkeit, Commander. Sie scheinen der Meinung zu sein, daß jedes beliebige Vorgehen besser ist als gar keins. Doch statt sich für eine unserer beiden Empfehlungen zu entscheiden, haben Sie sich zögerlich für einen törichten Kompromiß entschieden.«

»Lieutenant«, sagte Riker warnend, »kehren Sie an Ihre Station zurück, oder ich werde diese Bemerkung nicht ignorieren können.«

Sie zögerte gerade so lange, um deutlich zu machen, was sie davon hielt. »Aye, Sir«, sagte sie schließlich leichthin mit einem Tonfall, der gerade noch respektvoll klang.

Riker ballte die Hände zu Fäusten und sah ihr wütend nach. Der Umstand, daß ihre Schultern offensichtlich verkrampft vor Anspannung waren, besserte seine Laune auch nicht.

Es wurde immer lauter im Gesellschaftsraum auf dem zehnten Vorderdeck, als trotz der Alarmstufe Gelb immer mehr Mannschaftsmitglieder nach dem Ende ihrer Schicht dort auftauchten.

»Ich sage Ihnen, Data, verschwinden Sie.«

Der Androide betrachtete LaForge ausdruckslos. Er zog in Betracht, angesichts der scharfen Zurückweisung seine Niederlage einzugestehen und auf die Brücke zurückzukehren, doch Guinan hatte sein Vorhaben gutgeheißen, als er ihr erklärte, er wolle die Sache mit Geordi klären. Guinan befand sich zur Zeit auf der anderen Seite des Raums und bediente die Gäste an der Theke, doch als er hinüberschaute, bemerkte er, daß sie sie beobachtete. Das schwache Lächeln auf ihrem Gesicht war mitfühlend, zeigte angesichts von Geordis Reaktion aber keine Überraschung. Data schloß daraus, daß der Versöhnungsversuch normal verlief.

Er nahm steif Platz und zog seinen Stuhl an den Tisch heran. Normalerweise paßte er sich dem Verhalten der Menschen an, ahmte ihr Vorgehen entsprechend der jeweiligen Umgebung nach. Doch in seinem Eifer, mit Geordi zu sprechen, versäumte er es, auf seine kostbarsten Dateien zurückzugreifen.

»Ihr Verhalten beleidigt mich nicht, Geordi.«

LaForge schloß die Hand um sein Glas. Data sah sich gezwungen, schnell die Wahrscheinlichkeit zu berechnen, daß sein Freund den Inhalt auf ihn schleudern würde. Das Ergebnis fiel unter den derzeitigen Bedingungen nicht sehr günstig aus. Er schob seinen Stuhl etwas zurück.

»Entschuldigung«, sagte ein Mann hinter ihm gedehnt. »Mr. Data? Sie sind doch der Zweite Offizier, oder?«

Data drehte sich um und erblickte den Captain der *Prospector*. Walch schien besorgt zu sein, verlagerte sein Gewicht vor und zurück und fuhr sich mit der Hand wiederholt durch den strubbeligen Bart.

Data wandte ihm sofort seine Aufmerksamkeit zu. »Ja, Sir, der bin ich.«

»Androiden haben doch keine Gefühle, oder?« Walch stellte die Frage mit zusammengekniffenen Augen, als wolle er auf etwas Bestimmtes hinaus.

»Nein, Sir«, sagte Data geduldig. Geordi gelang es, sich von den beiden abzuwenden und auf die Wand zu starren.

»Gut, dann kann ich mit Ihnen reden«, sagte Walch zu ihm. »Alle anderen haben die Sli verrückt gemacht. Ihn auch«, sagte Walch und deutete auf Geordi. »Das spielt für mich aber keine Rolle. *Ich* weiß, daß man bei dieser Angelegenheit einfach mit dem Fluß schwimmen muß, aber das scheint sonst keiner zu verstehen. Sind Sie sicher, daß Sie nicht von ihnen beeinträchtigt werden?«

»Nein, Sir, das bin ich nicht.«

»Es findet sowieso alles im Kopf statt«, vertraute Walch ihm an. »Doch man weiß nie, worauf man sich einläßt, wenn man am Verstand herumpfuscht.«

Data zog die Möglichkeit in Betracht, daß Captain Walch von den Sli beeinflußt wurde, doch wenn er nach den bisherigen Begegnungen zwischen ihnen urteilte, lag Walchs Verhalten durchaus innerhalb bekannter Parameter.

»Möchten Sie etwas mit mir besprechen?« fragte Data.

»Er ist ziemlich weit weg«, sagte Walch und nickte zu Geordi hinüber. Doch dann schaute er sich um und vergewisserte sich, daß sonst niemand nah genug war, um sie belauschen zu können. Trotzdem beugte er sich näher an Data heran. »Ich muß es jemandem sagen. Ich stecke tief im Schlamassel, aber ich kann einen guten Mann wie Worf nicht hineinziehen.«

»Diese Angelegenheit betrifft Lieutenant Worf?«

Walch nickte und hörte endlich auf damit, so nervös an seinem Bart zu zerren. »Sergey und ich sind immer mit den Klingonen klargekommen. Ich kann das Risiko nicht eingehen, Worf zu schaden. Mir ist es schnurz, ob ich mein neues Schiff krieg' oder nicht – aber man darf Worf nicht die Schuld geben. Klar, er ist ein alter Freund, aber das heißt noch lange nicht, daß er es gewußt hat.«

»Was genau hat Lieutenant Worf nicht gewußt?«

»Ihre Counselor setzt mir zu, stellt alle möglichen Fragen. Aber ich hege keinen Groll gegen die Sli«, beharrte Walch und hob beide Hände. »Verstehen Sie mich nicht falsch. Aber irgend etwas an der ganzen Sache stört mich. Denn ich hab' was aus dem Schiff geworfen – wie ich es immer tue, wenn ich den Abfall rauskippe.«

Geordi drehte langsam den Kopf und öffnete den Mund. »Aber das dürfen Sie nicht! Sie waren im Orbit.«

Walch zog eine Grimasse und sah Geordi vorwurfsvoll an. »Das tun doch alle! Und dieser Planet ist sowieso so heruntergekommen, daß es wirklich schlechtere Orte gibt, um seinen Müll loszuwerden.«

»Darauf kommt es nicht an«, beharrte Geordi. »Man kann nicht einfach seinen Müll zurücklassen, damit andere ihn wegräumen.«

»Wenn das eine so wichtige Sache ist ... warum sind die Strafen dann nicht höher?« entgegnete Walch. »Ich hab' noch nie gehört, daß jemandem ein Schaden entstanden ist, nur weil man ein bißchen Abfall beseitigt hat.«

»Falls ich Sie unterbrechen darf, meine Herren«, warf Data ein. »Es ist durchaus möglich, daß sich unter dem abgeworfenen Abfall die Bombe befand, die den Schaden an der *Prospector* verursacht hat. Wenn wir herausfinden könnten, welches Material über Bord geworfen wurde«, kam er zum Schluß, »könnten wir versuchen, das Gerät zu dem Wesen zurückzuverfolgen, das es eingeschmuggelt hat.«

»Ja, aber wie wollen wir das herausbekommen?« fragte Geordi verdrossen.

Data dachte kurz nach. »Captain, wie haben Sie das Material beseitigt?«

»Eine alte Luftschleuse, durch die wir sonst Proben an Bord genommen haben.«

Geordi nickte langsam. »Sind das nicht Recyclingbehälter, die das durchgeschleuste Material scannen?«

Walch trat verlegen von einem Fuß auf den anderen. »Ich ... äh ... habe gewissermaßen die Verbindung zum Computer unterbrochen.«

»Hm«, machte Geordi, »haben Sie den eigentlichen Speicher oder den Subprozessor blockiert?«

»Den Speicher«, gestand Walch. »Ich habe die Verbindung vom Recyclingbehälter zum optischen Datennetzwerk getrennt.«

Geordi lächelte. »Dann werden die Speicherchips in der Schalttafel die Daten vom Scan noch haben. Wir müssen sie nur vom Subprozessor herunterladen.«

Walch schaute ganz ernst drein und nickte. »Ich hatte Angst, das Müllabladen hätte was mit diesem Schlamassel zu tun. Wenn Sie mir einen Raumanzug geben, werde ich Ihnen zeigen, welche Luftschleuse ich benutzt habe.«

Data erhob sich und berührte seinen Kommunikator. »Commander Data an Captain Picard. Ich glaube, wir haben eine Möglichkeit gefunden, die Explosionsursache zu bestimmen. Doch Captain Walch und ich müßten auf die *Prospector* hinüberbeamen.«

Picard antwortete sofort. »Treffen Sie mich in Transporterraum zwei.«

Data bestätigte, als Geordi sich schwerfällig von seinem Stuhl erhob, wobei er darauf achtete, dem Aussichtsfenster den Rücken zuzuwenden. »Wenn Sie die Daten vom Subprozessor herunterladen müssen, brauchen Sie vielleicht meine Hilfe.«

Data nickte. »Einverstanden.« Er winkte Walch. »Bitte begleiten Sie uns, Captain.«

»Übrigens, Data«, sagte Geordi leise, als sie an Guinan vorbeigingen, »vielen Dank.«

Data nickte Guinan kurz zu und drehte sich dann zu seinem Freund um. »Ich möchte nicht, daß Sie leiden, Geordi.« Seine Stimme klang wehmütig. »Und doch mußte ich feststellen, daß dieser Aspekt Ihres Charakters überaus ... belebend ist.«

Deanna saß in der Kabine der Flugsicherung, stützte das Kinn auf eine Hand und betrachtete die sich verändernden Farben der Sli mit einem – wie sie wußte – energischen Lächeln auf ihrem Gesicht. Mit der anderen Hand streichelte sie den seidigen Stoff ihres Gewandes, ließ das hauchdünne Gewebe durch ihre Finger gleiten, während sie sein kühles Gewicht genoß. Sie seufzte laut und streckte sich dann ausgiebig, wie Datas Katze nach einem behaglichen Nickerchen.

Sie wollte diesen Gefühlen widerstehen, hatte jedoch eingesehen, daß es ihr viel schwerer fiel zu erkennen, wann wieder ein Intervall der Kommunikation bevorstand, wenn sie die Ausstrahlungen der Sli blockierte. Sie mußte sich zwingen, sich zu entspannen und ihnen ihre Gefühle zu öffnen, und selbst dann konnte sie ihre mentalen Schilde nur teilweise senken. Dennoch ging sie davon aus, daß die Sli wußten, was sie tat, denn die Frequenz, mit der sie versuchten, ihr zuzuhören, war in den letzten paar Stunden stark angestiegen.

Sie runzelte die Stirn, als sie daran dachte, und beobachtete, wie die Farben der Sli ihre komplizierten, langsamen Muster durchliefen. Es kam ihr seltsam vor, daß trotz der Farbwechsel ihre Absichten kein bißchen klarer geworden waren. Sie hatte den Eindruck, als läge das Verständnis knapp außerhalb ihrer Reichweite – und als würde ihre Konzentration allerdings durch ihre Unfähigkeit gestört, die Sinnlichkeit freizusetzen, die sie normalerweise immer im Zaum hielt.

»Counselor Troi, hier spricht Captain Picard. Bitte kommen Sie in den Transporterraum zwei.«

Deannas Ellbogen rutschte unter ihr weg, und ihre Hände fielen auf die Schalttafel; sie konnte gerade noch verhindern, daß sie mit dem Gesicht darauf knallte. In eine so tiefe Trance hatten die Sli sie versetzt. Sie rappelte sich auf, kam sich vor, als wäre sie gerade aus einem tiefen Schlaf erwacht, zog ihr Kleid zurecht und ordnete mit schnellen, sparsamen Bewegungen ihr Haar. Fähnrich Saart beobachtete sie aufmerksam. Fähnrich Hassett schenkte ihr wie üblich nicht die geringste Beachtung.

»Counselor Troi«, wiederholte Picards Stimme. »Bitte antworten Sie.«

»Ja, Sir!« Sie schüttelte kurz den Kopf, um ihn freizubekommen. »Ich bin schon unterwegs, Sir.«

Als sie zum Transporterraum eilte, versuchte sie, ihre mentalen Schilde neu zu ordnen. Es war fast unmöglich. Die Bemühungen der Sli schienen einen Keil zu bilden und sie daran zu hindern, die Übertragungen vollständig zu blockieren.

Captain Picard stand vor Captain Walch, der gerade einen grauschwarzen Druckanzug anlegte. Picard hatte die Arme vor der Brust verschränkt und beobachtete, wie der ältere Mann reagierte, während er sich Datas Zusammenfassung anhörte.

»... einfaches Interface mit dem Subprozessor mittels eines Tricorders. Das Computersystem der *Prospector* ist kompatibel.«

»Dann wissen wir genau«, fügte Geordi hinzu, »welche Gegenstände hinausgeworfen wurden, und können die Meßergebnisse mit denen bekannter Sprengstoffe vergleichen.«

Picard nickte bestätigend und wandte sich dann an Deanna, um ihr alles zu erklären. »Captain Walch hat gestanden, eine Reihe von Gegenständen aus seinem Schiff geworfen zu haben, um sie zu entsorgen. Data ist der Ansicht, daß darunter die Bombe gewesen sein könnte.«

Sein Tonfall verriet Deanna sofort, wieso er sie hinzugezogen hatte. Er wußte nicht, ob er Captain Walch Glauben schenken konnte oder nicht. Sie richtete ihre empathische Konzentration auf Walch. »Warum haben Sie uns das nicht vorher gesagt?«

Der große Mann schob seine Kappe zurück und schüttelte langsam den Kopf. »Ehrlich, Leute, ich hab' einfach nicht daran gedacht. Wir haben den Abfall immer durch diese Luftschleuse geworfen. Erst als die Föderation es unter Strafe stellte, hat Pa die Verbindung zum Computer getrennt.« Seine Magnetstiefel klapperten gegen den Boden des Transporterraums. »Ich bin erst darauf gekommen, als Sie mich gefragt haben, Counselor, ob ich irgend etwas mit der Explosion zu tun gehabt hätte – da ist es mir praktisch wie Schuppen von den Augen gefallen. Ich hab' den Müll rausgeworfen, als wir gerade in die Umlaufbahn geschwenkt waren, und keine Stunde später erfolgte die Explosion.«

Deanna nickte. Ihr fiel ein, daß Walch überrascht gewesen war, als sie ihn gefragt hatte. Nun ergab das alles Sinn. »Warum haben Sie das nicht erwähnt?«

Walch schürzte die Lippen und zuckte mit den Achseln, als sei die Antwort ganz offensichtlich. »Mußte erst mal darüber nachdenken. Sie wissen ja, Starfleet hat was dagegen, wenn man seinen Müll einfach über Bord wirft.«

Deanna wandte den Kopf ab, um ihren Ausdruck zu verbergen. Sie wollte professionell bleiben. »Verzeihung, Captain Walch, aber ehrlich gesagt haben Sie während dieser Unterhaltung auch noch in anderer Hinsicht gelogen. Und zwar, als Sie sagten, es sei *Ihre* Idee gewesen, die Sli an Bord des Starliners zu holen.«

Walch wand sich ein wenig, als wolle er sich genau überlegen, was er sagen sollte. Die Verzögerung war schon unangenehm deutlich geworden, als er schließlich aufblickte und ihr direkt in die Augen sah. »Nun ja, Counselor. Das tut mir leid. Wirklich.« Er kämpfte einen Augenblick lang mit sich und platzte dann heraus: »Aber auf diese Weise ist die Story einfach besser!«

»Besser als was?«

»Als die Wahrheit«, gestand Walch ein. Dann lachte er kurz über sich. »In Wirklichkeit hat Hartog sich an uns gewandt. Ach, es war gar nicht schwer, mich zu überzeugen. Miriah hat sich alles genau angesehen, und als sie mir grünes Licht gab, ließ ich den Behälter mit den Sli schneller in die Frachtkammer einbauen, als man mit den Fingern schnippen kann. Hat für das Geschäft Wunder bewirkt. Und Hartog hat mir stets die Anerkennung überlassen. So ist er nun mal«, sagte Walch beiläufig. »Ein gieriger kleiner Schleimer, wenn Sie mich fragen. Aber wir sind immer gut miteinander ausgekommen.«

Deanna nickte. »Und Sie wollen jetzt auf die *Prospector* hinüber, um herauszufinden, was in dem Abfall war?«

»Wir können die Information aus dem Subprozessor-Speicher holen«, erklärte Walch ihr.

Picard trat einen Schritt vor und fragte sie ohne die geringste Spur von Unbehagen: »Ihre Meinung, Counselor?«

Deanna achtete schnell auf Walchs Reaktion, doch er schien nichts gegen die Schroffheit des Captains zu haben. »Ich glaube, Captain Walch sagt die Wahrheit, Sir.«

Picard mußte auch dieser Meinung gewesen sein, denn er drehte sich zu Data um. »Nun gut – machen Sie es so.«

Data nickte kurz und trat auf die Transporterfläche.

Lieutenant LaForge und Captain Walch folgten ihm. Deanna hob eine Hand. »Bitte warten Sie noch einen Augenblick«, sagte sie. Das war wahrscheinlich die schnellste Entscheidung gewesen, die der Captain je getroffen hatte. »Geordi, sind Sie fit genug für einen Außeneinsatz?«

Sie bemerkte, daß es Geordi ganz und gar nicht gefiel, plötzlich im Mittelpunkt der Aufmerksamkeit zu stehen, und seine Verärgerung wurde beträchtlich stärker. Aber er zuckte nur mit den Achseln. »Ich wüßte nicht, wieso nicht. Man kommt mit mir zwar nicht besonders gut aus, aber Data behauptet, es gefällt ihm.«

»Es gefällt Ihnen?« fragte sie den Androiden, verwirrt darüber, daß es Geordi schon um so vieles besser ging.

Data drehte den Kopf und verdeckte dadurch eine Hälfte seines Gesichts. »Ich kann keine Gefühlsregung als negativ ansehen, Counselor.«

Vom Standpunkt eines Androiden betrachtet, war das sicherlich völlig logisch. Auf jeden Fall schien Geordi zufrieden zu sein, und so trat Deanna zurück und nickte dem Transporterchef zu. Schweigend beobachtete sie, wie sie dematerialisierten.

Picard wartete, bis er und Deanna im Korridor waren, bevor er wieder das Wort ergriff. »Ich werde Mon Hartogs Bitte, die Nachrichten für Worf freizugeben, zurückstellen, bis diese Sache geklärt ist. Bitte sehen Sie sich Lieutenant Worf noch einmal an und entscheiden Sie, ob er wieder dienstfähig ist.«

Deanna atmete tief ein. »Jawohl, Sir.«

Das Außenteam materialisierte im Haupttransporterraum der *Prospector*. Noch während die beiden Menschen wieder Substanz gewannen, aktivierte Data in seinen Speicherbanken ein Unterprogramm. Da dies sein zweiter Besuch auf der *Prospector* war, führte dieses Programm einen ständigen Vergleich zwischen seiner ursprünglichen Analyse und den Daten durch, die er zur Zeit sammelte. Es würde alle Abweichungen feststellen und an einen Operationsknoten weitergeben, damit sofort die nötigen Schritte eingeleitet werden konnten.

Seine Tricordermessungen stimmten mit denen beim ersten Kontakt überein, und Data wiederholte seine frühere Warnung Wort für Wort. »Die Fluktuationen des Schwerkraftfelds variieren von 0,74 g bis zu 1,23 g. Die Mikrokreisel in Ihren Anzügen werden die Schwankungen kompensieren, aber es kann Verzögerungen von bis zu zwei Millisekunden geben.«

Geordi sah Data an, verzog das Gesicht und schüttelte dann stumm den Kopf. Data kam schnell zum Schluß, daß Geordis Reaktion von der Norm abweichend war, und entschied sich, sie zu ignorieren. Doch er speicherte den Zwischenfall ab, um ihn später zu studieren.

»Hier entlang!« rief Walch und marschierte bereits am Springbrunnen vorbei. »Die Schleuse ist auf Deck sechs, ziemlich weit vorn.«

Während der Fahrt mit dem Turbolift beobachtete Data wieder die negativen Reaktionen, die sowohl Geordi als auch Captain Walch aufgrund der Schwerkraftfluktuationen zeigten. Doch er enthielt sich jeden Kommentars.

Die Luftschleuse, die Walch zum Abwurf von Müll benutzte, befand sich in einem Wartungsgang neben der Brücke. Der lange, schmale Raum wurde von Regalen gesäumt, die mit Geräten und Ersatzteilen in verschiedenen Stadien des Zerfalls gefüllt waren. Die uralte Luftschleuse befand sich in der Außenwand; vor ihr stand ein verkratzter Metalltisch. Er war etwa einen mal einen Meter groß und hatte stark verschmutzte Kanten, die aus dem Schott herausragten.

»Da ist sie, Jungs.« Walch bahnte sich mit geübter

Leichtigkeit einen Weg durch die Trümmer. »Das hier sind die Kontrollen.«

Geordi war noch nicht allzu standfest und stolperte gegen einen Kondensator, als er Data zu der Luftschleuse folgte. Data bot ihm seine Hilfe an, die Geordi jedoch ablehnte, und begann dann die routinemäßige Untersuchung mit dem Tricorder, während er das Computerinterface Geordi überließ.

»Greifen Sie noch nicht auf die Dateien zu«, sagte Geordi zu Walch und bereitete seine Ausrüstung vor. Er schob eine Fernsteuerungseinheit in das Laufwerk. Schon nach einem kurzen Moment war die Verbindung hergestellt. »Alles klar. Jetzt können Sie.«

Captain Walch gab die Befehle über eine kleine, abgeschrägte Tastatur ein. Es folgte eine beträchtliche Pause, bevor die Informationen auf dem winzigen Bildschirm erschienen.

»Ich kopiere«, erklärte Geordi und beobachtete die Phasenverschiebung. »Na also, das war's schon.«

Plötzlich fing Datas Tricorder in der Nähe eine ungewöhnliche Sendeaktivität auf. Er schaltete eine Funkverbindung mit Geordis Tricorder und drang auf diesem Umweg zum Subprozessor der *Prospector* vor.

Data analysierte die Information. »Die Verbindungsstelle zum optischen Datennetzwerk des Schiffes sendet Daten über die Subraumgrenzschicht.«

»Was?« Geordi warf einen raschen Blick auf Walch. »Haben Sie nicht gesagt, Sie hätten die Verbindung zum ODN getrennt?«

»Das habe ich auch.« Walch schob Geordi sofort beiseite und öffnete die Vertäfelung mit einer Handsonde. »Mal sehen ...« Er spähte mit der Sonde hinein. Data wollte ihm gerade seine Hilfe anbieten, als Walch sagte: »Verdammt, Augenblick mal ... das ist nicht mein Werk! Die Verbindung wurde wieder zusammengefügt. Und hier steckt ein Sendechip zwischen ...«

Data zog schnell mehrere Schlußfolgerungen. »Zur Brücke!« befahl er.

Nachdem das ODN nun angeschlossen war, hatte Data über seinen Tricorder direkten Zugriff auf den Schiffscomputer. Als er die Funktionsstation der *Prospector* erreicht hatte, hatte er die Befehlsserie abgefangen, die mit hoher Geschwindigkeit an den Computer gesendet wurde. Er überprüfte seine Vermutung schnell und hatte die Bestätigung, noch bevor Walch und Geordi, die er in der Eile hinter sich gelassen hatte, endlich auf der Brücke eintrafen.

»Data!« rief Geordi, nachdem er wieder zu Atem gekommen war. »Was ist los?«

»Der Generator des Impulstriebwerks wurde aktiviert«, informierte Data sie, ohne aufzuschauen. »Ich versuche, den Befehl zu widerrufen.«

Geordi ging sofort zur technischen Station. »Wir haben Probleme. Die Reaktionskammern des Impulstriebwerks wurden bereits aktiviert und liefern Teilenergie an das Verteilungsnetz des Schiffes.«

»Der ursprüngliche Befehl ist schreibgeschützt. Ich kann ihn nicht aufheben«, gab Data bekannt. »Impulsenergie in siebenunddreißig Sekunden.«

Walch schwitzte und rang um Atem. »Ohne das Strukturfestigkeitssystem wird das Schiff zerquetscht werden.«

Data überprüfte bereits den Status des Strukturfestigkeits-Feldsystems. »Ich kann kein kohärentes Netzwerk von Kraftfeldsegmenten errichten.« Er berührte seinen Kommunikator. »*Enterprise,* hier spricht Commander Data.«

»Hier Picard«, erwiderte der Captain sofort.

»Sir, die Impulstriebwerke der *Prospector* wurden auf eine automatische Startsequenz geschaltet. Wir bekommen in einunddreißig Sekunden Impulskraft. Die Strukturfestigkeit ist in Gefahr.«

Durch den Kommunikator hörten sie, daß Captain

Picard dem Transporterchef befahl, sie zurück auf die *Enterprise* zu beamen.

Data wußte genau, was geschehen würde, wenn die *Prospector* unter den derzeitigen Bedingungen auf Impulskraft ging. Ohne das Strukturfestigkeits-Feldsystem konnte der menschliche Körper keinen Beschleunigungen über 3 g standhalten. Das Impulstriebwerk würde sie sofort auf 500 g oder noch mehr beschleunigen. Sein Skelett würde solche Beschleunigungswerte vielleicht aushalten, doch die nachfolgende explosionsartige Kompression der *Prospector* würde zweifellos seine Bestandteile auflösen.

Data wartete einen Augenblick lang, doch als sie nicht dematerialisierten, überprüfte er seine Schlußfolgerung mit Hilfe des Computers. »Unregelmäßige Gravitationsschwankungen stören die Transporterfunktionen. Die *Enterprise* kann uns nicht erfassen.«

»Wir kommen hier nicht mehr rechtzeitig raus!« schrie Walch.

Geordi arbeitete noch immer an der technischen Station. »Ich versuche zu verhindern, daß Deuterium in die Reaktionskammern fließt.«

Data schüttelte den Kopf. »In der Reaktionskammer hat sich bereits eine ausreichend pulsierende Schockfront aufgebaut. In zweiundzwanzig Sekunden wird Hochenergieplasma in den Beschleuniger gepumpt.«

Geordi schlug mit der Handfläche auf die Schalttafel. »Verdammt! Sind Sie sicher, daß der Befehl nicht aufgehoben werden kann?«

Walch räusperte sich schnell. »Computer, das ist eine Alpha-Einstufung, Kode Peristroika Walch, 079-2867.«

»Stimmüberprüfung bestätigt«, erwiderte der Computer.

»Deaktiviere den Impulsbeschleuniger«, befahl Walch.

»Verstanden«, sagte der Computer mit monotoner

weiblicher Stimme. »Befehl kann nicht ausgeführt werden. Aktivierung des Impulstriebwerkgenerators in sechzehn Sekunden.«

Geordi schlug erneut auf die Schalttafel, diesmal härter.

»Mr. Data«, informierte Captain Picard sie, »die Strahlung verhindert, daß wir Sie mit dem Transporter erfassen können. Wie ist Ihr Status?«

»Lage unverändert, Sir. Impulskraft in zwölf Sekunden.«

»Ich hab's!« Geordi drehte sich plötzlich zu ihm um. »Data, initiieren Sie den sekundären Modus im Materie-Antimaterie-Reaktionskern! Das leitet die Energiezufuhrsequenz für die Schaffung eines Warpfelds ein.«

»Geordi, auch wenn wir auf Warpgeschwindigkeit gehen, wird die Strukturfestigkeit einer unerträglichen Belastung ausgesetzt.«

»Aber«, sagte Geordi und legte schnell die paar Schritte zwischen ihnen zurück, »in den Softwareroutinen ist der Warpflug eine Entweder-Oder-Option. Der Computer wird die Impulstriebwerke ausschalten müssen, damit sie die Warpfelder nicht beeinträchtigen. Die Materie-Antimaterie-Reaktionskammer wird aber von keinem Befehl blockiert; sie müßten wir abschalten können.«

Data verstand, noch bevor Geordi den Satz beendet hatte, und gab den Befehl ein. »Energiezufuhrsequenz eingeleitet. Druck in der Reaktionskammer steigt auf fünfundvierzigtausend Kilopascal. Die MRI- und ARI-Düsen sind geöffnet.«

»Komm schon«, murmelte Geordi.

Data schaute auf den Countdown. »Drei Sekunden bis zur Aktivierung des Impulsgenerators. Zwei Sekunden ...«

Geordi beugte sich vor. Walch hielt den Atem an.

»Impulsbeschleuniger und -generator deaktiviert«, erklärte Data ruhig. »Leite energiegeladenes Plasma in die Speicher um. Deaktiviere sekundären Reaktionsmodus des Warpkerns.«

Geordi stieß sich von der Schalttafel ab und torkelte zurück. Er mußte sich setzen und hätte es fast nicht mehr bis zu dem Stuhl geschafft.

Als Data die Abschaltsequenz des Warpenergiegenerators beendete und den Impulsbeschleuniger und -generator sperrte, bemerkte er, daß sowohl Captain Walch als auch Geordi heftige Reaktionen zeigten. Data hatte schon öfter solch einen Aufruhr bei Menschen festgestellt, die sich gerade in Situationen extremer Gefahr befunden hatten, und wollte vermeiden, daß ihr Verhalten die Sicherheit der *Prospector* beeinträchtigte. Doch er sammelte eine große Anzahl empirischer Daten über ihre physiologischen Reaktionen und speicherte diese Informationen in seinen persönlichen Dateien ab. Er wußte, daß Geordi nichts dagegen haben würde.

22

Vor Worfs Tür zögerte Deanna. Die matte orangefarbene Oberfläche sah genauso aus wie die der anderen Türen, die diesen Gang säumten – doch hinter dieser lag Worfs Quartier. Die wenigen Male, die sie es betreten hatte, hatten das rötliche Licht der Lampen und der durchdringende Geruch nach Leder sie trotz der gebogenen Wände und der vertrauten Form des Raums immer an alte Zeiten mit aufblitzenden Schwertern und Fackelschein erinnert.

Sie seufzte laut, denn sie wußte, daß sie auf Befehl des Captains und nicht aus eigener Entscheidung hier war. Sie hatte eine direkte Konfrontation mit Worf vermieden, aber jetzt blieb ihr keine andere Wahl mehr.

Lediglich aus einem einzigen Grund fühlte sie sich nun etwas besser. Sie war imstande gewesen, Captain Walch im Transporterraum problemlos zu sondieren. Dieses Gespräch bestätigte, daß sie längst nicht mehr so desorientiert war wie zuvor.

Dennoch hatte sie dem Captain nichts davon gesagt, daß es vielleicht besser war, wenn die Mannschaft den Sli keinen Widerstand mehr entgegensetzte. Sie war sich noch nicht sicher und konnte ihn wohl kaum bitten, ihr zu vertrauen, wenn sie nicht hundertprozentig davon überzeugt war, daß sie mit ihrer Theorie ins Schwarze traf.

Abrupt glitt die Tür beiseite, und Worf füllte die Öffnung aus. Er blickte wütend auf sie hinab.

Sie hatte den Türsummer nicht betätigt. »Worf!«

»Warum liegen Sie vor meiner Tür auf der Lauer?« fragte er.

Nervös deutete sie auf den Summer. »Ich wollte mich gerade ankündigen.« Sie wartete, aber er trat nicht beiseite. »Darf ich hereinkommen, Worf?«

Der Klingone machte ihr Platz, schüttelte über sich selbst den Kopf und legte eine Hand kurz auf die Schärpe seiner Uniform.

»Alle werden beeinflußt, Worf.« Da Worfs Körperhaltung deutlich machte, daß er stehenbleiben würde, nahm Deanna auch nicht Platz. »Wo ist Alexander?«

»Bei einem Freund. Ich nahm an, da ich vom Dienst suspendiert wurde ...«, begann Worf förmlich, mußte dann aber abbrechen. Er erwiderte ihren Blick nicht, und auf seinem Gesicht lag ein schwacher Schweißfilm. Seine Kiefermuskulatur zuckte, obwohl er sich offensichtlich bemühte, ruhig zu bleiben.

»Worf.« Ihre Stimme war freundlich. »Ich bin gekommen, um Ihnen zu sagen, daß wir zu wissen glauben, wie der Sprengstoff zur Explosion gebracht wurde. Captain Walch hat Müll aus der *Prospector* geworfen. Er, Data und Geordi sind hinübergebeamt, um herauszufinden, ob die Bombe unter diesen Gegenständen war.«

Worf atmete tief ein, ein langes Zischen. »Walch hat die Explosion verursacht!«

Deanna schüttelte schnell den Kopf. »Er hat nicht gewußt, was er tat – so viel kann ich sagen. Jemand hat vielleicht eine Bombe unter den Abfall geschmuggelt, aber Captain Walch hat sie höchstens unabsichtlich ins All befördert. Dessen bin ich mir sicher.«

Worf ballte die Hände zu Fäusten und trat steif ein paar Schritte zurück. »Ich kann ihm nicht vertrauen.« Dann zuckte er zusammen und legte eine Hand auf seinen Magen.

Deanna griff besorgt nach ihm, aber er ließ schnell die Hände sinken und richtete sich auf. Daß er ruckartig das Kinn vorschob, enthüllte, wie schwer es ihm fiel, sich in der Gewalt zu halten.

»Worf, was ist los mit Ihnen?«

»Nichts.« Als sie neben ihn trat, fügte er beharrlich hinzu: »Ich habe mich unter Kontrolle, Counselor.«

»Kontrolle ist mir gleichgültig.« Sie bemerkte die Anspannung um seine Augen, die Schwierigkeit, die es ihm bereitete, gerade zu stehen, und die Art und Weise, wie seine Augen glasig und dann wieder klar wurden, als durchliefen ihn Schmerzwellen. »Es ist ein körperlicher Schmerz, nicht wahr?«

»Es wird vorübergehen.« Er versuchte, sich nicht zu bewegen.

»Um Himmels willen, Worf!« Sie erkannte den Spruch geistesabwesend als einen, den Lwaxana immer benutzte, doch er kam ihr im Augenblick ganz angemessen vor. »Warum melden Sie sich nicht auf der Krankenstation? Sie haben Schmerzen, oder? Sie stammen von dem Aufruhr, den die Sli in Ihnen verursachen.«

»Gefühle!« knirschte Worf, als wolle er eine Schleimnisse abschütteln.

»Kommen Sie, legen Sie sich hin«, sagte Deanna zu ihm und versuchte, ihn am Arm zu nehmen.

Er widersetzte sich. »Ich darf nicht nachgeben. Ich muß Herr über meine Reaktionen sein, mich dem Begehren widersetzen, die Aggressionen im Zaun halten...« Er biß die Zähne aufeinander und versuchte stumm, einer weiteren aufbrandenden Schmerzwoge zu widerstehen.

Sie schob ihn zurück zur Couch und setzte mehr Kraft ein, als er versuchte, sie daran zu hindern. »Es gibt einen körperlichen Grund für diesen Schmerz«, versuchte sie ihm zu erklären. Als er sie nicht zu hören schien, sprach sie lauter und zerrte heftiger an ihm. »Hören Sie mir zu, Worf! Es ist eine medizinische Tatsache, daß die Verdauung direkt mit den Gefühlen verbunden ist. Sie haben Muskelkrämpfe – und das ist nicht der richtige Augenblick, um mit aller Härte dagegen anzugehen. Legen Sie sich hin, das beruhigt Ihre Darmtätigkeit.«

Sie drängte ihn auf die Couch, und er schaute wütend zu ihr hoch. Doch nach einem Augenblick entspannte sein Gesicht sich etwas.

Sie zog einen Stuhl heran. »Haben Sie etwas dagegen genommen?«

Er nickte verdrossen.

»Dann entspannen Sie sich einfach.« Sie seufzte und lehnte sich zurück. »Ich habe Ihnen gesagt, daß Sie zu hart gegen sich selbst sind. Sie können sich nicht immer in der Gewalt haben.«

»Ich habe um meine Ehre gekämpft.« Er klang schon viel besser.

»Wir alle haben unsere Schwächen, mit denen wir uns auseinandersetzen müssen.« Die ihre sah sie nun ziemlich lebhaft in ihrer Vorstellung. Es war das Bild von Lwaxana und der spät erblühenden Sexualität der Betazoiden. Deanna fürchtete, sie würde jedes Gefühl für Anstand verlieren und sich genauso schamlos aufführen wie ihre Mutter, wenn sie älter wurde. Sie schüttelte den Gedanken ab und lächelte Worf beruhigend zu. »Aber fühlen Sie sich nicht schon besser, nachdem Sie sich hingelegt haben?«

Sie hörte Worfs Antwort nicht – ihre eigenen Worte schienen laut in ihr zu hallen. Das war der Schlüssel für den Umgang mit den Sli. Worf leistete Widerstand mit allen Reserven, die er hatte, und es bereitete ihm tatsächlich körperliche Schmerzen. Tarses hatte Widerstand geleistet und sich verletzt – doch nachdem er sich mit seinen Gefühlen befaßt hatte, konnte er wieder allen anderen auf der Krankenstation helfen. Und auch Data. Er hatte Geordis Verhalten akzeptiert und es Geordi dadurch ermöglicht, sich selbst zu akzeptieren.

»Das ist es!« Sie hatte dem Schreckgespenst Lwaxanas in sich selbst Widerstand geleistet, und das war die letzte Störung, die ihr Verständnis der Sli beeinträchtigte. »Ich habe es, Worf!«

Er verstand nicht und schüttelte leicht den Kopf.

»Die Sli«, sagte sie zu ihm. »Verstehen Sie nicht? Wir müssen aufhören, ihnen Widerstand entgegenzusetzen. Wenn wir zulassen, daß wir die Emotionen fühlen, die ihre Ausstrahlungen hervorbringen, werden sie schnell wieder vorübergehen. Wenn wir uns jedoch widersetzen, erzeugen wir in uns eine Feedback-Schlaufe, die das Gefühl immer wieder von neuem auslöst.«

Worf stieß sich hoch. »Wir dürfen ihnen nicht nachgeben!«

»Verstehen Sie nicht? Das ist die einzige Möglichkeit, sie zu besiegen.«

Worf schwang die Beine von der Couch und verzog dabei das Gesicht. Seine Stimme war tief und erbittert. »Der Barbar wird nicht freigesetzt werden.«

»Worf.« Sie versuchte zu verhindern, daß er aufstand. »Sie müssen liegen. Sie müssen akzeptieren, daß Sie solche Gefühle haben. Bekämpfen Sie sie nicht, sondern bekennen Sie sich zu ihnen.«

»Bin ich noch immer vom Dienst suspendiert?« fragte er und sah ihr abrupt in die Augen.

Sie blinzelte ein paarmal; ihr gefiel nicht, was sie in seinem verschlossenen Ausdruck ausmachte. »Ja. Ich möchte, daß Sie sich wieder hinlegen.«

Er biß sich auf die Lippen, und seine Augen funkelten, als wolle er ihre Befehlsgewalt herausfordern.

Ihr Kommunikator piepte, und Captain Picards Stimme sagte: »Counselor Troi, bitte kommen Sie ins Beobachtungszimmer. Das Außenteam hat Anhaltspunkte mitgebracht, die darauf schließen lassen, daß Mon Hartog für die Explosion verantwortlich war. Ich brauche Ihre Hilfe dabei, dies den Sli zu erklären.«

Worf sprang auf und knurrte tief in seiner Kehle. »Hartog hat mich beschuldigt!« warf er dazwischen.

»Hartog?« wiederholte Deanna völlig ungläubig. »Sind Sie sicher?«

»Das versuchen wir gerade herauszufinden«, erwiderte der Captain kurz angebunden.

Ihr wurde klar, daß sie auf einem nicht abhörsicheren Kanal sprachen. »Ich komme sofort.«

»Und Lieutenant Worf ...?« fragte der Captain.

»Counselor ...«, sagte Worf.

»Worf ist noch immer vom Dienst suspendiert«, sagte sie kurz und knapp. Sie schaute zu ihm hoch; er stand da und zitterte vor Wut und Schmerz. »Medizinische Gründe.«

»Verstanden«, bestätigte Picard.

Worf funkelte sie wütend an. »Hartog hat ein Mannschaftsmitglied angegriffen ...«

Deanna hob beide Hände. »Nein, Tarses hat sich selbst mit einem Messer verletzt. Er hat es gestanden. Mon Hartog steht nicht mehr unter Bewachung.«

Worf schien vor Wut anzuschwellen. Aber Deanna zeigte einfach auf die Couch. »Legen Sie sich hin, Worf. Wir kümmern uns um Mon Hartog.«

Picard beendete das Gespräch mit der Counselor und richtete seine Aufmerksamkeit wieder auf Data und Geordi, die auf der Schwelle standen. Commander Riker lümmelte sich schweigend in einen der Sessel, das Kinn fast auf der Brust und die Füße ausgestreckt. Picard ging langsam am Kopfende des Tisches hin und her, vom Fenster zu Data und Geordi und wieder zurück, während er über die neuen Informationen nachdachte.

Data hielt einen Senderchip hoch. »Dieser Chip hat die Verbindung zwischen dem Subprozessor und dem optischen Datennetzwerk gebildet. In ihm war auch der Befehl gespeichert, auf Impulsgeschwindigkeit zu gehen.«

»Seine Herkunft?« fragte Picard.

»Es handelt sich um Hardware der Ferengi«, erwiderte Data.

»Und wir haben ein Protokoll des Softwarebefehls, Sir«, fügte Geordi hinzu. »Auch er scheint von den Ferengi zu stammen, aber der Computer ist mit der Analyse noch nicht ganz fertig.«

Picard nickte und versuchte, jede Möglichkeit in Betracht zu ziehen. »Haben Sie den Scan des ausgestoßenen Materials bergen können?«

»Aye, Sir«, erwiderte Geordi und schaute zu seinem Tricorder hinab. »Das ist überaus interessant. Jeder Gegenstand wurde mit den bekannten Bombenkonfigurationen verglichen – von leeren Atmosphäremodulen bis hin zu einem halben Dutzend gerissener Kupfer-Yttrium-Leitungen. Der einzige Gegenstand, der vielleicht Sprengstoff enthalten konnte, war eine Batterie der Lebenserhaltungseinheit der Sli.«

»Der Sli?« Picard blieb stehen. »Aber die benutzen doch nur Geräte der Ferengi.«

»Genau«, sagte Geordi. »Und ist es kein Zufall, daß der Scan der Batterie fast identisch ist mit dem eines Sprengstoffs aus Ferengi-Herstellung?«

»Offensichtlich führen alle Spuren unserer Ermittlung direkt zu Mon Hartog.«

Data nickte zustimmend und runzelte die Stirn. »Darüber hinaus wäre es auch typisch für die Praktiken der Ferengi, Sprengstoff in Müll zu verstecken, der illegal entsorgt wird ...«

Er hielt inne, als Counselor Troi hinter ihnen auftauchte. Sie mußte sich zwischen Data und Geordi in das Beobachtungszimmer zwängen. »Also hat Mon Hartog versucht, die Sli zu töten?«

Picard hob eine Hand. »Es scheint eine Flut von Beweisen gegen ihn zu geben.«

»Nun ja, ich glaube nicht mehr, daß Captain Walch es getan hat.« Troi strich ihr Haar zurück. »Aber Hartog lebt von den Sli. Warum sollte er sie verletzen? Er hat doch nichts zu gewinnen, indem er einen tötet.«

»Es würde einiges erklären, falls Hartog in etwas viel Größeres als nur eine Konzerttour verstrickt sein sollte.« Picard dachte in erster Linie an den jetzigen Status der Beziehungen zwischen der Föderation, den Sli und den Ferengi. »Vielleicht verfolgt er in Wirklichkeit das Ziel, die Feindseligkeiten zwischen der Föderation und den Sli aufrechtzuerhalten.«

Geordi nickte. »Die Ferengi sind von dem Treibstoff abhängig, den die Sli-Kolonien herstellen. Und sie waren schon immer der Ansicht, es sei am besten, ein Monopol auf dem Markt zu haben.«

»Das würde die Täuschung erklären, die ich ständig in Mon Hartog wahrnehme«, stimmte Troi ihm zu. »Das könnte auch der Grund sein, wieso er Gerüchte verbreitet und Zwietracht unter der Besatzung sät.«

»Sollte Mon Hartog versuchen, eine negative Reaktion auf der *Enterprise* zu provozieren, hat er sein Ziel erreicht«, informierte Data den Captain. »Zur Zeit sind acht Prozent der Mannschaftsmitglieder vom Dienst suspendiert. Weitere elf Prozent haben heute den Dienst nicht angetreten.«

»Das ist fast ein Fünftel meiner Crew.«

»Ich frage mich, ob das letzte Diplomatenteam, das Starfleet nach Qizan Qal'at geschickt hat, den Ferengi solche Sorgen bereitet hat«, warf die Counselor ein.

»Vielleicht«, stimmte der Captain zu. »Die Ferengi-Allianz glaubte, ihr Monopol auf die Sli zu verlieren, und hat deshalb ein paar Gruppen ausgeschickt, die Konfliktsituationen provozieren sollen. Sie haben vielleicht gehofft, die Föderation würde die Sli für gefährlich, womöglich sogar für nichtintelligent erklären und auf weitere Kontaktversuche verzichten.«

»Die Allianz hätte die Mittel, in so großem Rahmen vorzugehen«, sagte Geordi.

Troi schaute die anderen an. »Wenn das stimmt, muß

auch Daimon Brund dazugehören. Ich bin sicher, er hat die Sli-Kolonie absichtlich hierhergebracht, und es ist nur logisch, daß er versucht, unsere Lage zu verschlimmern.«

Picard warf ihr einen scharfen Blick zu.

»Er behauptet, die Sli hätten ihn gezwungen, hierherzukommen.«

»Ich glaube nicht, daß die Ferengi sich mit den Sli besser verständigen können als wir, Sir. Ich sehe jedenfalls keine Anzeichen dafür.« Sie schüttelte den Kopf, um zu zeigen, was sie davon hielt. »Nachdem ich mit den Sli gearbeitet habe, kann ich kaum glauben, daß sie Daimon Brund diese Koordinaten gegeben und darauf bestanden haben, hierhergebracht zu werden. So denken die Sli nicht.«

Riker beugte sich langsam vor und runzelte die Stirn. »Wenn wir den Sli von Hartog berichten, können wir ihre Aufmerksamkeit damit vielleicht auf die Ferengi lenken, und nicht auf uns.«

»Ich glaube nicht«, wandte Troi ein, »daß die Sli ihre Ausstrahlungen auf ein bestimmtes Ziel richten können, ob sie nun wütend sind oder nicht. Nach allem, was ich gesehen habe, setzen ihre Ausstrahlungen bei allen Personen an Bord unterdrückte Gefühle frei – einschließlich Mon Hartog! Nur leidet der nicht so stark darunter, weil er keine Skrupel hat, seine Gefühle auszudrücken. Am stärksten sind jene Mannschaftsmitglieder betroffen, die am härtesten daran arbeiten, sich dem Drang, der sie überkommt, zu widersetzen.«

»Faszinierend«, sagte Data. »Das würde die beträchtliche Bandbreite der Intensität in den Reaktionen der Crew erklären.«

Troi nickte. »Und deshalb sind die Kinder auch nicht so stark betroffen wie die Erwachsenen – sie haben sowieso schon von Natur aus weniger Kontrolle über ihre Gefühle. Innerer Aufruhr ist für sie ganz natürlich, besonders bei Teenagern. Sie nehmen einfach auf, was die Sli ausstrahlen, bemerken es eigentlich kaum und kommen natürlich nicht auf den Gedanken, dagegen anzukämpfen.« Sie trat einen Schritt näher an Picard heran, als wolle sie ihn überzeugen. »Aber wenn wir gewissen Impulsen widerstehen, wie wir es gelernt haben, lösen wir damit einen Bumerangeffekt aus und schleudern die Emotion zu den Sli zurück, die sie verstärken und erneut ausstrahlen.«

»Je härter man dagegen ankämpft«, sagte Picard nachdenklich, »desto schlimmer wird es.«

»Diejenigen, die keinen Widerstand leisten – wie Captain Walch –, scheinen ohne größere Schwierigkeiten auf den emotionalen Schwingungen gleiten zu können.«

Picard betrachtete ihr gerötetes Gesicht und ihr zerzaustes Haar und mußte sich unwillkürlich fragen, ob er ihrer Einschätzung vertrauen konnte. Genau wie er es sich bei Guinan gefragt hatte, die behauptet hatte, man könne mit den Sli nicht vernünftig argumentieren.

»Darf ich darauf hinweisen, Sir«, sagte Data und wiederholte damit fast seine Gedanken, »daß die Sli zur Zeit sowohl Sie selbst als auch Counselor Troi beeinflussen. Das Ausmaß dieser Wirkung ist unbekannt.«

»Ich irre mich nicht«, beharrte Troi.

»Irre ich mich, Counselor«, wandte Data ein, »oder erleben Sie ein gefühlsmäßiges Ungleichgewicht, das den Verzicht auf … Hemmungen einschließt?«

Die Counselor schluckte und schaute sich nervös um. Picard hielt seinen Gesichtsausdruck völlig neutral.

»Falls ja«, fuhr Data souverän fort, »ist es doch ganz natürlich, daß Sie zum Schluß kommen, die Crew sollte sich dem gefühlsmäßigen Stimulus hingeben, den die Sli ihr verschaffen. Meinen Sie nicht auch, Counselor?«

Troi starrte Data an, ohne sich zu bewegen. Alle Blicke waren auf sie gerichtet, und sie wußte es auch.

Das Schweigen zog sich mehrere Herzschläge lang hin. Schließlich richtete Troi sich auf, schob das Kinn vor und sah dem Captain in die Augen. »Ich bin mir ziemlich sicher, daß meine Empfehlung richtig ist, Sir. Wegen Datas Einwand habe ich dieser Lösung mißtraut und statt dessen vorgeschlagen, daß wir Widerstand leisten sollen. Aber alles deutet darauf hin, daß wir mit den Ausstrahlungen der Sli nur fertig werden können, indem wir ihnen nachgeben.«

»Dem kann ich nur zustimmen, Counselor«, fügte Geordi leise hinzu.

Sie erwiderte sein Nicken. »Nicht nur Geordi. Überlegen Sie doch, was geschehen ist. Die Konzerte waren normalerweise ein Erfolg, weil die Leute damit rechneten, von den Sli berührt zu werden, und es willkommen hießen. Da die Sli nur zu fünft waren, können sie nicht besonders mächtig gewesen sein, und außerdem haben die Leute auf dem Starliner hauptsächlich angenehme Gefühle erlebt. Erst als nach der Explosion das Leben der Touristen und Mannschaftsmitglieder aus den Fugen geriet und sie es mit der Angst zu tun bekamen, haben die Sli reagiert. Sie haben die erste Welle der Gefühle verstärkt und zu uns zurückgeworfen, und unser Widerstand hat die zurückkehrende Welle erneut verstärkt, und so ging es dann weiter. Die Ankunft der Kolonisten hat die Situation eskalieren lassen, bis sie dann völlig außer Kontrolle geriet.« Ihre Stimme war fest. »Sir, einigen wird es sehr schwer fallen, die Gefühle zu akzeptieren, die die Sli in ihnen geweckt haben, aber eine andere Möglichkeit sehe ich nicht.«

Picard spürte, wie in ihm etwas emporstieg, das ihn eher beunruhigte als besänftigte. Er wußte ganz genau, daß Datas Argument auch auf ihn angewandt werden konnte. Er war unter dem Einfluß der Sli unbesonnener geworden, erteilte schneller Befehle, die auf intuitiven Gefühlen basierten, statt auf Fakten. Vielleicht drängte eben diese Unbekümmertheit ihn dazu, mit Trois Einschätzung übereinzustimmen.

Doch bevor er antworten konnte, signalisierte der Computer, daß jemand ihn erreichen wollte. »Captain Picard, hier sprich Simon Tarses. Wir haben hier unten vor Shuttlehangar drei ein Problem.«

»Welches?« fragte Picard.

»Sir, Mon Hartog ist fast erwürgt worden.«

23

Worf schritt immer wieder in seinem Raum auf und ab. Sein Zorn war so stark, daß er seine Magenschmerzen verdrängt hatte. Mon Hartog, der Meuchelmörder, wurde nicht bewacht! Die Vorstellung war unerträglich. Befehle hin oder her, seine erste Pflicht galt der Sicherheit der *Enterprise* und ihrer Besatzung, und dies ließ nicht zu, daß er müßig herumsaß, während ein Mörder sich frei im Schiff bewegen konnte.

»Computer, wo hält Mon Hartog sich auf?«

»Mon Hartog befindet sich zur Zeit in der Flugsicherungskabine von Shuttlehangar drei«, antwortete die ausdruckslose Computerstimme.

Worf schnaubte leise. Der Ferengi provozierte die Sli, um die Lage an Bord weiterhin zu verschlimmern. Das würde er nicht zulassen.

Er hatte nur einen Gedanken, während er durch die Korridore ging und dabei die chaotischen Aktivitäten der Mannschaftsmitglieder ignorierte. Doch als er sich dem Shuttlehangar näherte, bemerkte er Medo-Techniker Tarses auf der Schwelle des rohrförmigen Schotts. Der Halbromulaner schaute sich nervös in beide Richtungen um, bevor er schnell hineinschlüpfte.

Tarses hatte ihn nicht gesehen. Durch das verstohlene Gehabe des Medo-Technikers beunruhigt, ging Worf leise zu der Röhre.

Darin kauerte Tarses vor einem Kontrollinterface. Worf fiel gerade noch rechtzeitig auf, daß es sich um die manuelle Freigabe der äußeren Schotte handelte, als Tarses auch schon den Sicherheitshebel löste und am Verschlußmechanismus hantierte.

Worf warf sich nach vorn.

Er rammte Tarses zur Seite. Mit einer vorsichtigen Bewegung packte er den Medo-Techniker dann und zerrte ihn von der Schalttafel zurück. Tarses stieß einen lauten Schrei aus, als er auf den Boden der Röhre fiel, und wand sich, um aus Worfs Reichweite zu gelangen.

Worf schaute zu der Schalttafel hinab. Nur noch ein weiterer Befehl wäre nötig gewesen, um die äußeren Schotten des Shuttlehangars zu öffnen, in dem sich die vier Sli befanden. Das ringförmige Energiefeld war ausgeschaltet, so daß der Hangar sofort dekomprimiert worden wäre.

»Sie müssen sterben!« beharrte Tarses außer Atem. »Wir werden sonst vernichtet!«

Es war Worfs Vorschlag gewesen, die Schotten zu sprengen. Seine Hand zögerte über der Schalttafel.

»Tun Sie es!« drängte Tarses.

Worf zog zitternd die Hand zurück. Plötzlich spürte er, wie Schmerz durch seinen Magen schoß. »Nein. Der Captain würde es nicht erlauben.«

Hektisch starrte Tarses zu ihm hoch. »Sie müssen es tun! Auf der Krankenstation herrscht das reinste Chaos. Die Crew leidet – hat schreckliche Schmerzen. Und was ist mit diesen Leuten auf dem Planeten? Wir sind ihre letzte Hoffnung. Sie müssen dem ein Ende machen!«

Seine Hände sorgsam unter Kontrolle haltend, schob Worf den Sicherheitshebel vorsichtig wieder vor und löschte die Befehlssequenz aus der Schalttafel. »Das ist nicht unsere Entscheidung.«

Mit einem langgezogenen Stöhnen fiel Tarses zurück. Worf überprüfte die Schalttafel, und nachdem er sich vergewissert hatte, daß alles wieder normal war, ergriff er Tarses am Arm und zerrte ihn hinter sich her. »Kommen Sie mit«, befahl er.

Als Worf an der runden Öffnung der Röhre Stimmen hörte, blieb er stehen. Er bedeutete Tarses, still zu sein, und schaute vorsichtig hinaus.

»Bitte, Captain Walch, Sie müssen sich irren.« Der Ferengi wich vor dem großen Mann zurück und hob beide Hände, während er seine Unschuld beteuerte.

»Ich würde Sie aus einer Luftschleuse stoßen, aber das geht für meinen Geschmack zu schnell.« Walchs Tonfall klang tödlich, und er ging langsam auf Hartog zu. »Sie haben das Schiff meines Vaters zerstört, Sie kleine Made. Und mich wollten Sie auch töten, als Sie den Befehl gaben, das Impulstriebwerk zu aktivieren. Tja, da haben Sie Pech gehabt. Und jetzt bekommen Sie, was Sie verdienen.«

»Ich verstehe nicht!« jammerte Hartog und versuchte, Walch abzuwehren, schlug nach ihm und wollte davonlaufen.

»Sparen Sie sich Ihre Worte«, zischte Walch.

Er legte beide Hände um den dürren Hals des Ferengi und hob ihn hoch, bis seine Füße in der Luft baumelten. Hartog stieß ein erstauntes, würgendes Geräusch aus, und sein Gesicht lief sofort rot an, während er vergeblich nach Walchs Händen griff.

Worf stand bewegungslos da, wie hypnotisiert durch den Angriff. Seine Instinkte stimmten völlig mit Walchs Vorgehen überein. Hartog hatte getötet. Hartog hatte auch die Crew ernsthaft in Gefahr gebracht und Worfs persönliche Ehre angegriffen. Der Ferengi sollte für seine Verbrechen ganz langsam sterben …

Hartogs Gegenwehr wurde schwächer. Seine Augen quollen weiß hervor, er streckte die Hände aus und versuchte, Walch im Gesicht zu kratzen.

»Er bringt ihn um!« rief Tarses, der unter Worfs Arm hervorspähte.

Aus seiner grausamen Genugtuung über den Anblick herausgerissen, schaute der Klingone Tarses verblüfft an.

»Das lassen Sie zu?« fragte der Medo-Techniker, und sein Tonfall klang eher bewundernd als zweifelnd.

Krämpfe krallten sich durch Worfs Magen, und er hätte sich am liebsten auf dem Boden gewälzt. Plötzlich waren seine Handflächen schweißnaß. Er kämpfte heftig mit seinen tiefsten Begierden.

»Aufhören!«

Das Wort platzte aus ihm heraus und befreite ihn. Er stolperte aus der Zugangsröhre auf Walch zu.

»Stirb!« fauchte Walch den Ferengi an und schüttelte ihn hart durch.

»Nein!« befahl Worf und ergriff Walchs Handgelenke. Der Captain wollte nicht loslassen. Worf mußte fast seine gesamte Kraft aufwenden, um die Arme des älteren Mannes auseinander zu zwängen. Schließlich fiel der zappelnde Ferengi zu Boden.

Worf hielt Walchs Arme fest, und der Captain funkelte ihn wütend an. »Was tust du, Worf? Laß mich los!«

»Du darfst ihn nicht töten!«

»Und ob ich das darf!« Er kämpfte gegen Worf an. »Er hat den Tod verdient.«

»Sie haben es fast geschafft«, sagte Tarses, der neben dem Ferengi kniete. Doch Hartogs schreckliches, rasselndes Keuchen verriet Worf, daß er überleben würde.

Worf zögerte, den erzürnten Captain loszulassen. »Informieren Sie Captain Picard«, befahl er Tarses.

Deanna zitterte. Sie wollte damit aufhören, wußte aber, daß die Ausstrahlungen der Sli stärker wurden. Wenn sie dagegen ankämpfte, würde ihre Reaktion sich verstärken.

»Lebt er noch?« fragte Picard.

»So gerade eben, Sir.«

»Wer ist bei Ihnen?«

»Sir«, erwiderte Tarses' zögernde Stimme, »Captain Walch und Lieutenant Worf.«

Bei Deanna stellte sich plötzlich ein schrecklicher Gedanke ein. Klingonen bevorzugten es, jemanden mit bloßen Händen zu töten. Hatte Worf dies bei Hartog versucht, weil der Ferengi Schande über ihn hatte bringen wollen? Oder war Tarses selbst der Täter? Einen Augenblick lang glaubte sie tatsächlich, daß Tarses unter dem Einfluß der Sli romulanischer geworden war, als sie es je für möglich gehalten hätte, und versucht hatte, Mon Hartog zu töten.

Picard neigte den Kopf. »Mr. Worf darf sein Quartier doch nicht verlassen. Hat er diesen Befehl verstanden?«

Deanna nickte langsam. »Ich glaube schon, Sir.« Ihr gefiel die ganze Sache nicht. Sie hatte dem Captain empfohlen, daß die Crew die emotionalen Ausstrahlungen der Sli akzeptieren sollte, und die letzten beiden Personen, denen sie dies empfohlen hatte, waren nun in einen Mordversuch verwickelt.

»Lieutenant Worf, ist die Situation unter Kontrolle?«

Der Klingone antwortete nach einer kurzen Pause. »Aye, Sir. Wir begeben uns jetzt zur Krankenstation. Hartog muß augenblicklich medizinisch versorgt werden.«

»Nun gut«, bestätigte der Captain. »Picard Ende.«

Er drehte sich um und schaute aus dem Fenster zu dem Schiff der Ferengi in seiner Umlaufbahn. Die anderen warteten schweigend und sahen ihn alle an.

Als er sich umdrehte, leuchteten seine Augen. »Dieses Schiff muß verschwinden.«

Ohne jedes weitere Wort ging Picard an seinen Führungsoffizieren vorbei und trat auf die Brücke. Er sah aus den Augenwinkeln, wie die anderen sich zu ihren jeweiligen Stationen begaben, während er sich mitten im Raum zum Hauptbildschirm wandte und Haltung einnahm.

»Sir, ich habe Daimon Brund«, meldete Fähnrich de Groodt.

Picard atmete tief ein und lächelte leicht, ohne es eigentlich zu wollen. »Auf den Schirm.«

»Picard!« fauchte Brund und schob sein Gesicht vor.

»Daimon Brund, unsere Ermittlung hat neue Informationen ergeben.«

Picard sah, daß er sich damit die Aufmerksamkeit des Ferengi verschafft hatte, auch wenn der Daimon lediglich mit den Achseln zuckte. »Was interessieren mich Ihre Ermittlungen?«

»Oh, ich glaube schon, daß sie Sie interessieren werden.« Picard hielt inne und ließ den Ferengi etwas zappeln. Er wußte, wie sehr es Angehörige dieser Spezies verdroß, wenn ein anderer mehr wußte als sie. Für sie war es fast ein Zwang, Geheimnisse auszugraben.

Er hatte den Daimon richtig eingeschätzt. Der Ferengi wartete, so lange er konnte, und wandte sich einmal tatsächlich sogar ab, als müsse er irgend etwas erledigen. Picard stand schweigend da, die Hände auf dem Rücken gefaltet.

Dann stieß der Daimon ein ungeduldiges Murren und Seufzen aus. »Ja? Ja?« sagte er schließlich. »Was denn? Wenn Sie es mir sowieso sagen wollen, raus damit!«

Picard lächelte leicht. »Sie scheinen beunruhigt zu sein, Daimon. Vielleicht leiden Sie doch unter den Auswirkungen der Sli?«

»Nein!« stritt Brund dies sofort ab. Sein Kopf schwankte, und er leckte sich vorsichtig über die Lippen. »Die Sli haben keinen Grund, auf uns wütend zu sein.«

»Ich behaupte, Sie werden beeinflußt.« Picard war zufrieden. Das Dementi des Daimon klang einstudiert. »Sie behaupten, die Sli könnten ihre Ausstrahlungen bewußt lenken – vielleicht kennen sie meine Information schon.«

Brund funkelte ihn an. »Worum geht es?«

Picard ignorierte seine Frage. »Mir kommt es jedoch

wahrscheinlicher vor«, sagte er, »daß die Sli alle Wesen in der Nähe in Mitleidenschaft ziehen. Die Intensität hängt davon ab, wie stark der Widerstand ist, den man ihnen leistet. Sind Sie nicht auch dieser Meinung, Daimon? Vielleicht haben Sie den Anstieg der Ausstrahlungen der Sli selbst gespürt?«

Der Daimon wollte sich nicht verraten, aber er kniff die Augen zu und öffnete mehrmals den Mund, als wolle er etwas sagen, schloß ihn aber jedesmal wieder.

»Ja, Daimon Brund, ich glaube, die Sli üben Druck auf Sie aus.« Picard nickte nachdrücklich.

Brund wäre fast explodiert. »Na und? Was spielt das für eine Rolle? Haben Sie etwas herausgefunden oder nicht?«

Als hätte er nur darauf gewartet, daß Brund die Frage stellte, sagte Picard wie aus der Pistole geschossen: »Wir haben herausgefunden, daß die Explosion von einer Bombe verursacht wurde, die man als Batterie für eine Lebenserhaltungseinheit getarnt hat. Eine Lebenserhaltungseinheit, die eigens für die Sli hergestellt wurde – und zwar von den Ferengi. Dieser Sprengstoff hat sich dann sein Ziel in Gestalt der Sli gesucht, als er aus dem Schiff geworfen wurde, und hat die Schäden an der *Prospector* verursacht.«

»Wer hat ihn über Bord geworfen?« fragte Brund schnell.

Picard runzelte die Stirn. »Wer hat ihn über Bord geworfen? Wer ihn an Bord gebracht hat? Wer hat ihn mit dieser Absicht hergestellt?« Er trat vor. »Ich glaube, die letzte Frage ist die wichtigste, Daimon Brund.«

Der Blick des Daimon wanderte plötzlich hin und her. »Wo ist Mon Hartog? Ich will mit ihm sprechen.«

»Wie interessant, daß Hartogs Name ausgerechnet zu diesem Zeitpunkt fällt.«

»Er sollte hier sein!« beharrte Brund.

»Selbst wenn er diese Situation herbeigeführt hat?«

Brund war einen Augenblick lang verblüfft und gab

dann ein bellendes, schnaubendes Gelächter von sich. »Hartog? Das glaube ich nicht. Lassen Sie mich mit ihm sprechen!«

»Mit ihm?« wiederholte Picard. Ihm war aufgefallen, wie vertraulich Daimon Brund plötzlich von dem anderen Ferengi sprach. »Ich habe mich gefragt, welchen Anreiz Hartog haben könnte, sein eigenes Ensemble zu töten, mit dem er ja Profit machte. Doch wenn die Ferengi-Allianz hinter ihm steht, würde er für seine Bemühungen üppig entlohnt werden...«

»Unbegründete Anklagen!« platzte Brund heraus. »Ich werde darüber nicht mehr sprechen, wenn Mon Hartog nicht anwesend ist.«

»Das wird nicht möglich sein«, erwiderte Picard. »Mon Hartog ist schwer verletzt worden.«

»Was?« Der Daimon wirkte ehrlich verblüfft. »Wie?«

Picard hatte gehofft, daß Daimon Brund diese Frage stellen würde. »Zufällige Gewalt, von den Sli provoziert.«

Brund leckte nervös über seine Lippen und betrachtete die gelben Lampen, die über Picard blitzten. »Sie werden da drüben alle verrückt, nicht wahr?«

Counselor Troi beugte sich vor, als wolle sie ihn auf etwas aufmerksam machen. Picard winkte sie zurück und beobachtete schweigend Brund.

Der Daimon ergriff mit einer Hand eine Stuhllehne und zeigte mit der anderen auf Picard. »Ich habe eine Idee!« sagte er verzweifelt. »Transportieren Sie diese vier Sli auf mein Schiff. Vielleicht wird die Sli-Kolonie mich dann abfliegen lassen.«

Picard schaute zu Troi hinüber. »Er gibt die ursprüngliche Forderung auf.« Sein Tonfall war leise und nachdenklich. »Anscheinend hätte auch Mon Hartog diese Sli lieber getötet als sie Starfleet in die Hände fallen lassen. Warum wollen die beiden das unbedingt verhindern?«

»Ich weiß nichts von einer Bombe!« bestritt Brund.

»Oder von Hartog. Was habe ich schon mit ihm zu schaffen?« Brund schaute von einem zum anderen, bevor er ihnen wieder einen Brocken hinwarf. »Mit einem haben Sie recht – wir werden von den Sli genauso beeinträchtigt wie Sie.« Eine Hand schlängelte sich hoch, um Feuchtigkeit von seinem Hals zu wischen. »Seien Sie vernünftig, Captain. Wenn wir die Sli zusammenbringen, können wir vielleicht beide von hier wegfliegen.«

»Diesen Vorschlag kann ich nicht akzeptieren«, erwiderte Picard.

»Sie haben es in der Hand, das Leiden unserer Mannschaften zu beenden, Picard.« Brund drehte sich zu einem seiner Offiziere um und zischte ihm auf Ferengi einen Befehl zu. Abrupt war auf dem Bildschirm wieder die treibende *Prospector* mit dem in grüne Streifen gehüllten Planeten zu sehen.

Picard drehte sich sofort zu der Counselor um. »Ich glaube nicht, daß Brund mit den Sli kommunizieren kann.«

»Ich auch nicht, Captain.«

»Doch Ihnen ist es gelungen, einen ersten Kontakt herzustellen?«

»Dazu muß ich über die Gefühle hinausgehen, die sie in mir provozieren. Ich werde mich völlig öffnen müssen.«

»Sind Sie dazu imstande?«

»Es ist schwer zu sagen, wohin mich das führen wird. Denn die Grundlage ihrer Sprache besteht nicht aus Wortsymbolen wie bei uns, sondern läßt sich mit einer gefühlsmäßigen Flut vergleichen, bei der Bedeutungen in den Mustern auftauchen und wieder untergehen.«

»Glauben Sie, Sie können ihnen mitteilen, was wir über die Explosion herausgefunden haben und daß der Ferengi sie vielleicht betrogen hat?«

Sie schaute zweifelnd drein und nagte kurz an ihrer

Lippe. »Ihre Begriffswelt funktioniert nicht nach dem Gesetz von Ursache und Wirkung. Gefühle sind für sie einfach nur Gefühle, nichts Negatives, nichts Logisches.«

Frustriert ging Picard zu seinem Sessel zurück und trommelte mit den Fingern einer Hand auf seinen Oberschenkel. Guinan hatte ihm gesagt, es sei unmöglich, vernünftig mit den Sli zu diskutieren.

»Was wollen die Sli?« meldete Riker, der schwerfällig in seinem Sessel saß, sich plötzlich zu Wort.

»Ich glaube, sie werden von uns stimuliert«, sagte Troi zu ihm. »Nach allem, was ich bislang erfahren habe, bekommen die Sli nur das als Vergütung. Menschen scheinen eine starke und ständige Quelle emotionalen Brennstoffs zu sein.«

Riker runzelte die Stirn. »Wenn sie es lediglich auf einen emotionalen Stimulus abgesehen haben, werden die Sli auf dem Ferengi-Schiff auf keinen Fall das System verlassen wollen.«

Seinen Worten folgte eine gespannte Pause. Dann wurde Picard der Fehler in ihren Überlegungen klar, und er schaute langsam auf. »Aber was die Sli wollen, spielt eigentlich keine Rolle, oder? Wichtig ist, was die Ferengi wollen.«

»Sir?« fragte Troi.

»Daimon Brund kann das System jederzeit verlassen, wann er will. Wie können die Sli ihn hier halten, wenn er nicht mit ihnen kommunizieren kann? Er bleibt, bis wir die Kontrolle über die Sli aufgeben – entweder indem wir sie töten oder indem wir sie ihm überstellen. Die Allianz möchte auf jeden Fall verhindern, daß Sli an Bord der *Enterprise* bleiben.«

»Der Daimon macht sich große Sorgen«, sagte Troi zweifelnd. »Er hat Angst, daß die Dinge eskalieren und völlig außer Kontrolle geraten.«

Genau danach hatte er gesucht. Picard klatschte in

die Hände, und sowohl Riker als auch LaForge fuhren bei dem scharfen Geräusch zusammen. »Daimon Brund muß nur glauben, daß wir uns mit den Sli verständigen können, mehr ist nicht nötig. Fähnrich«, sagte er zu dem taktischen Offizier, »bereiten Sie alles dafür vor, eine Verbindung mit Daimon Brund in den Shuttlehangar drei zu legen.«

»Sir?« sagte Riker und stand auf. »Sie wollen versuchen, mit den Sli zu sprechen?«

»Die Sli sind nur meine Boten, Nummer Eins. Im Augenblick versuche ich, Daimon Brund zu erreichen. Diese Sli-Kolonie muß das System verlassen, bevor alle an Bord der *Enterprise* verrückt werden.«

Auf dem Weg in den Shuttlehangar schlug Deanna vor, der Captain solle seine dunkelrote und schwarze Uniform aus- und etwas anderes anziehen. »Diese Farben zeigen starke Gier oder Verlangen an, Sir. Und ich glaube, das Rot hat etwas mit Neid oder Schande zu tun.«

Picard grinste verkniffen. »Vielleicht wissen auch die Ferengi von der Bedeutung der Farben, Counselor. Falls ja, wird Daimon Brund glauben, genau das wolle ich ihnen mitteilen.«

»Captain, ich dachte, Starfleet will, daß wir diplomatische Beziehungen zu den Sli herstellen.«

Picard blieb vor der Tür der Flugsicherungskabine stehen und sah sie einen Augenblick lang an. »Dazu ist noch Gelegenheit, sobald die Koloniegruppe abgeflogen ist und diese vier Sli in Sicherheit sind.«

Als sie hineingingen, bemerkte Deanna, daß die Sicherheitswächter sich in Gegenwart des Captains in ihren pastellgelben Uniformen unwohl fühlten. Beide schauten starr geradeaus.

Die Sli waren atemberaubend. Deanna hatte sie noch nie zuvor so gesehen. Die trüben Flecke waren verschwunden; statt dessen wirbelten helle, bunte Flocken über die Oberfläche ihrer Haut. Rubinrote, smaragdgrüne und saphirblaue Facetten rieben sich aneinander, in die sich hellere gelbe, rosafarbene und himmelblaue Sprenkel mischten. Ihre Tentakel schimmerten in einem goldenen Farbton. Die Counselor fragte sich, ob ihre vielen Versuche, sie zu erreichen, sie irgendwie in diesen Zustand versetzt hatten.

Picard betrachtete die Sli nachdenklich. »Wie haben sie auf die Explosion reagiert?«

Deanna schloß die Finger um den Stoff ihres Rocks. »Das ist es ja – sie fühlen alles! Jede Emotion, die Sie sich vorstellen können, nehmen sie wahr und strahlen sie aus. Was wiederum dieses Gefühl in jedem auslöst, der dafür empfänglich ist. Aber man kann einfach nicht sagen, warum die Sli so empfinden, wie sie es tun.«

Picard ließ die Sache nicht auf sich beruhen. »Versuchen sie in diesem Augenblick, mit uns zu kommunizieren?«

»Nein«, sagte sie zögernd.

Der Captain hob leicht den Kopf. »Egal. Vielleicht bekomme ich ihre Aufmerksamkeit, wenn ich weitermache wie geplant. Die stärkeren Ausstrahlungen werden dazu beitragen, Brund zu überzeugen.«

Deanna schüttelte stumm den Kopf; sie wußte nicht genau, was der Captain vorhatte.

»Fähnrich de Groodt, hier spricht Captain Picard. Verbinden Sie mich mit Daimon Brund.«

»Daimon Brund, Sir«, erklärte der Fähnrich sofort. Der kleine Bildschirm an der Seitenwand erhellte sich. Daimon Brund sah den Captain kurz an und streckte die Hand aus, als wolle er die Verbindung unterbrechen, als er die Sli hinter ihm sah.

»Was machen Sie mit ihnen?« Er sah sie mit geöffnetem Mund an und schaute dann schnell zu einem Monitor hinab.

»Ich habe die Sli über Ihren Verrat informiert«,

erklärte Picard und zeigte auf die dahintreibenden Aliens.

»Sie können doch gar nicht mit ihnen sprechen ...« Brund wurde klar, was er da sagte, und unterbrach seinen Protest sofort.

»Das sagen Sie, weil Sie glauben, niemand könne mit den Sli kommunizieren.«

»Das ist absurd!« stritt Brund den Einwand ab. »Ich habe gemeint, die Sli sind auf Sie wütend; deshalb können Sie nicht mit ihnen sprechen. Das haben sie mir gesagt«, fügte er mit einem rechtschaffenen Nicken hinzu.

»Er lügt«, sagte Deanna und versuchte dabei gar nicht erst, leise zu sprechen.

»Sie!« fauchte Brund. »Sie, seien Sie still!«

»Bitte, Daimon Brund. Sie sprechen mit der Person, die diesen bemerkenswerten Durchbruch erzielt hat. Counselor Troi hat ihre empathischen Fähigkeiten brillant mit einem Spektraltranslator kombiniert, der darauf programmiert wurde, auf die Farben der Sli zu reagieren.« Brund zuckte zusammen. »Wie Sie wissen«, fügte Picard aalglatt hinzu, »reagieren die Sli auf dunklere Töne negativ.«

»Ach, wirklich«, sagte Brund gleichgültig. »So etwas habe ich auch gehört.«

»Ich wollte die Sli gerade informieren, daß ihre eigenen Partner – nein, mehr als das, ihre Freunde – einen von ihnen aus Gründen der Habgier getötet haben. Ich hielt es nur für fair, daß Sie meine Anklage ebenfalls hören können.«

»Das werden Sie ihnen nicht sagen«, erwiderte Brund.

»Ich muß damit eine traurige Pflicht erfüllen, aber die Sli haben ein Recht darauf, es zu erfahren.«

»Wovon sprechen Sie überhaupt?« fragte Brund. »Sie haben keine Beweise!« Er zeigte auf den Captain. »Er hat keine Beweise!« rief er den Sli zu. »Na los, sagen Sie ihnen, daß Sie keine Beweise haben.«

»Wenn Sie mit ihnen kommunizieren können, schlage ich vor, daß Sie das selbst tun.«

Brunds Oberlippe zuckte. »Haben Sie ihnen gesagt, daß jemand versucht hat, Hartog zu töten? Was glauben die Sli, wer sie wohl beschützen wird?«

»Ich weiß Ihre Besorgnis zu schätzen«, sagte Picard leise. »Vor kurzem wollten Sie diese vier Sli noch töten.«

Brund kniff die Augen zusammen und versuchte dann, schnaubend zu lachen. »Ich muß nicht mit Ihnen sprechen, Picard ...«

Deanna bemerkte plötzlich, daß die Ausstrahlungen an Stärke zunahmen. Sie stieß den Captain an.

Picard nahm sie nicht zur Kenntnis. »Wie schön, Daimon Brund. Die Sli wissen es zu schätzen, daß Sie gegen Ihre eigenen Gefühle ankämpfen. Sie kommen sich im Augenblick bestimmt ziemlich mitgenommen vor.« Er wandte sich den Sli zu und lächelte freundlich. »Ich unterhalte mich einfach weiterhin mit den Sli. Ich werde ihnen erklären, welche Empfindungen sie angesichts Ihres Verrats haben könnten. Es gibt Dutzende von Möglichkeiten. Vielleicht werden Sie ziemlich leichtfertig damit umgehen – wer braucht bei Freunden wie den Ferengi schließlich noch Feinde? Oder sie handhaben die Sache ziemlich naiv«, sagte er spöttisch. »Ich weiß, Sie wollten den Sli mit dieser Bombe nur helfen, sie aber auf keinen Fall verletzen. Womöglich empfinden sie aber nur Verachtung für Ihren mitleidigen Versuch, sie zu töten.«

Die Worte schallten in Deannas Kopf. Es war eine Textstelle aus *Cyrano de Bergerac*. Der Captain war mit ganzem Herzen dabei, lebte die Worte geradezu, fühlte, was er sagte. Sie folgte seinem Beispiel, kopierte diese Emotion, konzentrierte sie und richtete sie auf die Sli.

»Natürlich«, sagte Picard und tippte mit einem Finger leicht auf sein Kinn, »könnte den Sli ein wenig unbehaglich zumute sein, weil so viele Ferengi in der Nähe sind – Sie würden sie doch gern töten. Wollten Sie mich nicht bitten, genau das zu tun?«

Bei den Sli zersplitterten die hellen Farben in noch kleinere Bruchstücke, die noch schneller wirbelten, während Deanna sich konzentrierte.

»Jetzt warten Sie mal, Picard!«

Der Captain wandte sich direkt an die Sli und ignorierte die Versuche des Daimon, ihn zu unterbrechen. »Ich könnte es verstehen, daß Sie sich dafür schämen, den Ferengi die ganze Zeit über vertraut zu haben. Andererseits kommen Sie mir auch ziemlich leicht erregbar vor; vielleicht haben Sie schon an Vergeltung gedacht. Man kann Ihnen deshalb wohl keine Vorwürfe machen. Ich weiß auch, daß Sie gern über etwas grübeln. Vielleicht werden Sie also ziemlich lange darüber nachdenken, ob Sie weiterhin mit den Ferengi zusammenarbeiten ...«

»Hören Sie auf, Picard!« rief der Daimon. »Sie werden uns alle in Schwierigkeiten bringen, wenn Sie sie dermaßen aufregen!«

»Ich?« fragte Picard und drehte sich mit funkelnden Augen zu dem Daimon um. »Ich habe keine Schwierigkeiten, Daimon. Ganz im Gegensatz zu Ihnen.«

Die Sli leuchteten mit hellen Farben, vier brennende Feuer, die sich zu einem einzigen Feuer, einem pulsierenden Inferno vereinigten. Ihre Tentakel baumelten hinab, ebenholzfarben, dicht und naß.

Picard zeigte mit einer flammenden, dramatischen Geste auf sie. »Sie haben diese Sli verraten, Brund, und auf das Verhalten, das die Ferengi an den Tag gelegt haben, gibt es mehr Reaktionen als Sterne im Himmel. O ja! Ich habe gerade erst angefangen!«

»Captain Picard«, fiel plötzlich Captain Rikers Stimme ein, »sollen wir Photonentorpedos vorbereiten? Ich schlage vor, wir sollten die *Tampanium* gewaltsam aus unserer Nähe vertreiben.«

Picard schaute Brund an und runzelte die Stirn. »Eine ausgezeichnete Idee, Nummer Eins. Aber eröffnen Sie das Feuer erst, nachdem ich den Sli meine Vorschläge unterbreitet habe.« Er drehte sich wieder zu dem Quartett um, als wäre es problemlos imstande, das Sondierungsschiff der Ferengi zu zerstören. »Wo war ich stehengeblieben? Ach ja, bei so einem Fall muß man immer mit Hysterie rechnen – blinde, unkontrollierte Preisgabe aller Sinne. Sobald Sie das hinter sich haben, werden Sie wahrscheinlich eine Zeitlang ziemlich traurig sein.« Er betrachtete sie nachdenklich. »Vielleicht sogar deprimiert. Ich würde mir darüber keine Sorgen machen. Die darauf folgende Rachsucht kann eine sehr anregende Erfahrung sein...«

Brund beugte sich vor und unterbrach die Subraum-Verbindung abrupt.

»Captain«, fragte Riker, »soll ich ihnen einen Schuß vor den Bug geben?«

»Nicht schießen.« Picard hob eine Hand. »Wie ist die Position des Schiffs der Ferengi?«

Es folgte eine Pause; dann meldete Datas Stimme ganz ruhig: »Die *Tampanium* verläßt den Orbit, Sir, Kurs Null-drei Komma zwei-fünf, mit Warp drei.«

»Es hat geklappt!« rief Deanna. »Brund hat wirklich geglaubt, wir könnten mit ihnen kommunizieren.«

Picard riß die Hand hoch, als wolle er irgend etwas aus der Luft greifen. »Dazu war nur ein wenig Elan nötig.«

Ein Lächeln legte sich auf das Gesicht des Captains, und auch sie bemerkte, daß sie lachte. Er gestattete es sich kaum einmal, so starke Gefühle zu zeigen, und sie wurde davon mitgerissen. Als ihr klar wurde, daß die vier Sli noch immer zuhörten, konzentrierte sie das gute Gefühl direkt auf sie und hielt diesmal nichts zurück.

24

Captain Picard erteilte sofort den Befehl, daß die Mannschaft sich den Ausstrahlungen der verbliebenen Sli nicht mehr widersetzen solle. Deanna hatte die Situation als ungefährlich eingestuft: »Bei nur vier Sli werden die Projektionen nicht mehr annähernd so stark sein. Sobald niemand mehr dagegen ankämpft, könnte unter der Crew ein plötzlicher Ausbruch von Aktivität auftreten, aber dann müßte sich alles schnell wieder beruhigen und normalisieren.«

Sie begaben sich auf die Krankenstation, wo Dr. Crusher Deanna und Captain Picard berichtete, wie es Mon Hartog ging. Troi erhaschte einen kurzen Blick auf ihn; er wurde von einem blauen Sicherheits-Energiefeld gebändigt. Seine Kopfbedeckung war aufgerissen und enthüllte die blassere Haut seines Schädels. Sein Nacken war rot und geschwollen.

»Ihrer Aussage zufolge«, erklärte die Ärztin, »haben Lieutenant Worf und Techniker Tarses gesehen, wie Captain Walch Mon Hartog gewürgt hat. Worf griff ein und hat dem Ferengi das Leben gerettet.«

»Wo ist Captain Walch jetzt?« Picard schaute noch immer zu Hartogs reglosem Körper hinüber.

»Worf hat Sicherheitswächter gerufen und ihnen befohlen, Walch auf sein Quartier zu bringen und dort zu bewachen.« Sie zog ihren Kittel fester um sich. »Tarses hat eine Bänderdehnung im rechten Arm, und Worfs Hand hat wieder geblutet. Ich habe sie verbunden, und er hat die Errichtung des Energiefelds um Hartog überwacht. Dann ist er auf sein Quartier zurückgekehrt. Zumindest hat er das gesagt; offensichtlich hätte er es gar nicht verlassen dürfen.«

»Und Tarses?« fragte Deanna.

»Er hilft nebenan Alyssa. Er kam mir ziemlich nervös vor, doch nun, da die Ferengi fort sind, beruhigen sich alle langsam wieder.«

Deanna unterdrückte ein Seufzen. Sie war erleichtert, daß weder Worf noch Tarses irgend etwas mit dem Mordversuch zu tun hatten.

Beverly verzog den Mund. »Ich hasse die Vorstellung, daß dieser nette alte Mann jemanden töten wollte. Aber ich weiß, die Sli waren schuld daran.«

»Der Meinung bin ich auch«, sagte Deanna. »Captain, ich möchte, daß unsere Untersuchung vorerst völlig vertraulich geführt wird. Eines wissen wir genau – die Umstände waren äußerst ungewöhnlich und provozierend. Nun, da die Sli fort sind, sehe ich keine große Gefahr mehr, daß Walch so etwas noch einmal versuchen wird.«

Picard dachte kurz über ihren Vorschlag nach. »Einverstanden, Counselor. Mittlerweile werde ich herausfinden, welche Position Starfleet in dieser Angelegenheit bezieht.«

Deanna wollte noch einmal nach den Sli sehen, wurde jedoch von mehreren Mannschaftsmitgliedern in ihr Büro gerufen, die sich jetzt wieder normaler fühlten, sich aber auch fragten, was genau sie gerade durchgemacht hatten. Alle Personen an Bord schienen sich entschlossen zu haben, gleichzeitig eine gefühlsmäßige Krise durchzumachen, und wollten nun mit ihr über die dabei gewonnenen Einblicke sprechen.

Während einer kurzen Pause setzte Deanna sich, legte die Hand an die Stirn und versuchte, die Schmerzen zu dämpfen, die sich dort eingenistet zu haben schienen, nachdem ihre verstärkten Gefühle versickert waren.

Sie war fast zu müde, um wieder aufzustehen. Ihr Büro mit seiner kühlen, pastellfarbenen Beleuchtung und der weichen Couch wirkte so beruhigend. Sie schloß kurz die Augen und atmete den schwachen, frischen Geruch ein, mit dem sie den Luftauffrischer programmiert hatte.

Der Türsummer ließ sie zusammenfahren. »Herein«, rief sie und kämpfte sich auf die Beine. Als sie sah, daß es Worf war, setzte sie sich wieder.

»Counselor Troi«, sagte er als Begrüßung. Er trat unbeholfen ein und schaute sich argwöhnisch um, wie er es immer tat. Er hatte ihr einmal gesagt, die zarte Ausstattung ihres Büros mache ihn … nervös.

»Worf, was möchten Sie von mir?«

»Ich möchte den Dienst wieder aufnehmen. Die Lage an Bord hat sich noch nicht stabilisiert, und ich werde auf meinem Posten gebraucht.«

Sie lehnte sich zurück und faltete die Hände in ihrem Schoß. »Wie fühlen Sie sich?«

»Es geht mir gut.«

»Ihr Magen?« fragte sie nach.

»Mit geht es gut«, beharrte Worf und verschränkte die Hände hinter dem Rücken.

»Kommen Sie, Worf. Ich brauche mehr als das.« Sie lehnte sich zurück und betrachtete ihn ruhig. »Ich habe von Ihnen noch keinen Bericht über Captain Walchs Angriff auf Mon Hartog gelesen.«

Er betrachtete sie mit einem Gefühl, das sie für Überraschung hielt. »Ich habe Dr. Crusher und Captain Picard über die Ereignisse informiert.«

»Mir liegt Captain Walchs Aussage vor. Aufgrund meiner vorherigen Einschätzung gehe ich davon aus, daß er den Ferengi nur töten wollte, weil er unter dem Einfluß der Sli stand.«

»Ich stimme Ihnen zu.«

»Es könnte aber trotzdem noch eine vollständige Untersuchung geben, vor allem, wenn Mon Hartog Anklage erhebt«, sagte sie und beobachtete aufmerksam seine Reaktion.

Auf seinem Gesicht war nicht das geringste Flackern zu sehen. »Hartog ist ein Attentäter. Er ist nicht in der Position, eine Klage einzureichen.«

Deanna zuckte unbehaglich mit den Achseln. »Für Sie ist das völlig logisch, nicht wahr?«

»Ja«, sagte er einfach.

Deanna dachte kurz nach. »Was hat Tarses bei Ihnen auf Deck 13 zu suchen gehabt? Das ist doch nicht in der Nähe der Krankenstation.«

Zum erstenmal während des Gesprächs zögerte Worf. Seine Hände verkrampften sich hinter seinem Rücken. »Die Sli haben Tarses beeinflußt.«

»Sie meinen, sie haben ihn zum Shuttlehangar gelockt?«

»Das vermute ich.«

»Hm«, machte sie. »Tarses war also zufällig dort, und Sie beide haben gesehen, wie Captain Walch versucht hat, Mon Hartog zu erwürgen. Dann haben Sie ihn aufgehalten.«

Worf erwiderte ihren Blick. Sein Gesicht war ausdruckslos. »Das ist richtig.«

Deanna hielt inne; wegen seiner einsilbigen Antworten kam sie nicht recht weiter. Seinem Bericht mangelte es an Substanz. »Gibt es da noch etwas, was Sie mir nicht sagen, Worf?«

»Verfolgen Sie die Angelegenheit nicht«, sagte er ruhig. »Die Ausstrahlungen der Sli haben vorübergehenden Wahnsinn verursacht. Niemand kann für das verantwortlich gemacht werden, was er während dieser Situation angestellt hat.«

Deanna war versucht, der Sache doch nachzugehen, aber die Dinge, die unter dem Einfluß der Sli geschehen waren, berührten derart tiefe Schichten der Persönlichkeit, daß sie nicht wußte, ob sie sie ausgraben konnte, ohne dabei mehr Schaden als Nutzen anzurichten.

»Sind Sie noch immer wütend auf Captain Walch?« fragte sie nach einem Augenblick.

Worf entspannte sich tatsächlich. »Nein.«

»Bestimmt nicht?« bedrängte sie ihn.

»Als ich annahm, er habe mich verraten, habe ich mich geirrt. Captain Walch hat bei der Entwicklung meines Ehrbegriffs eine ausschlaggebende Rolle gespielt. Dafür bin ich dem Mann sehr viel schuldig.«

Sie legte einen Finger auf die Lippen und dachte schnell nach. »Hat es etwas damit zu tun, wieso Sie in letzter Zeit auf Alexander so wütend waren?«

Er riß die Augen auf, antwortete aber nicht.

»Kommen Sie schon, Worf. Sie wissen, daß ich Sie nicht einfach so Ihren Dienst wieder aufnehmen lassen kann.« Sie hätte fast gelächelt, so hervorragend war die Gelegenheit. »Setzen Sie sich und unterhalten Sie sich mit mir.«

Worf schien sich weigern zu wollen, ließ sich dann aber in den Sessel fallen, auf den sie zeigte, und funkelte sie wütend an.

»Ich muß nicht darüber sprechen. Mir ist klar, welchen Fehler ich gemacht habe.«

»Ach, wirklich?« Sie beugte sich vor. »Und der wäre?«

Worf atmete fast knurrend aus. Sie hatte ihn in die Enge getrieben. »Nun gut. Ich bin davon ausgegangen, daß Alexander kein Ehrgefühl entwickeln wird, wenn man ihn nicht mit seiner klingonischen Natur konfrontiert.«

»Aber Alexander ist nicht aggressiver als andere Jungen in seinem Alter auch«, protestierte Deanna.

»Ja, das hat mir Sorgen bereitet. Ich habe mich schon als kleiner Junge mit meinen Aggressionen auseinandergesetzt. Ich habe einen Ehrenkodex entwickelt, der meine Handlungen leitete.«

»Worf, Ihr Sohn folgt einem ganz anderen Weg, der ihn zu seinem Ehrenkodex führen wird.«

Er betrachtete sie überrascht von der Seite her. »Das war auch meine Schlußfolgerung.«

»Vielleicht haben Sie sich zu stark mit Alexander identifiziert. Seine Situation ist in mancher Hinsicht leichter, als die Ihre es war, Worf. Er hat Sie, seinen Vater und ein klingonisches Vorbild. Machen Sie sich nicht so große Sorgen darüber, wie er dorthin gelangt, *seien* Sie einfach das, von dem Sie möchten, daß Alexander es auch mal sein wird. Zeigen Sie ihm, was er haben kann. Und dann lassen Sie ihn die Entscheidung selbst treffen – ob er nun Mensch oder Klingone oder beides sein will.«

Erneut schien Worf unbehaglich zumute zu sein. »Erst heute ist mir richtig bewußt geworden, daß Alexanders Mutter durch die Hand eines Klingonen ums Leben gekommen ist.«

»Nun, das haben Sie und Alexander gemeinsam. Sowohl Ihre Eltern als auch Alexanders Mutter sind bei klingonischen Machtkämpfen gestorben.«

»Die Familie Duras! Der Fluch über unserem Klan.« Worf wandte den Kopf ab. »Aber als Kind habe ich das nicht gewußt. Ich dachte, die Romulaner wären meine Feinde. Das hat dazu beigetragen, mich stark zu machen.«

»Romulaner oder Klingonen, was für eine Rolle spielt das schon? Sie wissen, daß man Ehre nicht bekommt, indem man gegen Individuen kämpft, sondern indem man für seine Ideale eintritt. In dieser Hinsicht zweifle ich an Alexander nicht im geringsten.«

»Kurn schon.« Worf hatte diese Worte kaum ausgesprochen, als er sich auch schon wünschte, er hätte sie nicht gesagt.

»Was meinen Sie damit?«

»Er hat Alexander und mich zum Dobatlh PuqloD herausgefordert – eine Prüfung, ob ein Sohn seinem Klan zur Ehre gereicht.«

»Was will Kurn?«

Eine einfache Frage, aber Worf dachte sorgfältig darüber nach. »Alexander ist nie auf Qo'noS gewesen, der klingonischen Heimatwelt. Er kennt meinen Bruder nicht mal persönlich.«

»Vielleicht ist Kurn beleidigt, daß Sie eine so große Distanz halten, und drückt seine Gefühle auf diese Weise aus«, sagte Deanna.

Worf schien von ihren Worten betroffen zu sein. Er runzelte nachdenklich die Stirn. »Es stimmt, daß Alexander das nächste Oberhaupt des Klans sein wird. Kurn könnte sich ... herabgesetzt fühlen.«

Deanna freute sich darüber, daß Worf tatsächlich über sein Problem nachdachte. »Warum finden Sie nicht heraus, was Ihr Bruder wirklich will?«

Worf nickte. »Ich werde mit Kurn sprechen. Vielleicht wird er die Herausforderung zurückziehen, wenn ich mich bereit erkläre, ihn mit Alexander zu besuchen.« Als er aufstand, waren um seine Augenwinkel kleine Fältchen zu sehen. »Danke, Counselor.« Er sah ihr noch einen Moment lang in die Augen und ging dann zur Tür. Als er sie öffnete, wandte er sich noch einmal um. »Darf ich meinen Dienst wieder aufnehmen?«

Sie zögerte. »Sie klären Ihre Probleme gern selbst, nicht wahr, Worf?«

Er nickte, und sein leises Lächeln war verschwunden. Sie hob die Hände, eine schwache Geste der Niederlage. Sie konnte sich nicht davor drücken. »Ja, Sie dürfen Ihren Dienst wieder aufnehmen.«

Es war schon spät, als sie Captain Picards Bereitschaftsraum betrat. Deanna ging direkt zum Sofa und machte es sich bequem, indem sie ein Bein unterschlug, als sie sich setzte.

Der Captain erhob sich von seinem Sessel und lehnte sich gegen die Vorderseite des Schreibtisches. »Nun, Counselor?«

»Jacob Walch hat den Anschlag auf Mon Hartog gestanden. Sowohl Worf als auch Tarses können ihn bezeugen. Worf hat angeführt, daß man aufgrund der Umstände, die während der beiden vergangenen Tage herrschten, niemanden rechtlich verantwortlich machen kann.«

»Starfleet Command scheint ebenfalls dieser Meinung zu sein. Wir werden Mon Hartog auf Starbase 81 den zuständigen Behörden überstellen.« Er rieb sein Kinn. »Ich glaube, unsere Ermittlung ist mehr als nur gründlich gewesen.«

»Der Ansicht bin ich auch«, erwiderte sie. »Aber ich freue mich, daß Sie wieder vorsichtig und mit Bedacht vorgehen.«

Picard zog seine Uniform gerade. »Ich muß eingestehen, die Sli waren ein erhebendes Erlebnis. So unbekümmert habe ich schon lange nicht mehr reagiert.«

»Einige Mannschaftsmitglieder haben Zutritt für die Decks 9, 10 und 11 erbeten, damit sie die vier Sli noch einmal erleben können. Und Captain Walch hat ein offizielles Gesuch seiner Touristen eingereicht.«

»Treiben Sie Scherze mit mir, Counselor?« Picard konnte es nicht fassen. »Nach allem, was geschehen ist?«

»Sie haben es selbst gesagt – ein erhebendes Gefühl.«

Picard schüttelte den Kopf. »Lehnen Sie die Anträge ab, Counselor. Mit der Begründung, daß wir noch mehr Studien über die Ausstrahlungen der Sli betreiben müssen.« Er warf einen Blick auf seinen Minicomputer. »Wir haben des weiteren die beiden anderen Handelsschiffe, die ›Sli-Künstler‹ befördern, über den Bombenanschlag der Ferengi unterrichtet. Sämtliche Batterien der Lebenserhaltungseinheiten der Sli werden genau untersucht.«

»Daimon Brund hat ihnen wahrscheinlich schon nahegelegt, alle Bomben zu beseitigen.« Deanna schüttelte den Kopf. »Ich weiß nicht, welcher von ihnen schlimmer war. Brund hat Hartog ohne jedes Zögern zurückgelassen.«

»Starfleet wird Mon Hartog nicht so einfach davonkommen lassen. Er hat nicht nur den Sli getötet und die *Prospector* zerstört, sondern auch alle Wesen an Bord in Gefahr gebracht.«

»Ich bezweifle nicht, daß er um die Sli herumstrich, damit er ihnen in den kurzen Augenblicken, in denen sie tatsächlich zuhörten, schreckliche Gedanken einflößen konnte. Und genau das hat er bestimmt mit Alexander in der Kabine der Flugsicherung auch getan – er hat die Gefühle des Jungen aufgestachelt, um die Sli zu verwirren.«

»Hartog hat stets Schwarz getragen«, sagte Picard nachdenklich.

»Zum erstenmal hat nun die Föderation unbeschränkten Zugang zu den Sli. Unsere Diplomaten werden jetzt endlich Gelegenheit bekommen, eine Kommunikation mit ihnen herzustellen.«

»Guinan lacht noch immer, wenn ich ihr das sage.«

Deanna lächelte und schaute zu Boden; sie mußte daran denken, wie übermäßig enthusiastisch sie reagiert hatte. »Guinan könnte recht behalten. Bestenfalls werden die Sli schwer zu verstehen sein. Aber ich weiß, daß sie nun, da ich mich ihren Bemühungen nicht mehr widersetze, durchaus bereit sind, mir zuzuhören.«

»Ich habe auch einen Kommentar über Ihre Entdeckung der fraktalen Grundlage der Sprache der Sli erhalten. Das diplomatische Korps von Starfleet ist der Ansicht, daß es sich dabei um den Schlüssel handeln könnte, den es gesucht hat.«

»Die Diplomaten erwartet noch eine interessante Arbeit.«

»Ob sie nun Erfolg haben werden oder nicht – sie sind jedenfalls versessen darauf, endlich anzufangen. Und der Rat der Föderation ist sehr zufrieden darüber, daß wir die vier Sli als Gäste an Bord unseres Schiffes haben. Wir sollen sie auf Starbase 81 absetzen, nachdem wir die *Prospector* dorthin geschleppt haben.« Picard warf einen Blick zum Fenster. »Sie werden nicht lange warten müssen.«

Deanna schüttelte verwirrt den Kopf. »Was ist mit der Mission auf Lessenar?«

»Unsere Hilfsaktion scheint beendet zu sein.« Er runzelte leicht die Stirn. »Commander Riker hat eine mögliche Verletzung der Ersten Direktive gemeldet.«

»Sir?« fragte sie völlig überrascht.

Die Tür öffnete sich, und Picard sagte: »Da kommt er ja gerade. Direkt aus der Hauptstadt.«

Riker nickte Deanna zu, und sie stellte erfreut fest, daß sein altes, beiläufiges Selbstvertrauen zurückgekehrt war. »Sir, ich habe Ratssprecher Wiccy nicht gesehen. Der Rat ist heute nachmittag… zwangsweise aufgelöst worden. Nun hat eine gewisse ›Volkskoalition‹ das Sagen.«

»Das klingt mir nach einem Staatsstreich, Nummer Eins.«

»Es war auch einer.« Rikers Antwort war trocken und erinnerte Deanna an seine Auseinandersetzungen mit Ratssprecher Wiccy. »Offensichtlich hat die Bevölkerung in den abgelegenen Regionen endlich mitbekommen, daß die Regierung nichts gegen das Problem unternimmt. Ich habe die Leute in den abgelegeneren Gegenden gesehen. Sie waren verzweifelt.«

Picard nickte nachdenklich. »Die ursprüngliche Besorgnis des Rats kam mir in der Tat oberflächlich vor.«

»Jawohl, Sir.« Riker erwiderte offen seinen Blick. »Ich habe mit einem der neuen Führer der Koalition gesprochen, mit einem Mann namens Reeves. Chryso und ich haben ihn kennengelernt, als wir Hilfsgüter ablieferten. Sir, er hat uns mitgeteilt, daß sie mit Hilfe der Kommunikatoren, die wir den Lieferungen beigefügt haben, die Koalition gebildet und die Übernahme organisiert haben. Die Kommunikatoren waren dazu bestimmt, die Verteilung der Hilfsgüter in den abgelegenen Regionen zu koordinieren.«

»Statt dessen haben sie sie benutzt, um einen Staatsstreich zu planen«, sagte Deanna.

»Ich verstehe, Nummer Eins. Sie haben recht – das könnte man als Verletzung der Ersten Direktive interpretieren.«

»Bei langfristigen Hilfsmaßnahmen ist es üblich, den Bewohnern des Planeten Kommunikatoren zur Koordination der Lieferungen auszuhändigen. Das soll die Bewohner zur Selbsthilfe anregen.« Riker konnte den zufriedenen Glanz in seinen Augen nicht verbergen. »In diesem Fall haben sie sehr schnell gelernt.«

»Unsere Intervention hat zur Absetzung der Regierung geführt, die unsere Hilfe angefordert hat«, erinnerte Picard ihn.

»Sir, der Planetare Rat hätte ein Lippenbekenntnis zu unseren Vorschlägen abgelegt und genau wie zuvor weitergemacht.« Riker versuchte, seinen Zorn zu beherrschen. »Ratssprecher Wiccy hatte bereits Verhandlungen über ein Handelsabkommen mit Daimon Brund aufgenommen, als die Volkskoalition die Macht übernahm.«

»Verhandlungen über ein Handelsabkommen!« rief Deanna.

»Ja. Die Vereinbarung mit dem Planetaren Rat sah die Lieferung von natürlichen Rohstoffen gegen barastatische Filter und atmosphärische Ionengeneratoren vor. Ein Versorgungsschiff der Ferengi-Allianz wäre innerhalb von ein paar Stunden hier gewesen.«

Deanna konnte es nicht glauben. »Die Ferengi hätten diesen Planeten völlig ausgeplündert.«

»Das haben wir ihnen gesagt.« Riker warf einen

Blick durch das Aussichtsfenster. »Lieutenant Chryso hatte recht. Ihr Problem ist für einfache Reparaturen viel zu kompliziert. Ihre Atmosphäre und das Wasser können nur durch eine Öko-Regeneration wiederhergestellt werden, und dazu ist die koordinierte Anwendung Dutzender von Prozeduren im Verlauf der nächsten paar Generationen erforderlich.«

»Lieutenant Chryso befürchtet, die Maßnahmen der Ferengi würden nicht ausreichen?« fragte Picard.

»Aufgrund der Forschungsarbeiten, die ihr Team bislang geleistet hat, standen Chryso die Daten für den Beweis zur Verfügung, daß Ionengeneratoren die Lage nur verschlimmern würden.« Riker verlagerte das Gewicht, das einzige Anzeichen seines Unbehagens wegen seiner Auseinandersetzungen mit der Wissenschaftlerin. »Sie war sehr gründlich. Sie hat die Koalition überzeugt, und die hat die sofortige Umsetzung ihrer Empfehlungen angeordnet. Des weiteren hat sie die Vereinbarung mit den Ferengi aufgehoben und formell die Unterstützung eines wissenschaftlichen Schiffs von Starfleet angefordert, das im ersten Stadium der Regeneration Hilfe leisten soll.«

Picard nickte. »Wir wurden gerade benachrichtigt, daß die *Von Neumann* den Befehl erhalten hat, dieses System anzufliegen.«

»Deshalb kamen wir auch so spät zurück. Wir haben in den Ratskammern die Bestätigung abgewartet. Starfleet hat die neue Regierung informiert, daß das wissenschaftliche Schiff morgen hier sein müßte und direkt mit den Regenerationsmaßnahmen beginnen kann. Jetzt kommt es auf sie an.«

»Gut gemacht, Commander«, bestätigte Picard. »Doch es ist sehr bedauerlich, daß bei dem Staatsstreich unsere Kommunikatoren benutzt wurden.«

»Aber, Sir, die Bedürfnisse der Bevölkerung werden jetzt befriedigt.«

»Das werden wir nie genau wissen, Nummer Eins.« Picards Stimme klang schal. »Das ist die Gefahr bei Verletzungen der Ersten Direktive, selbst bei indirekten. Die Auswirkungen reichen weit über das hinaus, was wir sehen können.« Er hob eine Hand und verhinderte so, daß Riker einen Kommentar abgab. »Doch ich werde keine Abänderung der üblichen Prozedur empfehlen. Bei planetaren Hilfsmaßnahmen müssen die Bewohner ein integraler Bestandteil der Lösung sein.«

»Ganz meine Meinung. Ich glaube, sie haben einen positiven Schritt getan.«

Picard nickte knapp. »Sehr gut. Der Planet kann nach der Ankunft der *Von Neumann* stabilisiert werden?«

»Aye, Sir. Ich werde meinen Bericht in Kürze fertig haben.«

»Zuerst sorgen Sie dafür, daß wir die *Prospector* mit einem Traktorstrahl sichern. Starbase 81 wartet auf diese Sli.«

»Aye, Sir.«

Der Captain wartete, bis Riker gegangen war, dann schritt er zum Fenster und schaute nachdenklich zu dem Planeten hinab. »Wenn Sie das Nordlicht noch mal sehen wollen, Counselor, sollten Sie es sich jetzt anschauen.«

Sie schüttelte den Kopf. »Das hat mir noch nie besonders gefallen, Sir.«

Simon Tarses blieb vor dem Holodeck stehen. In seiner Brust schwoll etwas an, eine Erwartung, deren scharfe Klarheit ihn überraschte. Ein Loch sehnte sich danach, gefüllt zu werden, eine offene Wunde danach, in ein warmes und heilendes Licht getaucht zu werden.

»Computer, beginne mit dem Programm.«

Tarses atmete tief ein, als die Türen sich zischend öffneten. Wolken tiefhängenden Nebels wirbelten über ihm und um ihn herum, als er langsam vortrat.

Er stand auf einer niedrigen Kuppe, die einen Blick auf ein gewaltiges, fruchtbares Tal bot. Es wurde auf allen Seiten von hohen, zerklüfteten Bergen begrenzt. Die Sonne hing tief am Himmel und färbte schwach den Nebel zu seinen Knien. Auf den Hängen direkt vor ihm befand sich die Stadt, eine Ansammlung von grazilen Turmspitzen, die in schwindelerregende Höhen emporragten.

Tarses hob beide Hände und lächelte. Romulus.

Danksagung

Mein Dank und meine Anerkennung gelten:
Jeff Artemis-Gomez, weil er mir geholfen hat, es richtig hinzubekommen;
Jerry Schneiderman, Jonathan Frater und Keith A. D. Post für technische Unterstützung und Ermutigung;
und meinen ST:TNG-Experten Kevin Ryan und John Ordover.

STAR TREK™

Judith & Garfield Reeves-Stevens, Das Zentralgehirn · 06/5015
Gene DeWeese, Nexus · 06/5019
D. C. Fontana, Vulkans Ruhm · 06/5043
Judith & Garfield Reeves-Stevens, Die erste Direktive · 06/5051
Michael Jan Friedman, Das Doppelgänger-Komplott · 06/5067
Judy Klass, Der Boacozwischenfall · 06/5086
Julia Ecklar, Kobayashi Maru · 06/5103
Peter Norwood, Angriff auf Dekkanar · 06/5147
Carolyn Clowes, Das Pandora-Prinzip · 06/5167
Diana Duane, Die Befehle des Doktors · 06/5247
V. E. Mitchell, Der unsichtbare Gegner · 06/5248
Dana Kramer-Rolls, Der Prüfstein ihrer Vergangenheit · 06/5273
Michael Jan Friedman, Schatten auf der Sonne · 06/5179
Barbara Hambly, Der Kampf ums nackte Überleben · 06/5334
Brad Ferguson, Eine Flagge voller Sterne · 06/5349
Gene DeWeese, Die Kolonie der Abtrünnigen · 06/5375
Michael Jan Friedman, Späte Rache · 06/5412
Peter David, Der Riß im Kontinuum · 06/5464
Michael Jan Friedman, Gesichter aus Feuer · 06/5465
Peter David/Michael Jan Friedman/Robert Greenberger, Die Enterbten ·06/5466
L. A. Graf, Die Eisfalle · 06/5467
John Vornholt, Zuflucht · 06/5468
L. A. Graf, Der Saboteur · 06/5469
Melissa Crandall, Die Geisterstation · 06/5470
Mel Gilden, Die Raumschiff-Falle · 06/5471
V. E. Mitchell, Tore auf einer toten Welt · 06/5472
Victor Milan, Aus Okeanos Tiefen · 06/5473
Diane Carey, Das große Raumschiff-Rennen · 06/5474
Diane Carey, Kirks Bestimmung · 06/5476

STAR TREK: THE NEXT GENERATION
David Gerrold, Mission Farpoint · 06/4589
Gene DeWeese, Die Friedenswächter · 06/4646
Carmen Carter, Die Kinder von Hamlin · 06/4685
Jean Lorrah, Überlebende · 06/4705
Peter David, Planet der Waffen · 06/4733
Diane Carey, Gespensterschiff · 06/4757
Howard Weinstein, Macht Hunger · 06/4771
John Vornholt, Masken · 06/4787
David & Daniel Dvorkin, Die Ehre des Captain · 06/4793
Michael Jan Friedman, Ein Ruf in die Dunkelheit · 06/4814
Peter David, Eine Hölle namens Paradies · 06/4837

Jean Lorrah, Metamorphose · 06/4856
Keith Sharee, Gullivers Flüchtlinge · 06/4889
Carmen Carter u. a., Planet des Untergangs · 06/4899
A. C. Crispin, Die Augen der Betrachter · 06/4914
Howard Weinstein, Im Exil · 06/4937

STAR TREK™

Michael Jan Friedman, Das verschwundene Juwel · 06/4958
John Vornholt, Kontamination · 06/4986
Mel Gilden, Baldwins Entdeckungen · 06/5024
Peter David, Vendetta · 06/5057
Peter David, Eine Lektion in Liebe · 06/5077
Howard Weinstein, Die Macht der Former · 06/5096
Michael Jan Friedman, Wieder vereint · 06/5142
T. L. Mancour, Spartacus · 06/5158
Bill McCay/Eloise Flood, Ketten der Gewalt · 06/5242
V. E. Mitchell, Die Jarada · 06/5279
John Vornholt, Kriegstrommeln · 06/5312
Laurell K. Hamilton, Nacht über Oriana · 06/5342
David Bischoff, Die Epidemie · 06/5356
Diane Carey, Abstieg · 06/5416
Michael Jan Friedman, Relikte · 06/5419
Michael Jan Friedman, Die Verurteilung · 06/5444
Simon Hawke, Die Beute der Romulaner · 06/5413
Rebecca Neason, Der Kronprinz · 06/5414
John Peel, Drachenjäger · 06/5415
Diane Duane, Dunkler Spiegel · 06/5417
Susan Wright, Der Mörder des Sli · 06/5438
W. R. Thomson, Debtors Planet · 06/5439
Michael Jan Friedman & Kevin Ryan, Requiem · 06/5442
Dafydd ab Hugh, Gleichgewicht der Kräfte · 06/5443

STAR TREK: DIE ANFÄNGE
Vonda N. McIntyre, Die erste Mission · 06/4619
Margaret Wander Bonanno, Fremde vom Himmel · 06/4669
Diane Carey, Die letzte Grenze · 06/4714

STAR TREK: DEEP SPACE NINE
J. M. Dillard, Botschafter · 06/5115
Peter David, Die Belagerung · 06/5129
K. W. Jeter, Die Station der Cardassianer · 06/5130
Sandy Schofield, Das große Spiel · 06/5187
Lois Tilton, Verrat · 06/5323
Diane Carey, Die Suche · 06/5432
Esther Friesner, Kriegskind · 06/5430
Melissa Scott, Der Pirat · 06/5434
Nathan Archer, Walhalla · 06/5512
Greg Cox/John Gregory Betancourt, Der Teufel im Himmel · 06/5513
Robert Sheckley, Das Spiel der Laertianer · 06/5514

STAR TREK: STARFLEET KADETTEN
John Vornholt, Generationen · 06/6501
Peter David, Worfs erstes Abenteuer · 06/6502
Peter David, Mission auf Dantar · 06/6503
Peter David, Überleben · 06/6504

STAR TREK™

Brad Strickland, Das Sternengespenst · 06/6505
Brad Strickland, In den Wüsten von Bajor · 06/6506
John Peel, Freiheitskämpfer · 06/6507
Mel Gilden & Ted Pedersen, Das Schoßtierchen · 06/6508
John Vornholt, Erobert die Flagge! · 06/6509
V. E. Mitchell, Die Atlantis Station · 06/6510
Michael Jan Friedman, Die verschwundene Besatzung · 06/6511
Michael Jan Friedman, Das Echsenvolk · 06/6512
Diane G. Gallagher, Arcade · 06/6513
John Peel, Ein Trip durch das Wurmloch · 06/6514
Brad & Barbara Strickland, Kadett Jean-Luc Picard · 06/6515

STAR TREK: VOYAGER
L. A. Graf, Der Beschützer · 06/5401
Peter David, Die Flucht · 06/5402
Nathan Archer, Ragnarök · 06/5403
Susan Wright, Verletzungen · 06/5404
John Betancourt, Der Arbuk-Zwischenfall · 06/5405
Christie Golden, Die ermordete Sonne · 06/5406
Mark A. Garland & Charles G. McGraw, Geisterhafte Visionen · 06/5407
S. N. Lewitt, Cybersong · 06/5408

DAS STAR TREK-UNIVERSUM, 2 Bde.,
überarbeitete und aktualisierte Neuausgabe!
von *Ralph Sander* · 06/5150

DAS STAR TREK-UNIVERSUM, Ergänzungsband
von *Ralph Sander* · 06/5151

William Shatner/Chris Kreski, Star Trek Erinnerungen · 06/5188
William Shatner/Chris Kreski, Star Trek Erinnerungen: Die Filme · 06/5450

Phil Farrand, Cap'n Beckmessers Führer durch
STAR TREK – DIE NÄCHSTE GENERATION · 06/5199
Phil Farrand, Cap'n Beckmessers Führer durch
STAR TREK – DIE CLASSIC SERIE · 06/5451

Ralph Sander, Star Trek Timer 1997 · 06/1997
Nichelle Nichols, Nicht nur Uhura · 06/5547
Leonard Nimoy, Ich bin Spock · 06/5548
Lawrence M. Krauss, Die Physik von Star Trek · 06/5549
J. M. Dillard, Star Trek: Wo bisher noch niemand gewesen ist · 06/6500
Judith & Garfield Reeves-Stevens, Star Trek – Deep Space Nine:
Die Realisierung einer Idee · 06/5550
Judith & Garfield Reeves-Steven, Star Trek Design · 06/5545
Aris Kazidian & Bruce Jacoby, Das Star Trek Kochbuch · 06/5546

Diese Liste ist eine Bibliographie erschienener Titel
KEIN VERZEICHNIS LIEFERBARER BÜCHER!

HEYNE BÜCHER

Douglas Adams

Kultautor & Phantast

01/9404

Einmal Rupert und zurück
Der fünfte »Per Anhalter durch die Galaxis«-Roman
01/9404

Per Anhalter durch die Galaxis
DER COMIC
01/10100

Douglas Adams
Mark Carwardine
Die Letzten ihrer Art
Eine Reise zu den aussterbenden Tieren unserer Erde
01/8613

Douglas Adams
John Lloyd
Sven Böttcher
Der tiefere Sinn des Labenz
Das Wörterbuch der bisher unbenannten Gegenstände und Gefühle
01/9891

Heyne-Taschenbücher